第六册　王光铭　选编

韵词探古

物部

ZHEJIANG UNIVERSITY PRESS
浙江大学出版社

目 录
第五 物部

(二)衣食住行

一、衣

三、住

1. 亭阁　居室

四、行

（三）虫鱼鸟兽

一、虫　类

1. 蝉

2. 蝶

四、兽

1. 马

（四）草 市

一、草

二、草本及其他

三、树　叶

四、松　柏　桧

六、杨 柳

（五）花　卉

一、花　落花

二、梅

五、杨(柳)花

六、桃　樱桃

九、牡丹　芍药

十、荷（莲）花

十一、菊

十二、其 他

（一）身体发肤

秋浦歌　　（唐）李 白

白发三千丈，缘愁似个长。不知明镜里，何处得秋霜。

（清）王琦：起句奇甚，得下文一解，字字皆成妙义，洵非仙才，那能作此。——《李太白全集》

（清）黄叔灿：因照镜而见白发，忽然生感，倒装说入，便如此突兀，所谓逆则成丹也。唐人五绝多用此法，太白落笔便超。——《唐诗笺注》

耳 聋　　（唐）杜 甫

生年鹖冠子，《镜铨》："刘向《七略》：'鹖冠子常居深山，以鹖为冠。'"旧注："谓世方尚武。"《说文》："鹖鸟似雉，出上党，赴斗，虽死不置，故赵武灵王为冠以表武士。"此句大意言遭乱而隐也。叹世鹿皮翁。鹿皮翁为传说中的仙人名。见刘向《列仙传》。眼复几时暗，耳从前月聋。猿鸣秋泪缺，雀噪晚愁空。黄落惊山树，呼儿问朔风。谓不闻风声惟见落叶也。

（元）方回：此诗足见游戏翰墨。后四句俱谓耳全无闻"猿鸣"、"雀噪"既不闻矣；而朔风吹落木叶，亦不之闻，至呼儿以问之。予谓果真聋矣，儿所答又何闻乎？《史记》谓豫让吞炭为哑。然请赵襄子之衣三斩之，未尝哑也。——《瀛奎律髓汇评》

（清）冯班：聋不比瞎，瞎了都看不见。聋不闻，亦不至全无所闻，故亦可"问"。——同上

（清）纪昀：哑乃声嘶之谓，非果不能言。——同上

（清）纪昀：戏笔又当别论，如绳之以诗格，则不免纤佻。——同上

（清）无名氏（甲）：鹖冠子、鹿皮翁，俱周末隐士。——同上

（清）杨伦：刻划自趣，不病其巧。——《杜诗镜铨》

（清）浦起龙：一、二借隐者意存乎绝俗也。三以眼作陪，借耳聋激为愤语也。五、六正说"耳聋"之幸。——《读杜心解》

徐 步 （唐）杜 甫

整履步青芜，荒庭日欲晡。芹泥随燕觜，花蕊上蜂须。把酒从衣湿，吟诗信杖扶。敢论才见忌，实有醉如愚。懒真子曰："《徐步》则非奔走也，故蜂蚁之类，细微之物，皆能见之。若与客对谈，或急趋而过，则何暇致详至是。"

赠眼医婆罗门僧 （唐）刘禹锡

三秋伤望远，终日哭途穷。两目今先暗，中年似老翁。看朱渐成碧，羞日不禁风。师有金篦术，《涅槃经》："如目盲人为治目，故造诸良医，即以金篦刮其眼膜。"《法苑珠林》："后周张元，其祖失明，元读经然灯，梦一翁以篦疗之，后三日果瘥。"如何为发蒙。

裴侍郎大尹雪中遗酒一壶兼示喜眼疾平一绝，有闲行把酒之句，斐然仰酬 （唐）刘禹锡

卷尽轻云月更明，金篦不用且闲行。若倾家酿招来客，何必池塘春草生。

思妇眉　　（唐）白居易

春风摇荡自东来，折尽樱桃绽尽梅。唯余思妇愁眉结，无限春风吹不开。

眼病二首　　（唐）白居易

散乱空中千片雪，蒙笼物上一重纱。纵逢晴景如看雾，不是春天亦见花。僧说客尘来眼界，医言风眩在肝家。两头治疗何曾差，药力微茫佛力赊。

眼藏损伤来已久，病根牢固去应难。医师尽劝先停酒，道侣多教旦罢官。案上谩铺龙树论，龙树系古代印度高僧，因其母于大树下生之取名龙树。其著作甚丰，为三论宗真言宗之祖。僧齐己亦有诗云："谩求龙树能医眼，休问图澄学洗肠。"图澄亦高僧名。盒中虚捻决明丸。决明，植物，药名。可代茶或供药用，有清肝明目之功效。见李时珍《本草纲目》。人间方药应无益，争得金篦试刮看。

舞　腰　　（唐）元稹

裙裾旋旋手迢迢，不趁音声自趁娇。未必诸郎知曲误，一时偷眼为回腰。

泪　　（唐）李商隐

永巷长年怨绮罗，离情终日思风波。湘江竹上痕无限，岘首碑前洒几多。人去紫台秋入塞，兵残楚帐夜闻歌。朝来灞水桥边问，未抵青袍送玉珂。

（清）胡以梅：起二句总说世间堕泪不休之人，下四句道古来滴泪之事，是由虚而实之法。结归到作者见在实事，谓终于青袍流落长安矣。——《唐诗贯珠》

（清）陆昆曾：此诗是欲发己意，而假事为辞以成篇者也。其本旨全在结局……以诗论，则由虚而实，以情论，则由浅而深。结言凡此皆可悲可涕之处，然终不若灞水桥边，以青袍寒士而送玉珂贵客，抱穷途之恨为尤甚也。——《李义山诗解》

（清）屈复：平列六句，以二句结，七律原有此格，非玉溪创调。——《玉溪生诗意》

（清）毛张健：六句实赋，似是正面，结句一笔翻落，化实为虚，局法奇甚。——《唐体余编》

（清）赵臣瑗：一、二先虚写，一是宫娥，二是思妇。此二种人，最善于泪，故用以发端。中二联，皆泪之典故，然各有不同；三、四是为人而泪者；五、六是为己而泪者；送终感恩，悲穷叹遇，尽于此矣。七、八再虚写天下之泪，无有多于送别；而送别之泪，无有多于灞桥，故用以收煞。——《山满楼笺注唐人七言律》

（清）张文荪：昔人谓句句是泪不是哭，信然！愚谓前半犹人所知，后半放笔言之，末仍说出自己心事，方不是空空咏泪。诗骨在此，须细看"未抵"二字。——《唐贤清雅集》

白　髭　　（唐）刘　驾

到处逢人求至药，几回染了又成丝。素丝易染髭难染，墨翟当年合哭髭。

春　　（唐）高　蟾

明月断魂清霭霭，平芜归思绿迢迢。人生莫遣头如雪，纵得春风亦不消。

咏　手　　（唐）秦韬玉

一双十指玉纤纤，不是风流物不拈。鸾镜巧梳匀翠黛，画楼闲望擘珠帘。金杯有喜有喜谓酒中浮溢也。梁人诗云："酒中挑喜子。"喜通蟢，一种小虫。轻轻点，银鸭香炉也。无香旋旋添。因把剪刀嫌道冷，泥人呵了弄人髯。

咏手二首　　（唐）赵光远

妆成皓腕洗凝脂，背接红巾掬水时。薄雾袖中拈玉罗，斜阳屏上撚青丝。唤人急拍临前槛，摘杏高揎近曲池。好是琵琶弦畔见，细圆无节玉参差。

撚玉搓琼软复圆,绿窗谁见上琴弦。慢笼彩笔闲书字,斜指瑶阶笑打钱。指面试香添麝炷,舌头轻点贴金钿。象床珍簟宫棋处,拈定文楸占角边。

咏　手　(唐)韩 偓

腕白肤红玉笋牙,调琴抽线露尖斜。背人细撚垂烟鬓,向镜轻匀衬脸霞。怅望昔逢褰绣幔,依稀曾见托金车。后园笑向同行道,摘得蘼芜又折花。

咏　浴　(唐)韩 偓

再整角犀拢翠簪,解衣先觉冷森森。教移兰烛频羞影,自试香汤更怕深。初似洗花难抑按,终忧沃雪不胜任。岂知侍女帘帷外,剩取君王几饼金。

(元)方回:《赵后外传》:"昭仪浴,帝窃观之,令侍儿勿言,投赠以金,一浴赐百饼。"此诗当有所讽,谓世之为君者,亦惑乎此也。——《瀛奎律髓汇评》

(清)冯舒:如此痴见识,何事取鸭遗半细也! ——同上

(清)冯班:胡说。——同上

(清)纪昀:曲解。〇此亦太猥亵。——同上

(清)冯班:落句妙,人都不解。第三联意已尽,若说到浴罢着衣而起,便索然矣;却说帘外潜窥,较有余味,此落句所以佳也。方公全不解此辈语。——同上

(清)何焯:若无落句,便是呆咏也。通篇尔许情态,皆从帘外眼中

传出,定翁语得其一半。〇第二便含恐人窥见,第四并将侍女亦遣出。"洗花"、"沃雪",百态俱露矣。呼应紧密,在死法之外。——同上

谒金门　　（五代）阎 选

美人浴,碧沼莲开芬馥。双髻绾云颜似玉,素娥辉淡绿。　　雅态芳姿闲淑,雪映钿装金斛。水溅青丝珠断续,酥融香透肉。

（清）况周颐:李德润《临江仙》云"强整娇姿临宝镜,小池一朵芙蓉",阎选《谒金门》云"美人浴,碧沼莲开芬馥",并皆形容绝妙,尤觉落落大方。是人是花,一而二,二而一,不必用"如"、"似"等字,是词中暗字决之一种。——《餐樱庑词话》

一斛珠　　（五代）李 煜

晚妆初过。沉檀 即现在的口红。轻注些儿个。一点点。向人微露丁香 丁香一名鸡舌香。颗。花蕾。一曲清歌。暂引樱桃破。　　罗袖裛 读邑,入声,熏染也。残殷色 深红色。可。杯深旋被香醪 酒巳。浣。沾染。绣床斜凭娇无那。无法形容。烂嚼红茸,笑向檀郎 潘岳,美姿容,小字檀奴。见《晋书·潘岳传》。后人以檀郎为女子称夫婿或所慕男子的美称。唾。唾读拓,去声,吐也。此词以美人之口,多角度地展现她的姿容与神态。共分为四个层次:一写晨起梳妆抹口红,展现美人之口的色泽;二写美人张口唱歌前后的神态;三写美人饮酒场面;四写是全词的高潮,一"嚼"一"吐",把一个娇艳活泼而微带醉意的美人写活了。

（明）沈际飞：后主、炀帝辈，除却天子不为，使之作文士荡子，前无古，后无今。——《草堂诗余别集》

（明）卓人月：徐士俊云，天何不使后主现文士身而必予以天子位，不配才，殊为恨恨。——《古今词统》

（明）潘游龙：描画精细，绝是一篇上好小题文字。——《古今诗余醉》

（清）李渔：李后主《一斛珠》之结句云"绣床斜凭娇无那，烂嚼红茸笑向檀郎唾"，此词亦为人所竞赏。予曰"此娼妇倚门腔，梨园献丑态也"，嚼红茸以唾郎与倚市门面大嚼，唾枣核瓜子以调路人者，其间不能以寸。优人演剧，每作此状，以发笑端，是深知其丑，而故意为之者也。不料填词之家，竟以此事谤美人，而后之读词者，又只重情趣，不问妍媸，复相传为韵事，谬乎？不谬乎？无论情节难堪，即就字句之浅者论之，烂嚼打人诸腔口，几于俗杀，岂雅人词内所宜。——《窥词管见》

（清）贺裳：词家多翻诗意入词，虽名流不免。吾尝爱李后主《一斛珠》末句云"绣床斜凭娇无那，烂嚼红茸笑向檀郎唾"，杨孟载《春绣》绝句云"闲情正在停针处，笑嚼红茸唾碧窗"。此却翻词入诗，弥子瑕竟效颦于南子。——《皱水轩词筌》

（清）李佳：李后主词"烂嚼红茸、笑向檀郎唾"，李易安"倚门回首，却把青梅嗅"，汪肇麟词"待地重与画眉时，细数郎轻薄"，皆酷肖小儿女情态。——《左庵词话》

（清）陈廷焯：画所不到，风流秀曼，失人君之度矣。——《云韶集》

诉衷情·眉意　　（南宋）欧阳修

清晨帘幕卷轻霜。呵手试梅妆。梅妆为古代妇女的一种面饰。相传起于南朝宋武帝刘裕之女寿阳公主。**都缘自有离恨，故画作远山长。**《飞燕外传》："女弟合德入宫，为薄眉，号远山黛。"**思往事，惜流芳。易成伤。拟歌先敛，欲笑还颦，最断人肠。**

（清）陈廷焯：纵画长眉，能解离恨否？笔妙，能于无理中传出痴女子心肠。——《词则·闲情集》

次韵黄鲁直赤目 （北宋）苏 轼

诵诗得非子夏学，《史记》："自子夏死，哭之失明。"绌史正作丘明书。天公戏人亦薄相，略遣幻翳生明珠。赖君年来屏鲜腴，百千灯光同一书。书成自写蝇头表，端就君王觅镜湖。

次韵王都尉偶得耳疾 （北宋）苏 轼

君知六凿皆为赘，我有一言能决疣。《庄子》："彼以生为附赘，以死为决疣。"病客巧闻床下蚁，痴人强觑棘端猴。《韩非子》："燕王好微巧而人妄进曰，臣能以棘端为母猴。"聪明不在根尘里，《楞严经》："佛言汝心若在根尘之中。"药饵空为婢仆忧。但试周郎看聋否，曲音小误已回头。

张先生 （北宋）苏 轼

熟视空堂竟不言，故应知我未天全。"天全"见《庄子·达生篇》，保全天性之意。肯来传舍人皆说，能致先生子亦贤。脱屣不妨眠粪屋，流澌争看浴冰川。士廉岂识桃椎妙，《唐书》："朱桃椎，益丹人。被裘曳索，人莫测其所为。高士廉为长史，备礼以

请,降阶与之语,不答,瞪视而出。士廉拜曰:'祭酒其使我以无事治蜀耶?'乃简条目薄赋敛,州大治。"**妄意称量未必然**。《自序》云:"先生不知其名,黄州故县人,本姓卢,为张氏所养。阳狂垢污,寒暑不能侵。常独行市中,夜或不知其所止。往来者欲见之,多不能致。余试使人召之,欣然而来。既至,立而不言,与之言,不应,使之坐,不可。但俯仰熟视传舍堂中,久之而去。夫孰非传舍者,是中竟何有乎?然余以有思维心追蹑其意,盖未得也。"

一斛珠·尝见画舫,有映帘而观者,仅露其额

(北宋)汪 藻

小舟帘隙。佳人半露梅妆额。绿云低映花如刻。恰似秋宵,一半银蟾白。 髻儿梢朵香红扐。扐通勒,入声。钿蝉隐隐摇金碧。春山秋水浑无迹。不露墙头,些子真消息。

(宋)周密:汪彦章舟行汴河,见傍岸画舫有映帘而窥者,止见其额,赋词云"小舟帘隙。佳人半露梅妆额。绿云低映花如刻。恰似秋宵,一半银蟾白",盖以月喻额也。辛幼安有句云"闻道绮陌东头,行人曾见,帘底纤纤月",则以月喻足,无乃太媟乎。——《浩然斋雅谈》

次韵王元勃问予齿脱　　(南宋)曾 几

齿危但以粥充虚,辜负公家夏屋渠。原注:旧说,夏屋,大具。渠,勤也。言说大具,其意勤勤然。政恐麹生深作祟,可怜髯部顿成疏。原注:炙毂子谓羊为髯须主簿。动摇不减韩吏部,蹴踏非勤焦校书。落势今年殊未已,只应从此并无余。

（元）方回：此当与陈简斋《目疾》、范石湖《耳鸣》诗参综以观。格律相似，善用事亦相似，但贮胸无奇书，落笔无活法，则不能耳。谁谓"江西"诗可轻视乎？——《瀛奎律髓汇评》

（清）冯舒：用书如此，必不如"西昆"。——同上

（清）冯班：劣甚。第六句不通。——同上

（清）查慎行：后半跳不出韩吏部圈子。——同上

（清）纪昀：此便伧气。虚谷以拟简斋，门户之论耳。三句"作祟"二字不雅。——同上

目　疾　　（南宋）陈与义

天公嗔我眼常白，故着昏花阿堵中。《晋书》："顾恺之每画人成不点目睛。人问之，曰：传神写真正在阿堵中。"○韩愈寄崔立诗："玄花着两眼。"**不怪参军谈瞎马**，晋桓玄与顾恺之同在仲堪坐，共作危语。一参军云："盲人骑瞎马，夜半临深池。"仲堪眇一目，惊曰：此大逼人，因罢。**但防中散送飞鸿**。嵇叔夜（中敬）《赠秀才入军》诗："目送归鸿，手挥五弦。"**着篱令恶谁能继**，《唐摭言》："方干作令，嘲李主簿目瞖曰：'只见门外着篱，未见眼中安障。'"**捐读方奇定有功**。《晋书》："范宁患目疾，就张湛求方。湛曰：'古方：捐读书一，减思虑二，专内视三，简外观四，且晚起五，夜早眠六，凡六物。'"**九恼从来是佛种**，《维摩经》："九恼……一切烦恼皆是佛种。"**会如那律证圆通**。《楞严经》："阿那律失双目，世尊示：以乐见照明金刚三昧，不因眼观，见十方，遂证圆通。"

（元）方回：此诗八句而用七事，谓诗不用事者，殆胸中无书耳。盲人骑瞎马，夜半临深池，此《世说》殷仲堪参军所作危语。仲堪眇一目，适忤之。只见门外着篱，未见眼中安障，此方干令以嘲李主簿范。宁武子患目痛，求方于张湛，湛戏谓此方用捐读书一，减思虑二，专内视三，

简外观四,早晚起五,夜早眠六,凡六物熬以神灰,下以气筵。今刊本多误作"损续",非也。白眼、阿堵、送飞鸿,三事非僻。那律事出《楞严经》,无目可以证道。其要妙在用虚字以斡实事,不可不细味也。——《瀛奎律髓汇评》

(清)冯舒:"只见门外着篱,未见眼中安障。"又杜撰一联。○未见嘴唇开裤,已对过矣。○都是"江西"恶派乱谈。○参军危语如此,未尝云参军自骑马也。——同上

(清)冯班:方君不解用事,此言却有会。○太填砌,如此何得薄"昆体"耶?○盲人骑瞎马,夜半临深池,不得直云参军骑瞎马也。"江西派"承"昆体"之后,用事多假借狃合,往往不可通。"西昆"学三十六体用事,出没皆本古法。黄、陈多杜撰,所以不及。——同上

(清)纪昀:"其要妙在用虚字以斡实事,不可不细味也",此二句精当。○纯是宋调,又自一种,然不甚伤雅,格韵较宋人高故也。——同上

病足,累日不能出,掩门折花自娱 　　(南宋)陆 游

频报园花照眼明,蹒跚正废下堂行。拥衾又听五更雨,屈指都无三日晴。不奈病何抛酒盏,粗知春在赖莺声。一枝自浸铜瓶水,喜与年光未隔生。

(元)方回:此庆元四年戊午诗,放翁年七十四。第六句妙绝。——《瀛奎律髓汇评》

(清)查慎行:第六一语,叫醒一篇。——同上

(清)纪昀:三、四暗言花事将尽,非满插亦非空写。六句从对面托出,不见花意。用笔皆极其玲珑。——同上

(清)许印芳:末句"生"字是语助词,古人诗中太瘦生、太憨生、可怜生之类,皆作此解。——同上

齐天乐·白发　　(南宋)史达祖

　　秋风早入潘郎鬓，斑斑遽惊如许。暖雪侵梳，晴丝拂领，栽满愁城深处。瑶簪谩妒。便羞插宫花，自怜衰暮。尚想春情，旧吟凄断茂陵女。　　　人间公道惟此，叹朱颜也恁，容易堕去。涅不重缁，搔来更短，方悔风流相误。郎潜几缕。渐疏了铜驼，俊游俦侣。纵有黟黟，奈何诗思苦。

　　(近代)俞陛云：上、下阕之前五句，皆专咏"白发"，其感怀皆在后幅。"宫花"二句，春婆梦醒，乌名同内翰之悲；"春情"二句，卓女炉空、遗迹等黄门之悼，归愁并赴，宜其满鬓星星矣。下阕"风流"四句，老年则朋辈无存，欲知昔日之铜驼巷陌，载酒寻芳，安得重招俊侣耶？——《宋词选释》

眉二首　　(金)元好问

　　香墨烧残水麝尘，内家新样入轻匀。郭熙只为吴山老，争信窗间有小鬟。

　　石绿香煤浅淡间，多情长带楚梅酸。小诗拟写春愁样，忆着分明下笔难。

南乡子　　(金)元好问

　　少日负虚名。问舍求田意未平。南去北来今老

矣，何成？一线微官误半生！　　　孤影伴残更。万里灯前骨肉情。短发抓来看欲尽，<small>用杜甫《春望》"白头搔更短，浑欲不胜簪"诗意。</small>天明。能是青青得几茎？

染　甲　　（明）杨维桢

夜捣守宫金凤蕊，十尖尽换红鸦嘴。闲来一曲鼓瑶琴，数点桃花泛流水。

渡　江　　（明）华允诚

视死如归不可招，孤魂从此赴先朝。数茎白发应难没，一片丹心岂易消。世杰有灵依海岸，天祥无计挽江潮。山河漠漠长留恨，惟有群鸥伴寂寥。

诀别诗　　（明）华允诚

振衣千仞碧云端，夭寿由来不二看。日月光华宵又旦，春秋迁革岁方寒。每争毫发留诗礼，肯逐波流倒履冠？应尽只今期便尽，不堪回首忆长安。<small>计六奇《明季南略》云："公（指作者华允诚）里居十余年，而有京师之变。南京立，起补吏部验封司员外郎，署选司事。公见时事日非，叹曰：'内无李、赵，外无韩、岳，欲为建炎、绍兴，亦何可得！'遂谢归。南京陷，公惟饰巾待尽，杜门者三年。戊子，潜居乡间，偶过其婿家。会有告其婿未薙发者，下逮，并执公。公见巡抚土国宝，国宝劝公薙发，不从。解至南京，见巴某不跪。时巴着快鞋，踢折公膝，公曰：'吾不爱身易中国</small>

之冠裳也。'遂见杀。"

留发生　　（清）钱澄之

黎城城外痴男子，誓断此头发不毁。一夜囹圄千
载心，明朝裹帻赴西市。<small>自序云："新城有书生，不肯薙发。囚之，令其
自择，死与髡谁善？诘朝清曰：'宁死不愿髡。'遂斩之。"</small>

赠吴锦雯、张祖望　　（清）毛先舒

吴公美髯不易得，张也于思<small>《左传·宣公二年》："于思于思，
弃甲复来。"杜预注："于思，多须之貌。"</small>亦自奇。长日吟诗相对坐，
南风吹动万茎丝。

剃头二首　　（清）吴祖修

吾生迂值鼎将迁，卅载头毛未许全。四角不妨芟
似草，中央何必小于钱。偶然梳篦诚为赘，时复搔爬
也觉便。此后萧萧人莫笑，黑头摇落到华颠。

共尊王制剪髭髯，数日无端又郁兴。一撮尚留原
属我，周遭都去愧逢僧。临风喜试吹毛刃，束发难施
绾髻绳。最是青春儿戏日，屋檐初覆记吾曾。

吊杨忠节公　　（清）顾思虞

千丈松摧古寺滨，至今凭吊泪沾巾！一朝沥血披肝胆，十里惊涛泣鬼神。生气如虹冲碧落，忠魂依草结芳尘。先生漫逐波流去，百世祠堂俎豆新。计六奇《明季南略》载：杨廷枢，字维斗，吴县人。幼与同里徐汧交最善，乙酉（顺治二年）夏，闻其殉难，即隐居邓尉山中。丁亥（顺治四年）四月，松江总兵官吴胜兆叛，为之运筹者，乃廷枢门人戴之俊也。事败，词连廷枢，遂被执，系狱中。慨然曰：'予自幼读书，慕文信国之为人，今日之事，素志也。'五月朔，大帅会鞫于吴江泗州寺。巡抚重其名，欲生之，命之薙头。廷枢曰：'砍头事小，薙头事大。'乃推出斩之。临刑，大声曰生为大明人，刑者急挥刀，首堕地，复曰死为大明鬼。监刑者为之咋舌。

病目匝月戏作二律呈涧昙　　（清）张问陶

病眼模糊避短檠，向来清白太分明。目空一世何妨瞑，心印千秋定不盲。有限灵光终自损，无端热泪为谁倾。枯桑残菊相料理，如画泥龙要点睛。

搘肘晴窗百事疏，一夜秋月近何如。诗成腹稿吟逾杂，酒断心香气不舒。裂眦无人惊壮士，回光许我悟仙书。金篦未刮增惆怅，蔽日浮云要扫除。

塞外杂咏　　（清）林则徐

天山万笏耸琼瑶，导我西行伴寂寥。我与山灵相对笑，满头晴雪共难消。

（二）衣食住行

一、衣

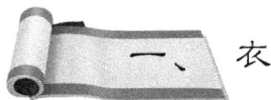

咏白油帽送客　　（唐）钱 起

薄质惭加首，愁阴幸庇身。卷舒无定日，行止必依人。已沐脂膏惠，宁辞雨露频。虽同客衣色，不染洛阳尘。

咏被中绣鞵<small>同鞋。</small>　　（唐）夏侯审

云里蟾钩落凤窝，玉郎沉醉也摩挲。陈王当日风流减，只向波间觅袜罗。

试新服裁制初成三首　　（唐）薛 涛（女）

紫阳宫里赐红绡，仙雾朦胧隔海遥。霜兔毳寒冰茧净，<small>员峤山冰蚕，作茧为丝，其色五彩；织为文锦，入水不濡，入火不燎。见《拾遗记》。</small>嫦娥笑指织星桥。<small>即鹊桥。</small>

九气分为九色霞，五灵龙、凤、麟、龟、白虎称五灵。见《左传·杜预序》。仙驭五云车。春风因过东君舍，偷样人间染百花。

长裾本是上清仪，曾逐群仙把玉芝。每到宫中歌舞会，折腰齐唱步虚词。《步虚词》道家曲也。

酬乐天衫酒见寄　（唐）刘禹锡

酒法众传吴米好，舞衣偏向越罗轻。动摇浮蚁香浓甚，装束轻鸿意态生。阅曲定知能自适，举杯应叹不同倾。终朝相忆终年别，对景临风无限情。

白衣裳　（唐）元　稹

藕丝衫子柳花裙，空着沉香慢火熏。闲倚屏风笑周昉，《宣和画谱》：周昉画妇女多为丰厚态度。故东坡诗云："书生老眼省见稀，画图但怪周昉肥。"笑周昉亦笑其画之肥也。此以反衬出白衣裳之雅淡也。枉抛心力画朝云。《伽蓝记》：河间王琛有婢朝云，善吹篪。

咏　袜　（唐）杜牧

钿尺裁量减四分，纤纤玉笋裹轻云。五陵年少欺他醉，笑把花前出画裙。

庾顺之以紫霞绮远赠，以诗答之　（唐）白居易

千里故人心郑重，一端香绮紫氛氲。开缄日映晚霞色，满幅风生秋水纹。为褥欲裁怜叶破，制裘将翦惜花分。不如缝作合欢被，寤寐相思如对君。

袜　（唐）李商隐

常闻宓读伏，入声。妃袜，渡水欲生尘。好借嫦娥着，清秋踏月轮。按：唐人应进士前，多半借有力者为之吹嘘。○又：唐人每以桂枝喻得第，故曰踏月轮，嫦娥自比也。

袭美将以绿罽读计，去声。毛织物。为赠，因成四韵　（唐）陆龟蒙

三径风霜利若刀，襜褕吹断罥读绢，去声。缠绕也。蓬蒿。病中只自悲龙具，牛衣，俗呼为龙具。见《汉书·王章传》注。世上何人识羽袍。者粗衣。狐貉近怀珠履贵，薜萝遥羡白巾高。陈王轻暖如相遗，免致衰荷效广骚。《汉书·扬雄传》："（雄）作书曰《反离骚》。又旁《离骚》作重一篇，名《广骚》。"

蒲鞋　（五代）刘章

吴江浪浸白蒲春，越女初挑一样新。才自绣窗离

玉指,便随罗袜上香尘。石榴裙下从容入,玳瑁筵前整顿频。今日高楼鸳瓦上,不知抛掷是何人。

蓑 衣 　　(北宋)杨 朴

软绿柔蓝<small>意为色艳质柔</small>。着胜衣,倚船吟钓正相宜。蒹葭影里和烟卧,菡萏<small>读旱淡,皆上声。荷花的别称</small>。香中带雨披。狂脱酒家春醉后,乱堆渔舍晚晴时。直饶紫绶金章贵,未肯轻轻博换伊。

　　(元)方回:杨璞字契玄,郑州东里人。太宗、真宗皆尝以布衣召,辞官而归。此《蓑衣》诗天下传诵,对御所赋,凡二,今取其一。苏养直词"钓鱼船上谢三郎,双鬓已苍苍。莎衣未必清贵,不肯换金章",用璞语也。《拄杖》诗"就客饮时担酒去,见鱼游处拨萍开",亦佳。《归乡后上陈转运》"紫袍不识莎衣客,曾对君王十二旒",备见诗话。有《东里集》行于世,熙宁辛亥清洛野民臧逋为序。——《瀛奎律髓汇评》
　　(清)纪昀:亦粗俗。○卑俗之至,不足言诗。——同上
　　(清)冯班:不必说到富贵。——同上
　　(清)何焯:五、六尽佳,惜落句不称。七句太直,又无根。八句俚。——同上

谢人惠云巾方舄二首 　　(北宋)苏 轼

燕尾称呼理未便,<small>汉魏时头巾帕,未有歧。荀文若触树成歧。按歧,燕尾也。</small>剪裁云叶却天然。无心只是青山物,覆顶宜归紫府仙。<small>《南史·齐和帝纪》:"百姓皆反裙覆顶。东昏曰:'裙应在下,今更</small>

而上，不祥。'令改之。于是百姓皆反裙在下，此妖服也。"按，反裙覆顶，今道士中式，故云宜归紫府仙也。转觉周家头巾起于后周。新样俗，未容陶令陶渊明取头上葛巾漉酒。旧名传。鹿门佳士勤相赠，黑雾玄霜合比肩。皮日休《赠天随子纱巾》诗："掩　乍疑裁黑雾，轻明浑似带玄霜。"

胡靴短　胡靴短，赵武灵王服之。见《史记》。格粗疏，古雅无如此样殊。妙手不劳盘作凤，轻身只欲化为凫。魏风褊俭堪差葛，楚客豪华可笑珠。《史记·春申君传》：其上客皆蹑珠履以见赵使，赵使大惭。拟学梁家名解脱，便于禅坐作跏趺。

谢陈季常惠一揞巾　　　（北宋）苏 轼

夫子胸中万斛宽，此巾何事小团团。半升仅漉渊明酒，二寸才容子夏冠。谓小冠。见《汉书·杜钦传》。好戴黄金双得胜，施元之注云："按世人巾裹，以黄金为大环，双系其带，谓之得胜环，疑用此事。"可怜白苎一生酸。《乐府解题·白苎曲》曰："质如轻云色如银，制以为袍余作巾，袍以光躯巾拂尘。"臂弓腰箭何时去，陈季常有文事又有武备，故云。直上阴山取可汗。

寿楼春·寻春服感念　　　（南宋）史达祖

裁春衫寻芳。记金刀素手，同在晴窗。几度因风残絮，照花斜阳。谁念我，今无裳？自少年、消磨疏狂。但听雨挑灯，敧床病酒，多梦睡时妆。　　飞花

去，良宵长。有丝阑旧曲，金谱新腔。最恨湘云人散，楚兰魂伤。身是客，愁为乡。算玉箫、犹逢韦郎。据《云溪友议》载："韦皋游江夏，与青衣玉箫有情，约七年再会，留玉指环。八年不至，玉箫绝食而殁。"近寒食人家，相思未忘蘋藻香。见《诗·召南·采》，引申为当时新婚的美好日子。

（清）况周颐：《寿楼春》梅溪自度曲。前段"因风飞絮，照花斜阳"，后段"湘云人散，楚兰魂伤"，风／飞，花／斜，云／人，兰／魂，并用双声叠韵字，是声律极细处。——《蕙风词话》

（近代）俞陛云：百余字之长调，惟《寿楼春》有一句全用平声字者，有七字中五平声者，有四字三平声者，词意易为拘滞。此词因寻春服悼逝而作。当日剪刀声里，回针密缕，皆密意之回肠，是何等田居情味。惜年少轻狂，疏于领略。迨湘兰香散，剩有愁边羁客，谁念无裳？再世玉箫，徒存虚愿，赢得洄南　藻，长此相思耳。情与文一气旋转，忘其为声调所拘，转觉助其凄韵，自是名手。——《宋词选释》

咏渔人芦花被　　（元）贯云石

采得芦花不浣尘，翠蓑聊复藉为裀。西风刮梦秋无际，夜月生香雪满身。毛骨已随天地老，声名不让古今贫。青绫莫为鸳鸯妒，欸乃声中别有春。

纸被诗　　（清）僧本然

锦被何如纸被轻，也堪雪接与霜迎。夜来添个山中月，梦与梅花一样清。

云 肩　　（清）尤 侗

宫妆新剪彩云鲜,婀娜春风别样妍。衣绣蝶儿帮
绰绰,鬓拖燕子尾涎涎。筵前拊鼓宜垂手,楼上吹箫
许比肩。只恐巫山夜飞去,倩持飘带欲留仙。徐珂《清稗
类抄》云:"云肩,妇女蔽诸肩际以为饰者。元之舞女始用之,明则以为妇女礼服之
饰。本朝汉族新妇婚时,亦有之。尤西堂尝咏之以诗。光绪末,苏、沪妇女以髻低
及肩,虑油之易损衣也,乃仿为之。特较小耳。以绒线所结者为多。"

诉衷情　　（清）梁清标

猩红弓样试风流。贴地软香浮。凌波巧笼纤笋,
锦幄倍清幽。　　莲折瓣,月微钩。玉温柔。苔痕池
上,泥印花间,尘迹楼头。

蓑 衣　　（清）翁 照

记得寒江外,曾披上钓舟。烟波双鬓老,风雨一
身秋。戴笠偏相称,垂竿亦自幽。严陵如爱此,应不
着羊裘。

敝 笥　　（清）惠周惕

几度西风促暮砧,漫倾残笥读寺,去声。盛物之方形竹器。

付缝纴。丝纹断续难容线,毛理稀疏不受针。犹有余温胜短褐,还将独夜抵重衾。岁寒惟尔堪相倚,忍为丰貂易素心。金埴《巾箱说》云:"今之氄裘,全里皆皮,独余膝下离地一二寸或三四寸用帛代之,使裘之下边不露毛氄,名曰'和 '。始于康熙初间,而今则盛行矣。崇俭示朴,得古人制衣之义。"

买陂塘·赎裘　　　(清)邓廷桢

悔残春、炉边买醉,豪情脱与将去。云烟过眼寻常事,怎奈天寒岁暮。寒且住。待积取叉头,此指积余之钱。苏轼《答秦观书》:"初到黄,廪入既绝,人口不少,私甚忧。但痛自节俭,日用不过百五十。每月朔,便取四千五百钱,断为三十块,挂屋梁上。平旦以画叉挑取一块,即藏去叉,仍以大竹筒别贮用不尽者,以待宾客。"还尔绨袍故。绨袍用范雎典,见《史记·范雎传》。喜余又怒。怅子母频权,母为本,子为息。此谓本息相生,变化频繁。皮毛细相,斗擞读叟,上声。抖擞举物而振拂。尚颜《秋夜吟》:"梧桐雨畔夜愁响,抖擞衣裾薜色侵。"已微蛀。　　铜斗熨,皱似春波无数,酒痕襟上犹浣。归来未负三年约,死死生生漫诉。凝睇处,叹氄读翠,去声。幕毡庐,久把文姬误。蔡琰字文姬,东汉女诗人。汉末战乱,文姬为胡骑所虏,流落匈奴十二年,后曹操用金璧将其赎归。见《后汉书·董祀妻传》。花风几度?怕白袷读夹,入声。夹衣。新翻,青蚨钱币。见干宝《搜神记》。欲化,重赋赠行句。

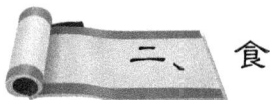

二、食

1. 食及食具

过卢四员外宅看饭僧，共题七韵　　（唐）王　维

三贤异七圣，青眼慕青莲。乞饭从香积，裁衣学
水田。上人飞锡杖，檀越施金钱。跌坐檐前日，焚香
竹下烟。寒空法云地，秋色净居天。身逐因缘法，心
过次第禅。不须愁日暮，自有一灯然。

孟仓曹步趾领新酒酱，二物满器，见遗老夫

（唐）杜　甫

楚岸通秋屐，胡床面夕畦。藉糟刘伶《酒德颂》："枕曲藉
糟。"分汁滓，《周礼》："醴齐。"注："醴犹体也，成而汁滓相将。"瓮酱落提
携。饭粝添香味，朋来有醉泥。理生那免俗，方法报
山妻。一、二，彼着屐而来，我面畦而见。三、四分写二物满器见遗。五、六分
承，美其功用。七、八以乞取方法作结。

园人送瓜　　(唐)杜 甫

　　江间虽炎瘴,瓜熟亦不早。柏公镇夔国,滞务兹一扫。食新先战士,共少及溪老。倾筐蒲鸽青,满眼颜色好。竹竿接嵌窦,引注来鸟道。沉浮乱水玉,爱惜如芝草。落刃嚼冰霜,开怀慰枯槁。许以秋蒂除,仍看小童抱。东陵迹芜绝,楚汉休征讨。园人非故侯,种此何草草。

饭 僧　　(唐)王 建

　　别屋炊香饭,薰辛^{薰辛指鱼肉之类食物。薰同荤。《文选·养生论》:"薰辛害目,豚鱼不养。"}不入家。滤泉调葛面,净手摘藤花。蒲鲊^{鲊眨,上声,指经过加工的香蒲之类。}除青叶,芹虀^{读机,平声,同齑。}带紫芽。愿师常伴食,消气有姜茶。

评事翁寄赐饧^{古代"糖"字,亦读荥,平声。}粥,走笔为答　　(唐)李商隐

　　粥香饧白杏花天,省^{省,曾记也。}对流莺坐绮筵。今日寄来春已老,凤楼迢递忆秋千^{叶葱奇《疏注》云:这是退居永乐时所作,上二句回忆及第和释褐作校书郎时情景,三句"春已老"暗寓衰老,四句向往宫阙,实在是想重作朝官。○纪昀云:只将今昔对照不说破处已说破矣,此诗家惯法。}。

秘色越器　　（唐）陆龟蒙

　　九秋风露越窑开，夺得千峰翠色来。好向中宵盛沆瀣，共嵇中散斗遗杯。

　　（宋）赵令畤：今之秘色瓷器，世言钱氏有国，越州烧进为供奉之物，臣庶不得用之，故云"秘色"。比见陆龟蒙集《越器》诗云"九秋风露越窑开"，乃知唐时已有秘色，非自钱氏始。——《侯鲭录》

　　（明）胡震亨：《留青日札》云，许浑诗"沉水越瓶寒"，又"越瓶秋水澄"。陆龟蒙诗"九秋风露越窑开……"越窑为诸窑之冠，至钱王时愈精，臣庶不得通用，谓之"秘色"，即所谓"柴窑"者是。俗云："若要看柴窑，雨过青天色。"与许、陆诗正同。——《唐音癸签》

　　（清）宋长白：陆鲁望诗"九秋风露越窑开"所谓秘色窑器"雨后晴天"者，世传柴皇帝始重之……《松陵集》又有"越瓯犀液发茶香"之句。——《柳亭诗话》

　　（清）王士禛：尝见一贵人，买得柴窑碗一枚，其色正碧，流光四照，价余百金。始忆陆鲁望诗"九秋风露越窑开，夺得千峰翠色来"。可谓妙于形容，唐时谓之"秘色"也。——《带经堂诗话》

偶掇野蔬寄袭美　　（唐）陆龟蒙

　　野园烟里自幽寻，嫩甲香葹引渐深。行歇每依鸦舅〔鸦舅即乌桕，其子可榨油。〕影，挑频时见鼠姑〔牡丹的别名。李时钤《本草纲目》称鼠妇。〕心。凌风蔼彩初携笼，带露虚疏或贮襟。欲助春盘还爱否，不妨萧洒似家林。

袭美以巨鱼之半见分，因以酬谢　（唐）陆龟蒙

谁与春江上信鱼，可怜霜刃截来初。鳞𩌦似撒骚人屋，腹断疑伤远客书。避网几跳山影破，逆风曾蹩浪花虚。今朝最是家童喜，免泥此泥读去声，作阻滞解。荒畦掇野蔬。

撷　菜　（北宋）苏　轼

秋来霜露满东园，芦菔生儿芥子孙。我与何曾同一饱，《晋书·何曾传》："日食万钱而曰无下箸处。"不知何苦食鸡豚。

杜介送鱼　（北宋）苏　轼

新年已赐黄封酒，旧友仍分赪尾鱼。陋巷关门负朝日，小园除雪得春蔬。病妻起斫银丝脍，稚子欢寻尺素书。醉眼朦胧觅归路，松江烟雨晚疏疏。

走笔谢吕行甫惠子鱼　（北宋）苏　轼

卧沙细肋《埤雅》："肋鱼似鲥而小身薄骨细。"吾方厌，通印长鱼王得臣《麈史》："闽中鲜食，最珍子鱼。莆田迎仙镇乃其出处，予按部过之，驿左有一祠，谓之通应庙，下有水曰通应溪，日受潮汐，访诸土人为咸淡水不相入处，于此最良。谓之通应子鱼。比见士大夫赋诗多曰通印。"如王安石送元厚之诗："长鱼

俎上通三印。"谁肯分。好事东平贵公子,贵人不与与苏
君。《类说》:"宋显仁后尝秦桧妻曰:'子鱼大者绝少。'对曰:'妾家有之。'桧咎其
失言,乃以青鱼百尾进。太后笑曰:'我道这婆子村。'"○可见子鱼大者,非权贵不
多得也。

送牛尾狸与徐使君　　（北宋）苏　轼

风卷飞花自入帷,一樽遥想破愁眉。泥深厌听鸡
头鹘,《本草》:"竹鸡,一名山菌子。"注:"蜀人呼为鸡头鹘,南人呼为泥滑滑。"
酒浅欣尝牛尾狸。《酉阳杂俎》:"洪州有牛尾狸,肉甚美。" 通印子
鱼《遁斋闲览》:"莆阳通应子鱼,名著天下,盖其地有通应侯庙,庙前有港,港中之
鱼最佳。今人必求其大可容印者,谓之通印子鱼。"犹带骨,披绵黄雀漫
多脂。黄雀出江西临江军,土人谓脂厚者为披绵。殷勤送去烦纤手,
为我磨刀削玉肌。

食瓜有感　　（北宋）黄庭坚

暑轩无物洗烦蒸,百果凡材得我憎。薛井筇笼浸
苍玉,金盘碧箸荐寒冰。田中谁问不纳履,坐上适来
何处蝇。此理一杯分付与,我思明哲在东陵。

（元）方回:前联赋物,后联用事,却别出一意,引一事缴,可为
法。——《瀛奎律髓汇评》
（清）冯班:第五句恶句。——同上
（清）纪昀:后半篇堆砌故实,食古不化。——同上

麦熟市米价减，邻里病者亦皆愈，欣然有赋

（南宋）陆 游

凶年已度麦方秋，学道从来幸寡求。荷锸自随身若寄，漉篱可卖饭何忧。邻翁濒死复相见，村市小凉时独游。不怕归时又侵夜，新添略彴跨清沟。

（元）方回：三、四善用事，五有感，六自然。——《瀛奎律髓汇评》
（清）查慎行：五、六瘦劲，非老境不能到。——同上
（清）纪昀：次句不贯下文。——同上

蚕豆诗　　（清）董 说

谁赋田园杂兴题，琅玕记取夏初垂。喜看桑底新悬荚，恰值蚕眠未吐丝。细雨卖茶声过后，竹烟烧笋火停时。沙瓶漆槴读雷，平声。食物的盛器。分前咏，豌豆今逢第二诗。自注：诚斋蚕豆诗有"沙瓶新熟西湖水，漆槴分尝晓露余"。又言蚕豆未有赋，盖豌豆也，吴人谓之蚕豆。姜西溟曰"吾乡以吴人蚕豆为豌豆，而以吴人所谓寒豆者谓之蚕豆，至今犹然"。见《湛园札记》。

藕丝糖　　（清）田兰芳

每思往事感沧桑，法果今来讶更尝。融口才期还旧嗜，填膺颇怪改新妆。丰仪讵许桓南郡，形似聊存蔡议郎。古道年来消歇尽，漫从微物发悲凉。

咏姑嫂饼二首　　(清)黄叔灿

十年不字姑将老，五夜孤啼嫂又孀。青女素娥俱耐冷，一团明月一团霜。于源《灯窗琐话》：平湖姑嫂饼，相传姑嫂二人青年守节，卖饼自活，因以得名。《鹤楼集》有《咏姑嫂饼》绝甚佳。诗云云。

玉屑金花一色匀，价廉多买不嫌频。题糕别有风流笔，妒杀真州萧美人。按：萧美人糕为仓山叟所赏。见袁枚《随园诗话》。

戏咏箸　　(清)袁枚

笑君攫读决，入声。夺取也。取忙，送人他人口。一世酸咸中，能知味也否？

咏姑嫂饼　　(清)吴骞

藉甚公羊卖饼家，弄珠楼下翠帘遮。金刀剪胜宜桃叶，玉乳槎酥映枣花。画稿几翻邱嫂样，红绫一抹小姑霞。刘郎座上如相问，漫说吴均鬓有华。

奉和朱钟除夕食豆渣为内子解嘲二首

(清)徐熊飞

玉屑霏微得饱迟，贫家终岁是斋期。聊同茗粥朝

朝供，略伴藜根顿顿宜。滋味辨从粮尽后，盘飧陈对
雪晴时。君饥细嚼梅花片，说与屠门_{即肉市}。恐不知。

三旬九食耐长贫，土锉_{炊具，犹今之砂锅。杜甫诗："荆扉深蔓草，土锉冷疏烟"。锉读措，去声。}无烟畏及晨。着意鸣姜霜片
洁，有时铄釜雪花匀。斋厨淡泊难为味，脏腑清虚不
染尘。枯槁浮生堪一笑，在家浑似出家人。_{朱钟《除夕食豆渣为内子解嘲二首》云："笑从菽乳撷余芳，也向齑盘细较量。淡佐箪瓢清况减，春回饤饤雪花香。尝新那许肥甘口，吟苦聊充枯涩肠。莫漫夸他方丈食，他家夫婿侍长杨。""未输苜蓿先生馔，雅称蓬蒿处士风。惜处竟如鸡肋弃，辨来可与菜根同。略添况味糟糠外，别署头衔淡泊中。转 馑年治废圃，朝朝抱瓮灌葵菘。"}

咏菜糊涂三首　　　（清）翁同龢

再拜惊呼麦一盂，老来才识菜糊涂。海州学舍斋
厨味，柔滑香甜似此无？

一饭艰难世岂知，当年豆屑杂麸皮。孤儿有泪无
从咽，不见爹娘吃粥时。

隔巷孙兄德有邻，炊藜饷我倍情亲。夜长月落尖
风紧，多少穷檐忍饿人。_{自序云：江淮间屑麦和菜，入釜调之，曰菜糊涂。}

2. 酒 茶

寒夜宴张明府宅　　（唐）孟浩然

瑞雪初盈尺，寒宵始半更。列筵邀酒伴，刻烛限诗成。香炭金炉暖，娇弦玉指清。醉来方欲卧，不觉晓鸡鸣。

官亭夕坐，戏简颜少府　　（唐）杜 甫

南国调寒杵，西江浸日车。客愁连蟋蟀，亭古带蒹葭。不返青丝鞚，虚烧夜烛花。老翁须地主，细细酌流霞。索饮于少府，故曰戏简。上四官亭坐耳，不能无酒，不能无伴跃然。五、六待少也，七、八点破。

江阁卧病，走笔寄呈崔、卢、苏侍御　　（唐）杜 甫

客子庖厨薄，江楼枕席清。衰年病只瘦，长夏想为情。滑忆雕胡饭，香闻锦带羹。锦带，蓴丝也。《本草》作莼。溜匙兼暖腹，谁欲致杯罂。溜匙总承饭羹，乃己所自有；暖腹指酒兼致杯罂，则有望于诸侍御也。

独酌成诗　　（唐）杜 甫

灯火何太喜，酒绿正相亲。醉里从为客，诗成觉

有神。兵戈犹在眼，儒术岂谋身。共被微官缚，低头愧野人。 _{蒋弱六云：前半是初酌时，不觉一切放下。后半是酒后，又不觉万感都集，心事如画。}

独 酌 　（唐）杜 甫

步屧_{读泄，入声。木屐，泛指鞋。}深林晚，开樽独酌迟。仰蜂粘落絮，行蚁上枯梨。簿劣惭真隐，幽偏得自怡。本无轩冕意，不是傲当时。

（明）王嗣奭：首二句见幽闲自适之趣。三、四根"步屧"句来，纪深林所见，此物之适也；五、六根"开樽"句来，独酌而自怡，此闲居之适也。——《杜臆》

王竟携酒，高亦同过，共用寒字 　（唐）杜 甫

卧病荒郊远，通行小径难。故人能领客，携酒重相看。自愧无鲑菜，_{鲑读鞋，平声。《集韵》："鲑，吴人鱼菜总称。"}空烦卸马鞍。移樽劝山简，头白恐风寒。

敝庐遣兴奉寄严公 　（唐）杜 甫

野水平桥路，春沙映竹村。风轻粉蝶喜，花暖蜜蜂喧。把酒宜深酌，题诗好细论。府中瞻暇日，江上忆词源。迹忝朝廷旧，情依节制尊。还思长者辙，恐

避席为门。蒋弱六曰："上四句敝庐遣兴,若傲以所无,拨动他诗兴,招之使不得不来也。下四句奉寄严公。末更以相与之素,相依之情坐实他必不弃贫贱之谊,而特用反跌以速之,绝妙掯饮小简。"

宴王使君宅题二首　　（唐）杜　甫

汉主追韩信,苍生起谢安。吾徒自漂泊,世事各艰难。逆旅招邀近,他乡思绪宽。不材甘朽质,高卧岂泥蟠。末二句言我则已矣,君亦去此废弃耶? 应转首二句。

泛爱容霜鬓,留欢卜夜闲。自吟诗送老,相对酒开颜。戎马今何地,乡园独旧山。江湖堕清月,酩酊任扶还。我则无家可归,唯有付之一醉而已。

季秋苏五弟缨江楼夜宴崔十三评事、韦少府侄三首　　（唐）杜　甫

峡险江惊急,楼高月迥明。一时今夕会,万里故乡情。三子皆公故乡人。星落黄姑渚,黄姑即河鼓,三星如担,在天河东渚。此云星落,即河鼓没也。季秋河转西南,河鼓没则夜半矣。秋辞白帝城。老人因酒病,坚坐看君倾。即待君倾也。一、二志其处,三、四无限遥情,一并吐出,亦是三首之命意处。五、六夜阑秋杪之景,起七、八坚坐。

明月生长好,浮云薄渐遮。悠悠谢庄《月赋》:"升清质之悠

悠。"照边塞，悄悄忆京华。清动杯中物，高随海上槎。不眠瞻白兔，百过落乌纱。

对月那无酒，登楼况有江。听歌惊白鬓，笑舞拓秋窗。樽蚁添相续，沙鸥并一双。尽怜君醉倒，更觉片心降。浦二田云："公两载羁夔，绝少宾朋高会，即视蜀中之况，亦远不逮，两都更无论已。有此一叙，觉种种江光月色，俱并入亲情乡思中。三结处恋恋不舍意，皆从此生出。"〇李子德云："三首空淡中有至味，百读弥见其高。"〇"以为空淡，尤觉浑雄，前后绮绮疏疏，非诸家所及。"

书堂饮既夜，复邀李尚书下马，月下赋绝句

（唐）杜 甫

湖水林风相与清，残樽下马复同倾。久　野鹤如霜鬓，遮莫 俚语，犹言尽教也。岑参《送花侍御》诗："别君只有相思梦，遮莫千山与万山。"邻鸡下五更。意谓：素不以老为意，无妨达旦也。

王十七侍御　许携酒至草堂，奉寄此诗，便请邀高三十五使君同到　　（唐）杜 甫

老夫卧稳朝慵起，白屋寒多暖始开。江鹳巧当幽径浴，邻鸡还过短墙来。绣衣屡许携家酝，皂盖能忘折野梅。戏假霜威促山简，须成一醉习池回。前四句述情写景都在题前，已画出一个习家池矣。后四分致合促，曲赴题面。

与赵莒茶宴　　（唐）钱起

竹下忘言对紫茶,全胜羽客醉流霞。尘心洗尽兴难尽,一树蝉声片影斜。

题贾巡官林亭　　（唐）杨巨源

白鸟闲栖亭树枝,绿樽仍对菊花篱。许询本爱交禅侣,陈实由来是好儿。明月出云秋馆思,远泉经雨夜窗知。门前长者无虚辙,一片寒光动水池。鸟栖庭树,加一"闲"字,言人散庭空,鸟归不惊也;樽对菊花,加以"仍"字,言洗盏分客,期在必醉也。

秋灯对雨寄史近、崔积　　（唐）武元衡

坐听宫城传晚漏,起看衰叶下寒枝。空庭绿草闲行处,细雨黄花独对时。蟋蟀已惊凉节至,茱萸偏忆故人期。相逢莫厌尊前醉,春去秋来自不知。

（清）金人瑞:坐听者,坐而无所事事,因闲听也。起看者,起而无所事事,因闲看也。坐而习听,不必欲听晚漏,而适听晚漏,因而遽惊今日则已夕也。起而闲看,不必欲看落叶,而适看落叶,因而更惊不惟今日已夕,乃至今年则已秋也。三、四承之,言我行空度,天适细雨,绿草黄花,萧然尽暮,此即后解更无别法惟有一醉之根因也(前四句下)。○故人茱萸之期,当在去年重九,意谓遥遥正隔,何期奄然忽至,嗟乎!嗟

乎！人非金铁，遭此太迫，不入沉冥，奈何得避！通篇只是约二子共醉意，可知（后四句下）。——《贯华堂选批唐才子诗》

（清）毛张健：写景共五句，怀人只三句，妙在四能虚击，六为转关。——《唐体肤诠》

长斋月满，携酒先与梦得对酌，醉中同赴令公之宴，戏赠梦得　　（唐）白居易

斋宫前日满三旬，酒榼今朝一拂尘。乘兴还同访戴客，解酲仍对姓刘人。病心汤沃寒灰活，老面花生朽木春。若怕平原怪先醉，知君未惯吐车茵。

（元）方回：第四句善恢谐。五、六足见饮酒之喜，快于心，见于面。——《瀛奎律髓汇评》

（清）查慎行：第四句生动有机趣。○"寒灰活"衬"病心"，"汤沃"翻"心如死灰"成语，非支凑也。——同上

（清）纪昀：第五句粗。——同上

（清）无名氏（甲）：中山刘白堕善造酒，饮者一醉，千日方醒。又刘伶作《酒德颂》，其妻劝止饮，乃祝神曰："天生刘伶，以酒为命。一饮一石，五斗解酲。"——同上

闲坐忆乐天，以诗问酒熟未　　（唐）刘禹锡

案头开缥帙，肘后检青囊。唯有达生理，应无治老方。减书存眼力，省事养心王。君酒何时熟，相携入醉乡。

三月三日与乐天及河南李尹奉陪裴令公泛洛禊饮,各赋十二韵 （唐）刘禹锡

洛下今修禊,群贤胜会稽。盛筵陪玉铉,通籍尽金闺。波上神仙妓,岸傍桃李蹊。水嬉如鹭振,歌响摧莺啼。历览风光好,沿洄意思迷。棹歌能俪曲,墨客竞分题。翠幄连云起,香车向道齐。人夸绫步障,马惜锦障泥。尘暗宫墙外,霞明苑树西。舟形随鹢转,桥影与虹低。川色晴犹远,鸟声暮欲栖。唯余踏青伴,待月魏王堤。

酬乐天醉后狂吟十韵 来章有移家住醉乡之句。 （唐）刘禹锡

散诞人间乐,逍遥地上仙。诗家登逸品,释氏悟真诠。制诰留台阁,歌词入管弦。处身于木雁,任世变桑田。吏隐情兼遂,儒玄道两全。八关斋适罢,三雅兴尤偏。文墨中年旧,松筠晚岁坚。鱼书曾替代,香火有因缘。原注:陆法和云,与梁元帝于空王寺佛前订香火因缘。欲向醉乡去,犹为色界牵。好吹《杨柳曲》,为我舞金钿。

尝 茶 （唐）刘禹锡

生拍芳丛鹰嘴芽,老郎封寄谪仙家。今宵更有湘江月,照出霏霏满碗花。

和乐天洛下雪中宴集，寄汴州李尚书　　（唐）刘禹锡

　　洛城无事足杯盘，风雪相和岁欲阑。树上因依见寒鸟，坐中收拾尽闲官。笙歌要请频何爽，笑语忘机拙更欢。遥想兔园今日会，琼林满眼映旌竿。

河南王少尹宅宴张常侍、白舍人，兼呈卢郎中、
李员外二副使　　（唐）刘禹锡

　　将星夜落使星来，三省清臣到外台。事重各衔天子诏，礼成同把故人杯。卷帘松竹雪初霁，满院池塘春欲回。第一林亭迎好客，殷勤莫惜玉山颓。

吴方之见示独酌小醉首篇，乐天续有酬答，
皆含戏谑极至风流，两篇之中，并蒙见属，
辄呈滥吹，益美来章　　（唐）刘禹锡

　　闲门共寂任张罗，静室同虚养太和。尘世欢虞关意少，醉乡风景独游多。散金疏傅寻常乐，枕曲刘生取次歌。计会雪中争挈榼，鹿裘鹤氅递相过。

劝　酒　　（唐）李敬方

　　不向花前醉，花应解笑人。只忧连夜雨，又过一

年春。日日无穷事，区区有限身。若非杯里物，何以
寄天真。

独 酌 （唐）杜 牧

窗外正风雪，拥炉开酒缸。何如钓船雨，篷底睡
秋江。

小园独酌 （唐）李商隐

柳带谁能结，花房未肯开。空余双蝶舞，竟绝一
人来。半展龙须席，轻斟玛瑙杯。年年春不定，虚信
岁前梅。

夜 饮 （唐）李商隐

卜夜容衰鬓，开筵属异方。烛分歌扇泪，雨送酒
船_{酒杯大者称船。}香。江海三年客，乾坤百战场。谁能醉
酩酊，淹卧剧清漳。

（元）方回：极拟少陵。——《瀛奎律髓汇评》

（清）冯班：何如老杜？○义山本出于杜，"西昆"诸君学之，而句格
浑成不及也。"江西派"起，尽除温、李，而以粗老为杜，用事琐屑更甚于
"昆体"。王半山云："学杜者当从义山入。"斯言可以救黄、陈之弊。有
解于此者，我请与言诗。——同上

（清）纪昀：三、四纤，五、六沉雄。王荆公谓近杜，良然。末"淹卧"句集中凡两见，盖用刘公干"嗟余婴沉疢，窜身清漳"之语，然终为牵强。——同上

崇让宅东亭醉后沔然有作按崇让宅即作者岳父王茂元故居。
（唐）李商隐

曲岸风雷罢，东亭霁日凉。两句点明雨后晚晴。新秋仍酒困，幽兴暂家乡。此二句是醉卧东亭时所起的幽深之感。园中的水竹清幽，好像身在家乡。摇落真何遽，新秋时草木摇落，比作自己的衰病。交亲或未忘。亲友不至因此便相遗忘。一帆彭蠡月，数雁塞门霜。此二句拿南北两地的"月"和"霜"来描写眼前景色。庭前的月色，犹如挂帆彭蠡；园中新霜，犹如雁过边塞。"彭蠡"即鄱阳湖。此两句从上"幽兴"而来。俗态虽多累，仙标发近狂。二句言平时困于尘俗，身多牵累，然偶发佳兴，仍不免清狂。"仙标"犹言高标或清标。李白诗："裴公有仙标，拔俗数千丈。"声名佳句在，身世玉琴张。此二句是转折处。承上"仙标"，虽负才名，但宦途则须改弦易辙。万古山空碧，无人鬓免黄。深山隐居固然很难，有谁可免于日趋衰老？《礼记·典礼》："君子或黄发。"疏："人老则发白，太老则发黄。"骅骝忧老大，　　妒芬芳。"骅骝"指君子也，自比。"　"指小人。密竹沉虚籁，孤莲泊晚香。二句谓眼前景色，有孤芳自赏之意。如何此幽胜，淹卧剧清漳。总结上面的"霜"、"月"、"竹"、"莲"和起四句。在如此清幽的环境，竟然抱病淹卧！

席上作　　（唐）李商隐

淡云轻雨拂高唐，玉殿秋来夜正长。料得也应怜

宋玉，一生惟事楚襄王。

七月二十九日崇让宅宴作　　　（唐）李商隐

露如微霰下前池，风过回塘万竹悲。浮世本来多聚散，红蕖何事亦离披？悠扬归梦惟灯见，漂落生涯独酒知。岂到白头长只尔？嵩阳松雪有心期。

（清）赵臣瑗：露下池，是记夜之深也，观"如霰"可知。风过塘，是记风之烈也，观"竹悲"字可知。竹有何悲？以我之悲心遇之，而如见其悲。华筵既收，嘉宾尽去，触景伤情，不胜惆怅……以上四句写一夕之事。下再总写平日。"归梦"曰"悠扬"，妙，恍恍惚惚，了无住着也。"生涯"曰"漂落"，妙，栖栖皇皇，一无成就也。"唯灯见"、"独酒知"，言更无一人，焉识我此中况味矣。七一顿，八一宕，目今况味虽只尔尔，抑嵩阳松雪，别有心期，其何致长负岁寒之盟乎？——《山满楼笺注唐诗七言律》

（清）屈复：一、二是日之景。三、四睹红蕖之离披，感人生之聚散。五、六宴时之情。结欲归隐也。——《玉溪生诗意》

（清）纪昀：三、四格意可观，对法尤活。后半开平庸数行一派。——《玉溪生诗说》

故人寄茶　　　（唐）曹 邺

剑外九华英，缄题下玉京。开时微月上，碾处乱泉声。半夜招僧至，孤吟对月烹。碧沉霞脚碎，香泛乳花轻。六腑睡神去，数朝诗思清。月余不敢费，留伴肘书行。

闲夜酒醒 　　（唐）皮日休

醒来山月高，孤枕群书里。酒渴漫思茶，山童呼不起。

（清）刘宏煦、李惠举：琐屑闲事，见之于诗，必如此风致翩翩，乃令人把玩不置。——《唐诗真趣编》

和袭美春夕酒醒 　　（唐）陆龟蒙

几年无事傍江湖，醉倒黄公旧酒垆。觉后不知新月上，满身花影倩人扶。

（明）周珽：珽读绝句，至晚唐多臻妙境。龟蒙别寻奇调，《自遣》之外，如《春夕酒醒》、《初冬偶作》、《寒夜》等作，俱有出群寡和之音；若《白莲》、《浮萍》，又当求之骊黄牝牡之外者也。——《唐诗选脉会通评林》

（近代）朱宝莹：题系酒醒，从"醉"字入，系题前起法。首句第曰无事，徐徐引起"醉"字，次句正面入"醉"字。三句转到"醒"字。四句承三句吟咏，尤切春夕。——《诗式》

和袭美友人许惠酒，以诗征之 　　（唐）陆龟蒙

冻醪初漉嫩如春，轻蚁漂漂杂蕊尘。得伴方平同一醉，明朝应作蔡经身。

咏　酒　　（唐）翁　绶

逃暑迎春复送秋，无非绿蚁满杯浮。百年莫惜千回醉，一盏能消万古愁。几为芳菲眠细草，曾因雨雪上高楼。平生名利关身者，不识狂歌到白头。

对雨独酌　　（五代）韦　庄

榴花新酿绿于苔，对雨闲倾满满杯。荷锸醉翁真达者，指西晋刘伶。《晋书·刘伶传》："常乘鹿车，携一壶酒，使人荷锸而随之，谓曰：'死便埋我。'"卧云逋客竟悠哉。卧云逋客指隐居之士。能诗岂是经时策，爱酒原非命世才。门外绿萝连洞口，马嘶应是步兵来。西晋阮籍因嗜酒而求为步兵校尉，世称阮步兵。

（清）胡以梅：举新酿之酒，对雨闲倾，想当年刘伶之荷锸真为达者，而卧云避世之逋客意亦悠哉！予将终身焉。所以然者，能诗爱酒，原不是经时命世之才术耳。可与言饮之妙，其惟阮籍乎，故望其来也。——《唐诗贯珠》

倚　醉　　（唐）韩　偓

倚醉无端寻旧约，却怜惆怅转难胜。静中楼阁深春雨。远处帘栊半夜灯。抱柱立时风细细，绕廊行处思腾腾。分明窗下闻裁翦，敲遍阑干唤不应。

（元）方回：此诗方有味而不及乎猥。——《瀛奎律髓汇评》

（清）纪昀：此评是。○三、四空中淡写，何尝不有余于情？虚谷讥致尧《五更》诗太猥亵，未为不是。冯氏乃曰不猥亵不尽兴，何哉？——同上

（清）冯舒：如此诗设景言情，几入神矣，正不病其猥亵。若忌猥亵，则亦更无可加。——同上

（清）冯班：三、四有景、有情、有味。——同上

（清）赵熙：淡写有味。——同上

（清）吴乔："倚醉无端寻旧约……"昭宗在凤翔，制于李茂贞，使赵国夫人伺学士院二使不在，亟召韩偓、姚洎，窃见之于土门外。执手相泣。观此情事，必是又曾召偓而为事所阻，故有"寻旧约"之语。下文则叙立伺机会之情景也。——《围炉诗话》

茶　　（五代）郑遨

嫩芽香且灵，吾谓草中英。夜臼和烟捣，寒炉对雪烹。惟忧碧粉散，常见绿花生。最是堪珍重，能令睡思清。

答高判官和唐店夜饮　　（北宋）梅尧臣

露宿勤王客，相从月下来。黄流何日涨，绿酒暂时开。风定灯花烂，天高斗柄回。醉言多脱略，吾党不须猜。

（元）方回：五、六流丽壮健。末句之意，又高于渊明矣。——《瀛奎律髓汇评》

（清）冯班：何见得？——同上

（清）纪昀：渊明诗"但恐多谬误，君当恕醉人"，此翻其意，故云"更高于渊明"，非谓诗高于渊明也。冯氏诋之非。——同上

和刘原父扬州时会堂绝句　　（北宋）欧阳修

积雪犹封蒙顶树，惊雷未发建溪春。中州地暖萌芽早，入贡宜先百物新。按：扬州时会堂造茶场所也。"蒙顶"，贡茶名。

何处难忘酒二首　　（北宋）王安石

何处难忘酒，英雄失志秋。庙堂生莽卓，岩谷死伊周。赋敛中原困，干戈四海愁。此时无一盏，难遣壮图休。

何处难忘酒，君臣会合时。深堂拱尧舜，密席坐皋夔。和气袭万物，欢声连四夷。此时无一盏，真负《鹿鸣》诗。

寄茶与平甫　　（北宋）王安石

碧月团团堕九天，封题寄与洛中仙。石城试水言石头城下之水也。宜频啜，金谷看花莫漫煎。俗言看花饮茶，大煞风景。

赠包安静先生茶二首　　（北宋）苏 轼

皓色生瓯面，堪称雪见羞。《五代史》："唐明宗淑妃王氏，邠州
饼家子，有美色，号花见羞。"东坡调诗腹，今夜睡应休。

建茶三十片，不审味如何。奉赠包居士，僧房战
睡魔。五代刘昌有妾名花见羞。○胡峤《茶诗》云："破睡当封不夜侯。"

竹叶酒　　（北宋）苏 轼

楚人汲汉水，酿酒古宜城。春风吹酒熟，犹似汉
江清。耆旧人何在，丘坟应已平。惟余竹叶在，留此
千古情。

怡然以垂云新茶见饷，报以大龙团，
仍戏作小诗　　（北宋）苏 轼

妙供来香积，珍烹具太官。原注：《百官志》，太官署令，掌供
词宴朝会膳食。拣芽分雀舌，赐茗出龙团。晓日云庵暖，春
风浴殿寒。聊将试道眼，莫作两般看。

太守徐君猷、通守孟亨之皆不饮酒，
以诗戏之　　（北宋）苏 轼

孟嘉嗜酒桓温笑，徐邈狂言孟德疑。公独未知其

趣尔,臣今时复一中之。风流自有高人识,通介宁随薄俗移。二子有灵应抚掌,吾孙还有独醒时。

（元）方回：全用孟、徐二人饮酒事。以其泉下有灵,却笑厥孙不饮,善滑稽者。——《瀛奎律髓汇评》

（清）冯班：坡体有气力。次联"江西"语也。词气高旷,更觉可味。——同上

（清）查慎行：用两人事实作两联,天成对仗。首尾一意反覆,章法新奇。——同上

（清）纪昀：戏笔不以正论,存一种耳。就此而论,却点化得玲珑璀璨。——同上

（清）许印芳：三句、五句承孟嘉,四句、六句承徐邈。纪批《律髓》此诗密圈第二联,批本集通首密点,今两从之。○纪昀于本集批云："小品自佳,凡诗语切姓,未免近俗。此诗亦从姓起义,恰有孟、徐二酒事佐之,又不以切姓为嫌。"又曰："查初白云：中二联两两分承起句,章法独创。"○"独"字复,"有"字凡三见,"醒"读平声。——同上

章质夫送酒六壶,书至而酒不达,戏作小诗问之　　（北宋）苏　轼

白衣送酒舞渊明,《苕溪诗话》云："人有疑'舞'字太过者,及观庾信《答王褒献酒》诗:'未能扶毕卓,犹足舞王戎。''舞'字盖有所本。"急扫风轩洗破觥。岂意青州六从事,何焯云："皮日休《醉中寄鲁望一壶》绝句云:'醉中不得亲相倚,故遣青州从事来。'此句正用其语刻画。"化为乌有一先生。空烦左手持新蟹,漫绕东篱嗅落英。南海使君今北海,定分百榼饷春耕。《孔丛子》:"子路嗑嗑,尚饮百榼。"

（元）方回："青州"、"乌有"之联，既切题。"左手"、"东篱"一联，下"空烦"、"漫绕"四字，见得酒不至也。善戏如此。——《瀛奎律髓汇评》

（清）冯班：次联"江西"句法。——同上

（清）陆贻典：与前三、四句法同。"江西派"句法，却高旷可味。——同上

（清）查慎行：次联，承蜩、弄丸，不足喻其巧妙。——同上

（清）何焯：五、六胜次联。○皮日休《醉中寄鲁望一壶》绝句云"醉中不亲相倚，故遣青州从事来"。此正用其语，刻画送酒六壶，与韦相泛用"青州从事来偏熟"者又别。甚矣，公诗之不易读也。——同上

（清）纪昀："舞"字不安。○亦是谐体，三、四太俳，不及五、六。——同上

纵笔三首　　（北宋）苏　轼

寂寂东坡一病翁，白须萧散满霜风。小儿误喜朱颜在，一笑那知是酒红。

父老争看乌角巾，应缘曾现宰官身。溪边古路三叉口，独立斜阳数过人。

北船不到米如珠，醉饱萧条半月无。明日东家当祭灶，只鸡斗酒定膰_{读繁，平声。古代祭祀用的熟肉。}吾。

被酒独行，遍至子云威徽先觉四黎之舍三首

（北宋）苏　轼

半醒半醉问诸黎，竹刺藤梢步步迷。_{杜甫诗："竹寒沙碧}

浣花溪，橘刺藤梢咫尺迷。"但寻牛矢觅归路，家在牛栏西复西。

总角黎家三四童，口吹葱叶送迎翁。莫作天涯万里意，溪边自有舞雩风。雩读虞，平声。舞雩是古代求雨时举行的伴有乐舞的祭祀。《论语·先进》："浴乎沂，风乎舞雩，咏而归。"后指乐道遂志，不求仕进。

符老风情奈我何，朱颜减尽鬓丝多。投梭用谢鲲青年恋爱故事。见《晋书·谢鲲传》。每困东邻女，换扇惟逢春梦婆。赵德麟《侯鲭录》："东坡在昌化尝负大瓢行歌田间，有馌妇年七十，谓曰：'内翰昔日富贵，一场春梦。'坡然之。里人因呼为春梦婆。"

有以官法酒见饷者，因用前韵，求述古为移厨饮湖上　　（北宋）苏　轼

喜逢门外白衣人，欲脍湖中赤玉鳞。游舫已妆吴榜稳，舞衫初试越罗新。欲将渔钓追黄帽，未要靴刀抹绛巾。芳意十分强半在，为君先踏水边春。

次韵江晦叔兼呈器之　　（北宋）苏　轼

横空初不跨鹏鳌，但觉胡床步步高。原注：器之言，尝梦飞，自觉身与所坐床皆起空中。一枕昼眠春有梦，扁舟夜渡海无涛。归来又见颠茶陆，原注：往在钱塘，尝语晦叔，陆羽茶颠，君亦然。多病仍逢止酒陶。原注：陶渊明有止酒诗，器之少时饮量无敌，今不复饮

矣。笑说南荒底处所，只今榕叶下庭皋。柳恽诗："亭皋木叶下，陇首秋云飞。"元城先生（即器之）语录云："某初到南方，有一高僧教某，南方地热而酒性亦热，今岭南烟瘴之地，更加以酒，必大发疾。故某过岭，即合家断酒，虽遍历山水恶弱他人必死之地，某合家十口，皆无恙。今北归已经十年矣，无一患瘴者，此其效也。"

刁景纯席上和谢生二首　　（北宋）苏　轼

悟入仙人碧玉壶，一欢那复问亲疏。杯盘狼藉吾何敢，车骑雍容子甚都。都，叹词，表示赞美。语出《书·尧典》。此夜新声闻北里，《史记》："纣使师涓作新淫声，北里之舞，靡靡之乐。"《纂要》："古艳曲有北里靡靡之曲。"他年故事纪南徐。《南史》："徐君蒨善弦歌，好声色，载妓，肆意游行荆楚山川。时襄阳鱼弘亦以豪俊称。谣曰：北路鱼，南路徐。"欲穷风月三千界，愿化人天百忆躯。释迦牟尼，佛名千百亿化身也。李商隐诗："何当百亿莲花上，一一莲花见佛身。"

纵饮谁能问挈壶，不知门外晓星疏。绮罗胜事齐三阁，三阁谓临春，结绮，望仙也。宾主谈锋敌两都。班固《两都赋》设西都宾与东都主人以相辩答。榻畔烟花尝叹杜，海中童卯尚追徐。卯读贯，去声。儿童的束发，泛指幼年时期。此指徐福入海求仙。无多酌我公须听，醉后粗狂胆满躯。

二月十九日，携白酒、鲈鱼过詹使君，食槐叶冷淘

杜甫《槐叶冷淘》诗："青青高槐叶，采掇付中厨。新面来近市，汁滓宛相俱。"

（北宋）苏　轼

枇杷已熟粲金珠，桑落酒名。《霏雪录》："河东桑落坊，有井，每

至桑落时取水酿酒，甚美。**初尝滟玉蛆。**玉蛆为浮在酒面上的泡沫。韩偓《海山记》："醅浮香米玉蛆寒，醉眼暗相看。"**暂借垂莲十分盏，一浇空腹五车书。青浮卵碗槐芽饼，**即所谓槐叶冷淘也。盖取槐叶汁溲面作饼，即鲜碧色也。**红点冰盘藿叶鱼。醉饱高眠真事业，此生有味在三余。**冬者岁之余，夜者日之余，阴雨者晴之余也。见陈寿《三国志》注。

夜饮次韵毕推官　　　（北宋）苏　轼

簿书丛里过春风，酒圣时时且复中。红烛照庭嘶袅，黄鸡催晓唱玲珑。老来渐减金钗兴，醉后空惊玉筯工。月未上时应早散，免教壑谷问吾公。《左传·襄公三十年》："郑伯有嗜酒，为窟室，而夜饮酒击钟焉，朝至未已。朝者曰：'公焉在。'其人曰：'吾公在壑谷。'"

次韵王定国得晋卿酒相留夜饮　　　（北宋）苏　轼

短衫压手气横秋，更着仙人紫绮裘。李白诗："解我紫绮裘，且换金卮酒。"**使我有名全是酒，**《晋书·张翰传》："使我有身后名，不如即时一杯酒。"**从他作病且忘忧。**《晋书·顾荣传》："恒纵酒酣畅，谓友人张翰曰：'惟酒可以忘忧，但无如作病何耳。'"**诗无定律君应将，**杜牧诗云："今代风骚将，谁登李杜坛。"**醉有真乡我可侯。**《宋史·种放传》："放隐居南山，自号云溪醉侯。"**且倒余樽尽今夕，睡蛇已死不须钩。**《佛经》："譬如毒蛇在汝室匣，汝当以持戒之钩，早并除之。"

中山松醪寄雄州守王引进　　（北宋）苏 轼

郁郁苍髯千岁姿，肯来杯酒作儿嬉。流芳不待龟巢叶，扫白聊烦鹤踏枝。醉里便成欹雪舞，醒时与作啸风辞。马军走送非无意，玉帐人闲合有诗。

谢曹子方惠新茶　　（北宋）苏 轼

陈植_{陈思王曹植。}文华斗石高，景宗_{景宗姓曹亦切姓。}诗句复称豪。数奇不得封龙_{，《史记》：李广数奇，不得封侯，又韩说封龙侯。 读额，入声。}禄仕何妨似马曹。_{王子猷为桓车骑兵曹参军，桓向曰："卿何署？"答曰："不知何署，时见牵马来，似是马曹。"事见《世说新语》。}囊间久藏科斗字，剑锋新莹鹧鸪膏。_{李贺诗："鹧鸪率花白鹇尾。"}南州山水能为助，更有英辞胜《广骚》。

汲江煎茶　　（北宋）苏 轼

活火还须活水烹，自临钓石取深清。大瓢贮月归春瓮，小杓分江入夜瓶。雪乳已翻煎处脚，松风忽作泻时声。枯肠未易禁三碗，坐听荒城长短更。

（元）方回：杨诚斋大赏此诗，谓"自临钓石取深清"，深也，清也，近石也；又非常石，乃钓石；不令仆取，而自取之也。一句含数意。三、四尤奇。——《瀛奎律髓汇评》

（清）杨诚斋解首二句分为七层，太琐碎，诗不必如此说。○此说殊妄生支节，东坡本意不如此。——同上

（清）冯班：气局目阔。○次句似贾长江《斑竹杖》诗。——同上

（清）查慎行："贮月"、"分江"，小中见大；第六句对法不测。——同上

（清）何焯："大瓢"句反呼"三碗"、"分江"二字方见活水，"夜"字为结句伏脉，五、六形容活火。三碗便不能成寐，以足深清之意。"长短"则亦有活字余韵，枕上时闻时不闻也。——同上

（清）纪昀：此诗老洁。○《博物志》曰"饮真茶令人少眠"，结二句即此意。——同上

次韵曹辅寄壑源试焙新芽　　（北宋）苏 轼

　　仙山灵草湿行云，洗遍香肌粉未匀。明月来投玉川子，清风吹破武林春。要知玉雪心肠好，不是膏油首面新。戏作小诗君勿笑，从来佳茗似佳人。

（元）方回：此谓壑源新芽，自如玉雪，不似饼茶、团茶，外若膏油之沃也，故云"佳茗似佳人"。——《瀛奎律髓汇评》

（清）冯班：结句故事可用。——同上

（清）纪昀：五、六鄙俗。——同上

庚辰岁正月十二日，天门冬酒熟，予自漉之，且漉且尝，遂以大醉二首　　（北宋）苏 轼

　　自拨床头一甓云，幽人先已醉浓芬。天门冬熟新年喜，《证类本草》："孙真人《枕中记》云，天门冬酿酒，服之轻身益气，令人不

饥。"曲米春香并舍闻。杜甫《严二别驾》诗："闻道云安曲米春，才倾一盏即醺人。"菜圃渐疏花漠漠，竹扉斜掩雨纷纷。雍裘睡觉知何处，吹面东风散縠纹。

载酒无人过子云，年来家酝有奇芬。醉乡杳杳谁同梦，睡息齁齁得自闻。口业向诗犹小小，眼花因酒尚纷纷。点灯更试淮南语，泛溢东风有縠纹。《淮南子》："东风至而酒泛滥。"

满庭芳·咏茶　　（北宋）米 芾

雅燕燕通宴。飞觞，清谈挥麈，使君指周熟仁。高会群贤。密云双凤，"密云"茶名，又名密云龙、密云团。"双凤"亦茶名，又名双凤团。欧阳修《归田录》云："茶之品，莫贵于龙凤，谓之团茶……宫人往往缕金花于其上，盖其贵重如此。"苏轼《行香子·咏茶》"看分月饼，黄金缕，密云龙"，与此同意。初破缕金团。窗外炉烟自动，开瓶试、一品香泉。扬子江南泠水，有"天下第一泉"之称，疑指此。轻涛起，香生玉乳，雪溅紫瓯圆。"轻涛"三句细写烹茶情状。把水倒进茶瓶，用风炉加热，小沸即可（即蟹眼），再把研碎的茶叶投入，便有白色泡沫浮上，称为"玉乳"、"雪花乳"，然后轻轻搅拌，便可斟饮。○曹邺诗："香泛乳花轻。"蔡襄诗"兔毫紫瓯新，蟹眼清泉煮"，即此状。娇鬟，宜美盼，双擎翠袖，稳步红莲。指女子脚步。出《南史·东昏侯纪》。座中客翻愁，酒醒歌阑。点上纱笼画烛，花骢弄、月影当轩。频相顾，余欢未尽，欲去且留连。《襄阳书画考》载："米元章与周熟仁试茶于甘露寺，作《满庭芳》词，墨迹为世所重。"

汴岸置酒赠黄十七　　（北宋）黄庭坚

吾宗端居怀百忧，长歌劝之肯出游。一作"百丈暮卷篷人休，侵星争前犹几舟"。黄流不解浣明月，碧树为我生凉秋。初平群羊置莫问，叔度千顷醉即休。一作"诗吟吾党夜来作，沽买田翁社后"。谁倚柁楼吹玉笛，斗杓读标，平声。北斗星的柄部。寒挂屋山头。

（元）方回：此见《山谷外集》。亦"吴体"。学老杜者，注脚四句可参看。必从"吾宗"起句，则五、六"初平"、"叔度"黄姓事为切。若止用"百丈"、"暮卷"起句，则"吾党"、"田翁"一联亦可也。——《瀛奎律髓汇评》

（清）查慎行：可悟作诗之法。——同上

（清）纪昀：初评不姓黄，亦不以"吾宗"字领出。且"初平"二句不必定当用"吾宗"。——同上

（清）冯班：亦有气。——同上

（清）纪昀："百丈"二句对面衬出两人汴岸闲坐，胜"吾宗"二句。三、四绝佳。五、六言神仙可不必学，且为世浮沉，取醉为佳耳。——同上

（清）李光垣："休"韵重。——同上

（清）许印芳：晓岚取"百丈"二句，眼力固高。而三联取"初平"二句，切姓可厌。押韵又与"百丈"句复，断不可从。故愚仍依虚谷之说，录"吾党"、"田翁"一联云。——同上

双井茶送子瞻 双井是黄庭坚家乡江西修水出产的一种名茶。

（北宋）黄庭坚

人间风日不到处，天上玉堂森宝书。时苏轼任翰林学

土。想见东坡旧居士，挥毫百斛泻明珠。杜甫诗："诗成珠玉在挥毫。"我家江南摘云腴，云腴为茶之别称。落硙读喂，去声。磨也。霏霏雪不如。为君唤起黄州梦，独载扁舟向五湖。苏轼贬谪黄州时作《临江仙》词云："小舟从此逝，江海寄余生。"

满庭芳·茶　　（北宋）黄庭坚

北苑周绛《茶苑总录》："天下之茶建为最，建之北苑又为最。"○蔡襄《北苑焙新茶诗序》："北苑发早而味尤佳，社前十五日，即采其芽，日数千工，聚而造之，逼社即入贡。"○山谷另一首《看花回·茶》："香引春风在手，似粤岭闽溪，初采盈掬。"春风，方圭圆璧，万里名动京关。碎身粉骨，以研磨制茶之法合将相报国之事，贡茶之贵比开业之功，联想生发避实就虚。功合上凌烟。尊俎风流战胜，降春睡、开拓愁边。纤纤捧，研膏溅乳，金缕鹧鸪斑。以其纹色，代指茶盏。杨万里诗："鹧鸪碗面云萦字，兔褐瓯心雪作泓。"○蔡襄《茶录》："茶色白，宜黑盏，建安所造者绀黑，纹如兔毫。"　　相如，虽病渴，一觞一咏，宾有群贤。为扶起灯前，醉玉颓山。搜搅胸中万卷，还倾动、三峡词源。杜甫诗："词源倒流三峡水。"归来晚，文君未寝，相对小窗前。

谢人惠茶　　（北宋）韩驹

白发前朝旧史官，风烟煮茗暮江寒。苍龙不复从天下，拭泪看君小凤团。

对　酒　（南宋）陈与义

新诗满眼不能裁,鸟度云移落酒杯。官里簿书无日了,楼头风雨见秋来。是非衮衮书生老,岁月匆匆燕子回。笑抚江南竹根枕,一樽呼起鼻中雷。

（元）方回:此诗中两联俱用变体,各以一句说情,一句说景,奇矣。坡词有云"官事何时毕? 风雨处,无多日",即前联意也。后联即与前诗"世事纷纷"、"春阴漠漠"一联用意亦同,是为变体。学许浑诗者能之乎? 此非深透老杜、山谷、后山三关不能也。——《瀛奎律髓汇评》

（清）查慎行:东坡"官事无穷何日了,菊花有信不吾欺",独非变体而简斋所取裁者乎? ——同上

（清）纪昀:不必定说到此。——同上

（清）纪昀:结不雅。——同上

（清）许印芳:末句谓醉后酣眠,而措语近俗。此评甚是。愚谓简斋好用"衮衮"字,亦是习气。此诗第五句"衮衮"事与"是非"不甚融洽,亦劣句也。○"书"字复。——同上

对　酒　（南宋）陈与义

陈留春色撩诗思,一日搜肠一百回。燕子初归风不定,桃花欲动雨频来。人间多待须微禄,梦里相逢记此杯。白竹扉前容醉舞,烟村渺渺欠高台。

（元）方回:简斋诗,响得自是别。——《瀛奎律髓汇评》

（清）纪昀:简斋风骨高秀,实胜宋代诸公。此评却非阿好。三、四

有托寓。——同上

　　（清）许印芳：此评确。诗乃折腰句法，而筋骨不露，最善学杜。简斋外有"新诗满眼"一首，亦同此题。○"思"去声。——同上

西郊春事渐入老境，元方欲出游以无马未果，今日得诗又有举鞭何日之叹，因次韵招之

（南宋）陈与义

　　毛颖陈玄 指笔和墨。泛指文字。韩愈《毛颖传》："与绛人陈玄……交善。"虽胜流，也须从事到青州。指酒。重吟玉树怀崔子，杜甫诗："宗之潇洒美少年，皎如玉树临风前。"宗之姓崔。欲唱金衣无杜秋。杜牧《杜秋娘》诗："秋持玉斝醉，与唱《金缕衣》。"其序云："杜秋，金陵女也。"官柳正须工部出，杜甫《西郊》诗："时出碧鸡坊，西郊向草堂。市桥官柳细，江路野梅香。"园花犹为退之留。韩愈有二妾曰绛桃、柳枝。初，韩出使至寿阳驿，诗云："风光欲动到长安，春半城边特地寒。不见园花并巷柳，马头惟有月团团。"后柳枝逾垣遁去，家人追获得。韩归，诗云："别来杨柳街头树，摆弄春风只欲飞。还有小园桃李在，留花不发待郎归。"篮舆自可烦儿辈，一笑来从樾下休。《淮南子》："失路者得伏樾下，则脱然而喜。"注："楚人谓树如车盖者为樾。"

招张仲宗　　（南宋）陈与义

　　北风日日吹茅屋，幽子朝朝只地炉。客里赖诗增意气，老来唯懒是工夫。空庭乔木无时事，残雪疏篱当画图。亦有张侯能共此，焚香相待莫徐驱。

（元）方回："空庭乔木无时事"句尤奇，人所不能道者，此"小斋焚香无是非"更高。——《瀛奎律髓汇评》

（清）纪昀：此是"江西"粗调，不似简斋他作。〇"幽子"二字生。——同上

陪粹翁举酒于君子亭，亭下海棠方开

（南宋）陈与义

世故驱人殊未央，聊从地主借绳床。春风浩浩吹游子，暮雨霏霏湿海棠。去国衣冠无态度，隔帘花叶有辉光。使君礼数能宽否，酒味撩人我欲狂。

（元）方回：此诗中四句皆变，两句说己，两句说花，而错综用之。意谓花自好，人自愁耳。亦其才能驱驾，岂若琐琐镌砌者之诗哉！——《瀛奎律髓汇评》

（清）无名氏（乙）：此论极合。——同上

（清）冯班：陈诗茞首妙，句句佳，看他是何气象？何等格局？如见太白，仲连，不敢论鄙事矣。——同上

（清）纪昀：次联从杜诗"风吹客衣日杲杲，树觉离思花冥冥"化出，去无痕迹。三、四两句又胜"世事纷纷"一联。〇"无态度"三字不雅，未熨贴。——同上

（清）许印芳：此评是。愚谓第二句与前《秋日客思》诗重复，亦是一病。〇"人"字复。——同上

醉　中　（南宋）陈与义

醉中今古兴亡事，诗里江湖摇落时。两手尚堪怀

酒用,寸心惟是鬓毛知。稽山拥郭东西去,禹穴生云朝暮奇。万里南征无赋笔,茫茫远望不胜悲。

（元）方回：此以"醉中"为题耳。三、四绝妙,余意感慨深矣。——《瀛奎律髓汇评》

（清）纪昀：首联十四字一篇之意。妙于作起,若作对句,便不及。——同上

（清）赵熙：起妙。——同上

秋夜独酌　　（南宋）黄公度

溪山态足身无事,天地功深岁有秋。投老相从管城子,平生得意醉乡侯。卷帘清坐月排闼,横笛人家风满楼。可是离人更遗物,自缘身世两无求。

（元）方回：黄公度字师宪,兴化军莆田人。绍兴八年谅闱大魁。思陵在御,丁未至壬午三十六年,首甲科十有一人,梁克家丞相,陈诚之枢使,三尚书曰汪应辰、刘章、王佐,五从官曰李易、张九成、赵达、张孝祥、王十朋,独师宪以忤秦桧得正字。即被论与祠,后卒肇庆。绍兴二十五年桧死,始得召为考功员外郎而卒,年不逮五十。洪景卢序其《知稼集》,有句曰"雨意欲晴山鸟乐,寒声初到井梧知",景卢谓大历十才子不能窥藩。又有句曰"还乡且尽田家乐,举世谁非市道交"、"醉乡归去疑无路,诗笔拈来似有神",是可以言诗矣。——《瀛奎律髓汇评》

（清）纪昀："雨意欲晴山鸟乐,寒声初到井梧知",二句果佳。○"还乡且尽田家乐"四句,犹是习语。音节颇响,然乏深味。——同上

醉中自赠　　(南宋)陆　游

富贵犹宜早退休,一生龃龉更何求。赋形未至欠壬甲,语命宁须憎斗牛。栗里收身贫亦乐,平陵埋骨死无忧。狂歌醉舞真当勉,剩折梅花插满头。

(元)方回:放翁此五诗(指酒类诗)皆新异。——《瀛奎律髓汇评》

(清)纪昀:有圆熟者,有老健者,皆不得谓之新异。——同上

(清)查慎行:"欠壬甲",语出《三国志·管辂传》。"憎斗牛"用昌黎诗。——同上

(清)无名氏(甲):相术:背有三甲,腹有三壬,方得寿考。韩文公、苏东坡生命俱值斗牛箕,虽荣显,亦遭险坎。——同上

六日云重有雪意,独酌　　(南宋)陆　游

遍游薮泽一渔舠,尽历风霜只缊袍。天为念贫偏与健,人因见懒误称高。地连海滏涛声近,云冒山椒雪意豪。偶得芳樽当痛饮,凉州那得直蒲萄。

(元)方回:三、四善斡旋,有味。——《瀛奎律髓汇评》

(清)纪昀:三、四是真正宋调,然究是诗中一种,不得以外道目之。○先写情,后入题,运笔有变化,语亦圆洁,不得以平调废之。——同上

(清)查慎行:尾用翻案语、隽。——同上

青玉案　　(南宋)党怀英

红莎绿荇春风饼,趁梅驿,来云岭。紫桂岩空琼

窦冷。佳人却恨,等闲分破,缥缈双鸾影。 一瓯
月露心魂醒,更送清歌助清兴。痛饮休辞今夕永。与
君洗尽,满襟烦暑,别作高寒境。此为咏茶词,以其制作、转运、品
尝为线索展开,却又依其形状、效用,结合赏月,借以联想,新巧构思,旁生他意。
○第一句,咏其如月之形及其封裹之精:红莎包茶,色彩绚目,绿蒻(香蒲)相裹,以
见其香;红绿相间,兼有暗香诱人,其精美可知。"趁梅驿,来云岭",写转运之艰难。
称"梅驿"以"折梅逢驿使"之故。"紫桂"句由追写转入赏月品茗的现实之境;皓月
当空,银辉纷纷,寒光淡淡。作者借用琼窦岩穴和传说中群仙居食的紫桂林《拾遗
记》来描绘此清幽的环境,从而为下三句展开的想象奠定基础。由于茶饼贵重,作
者通过联想,将分擘的茶饼与乐昌公主的破镜联系起来,言佳人的怨恨那随便"分
破"明镜般的茶饼。下片句句有茶,句句有月,即景取喻,以"月露"代茶,满月清茗,
更有美人"清歌"助兴,真是赏心乐事。○"高寒境"暗用苏轼"琼楼玉宇,高处不胜
寒"之意,品茶与赏月,又完美地统一起来。○况周颐评曰:"以松秀之笔,达清劲之
气,倚声家精诣也。"(《蕙风词话》)

青杏儿　　(金)赵秉文

　　风雨替花愁。风雨罢,花也应休。劝君莫惜花前
醉,今年花谢,明年花谢,白了人头。乘兴两三瓯。拣
溪山好处追游。但教有酒身无事,有花也好,无花也
好,选甚春秋。

题山亭会饮图　　(金)元好问

　　曾将心事许烟霞,酒榼读克,入声。古人盛酒的器具。书囊
便是家。前日山亭亭上客,而今鞍马老风沙。

吕国材家醉饮　　（金）元好问

世事悠悠殊未涯，七年回首一长嗟。虚传庾信凌云笔，无复张骞犯斗槎。去国衣冠有今日，春风桃李是谁家？螺台剩有如川酒，暂为红尘拂鬓华。

与张杜饮　　（金）元好问

故人寥落晓天星，异县相逢觉眼明。世事且休论向日，酒尊聊喜似承平。山公倒载群儿笑，焦遂高谈四座惊。轰醉_{狂饮而大醉也。贺铸《鹧鸪天》："轰醉王孙玳瑁筵，渴虹垂地吸长川。"}春风一千日，愁城从此不能兵。

茗　饮　　（金）元好问

宿醒未破厌觥船，紫笋分封入晓煎。槐火石泉寒食后，鬓丝禅榻落花前。一瓯春露香能永，万里清风意已便。邂逅华胥犹可到，蓬莱未拟问群仙。

鹧鸪天　　（金）元好问

只近浮名不近情。且看不饮更何成。三杯渐觉纷华远，一斗都浇块磊平。　　醒复醉，醉还醒。灵

均憔悴可怜生。《离骚》读杀浑无味，好个诗家阮
步兵。

江城子·崧山中作 　　（金）元好问

众人皆醉屈原醒，笑刘伶，酒为名。<small>从屈原、刘伶一醒一醉来立意。</small>不道刘伶，久矣笑螟蛉。<small>笑螟蛉见刘伶《酒德颂》。</small>死葬糟丘珠不恶，缘底事，赴清泠？醉乡千古一升平。物忘情，我忘形。相去羲皇，不到一牛鸣。<small>不到一牛鸣，谓地相处甚近。见《佛经》。王维《与苏卢二员外》诗："回看双凤阙，相去一牛鸣。"</small>若见三闾凭寄语，尊有酒，可同倾。

满江红 　　（金）元好问

一枕余醒，厌厌共，相思无力。<small>酒醉初醒时的神态。</small>人语定，小窗风雨，暮寒岑寂。绣被留欢香未减，锦书封泪红犹湿。问寸肠、能着几多愁，朝还夕。　　春草远，春江碧。云暗淡，花狼藉。更柳绵闲扬，柳丝难织。入梦终疑神女赋，<small>欲梦中相见而未能，因而怀疑宋玉之《神女赋》也。</small>写情除有文通笔。恨伯劳、东去燕西飞，空相忆。

西域从王君玉乞茶，因其韵七首<small>（录二首）</small>
　　　　　　（辽）耶律楚材

厚意江洪绝品茶，先生分出蒲轮车。<small>谓茶饼。</small>雪花滟滟浮金蕊，玉屑纷纷碎白芽。破梦一杯非易得，搜肠三碗不能赊。琼瓯啜罢酬平昔，饱看西山插翠霞。

高人惠我岭南茶，烂赏飞花雪没车。玉屑三瓯烹嫩蕊，青旗一叶碾新芽。顿令衰叟诗魂爽，便觉红尘客梦赊。两腋清风生坐榻，幽欢远胜泛流霞。

沁园春 杨维桢访瞿士衡，以鞋杯行酒，命其侄孙宗吉（即作者瞿佑，字宗吉）咏之。宗吉作《沁园春》以呈，并命待妓歌以侑觞。 （明）瞿 佑

一掬娇春，弓样新裁，莲步未移。笑书生量窄，爱渠尽小；主人情重，酌我休迟。酝酿朝云，斟量暮雨，能使曲生风味奇。何须去，向花尘留迹，月地偷期。

风流到手偏宜，便豪饮雄吞不用辞。任凌波南浦，惟夸罗袜；赏花上苑，只劝金卮。罗帕高擎，银瓶低注，绝胜翠裙深掩时。华筵散，奈此心先醉，此恨谁知。

与李布政彦硕、冯金宪景明对饮 （明）王 越

相逢无奈还伤别，尊酒休辞饮几巡。自笑年来常送客，不知身是未归人。马嘶落日青山暮，雁度西风白草新。离恨十分留一半，三分黄叶二分尘。

喜　茶　　（清）杜濬

维舟折挂花，香色到君家。露气澄秋水，江天卷暮霞。南轩人去尽，碧月夜来赊。寂寂忘言说，心亲一盏茶。

与美生对酌绝句　　（清）潘柽章

平生恨不学屠沽，输与高阳一酒徒。此日尊前须尽醉，黄泉还有卖浆无？按：美生即庄廷鑨也。与吴炎、潘柽章等以私修《明史》案同磔于杭州弼教坊。同死者二百余人。

闽酒曲七首　　（清）黎士弘

板桥官柳拂波流，也向春朝半月游。数尽红衫分队队，赍钱齐上谢公楼。张九龄："谢公楼上好醇酒，五百青蚨买一半。"楼在（长汀）城南，为士女观临之所。

长枪江米接邻香，冬至先教办压房。灯子才光新月好，传笺珍重唤人尝。汀俗于冬至日户皆造酒，有压房一种尤为珍重，藏之经时，待嘉宾而后发也。

社前宿雨暗荆门，接手东邻隔短垣。直待韩婆风力软，一厄阳鸟各寒温。长汀呼冷风为韩婆风，乡人鬻炭者户祀韩婆，盖误以寒为韩也。阳鸟，酒名。酿之隔岁，至阳鸟啼时始饮者。

新泉短水柏香浮，十斛梨香载扁舟。独让吴儿专
价值，编蒲泥印冒苏州。上杭酒之佳者曰短水，犹宿水也。

闻分饮部酒如潮，三合东坡满一蕉。让却登坛银
海子，久安中户注风消。汀人以薄酒为见风消。

曾酌当垆细浦中，高帘短柳逆糟风。近无人乞双
头卖，几户朱碑挂半红。上酒为双头，其次者名半红。延、邵、江三郡
皆同称。

谁为狡狯试丹砂，却令红娘字酒家。怪得女郎新
解事，随心乱插两三花。酿家每当酒熟时，其色变如丹砂，俗称红娘过
缸酒，谓有神仙到门则然，家以为吉祥之兆，竞插花赏之。

心斋置酒　　（清）李调元

本自安闲偏自忙，锦城鹿鹿造君堂。耳还欲塞聋
何害，身各无官醉不妨。婢似康成诗解诵，姬辞樊素
恨难忘。江南往事回头看，总是人生梦一场。

芦酒三首　　（清）莫友芝

隔年芦粟酿犹红，酒味长含粟粒中。客至井泉方

挹注，春生炉火顿冲融。不烦激涧升虚竹，俨有清香度碧筒。正是小年禁酷暑，一竿相属引薰风。

烧甍滴淋征岭表，谓居辰水钓藤先。岂知瓶笛关西法，远绍炉箭粟米传。多始醉人宜小户，歇难全美戒轻　。豪吞细吸从吾意，何事旗枪斗茗烟。

乡里平时燕喜场，修船大瓮列成行。东西隔坐频相揖，三五分曹引遍尝。醉后冠缨从俯仰，扶归礼数尚周详。居然古道堪求野，叹息军兴此意荒。作者自跋云："此酒凡十名，又曰炉酒，曰箭酒，曰杂麻，曰钓藤，曰钓竿，曰竿儿，曰咂麻，曰琐力麻，而炉、芦为最古。遵义常秋冬之交，以高粱或杂稻谷、小米、麦稗酿，可陈久益美。他时酿者，不能久也。酿法煮杂谷极熟，摊竹席上，候冷，置大栲栳，和曲，覆二三日，酒香溢出，分贮大小甍，筑实，半月后可饮也。不即饮者固封之，将饮乃去封。满注汤，火甍底一炊许以通中。细竹插甍中，次第嘬饮。人以益一杯汤为节，醴汁常在下，不淡不止。待庆吊皆用此品，或十许甍置一棹，或置一船，罗列数行，足支千客，揖让序饮，礼意犹存。或注汤，微火之，俟味具，以竿激出，盛他器，壶温斟酌，故谓钓竿酒。又以杂谷合酿，故谓杂麻酒。炉酒见贾思勰《齐民要术》……钓藤名始称于宋，竿儿闻于近世。……近蒋士铨《忠雅堂集》有《咂酒为周海山作》古诗，咏烧饮酿，罕譬颇详。古今言咂酒可述者大略具此矣。……长夏酷热，萧吉堂山长招饮云麓精舍。既分体咏诗，因附说始末以诏生徒。丙辰六月六日邵亭记。"

驻军大定与苗胞欢聚，即席赋诗　　（清）石达开

千颗明珠一甍收，君王到此也低头。五岳抱住擎天柱，吸尽黄河水倒流。

采茶词　　（清）樊增祥

分龙雨_{江浙一带山臣以夏历四月二十日至五月二十日前后称分龙,此}_{时之雨称为分龙雨。}小不成丝,晏坐斋中试茗旗。乳燕出巢蚕上簇,山家又过炒青时。

醉　时　　（近代）李叔同

醉时歌哭醒时迷,甚矣吾衰慨凤兮。_{"甚矣吾衰"语出}_{《论语·述而》,"凤兮,何德之衰"语出《论语·微子》。皆叹道不能行也。}帝子祠前芳草绿,天津桥上杜鹃啼。空梁落月窥华发,无主行人唱大堤。梦里家山渺何处,沉沉风雨暮天西。

三、住

1. 亭阁　居室

陪独孤使君同与萧员外澄登万山亭　　（唐）孟浩然

万山青嶂曲,千骑使君游。神女鸣环佩,仙郎接献酬。遍观云梦野,自爱江城楼。何必东南守,空传

沈隐侯。下半联想,自襄阳之万山亭联想到东阳之八咏楼。

暮春陪李尚书、李中丞过郑监湖亭泛舟
(唐)杜 甫

海内文章伯,湖边意绪多。玉尊移晚兴,桂楫带酣歌。春日繁鱼鸟,江天足芰荷。郑庄宾客地,衰白远来过。

江 亭　(唐)杜 甫

坦腹江亭卧,长吟野望时。水流心不竞,云在意俱迟。寂寂春将晚,欣欣物自私。故林归未得,排闷强裁诗。

(元)方回:老杜诗不可以色相声音求。如所谓"圆荷浮小叶,细麦落轻花","市桥官柳细,江路野梅香","柱穿蜂溜蜜,栈缺燕添巢","细雨鱼儿出,微风燕子斜","芹泥香燕嘴,花蕊上蜂须",他人岂不能之?晚唐诗千锻万炼,此等句极多,但如老杜"水流心不竞,云在意俱迟",即如"片云天共远,永夜月同孤",景在情中,情在景中,未易道也。又如"寂寂春将晚,欣欣物自私","江山如有待,花柳更无私",作一串说,无斧凿痕,无妆点迹,又岂只是说景者之所能乎?他如"有客过茅宇,呼儿正葛巾","自愧无鲑菜,空烦卸马鞍","忧我营茅栋,携钱过野桥",十字只是五字,却下在第五、第六句上,亦不如晚唐之拘。正如山谷诗"秋盘登鸭脚,春网荐琴高",其下却云"共理须良守,今年辍省曹",上联太工,下联放平淡,一直道破,自有无穷之味,所谓善学老杜者也。又此篇末句"排闷"似与"心不竞"、"意俱迟"同异,殊不知老杜诗以世乱为客,故多感慨。其初长吟野望时闲适如此,久之即又触动羁情如彼。不可以律束缚拘羁也。——《瀛奎律髓汇评》

(清)冯舒:必与匚谷并题,可笑。——同上

(清)冯班:方君云"亦不如晚唐之拘"。按:晚唐亦多如此。○"琴高"为鲤鱼,犹呼杜康为酒也,然终似不妥。——同上

(清)纪昀:虚谷此评最精。盖此诗转关五、六句:春已寂寂,则有岁时迟暮之慨;物各欣欣,即有我独失所之悲,所以感念滋深,裁诗排闷耳。若说五、六亦是写景,则失作者之意。○三、四本即景好句、宋人以理语诠之,遂匕出诗家障碍。——同上

(清)许印芳:虚谷深病晚唐人律诗中两联纯是写景,故常有此等议论。他处所说两联分写情景者,人所易知。此评所说一联中情景交融者,可谓独抒己见,得匚秘诀矣。——同上

(清)陆贻典:语有道心,直入渊明之室。——同上

(清)查慎行:"长吟野望"虽似闲适、实是遣闷。故结句唤醒,通体俱灵。非若方评所云久之触闷,多一转折也。——同上

(清)何焯:一"在"字人不能到。第六非佳句。——同上

(清)无名氏(乙):妙处可以意会。——同上

(清)仇兆鳌:按,"欣欣物自私"有物各得其所之意,前诗云"花柳更无私",有与物司春之意,分明是沂水春风气象。——《杜诗详注》

客 亭 (唐)杜 甫

秋窗犹曙色,落木更天风。日出寒山外,江流宿雾中。圣朝无弃物,老病已成翁。多少残生事,飘零似转蓬。

(元)方回:王右丞诗云"江流天地外,山色有无中"。此诗三、四以

写秋晓，亦足以敌右丞之壮。然其佳处，乃在五、六有感慨。两句言景，两句言情，诗必如此，则净洁而顿挫也。——《瀛奎律髓汇评》

（清）冯舒：看杜诗何拘情景！——同上

（清）纪昀："必"字有病。此亦非说定之法，细观古人所作，有多少变化不测处？○浑厚之至，是为诗人之笔。感慨不难，难于浑厚不激耳。入他人手，有多少愤愤不平语。——同上

（清）冯舒：八句如天生成，无复人力雕镂。——同上

（清）何焯：第一句"亭"字起。——同上

（清）许印芳：起是对偶。——同上

堂 成 （唐）杜甫

背郭堂成荫白茅，缘江路熟俯青郊。谢朓诗："结轸青郊路。"桤读敧，平声。木名。林碍日吟风叶，笼竹和烟滴露梢。《山谷别集》："蜀人名大竹为笼竹。"暂止飞乌将数子，频来语燕定新巢。旁人错比扬雄宅，扬雄字子云。《太平寰宇记》："子云宅在华阳县少城西南角，一曰草玄堂。"懒惰无心作《解嘲》。《汉书·扬雄传》："哀帝时丁傅、董贤用事，雄方草《太玄》，或嘲雄以玄尚白，而雄解之，号曰《解嘲》。"

（宋）罗大经：诗莫尚乎兴，兴因物感触，言在此而意在于彼，非若比赋之直言其事也。故兴多兼比赋，比赋不兼兴，古诗皆然。今以杜陵诗言之，《发潭州》云"岸花飞送客，樯燕语留人"。盖因飞花语燕，伤人情之薄，言送客留人止有燕与花耳。此赋也，亦兴也。若"感时花溅泪，恨别鸟惊心"，则赋而非兴矣。《堂成》云"暂止飞乌将数子，频来语燕定新巢"。盖因乌飞燕语，而喜己之携雏卜居，其乐与之相似；此比也，亦兴也。若"鸿雁影来联峡内，鹡鸰飞急到沙头"则比而非兴矣。——《鹤林玉露》

（明）王嗣奭：此章与卜居相发，前诗写溪前外景，此诗写堂前内景；前景是天然自有者，此景则人工所致者，此《卜居》、《堂成》之别

也。——《杜臆》

（清）仇兆鳌：林碍日，叶吟风，竹和雨，梢滴露，六字本相对，将风叶露梢倒转，句去便觉变化。——《杜诗详注》

狂　夫　　（唐）杜　甫

万里桥西一草堂，百花潭水即沧浪。风含翠筱读小上声。小竹。娟娟净，雨裹红蕖冉冉香。厚禄故人书断绝，恒饥稚子色凄凉。欲填沟壑唯疏放，自笑狂夫老更狂。

（宋）罗大经：杜少陵诗云"风含翠筱娟娟净，雨裹红蕖冉冉香"，上句风中有雨，下句雨中有风，谓之互体。——《鹤林玉露》

（元）方回：老杜七言律诗一百五十余首，求其郊野闲适如此者仅三篇。而此之第三篇后四句，亦未免叹贵交之绝，悯贫稚之饥。信矣和平之音难道，而喜起明良之音难值也。然格高律熟，意奇句妥，若造化生成。为此等诗者，非真积力久不能到也。学诗者以此为准，为"吴体"，拗字、变格，亦不可不知。——《瀛奎律髓汇评》

（清）查慎行：方君云"然格高律熟，意奇句妥。若造化生成"，作诗必得此三昧。——同上

（清）纪昀：此种议论，总是摸索皮毛。○亦是宋派之先声，非杜之佳处。——同上

（清）何焯：清风峻节，固穷独立，比赋相参，不令许露。"即沧浪"三字，含后半所谓人浊我清也。落句只自嘲，怨而不怒。——同上

（清）许印芳：前四句不恶；五句太激太露，后三句亦不免伧气。——同上

（清）浦起龙：客中贫窘无聊之作，却说得极恬淡。……五、六，露意，公自以为已涉狂夫之言，故急以"自笑"煞住。而因以"狂夫"命题，浑然无乖角。——《读杜心解》

登 楼 （唐）杜 甫

花近高楼伤客心，万方多难此登临。锦江春色来天地，玉垒浮云变古今。北极朝廷终不改，西山寇盗莫相侵。可怜后主还祠庙，日暮聊为《梁甫吟》。

（元）方回：老杜七言律诗一百五十九首，当写以常玩，不可暂废。"锦江"、"玉垒"一联，景中寓情；后联却明说破，道理如此，岂徒模写江山而已哉。——《瀛奎律髓汇评》

（清）冯班：拘情景便非高手。——同上

（清）纪昀：杜诗亦有佳有不佳，一百五十九首皆"不可暂废"是何言欤？此徒为大耳。○何等气象！何等寄托！如此种诗，如日月终古常见而光景常新。○沈归愚谓首二句若倒装，便是近人诗，其论甚微。——同上

（清）冯舒：后六句皆从第二句生出。——同上

（清）查慎行：发端悲壮，得笼罩之势。——同上

（清）许印芳：引归愚评语有讹谬处，愚为正之。沈归愚谓："首二句妙在倒装，若一掉转，便是近人诗。"——同上

（清）无名氏（甲）：楼在四川成都。——同上

（清）无名氏（乙）：起情景悲辏，三、四壮丽不板，五、六忠赤生动，结苍深，一字不懈，殆亦可冠长句。——同上

和牛相公游南庄，醉后寓言，戏赠乐天兼见示
（唐）刘禹锡

城外园林初夏天，就中野趣在西偏。蔷薇乱发多临水，　　双游不避船。水底远山云似雪，桥边平岸

草如烟。白家唯有杯筋兴，欲把头盘打少年。 王夫之《唐诗评选》云："腹颔两联七言胜境。结亦与乐府相表里。"

题诗屏风绝句 并序　　（唐）白居易

十二年冬，微之犹滞通州，予亦未离浔上，相去万里，不见三年，郁郁相念，多以吟咏自解。前后辱微之寄示之什，殆数百篇，虽藏于箧中，未以为好，不若置之座右，如见所思。由是掇律句中短小丽绝者，凡一百首，题录合为一屏风，举目会心，参若其人在于前矣。前辈作事，多出偶然。则安知此屏，不为好事者所传，异日作九江一故事尔。因题绝句，聊以奖之。

相忆采君诗作障，自书自勘不辞劳。障成定被人争写，从此南中纸价高。

答微之 原注：微之于阆州西寺，手题予诗。予又以微之百篇，题此屏上。各以绝句，相报答之。　　（唐）白居易

君写我诗盈寺壁，我题君句满屏风。与君相遇知何处，两叶浮萍大海中。

题虢州吴郎中三堂　　（唐）贾岛

无穷草树昔谁栽，新起临湖白石台。半岸泥沙孤鹤立，三堂风雨四门开。荷翻团露惊秋近，柳转斜阳

过水来。昨夜北楼堪朗咏，虢城初锁月徘徊。按："无穷草树"是旧物，"临湖三堂"是新起。草树以旧物为佳，堂以新起为佳也。唐人五、六专为七、八，此又愈妙。

咏 帘　　（唐）陆 畅

劳将素手卷虾须，琼室流光更缀珠。玉漏报来过半夜，可怜潘岳立踟蹰。

追赋画江潭苑四首　　（唐）李 贺

吴苑江潭苑即梁苑，梁大同九年置。在金陵，故曰吴苑。晓苍苍，宫衣水溅黄。水溅黄即鹅黄色也。小鬟红粉薄，骑马佩珠长。路指台城迥，罗薰袴褶香。行云沾翠辇，今日似襄王。

宝袜菊衣单，蕉花密露寒。王琦按：宝袜者宫人近身之服，人所不见，然其色之红艳有似蕉花。其上以菊花（黄色之衣）罩之，菊花既单，则不能掩却宝袜之色，而露其红艳之影。"寒"字从"单"字生出。水光此谓其发也。兰泽叶，带重剪刀钱。角暖盘弓易，靴长上马难。泪痕沾寝帐，匀粉照金鞍。末二句言夜眠怨泪不觉沾帐，晓起匀粉，从驾出游，虽冶容艳色，岂知其中之隐忧哉。

剪翅谓翅如剪刀。小鹰斜，绦根玉镟花。鞦马鞦也。垂妆钿粟，箭服钉文牙。狒狒读费，去声。啼深竹，鹧鸪老湿沙。宫官烧蜡火,飞烬污铅华。末二句言天早尚暗宫官烧蜡火以照明也。

十骑簇芙蓉,宫衣小队红。练香熏宋鹊,《博物志》:"宋有俊犬曰鹊。此句谓宫娃云集,猎犬亦沾衣香。"寻箭踏卢龙。卢龙,山名。旗湿金铃重,霜干玉镫空。今朝画眉早,不待景阳钟。

帘　　（唐）杜　牧

徒云逢剪削,岂谓见偏装。凤节轻雕日,鸾花薄饰香。问屏何屈曲,怜帐解周防。下溃金阶露,斜分碧瓦霜。沉沉伴春梦,寂寂侍华堂。谁见昭阳殿,真珠十二行。

屏风绝句　　（唐）杜　牧

屏风周昉画纤腰,岁久丹青色半销。斜倚玉窗鸾发女,拂尘犹自妒娇娆。

题元处士高亭　　（唐）杜　牧

水接西江天外声,小斋松影拂云平。何人教我吹长笛,与倚春风弄月明。

北 楼 　　(唐)李商隐

春物岂相干,人生只强欢。花犹曾敛夕,酒竟不知寒。异域东风湿,中华上象上象,天宇也。《齐书·海陵王纪》:"德漏下泉,功昭上象。"宽。此楼堪北望,轻命倚危栏。

屏 风 　　(唐)李商隐

六曲连环接翠帷,高楼半夜酒醒时。掩灯遮雾密如此,雨落月明俱不知。

江亭晚望 　　(唐)赵嘏

碧江凉冷雁来疏,闲望江云思有余。秋馆池亭荷叶歇,野人篱落豆花初。无愁自得仙翁术,多病能忘太史书。闻说故园香稻熟,片帆归去就鲈鱼。

(元)方回:三四明秀。——《瀛奎律髓汇评》

(清)何焯:第六言庶几以文章自通于后,一洗自缘多病,都忘周南留滞也。——同上

(清)纪昀:风韵特佳。○已开剑南一派。——同上

和袭美褚家林亭 　　(唐)陆龟蒙

一阵西风起浪花,绕栏杆下散瑶华。高窗曲槛仙

侯府，卧苇荒芹白鸟家。孤岛待寒凝片月，远山终日送余霞。若知方外还如此，不要秋乘上海槎。《唐诗鼓吹笺注》云："此必林亭面对太湖，忽见其景，冲口而出，随笔而起……"

（清）赵臣瑗：看伊题咏人家林亭，思之思之，先将多少寻常点染布置之法，一切弃去不屑道，忽于坐久之后，时所偶值，目所亲睹，果然得一绝灵奇、绝变幻之景，不觉大叫疾书。只十四字，真有笔歌墨舞之乐也。"一阵西风起浪花"，分明千顷湖光，平净如镜，风声响处，波涛陡作，其势莫可遏也。'绕栏干下散瑶华'，水因风起，拍岸齐飞，直入亭轩，高低零乱，不啻碎玉满空也。妙哉，妙哉！我今读之，犹当急浮一大白也。看他一、二如此突兀而来，三、四却故用缓笔承受：三写林亭以内之爽朗幽折，四写林亭以外之空旷萧疏：皆近景也。五、六再写远景，岛迎片月，自然一派清泠；山送余霞，别是一般绮丽。七、八虚收法：七犹王维所云"仙家未必胜此"，八犹宗楚客所云"无劳万里访蓬瀛"云尔。——《山满楼笺注唐诗七言律》

小　院　　（唐）唐彦谦

　　小院无人夜，烟斜月转明。清宵易惆怅，不必有离情。

（清）徐增：要看"无人夜"三字，下惆怅正为此，却把推到清宵上边去。于是寻夜之罪案来说，烟月是清宵之罪案也。月不明则烟不见，月明则烟受月光而见，见烟斜在那里，我正怕此烟，而月又照得分明，自然生出惆怅来。此时独身无伴，凭栏不可，隐几不可，卷帘不可，下帷不可，煞有二十分过不去，总是离情在胸前梗塞。若说有离情，便落凡近；若说无离情又涉悬空。乃轻轻转下去曰"清宵易惆怅"。合曰"不必有离情"，的有雅人深致，唐贤之妙如此！——《而庵

说唐诗》

（清）王尧衢："无人夜"便有"离情"，因"离情"而"惆怅"。今反云"惆怅"不由"离情"，乃"清宵"之故。诗人用笔深曲，令人览之不尽，妙有含蓄。——《古唐诗合解》

湖楼写望 　　（北宋）林 逋

湖水混空碧，凭栏凝睇芳。夕寒山翠重，秋净鸟行高。远意极千里，浮生轻一毫。丛林数未遍，杳霭隔渔舠。舠读刀，平声，小船。

（元）方回："夕寒山翠重"一联，佳句也。——《瀛奎律髓汇评》

（清）冯舒："鸟"字换不得"雁"字。——同上

（清）冯班：（作者）七言以"疏影"、"暗香"为第一，五言以此三、四为第一。人能作此，足鸣万世矣，贵多乎哉！——同上

（清）纪昀：前四句极有意境。"静"当作"净"，作"静"便少味。六句牵于韵脚，未佳。"渔舠"不至隔望眼。末句亦趁韵，不稳。——同上

蝶恋花 　　（北宋）欧阳修

独倚危楼风细细。望极离愁，黯黯生天际。草色山光残照里。无人会得凭栏意。　　也拟疏狂图一醉。对酒当歌，强饮还无味。衣带渐宽终不悔，为伊消得人憔悴。

题齐安寺山亭　　（北宋）王安石

北山无蹰躅，故国有杨梅。怅望心常折，殷勤手自栽。暮年逢火改，火改即改火也。古代钻木取火，四季换用不同木材。《周书·月令》谓："春取榆柳之火，夏取枣杏之火，秋取柞楢之火，冬取槐檀之火。"此"逢火改"谓时节改移起衰老之叹。晴日对花开。万里乌塘路，春风自往来。李壁云："此诗（在）建康作，怀旧乡之意深矣。公故国在临川，皆有蹰躅、杨梅，而此地无之，故'手自栽'，则以寄（乡）土思耳。'有'、'无'二字，互相备之词。乌塘在抚州，与公先墓相近。"

段约之园亭　　（北宋）王安石

爱公池馆得忘机，初日留连至落晖。菱暖紫鳞跳复没，柳阴黄鸟啭还飞。径无凡草唯生竹，盘有嘉蔬不采薇。胜事阆州虽或有，终非吾土岂如归？

酬吴仲庶小园之句　　（北宋）王安石

旧年台榭扫沉尘，职闭朱门岁又新。花影隙中看冉冉，车音墙外去粼粼。相逢岂少佳公子，一醉何妨薄主人。只向东风邀载酒，定知无奈帝城春。

次韵再游城西李园　　（北宋）王安石

京师花木类多奇，常恨春归人未归。车马喧喧走

尘土,园林处处锁芳菲。残红已落香犹在,羁客多伤涕自挥。我亦悠悠无事者,约君联骑访郊圻。

留题微之廨中清辉阁　（北宋）王安石

故人名字在瀛洲,邂逅低回向此留。鸥鸟一双随坐啸,荷花十丈对冥搜。水含樽俎清如洗,山染衣巾翠欲流。宣室应疑鬼神事,知君能复几来游。

次韵陈学士小园即事　（北宋）王安石

墙屋虽无好鸟鸣,池塘亦未有蛙声。树含宿雨红初入,草倚朝阳绿更生。万物天机何得丧,百年心事不将迎。《庄子·应帝王》:"至人之用心若镜,不将不迎,应而不藏。"与君杖策聊观化,搔首东风眼尚明。

郑子宪新起西斋　（北宋）王安石

漫构轩窗意亦深,滔滔浮俗倦登临。诗书千载经纶志,松竹四时萧洒心。晓枕不容春梦到,夜灯唯许月华浸。行看富贵酬勤苦,车马重来拾翠阴。

中隐堂诗五首 并叙　（北宋）苏 轼

　　岐山宰王君绅·其祖故蜀人也。避乱来长安，而遂家焉。其居第园圃，有名长安城中，号中隐堂者是也。予之长安，王君以书戒其子弟邀予游，且乞诗甚勤，因为作此五篇。

　　去蜀初逃难，游秦遂不归。园荒乔木老，堂在昔人非。凿石清泉激，开门野鹤飞。退居吾久念，长恐此心违。

　　径转如修蟒，坡垂似伏鳌。树从何代有，人与此堂高。好古嗟生晚，偷闲厌久劳。王孙早归隐，尘土污君袍。

　　二月惊梅晚·幽香此地无。依依慰远客，皎皎似吴姝。不恨故园隔，空嗟芳岁徂。春深桃杏乱，笑汝益羁孤。

　　翠石如鹦鹉·何年别海壖。贡随南使远，载压渭舟偏。已伴乔松老，那知故国迁。金人解辞汉，汝独不潸然。

　　都城更几姓，到处有残碑。古隧埋蝌蚪，崩岩露伏龟。安排壮亭榭，收拾费金赀。峋嵝何须到，韩公浪自悲。

南溪有会景亭,处众亭之间,无所见,甚不称其名。予欲迁之少西,临断岸,西向可以远望,而力未暇,特为制名曰招隐。仍为诗以告来者,庶几迁之 (北宋)苏 轼

飞檐临古道,高榜劝游人。未即令公隐,聊须濯路尘。茅茨分聚落,烟火傍城 。林缺湖光漏,窗明野意新。居民惟白帽,过客漫朱轮。山好留归屐,风回落醉巾。他年谁改筑,旧制不须因。再到吾虽老,犹堪作坐宾。按:白帽,隐者之服。杜甫:"尝念着白帽,采薇青云端。"

书双竹湛师房　　(北宋)苏 轼

暮鼓朝钟自击撞,闭门孤枕对残缸。白灰旋拨通红火,卧听萧萧雪打窗。

书 轩　(北宋)苏 轼

雨昏石砚寒云色,风动牙签乱叶声。庭下已生书带草,使君疑是郑康成。《三齐记略》:"(郑康成)所居山下,草如薤叶,长尺余,坚韧异常,时人名康成书带草。"

单同年求德兴俞氏聚远楼诗三首 （北宋）苏 轼

云山烟水苦难亲，野草幽花各自春。赖有高楼能聚远，一时收拾与闲人。王文诰按云："山之有云，水之有烟，远则见也，近无有也。故下云'苦难亲'也。此七字已将聚远之意拘到笔下。"

（宋）胡仔：作语不可太熟，亦须令生。东坡作《聚远楼》诗，本合用"青山绿水"对"野草闲花"，以此太熟，故易以"云山烟水"，此深知诗病者。然后知宁拙毋巧，宁朴毋华，宁粗毋弱，宁僻毋俗之语为可信。——《苕溪渔隐丛话》

无限青山散不收，云奔浪卷入帘钩。直将眼力为疆界，何啻人间万户侯。

闻说楼居似地仙，不知门外有尘寰。幽人隐几寂无语，心在飞鸿灭没间。

次韵陈海州乘槎亭 （北宋）苏 轼

人事无涯生有涯，逝将归钓汉江槎。乘桴我欲从安石，谢安石也。遁世谁能识子嗟。《诗·王风·丘中有麻》："丘中有麻，彼留子嗟。"《小序》云："思贤也，庄王不明，贤人放逐，国人思之，而作是诗也。"日上红波浮碧 ，潮来白浪卷青沙。清谈美景双奇绝，不觉归鞍带月华。

杜介熙熙堂　　　（北宋）苏 轼

崎岖世路最先回，窈窕华堂手自开。咄咄何曾书怪事，熙熙长觉似春台。《老子》："众人熙熙，如享太牢，如登春台。"白砂碧玉殷七七醉《歌曰》：琴弹碧玉调，炉养白朱砂。味方永，黄纸红旗白乐天诗："红旗破贼非吾事，黄纸除书无我名。"心已灰。遥想闭门投辖投辖，言主人殷勤留客。典出《汉书·陈遵传》。辖读瞎，入声。饮，鹍弦铁拨响如雷。《国史补》："冯道之子能琵琶，以皮为弦，世宗号绕殿雷。"

登快阁阁在江西太和县。　　　（北宋）黄庭坚

痴儿了却公家事，快阁东西倚晚晴。落木千山天远大，澄江一道月分明。朱弦已为佳人绝，青眼聊因美酒横。万里归船弄长笛，此心吾与白鸥盟。

（元）方回：此诗见《山谷外集》，为太和宰时作，吕居仁谓"山谷妙年诗已气骨成就"是也。山谷生于庆历五年乙酉，至元丰四年辛酉作邑，三十七矣。——《瀛奎律髓汇评》

（清）陆贻典：大雅。〇山谷天分绝高，学力不如陈。——同上

（清）查慎行：三、四句极似杜家气象。——同上

（清）何焯：次联亦自写得"快"字意出。——同上

（清）纪昀：起句山谷习气，后六句意境殊阔。〇此"佳人"乃指知意之人，非妇人也。——同上

（清）许印芳：首句在本集为习气，在选本中却无妨碍。第三句亦无疵颣。晓岚抹"远大"二字，亦不可解。第五句用伯牙绝弦事，必有

所指，此须小注标明，方见分晓，此等处未免鹘突。○史氏注《晋书·傅咸传》云："生子痴，了官事，官事未易了也。了事正作痴，复为快耳。"○姚姬传云："豪而有韵，是能移太白歌行于七律内者。"——同上

（清）无名氏（乙）：有风趣，结亦老。——同上

题胡逸老致虚庵 　（北宋）黄庭坚

藏书万卷可教子，遗金满籝常作灾。能与贫人共年谷，必有明月生蚌胎。山随宴坐图画出，水作夜窗风雨来。观水观山皆得妙，更将何物污灵台。

（元）方回：末句一作"莫将世事侵两鬓，小庵观静锁灵台"。三、四谓赈饥者必有后，此理灼然。五、六奇句也，亦近"吴体"。又山谷《永州题淡山岩前》诗亦全是此体。——《瀛奎律髓汇评》

（清）纪昀："莫将世事侵两鬓，小庵观静锁灵台"二句凡近。○此双拗，非"吴体"也。——同上

（清）冯班：腹联佳。——同上

（清）纪昀：三、四好在理语不腐。此诗不甚入绳墨，略其玄黄可矣，不以立法。——同上

（清）许印芳：律诗二下联叠用风月山水等字，山谷以前作者皆用在前半，而且上联总起，下联分承，如沈云卿《龙池》篇，杜子美《吹笛》篇是也。山谷此诗却命在后半，上联分说，下联总收，变化得妙，惟气脉与前半微嫌隔阂，晓岚所谓不甚入绳墨也。○虚谷本第五句作"画图出"，而本集乃"图画"出，较为峭健，今从本集。○"作"字复。山水叠用不为复。"污"读去声。——同上

郭明府作西斋于颍尾,请予赋诗二首

（北宋）黄庭坚

食贫自以官为业,闻说西斋意凛然。自己家贫,以官为业。闻说郭营书斋隐居读书,不觉凛然起敬。万卷藏书宜子弟,十年种木长风烟。《管子》云:"十年之计,莫如树木,终身之计,莫如树人。"未尝终日不思颍,想见先生多好贤。两句倒句写法。安得雍容一樽酒,女郎台下水如天。

东京望重两并州,东汉郭丹、郭伋都曾为并州牧,此切姓。遂有汾阳唐代郭子仪。整缀旒。谓再造唐室。翁伯入关倾意气,西汉郭解,字翁伯。郭解入关时,关中豪杰争来交欢。林宗异世想风流。郭林宗是当时儒林的领导人物,死后蔡邕写了一篇碑文来纪念他。君家旧事皆青史,今日高材未白头。莫倚西斋好风月,长随三径古人游。希望他出来济世立功。

和寇十一寇国宝。晚登白门白门在徐州即彭城。

（北宋）陈师道

重楼杰观屹相望,表里河山自一方。小市张灯归意动,轻衫当户晚风长。白门地近狭邪,此戏之也。孤臣白首逢新政,游子青春见故乡。富贵本非吾辈事,江湖安得便相忘。

谒金门　　　　（北宋）陈 克

　　愁脉脉，目断江南江北。烟树重重芳信隔，小楼山几尺。　　细草孤云斜日，一向弄晴天色。帘外落花飞不得，东风无气力。

（明）卓人月："槛外残红湿未飞"，怨雨也；"帘外落花飞不得"，嘲风也。——《古今词统》

（清）黄苏："落花到地听无声"，怨矣；曰"飞不得"，其怨更深。首阕言事多阻隔，次阕言少欷嘘之力，总是为身世所感也。——《蓼园词选》

（清）谭献：（"小楼山几尺"）不如不见。（"细草"）一，（"孤云"）二，（"斜阳"）三。（"帘外落花飞不得，东风无气力"）宰相何故失此人。——《谭评词辨》

（清）谢章铤：王述庵云："南宋词多黍离麦秀之悲，北宋词多北风雨雪之感。世以填词为小道者，此扪牫扣籥之说。"——《赌棋山庄词话》

与大光同登封州小阁　　　（南宋）陈与义

　　去程欲数莽难知，三日封州更作迟。青嶂足稽天下士，锦囊今有峤南_{峤南，岭南也。峤读叫，去声。}诗。共登小阁春风里，回望中原夕霭时。万本梅花为我寿，一杯相属未全痴。

题小室　　　（南宋）陈与义

　　暂脱朝衣_{张籍诗："新酒欲开期好客，朝衣暂脱见闲身。"}不当闲，

澧州_{作者曾为澧州教授。}梦断已多年。诸公自致青云上，病客长斋绣佛前。随意时为师子卧，_{佛经云："狮子夜卧，右胁在地，累足尾后。至明见身不正则惭，正则喜。"}安心懒作野狐禅。_{野狐禅是禅宗对一些妄称开悟而流入邪僻者的讥刺语。见《五灯会元》。}炉烟忽散无踪迹，屋上寒云自黯然。

西　窗　（南宋）陆　游

西窗偏受夕阳明，好事能来慰此情。看画客无寒具手，论书僧有折钗评。姜宜山茗留闲啜，豉下湖莼喜共烹。酒炙朱门非我事，诸君小住听松声。

（元）方回：此诗尾句好，所以不可遗。——《瀛奎律髓汇评》

（清）冯班：起好。——同上

（清）纪昀：七句太露骨，并结句亦少味。——同上

（清）无名氏（甲）："寒具"即油果类。桓玄陈法书名画，客手污之，于是不设寒具。〇怀素论书有"折钗脚"，言其劲也。——同上

初约邻人至石湖　　（南宋）范成大

窈窕崎岖学种园，此生丘壑是前缘。隔篱日上浮天水，当户山横匝地烟。春入荇田芦绽笋，雨倾沙岸竹垂鞭。荒寒未办招君醉，且吸湖光当酒泉。

止斋即事　　（南宋）陈傅良

　　教子时开卷，逢人强整襟。最贫看晚节，多病得初心。地僻茭莲好，山低竹树深。寄声同燕社，明日又秋砧。

　　（元）方回：君举以时文鸣。此诗高古、缘才高也。——《瀛奎律髓汇评》

　　（清）冯班：止斋诗不多见。睹此，真作家也。○"最贫看晚节"，谁看？——同上

　　（清）纪昀：三、四沉着深至语。不袭古人，而直逼古人，非寻常议论为诗之比。○才高人以余力为诗，亦自胜人，然毕竟不能深细。昌黎之诗亦然，不但止斋也。——同上

　　（清）许印芳：唐人于良史诗云"僻居人事少，多病道心生"。止斋此诗下句，正是袭用于语，而意较切实。上句独造，意尤深警。于诗远不能及，此皆练意胜古人处。晓岚乃称其不袭古人而直逼古人，非也。——同上

一　室　　（南宋）宋自逊

　　一室冷如冰，梅花相对清。残年日易晚，夹雪雨难晴。身计茧千绪，世纷棋一枰。曲生差解事，谈笑破愁城。

　　（元）方回：壶山宋自逊，字谦父，本婺女人。父子兄弟皆能诗，而谦父名颇著。贾似道贿以二十万楮，结屋南昌。诗篇篇一体，无变态。此

诗三、四好,五、六涉烂套也。他如"酒熟浑家醉,诗成逐字评",亦佳,但近俗耳。——《瀛奎律髓汇评》

(清)陆贻典:此犹是盛世之风。若后来权贵,即少陵复生,欲求其一钱,不可得矣。——同上

(清)冯班:止次联可耳。——同上

(清)纪昀:起四句殊有格力。——同上

贺新郎·钓雪亭　　(南宋)卢祖皋

挽住风前柳。问鸥夷、当日扁舟,近曾来否?月落潮生无限事,零乱茶烟未久。谩留得、蓴鲈依旧。可是从来功名误,抚荒祠、谁继风流后!今古恨,一搔首。　　江涵雁影梅花瘦,四无尘、雪飞风起,夜窗如昼。万里乾坤清绝处,付与渔翁钓叟。又恰是、题诗时候。猛拍阑干呼鸥鹭,道他年、我亦垂纶手。飞过我,共樽酒。自序云:彭传师于吴江三高堂之前作钓雪亭,盖擅渔人之窟宅,以供诗境也。赵子野约余赋之。

(宋)魏庆之:《中兴词话》云,彭传师于吴江三高亭之前作钓雪亭,蒲江为之赋词云(略)。无一字不佳,每一咏之,所谓如行山阴道中,山水映发,使人应接不暇也。——《诗人玉屑》

(清)陈廷焯:起笔潇洒,亦突兀。○"猛拍"妙。有神境,有悟境。——《词则·放歌集》

浪淘沙　　(金)元好问

金翠画屏山,万髻千鬟。以发髻比喻青山。桃源楼阁五云间。恨煞芙蓉城下客，芙蓉城乃仙人所居。欧阳修《六一诗话》言石曼卿死后为芙蓉城主。不借青鸾。青鸾为传说中的神鸟。 风雨杏花残，芳意都阑。一灯孤影小窗闲。绣被薰来香欲尽，只是春寒。上片屏风上所画之山引发遐想，下片又回到现实。

齐天乐·齐云楼楼在苏州市。 （南宋）吴文英

凌朝一片阳台宋玉《高唐赋》："朝朝暮暮，阳台之下。"影，飞来太空不去。栋与参横，帘钩斗曲，参与斗皆星宿名。西北城高《古诗十九首》："西北有高楼，上与白云齐。"切楼名。几许？天声似语。便阊阖轻排，排闼也。虹河指银河。平溯。问几阴晴，霸吴平地无端地，轻易地。漫今古。 西山横黛瞰碧，眼明应不到，烟际沉鹭。卧笛长吟，层霾乍裂，寒月溟蒙千里。凭虚凭虚御风。以上皆写楼上人之活动。醉舞。梦凝白阑干，化为飞雾。净洗青红，青红谓人世浮华。青色与红色，代指粉黛胭脂。韩愈《谒衡岳寺题门楼》："粉墙丹柱动光彩，鬼物画图填青红。"王安石《梁王吹台》："仰不见王处，云间指青红。"骤飞沧海雨。

（清）陈廷焯：状难状之景，极烟云变幻之奇。——《词则·大雅集》

山窗新糊，有故朝封事稿，阅之有感
（南宋）林景熙

偶伴孤云宿岭东，四山欲雪地炉红。何人一纸防秋疏，却与山窗障北风。

题梧竹轩 　　（明）丁鹤年

　　凤鸟当年此地过，至今梧竹满丘阿。曾闻剪叶书周史，又听翻枝入楚歌。金井月明秋影薄，石坛风细夜凉多。中郎老去知音少，共负奇材奈尔何！

逃禅室与苏生话旧 　　（明）丁鹤年

　　不学扬雄事草玄，且随苏晋暂逃禅。无锥可卓香严地，有柱难擎杞国天。谩诧丹霞烧木佛，谁怜玉露泣铜仙。茫茫东海皆鱼鳖，何处堪容鲁仲连。

青羊庵作者傅山读书处，为其室名之一。 　　（清）傅 山

　　芟苍凿翠一庵经，经，经营之意。不为瞿昙释迦牟尼的姓氏。作客星。意谓不作佛家的苦行僧。既是为山平不得，我来添尔一峰青。以人拟物，傅山，山也，峰也！亦可作如此解。徐世昌《晚晴簃诗汇》云："（傅山）国变后为道士装，隐青羊山土室即所谓霜红庵也。诗书画兼医学皆绝人。论诗宗少陵亦取经钟谭，第才大学博不为所囿。亭林尝曰：'萧然物外，自得天机，吾不如傅青主。'"

游冒巢民春晖园 　　（清）黄周星

　　梦老吴山五十年，今朝始得卧苍烟。三峰已叩生公石，一水还浮米芾船。海国衣冠名士会，醉乡花月

美人天。豪情胜事真千古,那羡兰亭共辋川! 杨际昌《国朝诗话》评其"宕逸可玩"。

自题蕉林书屋　　　（清）梁清标

半船坐雨冷萧萧,仿佛江天弄晚潮。人在西窗清似水,最堪听处是芭蕉。

铁　马　　　（清）韩　洽

急响中宵发,凌空铁骑行。不知风信至,顿使旅魂惊。当世正多事,吾侪方苦兵。那堪檐宇下,又作战场声。

题重缮曝书亭二首　　　（清）朱休度

海内文章伯,乾坤一草亭。无人觉来往,柱史正零丁。冥寞怜香骨,喧呼阅使星。不能随皂盖,高卧想仪形。

野外贫家远,兹晨放鹞初。传声看驿使,相见下肩舆。壮节初题柱,荒芜已荷锄。新亭有高会,乡党羡吾庐。

门神诗　　（清）唐孙华

文武衣冠色正殷，居然鹄立似朝班。将军本自名
当户，丞相于今亦抱关。阃外未闻持玉钥，檐头惟见
倚铜环。迎新送故君休叹，免受推排旦暮间。

题甘泉宫瓦二首　　（清）徐

武帝乘龙事可哀，更无人到集灵台。惟留一片甘
泉瓦，曾照西京烽火来。

已无宝鼎荐芝房，碧瓦徒怜委路旁。犹胜临漳老
铜雀，不从台畔看分香。

宝翰堂直郡王敬藏御书之所。四首　　（清）劳之辨

奎章复旦发光华，颁赐天潢帝子家。道本羲轩观
日月，法超汉晋走龙蛇。堂前悬榜千寻玉，架上分签
万轴牙。敬守训辞庄册府，夏璜繁弱不须夸。

典谟誓诰媲三坟，泼墨真开五色云。麟趾方能承
凤彩，燕诒正合畀龙文。清池洗砚鱼吹浪，斋阁焚香
蠹避芸。短楮长缣皆至宝，即从游艺体精勤。

开承家法本修齐，领袖亲藩别殿西。侍膳彻时晨
校射，扈从归后夜燃藜。班行首列朝兴庆，枝干相维
秉介圭。远驾河间赓乐府，穆皇诗句答凫鹥。

文采风流乐有余，珍藏天藻压璠玙。更教朱邸增
佳气，岂等平台博令誉。秘笈分从勤政殿，微言阐自
集贤庐。樗材蠡测诚无状，大雅趋陪愧应徐。

湖楼题壁 （清）厉鹗

水落山寒处，盈盈记踏春。朱栏今已朽，何况倚
栏人。此有所本也。欧阳詹《怀妓》诗：“高城不可见，何况城中人。”苏轼诗：“朱
阑能得几时好，不独凭阑人易老。”

小 廊 （清）郑燮

小廊茶熟已无烟，折取寒花瘦可怜。寂寂柴门秋
水阔，乱鸦揉碎夕阳天。

同友集空谷园 （清）查为仁

郊居尘埃少，幽访共沿回。柳下孤篷泊，花间白
版开。高人还掩卧，稚子识曾来。小立窥鸥鹭，忘机
客不猜。

过春草园八首　　（清）丁　敬

赵兄情抱水迢迢，逢着花开即见招。<small>按：春草园主人赵谷林系作者旧交好友。</small>却似春风也追忆，殷勤犹到最繁条。

曾共髯翁把酒来，高低忍踏旧亭台。梅花了解相思苦，抱住寒梢不肯开。

淡沱池光洗钓机，当年柳影见依稀。池边多少闲鸥鹭，早伴寥天一鹤飞。<small>原注：园有三十六鸥亭。</small>

缥缈层楼构意新，只容青霭作比邻。遥遥天目应惆怅，不见掀髯倚眺人。<small>原注：岑楼四叠，可眺天目山，即以名焉。秦蕙田八分书。</small>

垂杨倾倒草萋萋，遮断蒙苔屐印泥。野鸟不知人怨听，飞来犹是尽情啼。

柳丘谢壑称胸成，散步真教五欲清。他日何人知惨淡，任随轻藓发狂生。<small>原注：亭台树石，悉出谷林胸中丘壑布置者。</small>

连蜷桂树小山丛，异种疑分白兔宫。<small>原注：南华堂背岩桂两株，丛干合本。婆娑可玩。谷林曰："此所谓丛桂也，种不易得。"</small>月斧云斤消息断，一枝遗恨向秋风。原注：忆乡试报罢，予往慰之。谷林语我曰："我犹作此举者，老母命也。"语次泪数行下。盖谷林孝思纯笃，得乎天者全也。惟我知状，附记于此，以示贤诸孙。

径草萧萧蔚似麻，文梁徙燕槛升蜗。无情最是高松树，曳翠牵萝荫别家。

题余舫 （清）王又曾

闲身天地沙鸥似，杜甫《旅夜书怀》："飘飘何所似，天地一沙鸥。"借得溪堂畅远襟。白日尽吹残雨冷，碧梧高坐一蝉吟。狂来飞动江湖思，懒极生疏礼法心。对礼法怠慢的心理过程。枕上红酣秋梦阔，窈然三十六陂深。王安石诗云："柳叶鸣条绿暗，荷花落日红酣。三十六陂流水，白头想见江南。"汴京和安徽天长县都有三十六陂。徐世昌《晚晴簃诗汇》云："作者曾自谓曰：'我诗适兴而已。'诗家精深华妙，森严密栗之境未能到也，然天真烂漫，随手拈得，颓唐中见风致，古人佳处，往往在是。"

废园有感三首 （清）程晋芳

雨裛颓垣损荔衣，朱门尽日锁烟霏。梁空燕挟全家去，花少蜂寻别径飞。荒店梦知酣与醒，太清游果是耶非。当时选舞征歌急，早有旁观讽式微。

竹馆兰轩贮异书，往来评榷尽欧虞。寒垣回首停霜雪，诗句从人入画图。曾讶王阳富车马，敢轻郭解

105

肖侏儒。私情公罪难相掩,清泪无端到绿芜。

崔郑门楣水样清,百年小劫示亏盈。韩重花已操长算,戴九江仍损政声。好事玉山饶胜赏,夸人金谷太知名。达生倘悟蒙庄理,游屐何烦继尚平。<small>杨钟羲《雪桥诗话》云:"鱼门(即程晋芳)《废园有感》三首,作于己丑,亦感雅雨(姓卢)之事也。诗云云,或谓雅雨深为尹文端所忌,因以得祸。"</small>

登　楼　　　（清）李调元

登楼怜岁晚,闭户老江村。蜂去花无朵,萤飞草有根。雷声喧瀑响,月影淡梅魂。谁访长斋叟,酬谈伴暮昏。

登第一楼柬阮中丞<small>阮元。</small>　　（清）孙星衍

曲苑芙蓉放欲齐,苏堤柳絮已停飞。回瞻玉宇千门近,<small>楼在行宫东畔。</small>平望吴山万仞低。高处元龙时独立,上头崔颢看谁题。他年想像平津馆,第一风流数浙西。

咏　帘　　　（清）张　琦

西北小红楼,湘帘懒上钩。织成千缕恨,添得一

层愁。夜逗玲珑月,风穿琐碎秋。炉香隔不断,偷出画檐浮。

独游万柳堂　　（清）阮 元

芦芽葴葴柳毵毵,一水潆洄染蔚蓝。但是鹭鸳飞到处,管教风景似江南。

修曝书亭成·题之　　（清）阮 元

久与垞南订旧铭,江湖踪迹发星星。六旬归筑三间屋,万卷修成一部经。绣野滩头秋芋熟,落帆亭畔古槐青。笛渔早死双孙老,谁曝遗书向此亭。阮元《定香亭笔谈》云:"曝书亭久废为桑田,南北垞种桑皆满,亭址无片甓,而荷锄犯此地者,某人辄病,岂文人真有灵魂耶?余就其址,重建曝书亭,石阶石柱,可久不废。"

自题 读漫仇,皆平声。亭 亭在晋阳东百余里,今山西寿阳县地。
图四首　　（清）祁隽藻

诛茅何地起三椽,泼墨无心得两笺。画里似闻人失笑,溪山如此不归田。

西华南衡踏碧巉,医巫闾顶倚松杉。袖中万里青山色,却向秋窗梦燕岩。寿阳有燕岩,见《隋书》。

却略岭南堪筑楼，同过水小劣容舟。如何一片团团月，只为行人照马头。<small>韩昌黎《次寿阳驿》有"马头惟有月团团"句。</small>

拟乞闲身奉板舆，太行云下有吾庐。问奇便学王君懋，盘肉都空且著书。

荒　园　<small>（清）钱振锽</small>

荒园独自掩蒿莱，坐看神州化劫灰。梦境太真疑死近，名山有约待春来。少年不信神仙事，枵腹<small>即空腹，饥饿也。枵读消，平声。</small>原非著述才。惟有登临兴还在，水云无际一心开。

2. 居　所

积雨辋川庄作　<small>（唐）王　维</small>

积雨<small>久雨也。</small>空林烟火迟，<small>缓慢。</small>蒸藜炊黍饷<small>送饭。</small>东菑。漠漠<small>广阔无际。</small>水田飞白鹭，阴阴<small>幽暗。</small>夏木啭黄鹂。山中习静<small>坐禅。</small>观朝槿，<small>槿花朝开晚萎。</small>松下清斋<small>素食。</small>折露葵。野老与人争席<small>融洽无间，不拘礼节也。见《庄子·寓言》。</small>罢，海鸥何事更相疑。<small>用《列子·黄帝篇》故事。</small>

（唐）李肇：维有诗名，然好取人文章嘉句。"行到水穷处，坐看云起时"，《英华集》中诗也。"漠漠水田飞白鹭，阴阴夏木啭黄鹂"，李嘉祐诗也。——《唐国史补》

（宋）范季随：杜少陵"两个黄鹂鸣翠柳，一行白鹭上青天"，王维诗云"漠漠水田飞白鹭，阴阴夏木啭黄鹂"，极尽写物之工。——《陵阳先生室中语》

（宋）叶梦得：诗下双字极难，须使七言、五言之间除去五字、三字外，精神兴致全见于两言，方为工妙。唐人谓"水田飞白鹭，夏木啭黄鹂"为李嘉祐诗，王摩诘窃取之，非也。此两句好处，正在添"漠漠"、"阴阴"四字，此乃摩诘为嘉祐点化，以自见其妙，如李光弼将郭子仪军，一号令之，精彩数倍。不然，如嘉祐本句，但见泳景耳，人皆能到。——《石林诗话》

（明）胡应麟：世谓摩诘好用他人语，如"漠漠水田飞白鹭"，乃李嘉祐诗，此极好笑。摩诘盛唐，嘉祐中唐，安得前人预偷来者？此正嘉祐用摩诘诗。宋人习见摩诘，偶读嘉祐诗，得此便为奇货。——《诗薮》

（清）东方树：此题命脉，在"积雨"二字。起句叙题。三、四写景极活现，万古不磨之句。后四句，言己在庄上，事与情如此。——《昭昧詹言》

辋川闲居 辋川，地名，在陕西蓝田县南二十里辋谷内。《旧唐书·王维传》"（维）得宋之问蓝田别墅"即此。 （唐）王 维

一从归白社，白社，洛阳里名。《水经注·榖水》："水南即马市，北则白社故里，昔孙子荆（孙楚）会董威辇于白社，谓此矣。"诗文中白社多称隐者之地。此借指辋川别业。不复到青门。长安城门。时倚檐前树，远看原上村。青菰临水映，白鸟向山翻。寂寞于陵子，齐人陈仲子，居于陵，自称于陵子，楚王闻其贤，欲聘为相，仲子逃去，隐姓名，为人灌园。事见《高士传》。此作者自喻。桔槔农业汲水的工具。方灌园。

（元）方回：右丞有六言《田园乐》七首。"花落家童未扫，莺啼山客犹眠"，举世称叹。"山下孤烟远村，天边绿树高原"，与此"时倚檐前树，远看原上村"，予独心醉不已。——《瀛奎律髓汇评》

（清）何焯：三、四闲趣。——同上

（清）纪昀："青"、"白"二字究是重复，不可为训。诗则静气迎人，自然超妙，不能以小疵废之。○三、四自然流出，兴象天然。——同上

韦给事山居　　（唐）王 维

　　幽寻得此地，讵有一人曾？大壑随阶转，群山入户登。庖厨出深竹，印绶隔垂藤。即事辞轩冕，谁云病未能。

（元）方回：此诗善用韵，"曾"、"登"二韵险而无迹。"群山入户登"一句尤奇，比之王介甫"两山排闼送青来"，尤简而有味。——《瀛奎律髓汇评》

（清）冯舒：半山句不胜伧父气矣。○幽奇深秀。——同上

（清）纪昀："大壑"句亦雄阔。——同上

（清）黄周星：不知山居若何，但觉幽碧深寒，苍翠满眼。——《唐诗快》

游李山人所居因题屋壁　　（唐）王 维

　　世上皆如梦，狂来或自歌。问年松树老，有地竹林多。药倩韩康卖，门容向子过。翻嫌枕席上，无那白云何！

李处士山居　　（唐）王　维

君子盈天阶，小人甘自免。方随炼金客，林上家
绝 。背岭花未开，入云树深浅。清昼犹自眠，山鸟
时一啭。

春过贺遂员外药园　　（唐）王　维

前年榿篱故，新作药栏成。香草为君子，名花是
长卿。水穿盘石透，藤系古松生。画畏开厨走，来蒙
倒屣迎。蔗浆菰米饭，蒟酱_{植物名，生于巴蜀间，可以调食，故称蒟}
_{酱。蒟读举，上声。}露葵羹。颇识灌园意，于陵不自轻。

苏氏别业　　（唐）祖　咏

别业居幽处，到来生隐心。南山当户牖，沣水映
园林。竹覆经冬雪，庭昏未夕阴。寥寥人境外，闲坐
听春禽。

（清）黄生：起联总冒格。一、二平直，三、四雄浑，五、六精工，七、八
渊永。五律调冱匀称无逾此篇。——《唐诗摘钞》

（清）朱之荆：通篇以"生隐心"作骨，而所以生隐心，则在一"幽"字，
故中二联极力写"幽"字。——《增订唐诗摘钞》

过故斛斯校书庄二首　　（唐）杜 甫

　　此老已云殁，邻人嗟未休。竟无宣室召，徒有茂陵求。《司马相如传》："相如家居茂陵，病甚，武帝使往求其书，至则相如已死，问其妻，得遗札书，言封禅事。"妻子寄他食，园林非昔游。空余帷在，淅淅野风秋。

　　燕入非旁舍，鸥归只故池。断桥无复板，卧柳自生枝。遂有山阳作，《晋书》："向秀经嵇康山阳旧居，作《思旧赋》。"多惭鲍叔知。素交《广绝交书》："素交尽，利交兴。"零落尽，白首泪双垂。《镜铨》云："前首先言人后言庄，次首先言庄后言人。一倒转写，杜公多用此法。"

怀锦水居止二首　　（唐）杜 甫

　　军旅西征僻，《唐书》："永泰元年，剑南节度使郭英乂为兵马使崔旰所杀。邛州牙将柏茂琳、泸州牙将杨子琳、剑州牙将李昌夔等共起兵讨之。"○"西征僻"谓王师未到也。风尘战伐多。犹闻蜀父老，不忘舜讴歌。二句言玄宗曾幸蜀也。天险终难立，柴门岂重过。朝朝巫峡水，远逗锦江波。落句言巫峡之水远通锦江，而叹己之不能重至草堂也。

　　万里桥西宅，百花潭北庄。层轩皆面水，老树饱经霜。雪岭界天白，锦城曛日黄。惜哉形胜地，回首一茫茫。第一首从成都想到草堂，第二首从草堂慨到成都，曲尽"怀"字之意。

移居公安山馆　　（唐）杜　甫

南国昼多雾，北风天正寒。路危行木杪，身远宿云端。山鬼吹灯灭，厨人语夜阑。鸡鸣问前馆，世乱敢求安。<small>上四从途次说到投宿，五、六就投宿处写景。</small>

王十五司马弟出郭相访，兼遣营茅屋资

（唐）杜　甫

客里何迁次，<small>此迁次言何所藉以为迁次之资也。</small>江边正寂寥。肯来寻一老，愁破是今朝。忧我营茅栋，携钱过野桥。他乡唯表弟，还往莫辞遥。<small>蒋云："且诉且谢且祝，只如白话自妙。"</small>

卜　居　　（唐）杜　甫

归羡辽东鹤，吟同楚执珪。未成游碧海，着处觅丹梯。云障宽江北，春耕破瀼西。桃红客若至，定似昔人迷。<small>《镜铨》："此自赤甲将迁瀼西作。"</small>

自瀼西荆扉且移居东屯茅屋四首　　（唐）杜　甫

白盐危峤北，赤甲古城东。平地一川稳，高山四面同。烟霜凄野日，粳<small>读京，平声。</small>稻熟天风。人事伤蓬

113

转，吾将守桂丛。_{首章先言东屯之胜。○五、六点出时序，末结到移居。}

东屯复瀼西，一种住青溪。来往兼茅屋，淹留为稻畦。市喧宜近利，林僻此无蹊。若访衰翁语，须令剩客迷。_{次章方及移居之故（上四）。下四爱其地之僻。不曰过客而曰"剩客"，乃与"衰翁"相称。}

道北冯都使，高斋见一川。子能渠细石，吾亦沼清泉。枕带还相似，柴荆即有焉。斫畬应费日，解缆不知年。_{三章喜邻居有人。结有终焉之志。}

牢落西江外，参差北户间。久游巴子国，卧病楚人山。幽独移佳境，清深隔远关。寒空见鸳鹭，回首忆朝班。_{末章又及思乡心事。上四泛就瀼言，五、六递下引入去国，结承此说下。}

暮春题瀼西新赁草屋五首　　　（唐）杜 甫

久嗟三峡客，再与暮春期。百舌欲无语，繁花能几时。谷虚云气薄，波乱日华迟。战伐何由定，哀伤不在兹！_{浦起龙云："五诗于定居伊始，曲写身世之悲，盖有不得已而托于此者。"○此首就暮春说起，总领大意。○言春光易逝，诚可哀矣，然世乱方殷，则所伤尚不在此也。}

此邦千树橘，不见比封君。养拙干戈际，全生麋鹿群。畏人江北草，旅食瀼西云。万里巴渝曲，三年实饱闻。次章明所以卜居瀼西之故。

　　彩云阴复白，锦树晓来青。身世双蓬鬓，乾坤一草亭。哀歌时自惜，醉舞为谁醒？细雨荷锄立，江猿吟翠屏。三首方及新赁草屋。

　　（元）方回：此诗夔州瀼西作。"彩云阴复白"谓晴云如彩，阴则忽复变白。"锦树晓来青"，谓花之骤开如锦，晓来犹是青树，未见花也。起句言景，中四句言身老，言家陋，言所以感慨者。而"细雨"一句，唤醒二起句，盖是景也，实雨为之。"猿吟"一句，尤深怨矣。老杜伤时乱离，往往如此。其诗开阖起伏，不可一律齐也。——《瀛奎律髓汇评》

　　（清）冯舒：第二句紧出"暮春"，言昨是锦树，晓来已生青矣，与注正相反。方君谓"锦树晓来青"为"晓来犹是青树，未见花也"，非也。第四句言乾坤之大，只有一草亭，非谓天地为帏幕也，注云"言家陋"得之。——同上

　　（清）冯班：暮春花谢叶生，故云"晓来青"。此误解。——同上

　　（清）纪昀：知此意，乃可以论杜，乃可以论诗。薄云映日成彩，渐阴则渐白。花本如锦，花尽叶存，则变青矣。虚谷解次句未是。——同上

　　（清）查慎行：起联切"暮春"，次句即"狂风落尽深红色"意。——同上

　　（清）何焯：冉冉老矣，身世飘零，几将为农没世，故因暮春兴感。——同上

　　（明）谢榛：子美曰"细雨荷锄立，江猿吟翠屏"。此语宛然入画，情景适会，与造物同其妙；非沉思苦索而得之也。——《四溟诗话》

　　（清）黄生 此诗首尾实而中间虚，是"实包虚格"，惟杜有之。三、四乃"藏头句法"若申言之，则"悠悠身世双蓬鬓，落落乾坤一草亭"耳。"江猿吟翠屏"即"白鸥元水宿，何事有余哀"，而含蓄较深永矣。——《杜诗说》

　　壮年学书剑,他日委泥沙。事主非无禄,浮生即有涯。高斋依药饵,绝域改春华。丧乱丹心破,王臣未一家。末二首言怀,乃题字之意,应前战伐何由定二句。

　　欲陈济世策,已老尚书郎。未息豺狼斗,空惭鸳鹭行。时危人事急,风逆羽毛伤。落日悲江汉,中宵泪满床。

　　(元)方回:"济世策"三字皆仄,"尚书郎"三字皆平,乃更觉入律。"时危"一联,亦变体也。——《瀛奎律髓汇评》

　　(清)冯舒:不必争。——同上

　　(清)纪昀:此亦双拗,乃"济"、"尚"二字回换,非三平、三仄之谓。——同上

　　(明)王嗣奭:今时危而人事急,死期将至;风急而羽毛伤,不能奋飞;"落日"兴悲,"中宵"流泪;岂谓赁此草屋,遂可安身而自适哉?——《杜臆》

　　(清)何焯:济世策,须北归陈于天子之前;今淹留使府,且以尚书郎老矣,即下所谓"风逆羽毛伤"也。○"落日悲江汉",自叹朝宗无期也。——《义门读书记》

　　(清)浦起龙:五诗乃始迁瀼西,题于屋壁者。……于定居伊始,曲写身世之悲,盖有不得已而托于此者矣。○老杜连章片段,大率如此精密,如何卤莽读得。——《读杜心解》

卜　居　(唐)杜甫

　　浣花溪水水西头,《寰宇记》:浣花溪在成都西郭外,属犀浦县,一名百花潭。主人为卜林塘幽。已知出郭少尘事,更有澄

116

江销客愁。赵曰：公居在浣花溪水西岸，江流曲处。公诗所谓田舍清江曲
也。**无数蜻蜓齐上下，一双　　对沉浮。东行万里**《华阳
国志》："蜀使费祎聘吴，孔玥送之。祎叹曰：'万里之行始于此矣。'"**堪乘兴，
须向山阴上小舟。**山阴用王子猷雪夜访戴事。见《世说新语》。公素有东
游志，因此溪直通吴会，故云。○亦是初到，故作快心语。

（明）王嗣奭：客游者以即次为快，故此诗篇翩跹潇洒，不但自适，亦
且与物俱适。况溪水东行，一泻万里，直通吴越，可以乘兴而往，山阴易
舟作子猷之访戴，岂非卜居之一快哉？——《杜臆》

（清）金人瑞："已知"、"更有"，写出主人选地，先生即次一段情事，
所谓暂脱樊笼，其一时饮啄之乐如此。——《唐诗解》

（清）何焯：草堂在西，却纵言东面澄江之可以销愁，则水西幽胜言
外益见。如此诗法，使人何处捉摸！——《义门读书记》

（清）浦起龙：公虽入蜀，而东游乃其素志，故结联特缘江寄兴。盖
当卜筑伊始，而露栖止无定之情也。——《读杜心解》

江陵节度阳城郡王新楼成，王请严侍御判官赋七字句，同作 　（唐）杜 甫

楼上炎天冰雪生，高飞燕雀贺新成。碧窗宿雾蒙
蒙湿，朱栱浮云细细轻。杖钺褰帷瞻具美，此句言文武兼优
也。《后汉书·贾琮传》："琮为冀州刺史，之部升车言曰：'刺史当远视广听，纠察美
恶，何反垂帷裳以自掩塞乎。'命御者褰之。"投壶散帙有余清。自公
多暇延参佐，江汉风流万古情。黄白山曰：首句见时，结句见地，
此杜诗章法也。

彭祖井　　（唐）皇甫冉

上公旌节在徐方，旧井莓苔近寝堂。访古因知彭
祖宅，得仙何必葛洪乡。清虚不共春池竞，盥漱偏宜
夏日长。闻道延年如玉液，欲将调鼎献明光。

题山居　　（唐）曹邺

扫叶煎茶摘叶书，心闲无梦夜窗虚。只应光武恩
波晚，岂是严君恋钓鱼。

旧　井　　（唐）刘长卿

旧井依旧城，寒水深洞彻。下看百余尺，一镜光
不灭。素绠久未垂，清凉尚含洁。岂能无汲引，长讶
君恩绝。

橘　井　　（唐）元结

灵橘无根井有泉，世间如梦又千年。乡园不见重
归鹤，姓字今为第几仙。风泠露坛人悄悄，地闲荒径
草绵绵。如何蹑得苏君迹，白日霓旌拥上天。相传苏仙公
修仙得道，仙去之前对母亲说："明年天下疾疫，庭中井水，檐边橘树，可以代养，井
水一升，橘叶一枚，可疗一人。"来年，果有疾疫，远近悉求其母治疗。皆以得井水及

橘叶而治愈。见（晋）葛洪《神仙传·苏仙公》。

过刘员外别墅　　　（唐）皇甫曾

谢客开山后，郊扉去水通。江湖千里外，衰老一樽同。返照寒川满，平田暮雪空。沧洲自有趣，不复泣途穷。

赋得古井送王明府　　　（唐）戴叔伦

古井庇幽亭，涓涓一窦明。仙源通海水，灵液孕山精。久旱宁同涸，长年只自清。欲彰贞白操，酌献使君行。

题张十一旅舍三咏之二：井　　　（唐）韩愈

贾谊宅中今始见，葛洪山下昔曾窥。寒泉百尺空看影，正是行人渴死时。

乐天示过敦诗旧宅有感一篇，吟之泫然。追思昔事，因成继和以寄苦怀　　　（唐）刘禹锡

凄凉同到故人居，门枕寒流古木疏。向秀心中嗟栋宇，萧何身后散图书。本营归计非无意，唯算生涯

尚有余。忽忆前因更惆怅，丁宁相约速悬车。悬车，指辞
官后家居，悬车不用。语出班固《白虎通·致仕》。○原注：敦诗与予乐天三人同
甲子，平生相约，同休洛中。

题王郎中宣义里新居　　（唐）刘禹锡

爱君新买街西宅，客到如游鄠读户，上声。地名。杜间。
雨后退朝贪种树，申时出省趁看山。门前巷陌三条
近，墙内池亭万境闲。见拟移居作邻里，不论时节请
开关。

秋日题窦员外崇德里新居　　（唐）刘禹锡

长爱街西风景闲，到君居处暂开颜。清光门外一
渠水，秋色墙头数点山。疏种碧松通月朗，多栽红药
待春还。莫言堆案无余地，窦员外当是窦巩，时判度支案。认得
诗人在此间。

春中与卢四、周谅华阳观同居　　（唐）白居易

性情懒慢好相亲，门巷萧条称作邻。背烛共怜深
夜月，踏花同惜少年春。杏坛住僻虽宜病，芸阁官微
不救贫。文行如君尚憔悴，不知霄汉待何人！

欲与元八卜邻，先有是赠　　（唐）白居易

平生心迹最相亲，欲隐墙东不为身。明月好同三径夜，绿杨宜作两家春。每因暂出犹思伴，岂得安居不择邻。可独终身数相见，子孙长作隔墙人。

（清）沈德潜：两家意，语语夹写，一步深是一步。——《唐诗别裁集》

（近代）俞陛云：此诗论句法则层层推进，论交情则愈转愈深，在七律中格甚少，司句亦流转而雅切也。——《诗境浅说》

从崔中丞过卢少尹郊居　　（唐）柳宗元

寓居沣岸四无邻，世网难婴《文选》："世网婴我身。"婴，纠缠也。语出《韩非子》。每自珍。莳药闲庭延国老，《本草》："甘草名国老，谓其在诸药中为君也。"开樽虚室值贤人。《魏志·徐邈传》："鲜于辅云，醉客谓酒清者为圣人，浊者为贤人。"泉回浅石依高柳，径转垂藤间绿筠。闻道偏为五禽戏，五禽戏见《后汉书·华佗传》。出门鸥鸟更相亲。鸥鸟相亲，见《列子》。

原上秋居　　（唐）贾岛

关西又落木，心事复如何？岁月辞山久，秋霖入夜多。鸟从井口出，人自岳阳过。倚仗聊闲望，田家未剪禾。

（宋）黄彻：旧说贾岛诗如"鸟从井口出，人自岳阳过"，贯休"此夜一轮满，清光何处无"，皆经年方得偶句，以见其词涩思苦，非若好事者夸词，亦谬其用心矣。——《碧溪诗话》

（元）方回：五、六谓经年乃下得句，学者当细味之。——《瀛奎律髓汇评》

（清）冯舒：第五句亦过于矜庄作态。——同上

（清）冯班：长江诗虽清僻，然句有余韵，所以高也。今人用露骨硬语，学之便不近。——同上

（清）纪昀：起四句一气浑成，五、六亦自然，唯结处无味。——同上

（清）许印芳：结句回应起句，本无可议，此亦苛论。——同上

暮过山村　　（唐）贾 岛

数里闻寒水，山家少四邻。怪禽啼旷野，落日恐行人。初月未终夕，边烽不过秦。萧条桑柘处，烟火渐相亲。

（宋）欧阳修：（梅）圣俞曰，作者得于心，览者会以意，殆难指陈以言也。虽然，亦可略道其仿佛……若温庭筠"鸡声茅店月，人迹板桥霜"，贾岛"怪禽啼旷野，落日恐行人"，则道路辛苦、羁旅之思，岂不见于言外乎？——《六一诗话》

（宋）范晞文：岑参诗"疲马卧长坂，夕阳下通津。山风寒空林，飒飒如有人"，贾岛云"数里闻寒水，山家少四邻。怪禽啼旷野，落日恐行人"，远途凄惨之意，毕见于此。——《对床夜语》

（元）方回："怪禽"、"落日"一联，善言羁旅之味，诗无以复加。"初月未终夕"，则村落之黑犹早。"边烽不过秦"，似是西边寇事始息，初有人烟处。——《瀛奎律髓汇评》

（清）冯班：六句谓不过京师也。〇字字洗拔。——同上

（清）纪昀："无以加复"语太过。○"初月"碍"落日"。"边烽"句语意未明。——同上

（清）冯舒：次联奇妙之句。——同上

（清）无名氏（甲）：东野古多律少，浪仙古少律多，然其孤高则同，非一时流辈可及，足见韩公取人另具法眼，过于九方皋也。——同上

始为奉礼忆昌谷山居　　（唐）李　贺

扫断马蹄痕，衙回自闭门。《昌谷集》注云："太常散职，官居陆沉，门可罗雀，杳无车马，复少胥役，故云自闭门也。"长枪江米熟，汉上呼米为"长腰枪"，江米乃江南所贡玉粒。小树枣花春。衙舍荒芜，别无花卉，惟一枣树尚小，亦堪寓目。回壁悬如意，当帘阅角巾。如意悬之于壁，无复佳绪指挥。当帘闲玩 每动羊祜角巾归里之思。犬书曾去洛，陆机有犬曰黄耳，能将家书寄至洛阳之家。鹤病妻子生病。悔游秦。追悔此游之汗漫。土甒封茶叶，山杯锁竹根。一"封"字，"锁"字见山居之主人不在也。不知船上月，谁棹满溪云。

春日题韦曲野老村舍　　（唐）许　浑

背岭枕南塘，数家村落长。莺啼幼妇懒，蚕出小姑忙。烟草近沟湿，风花临路香。自怜非楚客，春望亦心伤。

（元）方回：予选诗以老杜为主。老杜同时人皆盛唐之作，亦皆取之。中唐则大历以后，元和以前，亦多取之。晚唐诸人，贾岛开一别派，

123

姚合继之。沿而下,亦非无作者,亦不容不取之。惟许浑《丁卯集》,予幼尝读之,喜焉,渐老渐不喜之。以后山《和东坡浑字韵》有云"谁云作许浑"? 因是尤不心惬。〇每以许诗比较后山诗,乃知后山万钧古鼎,千丈劲松,百川倒海,一月圆秋,非寻常依平仄。俪青黄者可望也。大抵工有余而味不足,即如人之为人,形有余而韵不足,诗岂在专对偶声病而已哉? 近世学晚唐者,专师许浑七言,如"水声东去市朝变,山势北来官殿高"之类,以为摹楷。老杜诗中有此句法,而无"东去"、"北来"之拘,如"湘潭云尽暮山出,巴蜀雪消春水来",下句佳,上句不牵强乎? 〇如此诗"幼妇"、"小姑",工则工矣,而病太工。〇草近沟而湿,花临路而香,多却"烟"、"风"二字,亦未为甚高。〇以荆公尝选此诗,予亦不弃。且就是发明,以开晚进之未透者耳。——《瀛奎律髓汇评》

(清)纪昀:按后山诗乃"末世无高学,举俗爱许浑",此误。〇三句有思致而不自然。——同上

(清)冯班:"东去"、"北来"四字甚稳,非拘也。〇何言"牵强"?〇此却不好,只恨未工耳。〇"烟"、"风"二字妙。许诗多佳句,新丽可爱,后山酷不喜之,正由工夫太细耳。后山恨粗。——同上

(清)查慎行:"暮"字无着。〇五、六"香"字从"风"字来,出句"烟"字、"湿"字都不相关。——同上

(清)冯舒:草带烟所以湿,花遇风所以香,何为病其不高? ——同上

(清)陆贻典:近沟之草带烟而湿,临路之花因风而香,意曲理直,方公以为多"烟"、"风"二字何也? ——同上

(清)钱湘灵:许诗太整,是其一病。然句活利,学者不及。——同上

客有卜居不遂,薄游汧陇,汧水和陇山地带(属陕西)。

汧读牵,平声。因题　　(唐)许浑

海燕西飞白日斜,天门遥望五侯家。楼台深锁无

人到,落尽春风第一花。

(明)胡应麟:"海燕西飞白日斜(略)",若但咏园亭之类,未见其工。今题云"客有卜居不遂,薄游汧陇者,因题",夫以逆旅无家之客,望五侯第宅深锁落花之内,一段寂寥情况,更不忍言。罗隐《下第》诗望"帘卷残阳鸣鸟鹊,花飞何处好楼台",意正此同。而许作全不道破,尤为超妙,第失之太巧,故不免晚唐。——《诗薮》

(清)徐增:许浑此作是立在闲地里人说闲话,妙不可思议,而词气明媚犹如朝霞花朵,不易得也。——《而庵说唐诗》

题卢处士山居　　(唐)温庭筠

西溪问樵客,遥指故人家。古树老连石,急泉清露沙。千峰随雨暗,一径入云斜。日暮飞鸦集,满山荞麦花。

(元)方回:温飞卿诗多丽而淡者少。此三、四乃佳。——《瀛奎律髓汇评》

(清)冯班:温诗多名句,颇好用事耳,以"昆体"抑之,岂公论耶?五言佳处不减张文昌。○温诗多清句,虚谷未之读也。——同上

(清)纪昀:飞卿诗固伤丽,然亦有安身立命处。如以此为佳,则不如竟看姚武功。——同上

(清)查慎行:五、六有景。——同上

宿城南亡友别墅　　(唐)温庭筠

水流花落叹浮生,又伴游人宿杜城。还似昔年残

梦里,透帘斜月独闻莺。

李羽处士故居　　(唐)温庭筠

柳不成丝草带烟,海槎东去鹤归天。愁肠断处春无限,病眼开时月正圆。花若有情还怅望,水应无事莫潺湲。终知此恨销难尽,辜负南华第一篇。

经李徵君故居　　(唐)温庭筠

露浓烟重草萋萋,树映栏杆柳拂堤。一院落花无客醉,五更残月有莺啼。芳筵想像情难尽,故榭荒凉路已迷。惆怅羸骖往来惯,每经门巷亦长嘶。

(清)金人瑞:一解先写故居。细思天下好诗,乃只在眉毛咳唾之间,如此前解:一、二,露自浓,烟自重,草自萋萋,树自映栏杆,柳自拂堤,会有何字带得悲凉之状?却无奈作者眉毛咳唾之间,早有存亡之感。于是读者读未终口,亦便于眉毛咳唾之间,先领尽其存亡之感也。三、四,逐字皆人手边笔底寻常惯用之字,而合来便成先生妙诗!若知果然学做不得,便须千遍烂熟读之也(前四句下)。○一解次写徵君。看他避过自家眼泪,别写羸马长嘶,便令当时常常过从意尽出(后四句下)。——《贯华堂选批唐才子诗》

(清)赵臣瑗:此诗前半先写故居,后半乃是追悼徵君也。勿谓起手十四字何曾有悲凉之状,予读之,早已觉其悲凉满目矣。三、四一承,乍见之,如不过是诗人口头语言,乃一连吟咀数十遍不厌者,何耶?以其情深而调稳耳。大凡好诗必从自然中得来,此类是也。——《山满楼笺注唐诗七言律》

晓　井 　　（唐）李郢

桐阴覆井月斜明，百尺寒泉古甃 读皱，去声。用砖瓦砌的
井壁。 清。越女携瓶下金索，晓天初放辘轳声。

裴明府居止 　　（唐）李商隐

爱君茅屋下，向晚水溶溶。试墨书新竹，张琴和
古松。坐来闻好鸟，归去度疏钟。明日还相见，桥南
贳酒醲。

大卤平后移家到永乐县居，书怀十韵，寄刘、韦二前辈，二公尝于此县寄居 　　（唐）李商隐

驱马绕河干，家山照露寒。依然五柳在，况值百花
残。昔去惊投笔，今来分挂冠。不忧悬磬乏，乍喜覆盂
安。甔破宁回顾，舟沉岂暇看。脱身离虎口，移疾就猪
肝。鬓入新年白，颜无旧日丹。自悲秋获少，谁惧夏畦
难。逸志忘鸿鹄，清香披蕙兰。还持一杯酒，坐想二公
欢。按《穀梁传·昭公元年》："中国曰太原，夷狄曰大卤。"〇又《国语》："室如悬磬。"

复至裴明府所居 　　（唐）李商隐

伊人卜筑自幽深，桂巷杉篱不可寻。柱上雕虫对

书字,槽中秣马仰听琴。《荀子》:"伯牙鼓琴,而六马仰秣。"求之流辈岂易得,行矣关山方独吟。赊取松醪一斗酒,与君相伴洒烦襟。

经故人旧居　　(唐)储嗣宗

万里访遗尘,莺声泪湿巾。古书无主散,废宅与山邻。宿草风悲夜,荒村月吊人。凄凉问残柳,今日为谁春?

题某公宅　　(五代)僧贯休

宅成天下借图看,始笑平生眼力悭。读间,平声。地占百湾多是水,楼无一面不当山。荷深似入苕溪路,石怪疑行雁荡间。只恐中原方鼎沸,天心未遣主人闲。

临顿里名。为吴中偏胜之地,陆鲁望居之不出郛郭,旷若郊墅,余每相访,欿然惜去,因成五言十首,奉题屋壁(其六)　　(唐)皮日休

经岁岸乌纱,读书三十车。水痕侵病竹,蛛网上衰花。诗任传鱼客,衣从递酒家。知君秋晚事,白帻

刘胡麻。袁枚《随园诗话》云:"人仗气运,运去则人鬼皆欺之。每见草树亦然,其枝叶畅茂者,蛛不敢结网;衰弱者,则尘丝灰积。偶读皮日休诗:'水痕侵病竹,蛛网上衰花。'方知古人作诗,无处不搜到也。"

郊居吟　　(北宋)僧行肇

静室帘孤卷,幽光坠露多。径寒杉影转,窗晚雪声过。茗味沙泉合,炉香竹霭和。遥怀风雨夕,旧寺隔沧波。

(元)方回:行肇,九僧之四。此首中四句工,不但一联。——《瀛奎律髓汇评》

(清)冯舒:第七句,"郊居"。——同上

(清)纪昀:细玩"过"字,恐"雪声"是"雁声"之讹,"露"、"雪"杂用不合。五、六亦"武功"一派。——同上

幽居即事　　(北宋)僧宇昭

扫苔人迹外,渐老喜深藏。路僻闲行远,春晴昼睡长。余花留暮蝶,幽草恋残阳。尽日空林下,孤禅念石霜。

(清)冯舒:苔必生于人迹所不到,扫苔更于人迹之外又深一层。——《瀛奎律髓汇评》

(清)纪昀:五六殊有幽味。——同上

(清)许印芳:石霜,唐代禅师。——同上

竹　里　　（北宋）王安石

竹里编茅倚石根，竹茎疏处见前村。闲居尽日无人到，自有春风为扫门。

和吴相公东府偶成　　（北宋）王安石

承华_{宫门名}。往岁幸踌躇，风月清谈接绪余。并辔趁朝今已老，连墙得屋喜如初。诛茅_{芟除茅草。引申为结庐安居}。我梦江皋地，浇薤公思洛水渠。敛退故应容拙者，先营环堵祭牢蔬。_{荤素祭品合称牢蔬。}

张侍郎示东府新居诗，因而和酬二首
（北宋）王安石

得贤方慕北山莱，赤白中天二府开。功谢萧规惭汉第，恩从隗始诧燕台。_{蔡絛《西清诗话》云："熙宁初，张掞以二府初成，作诗贺荆公。公和之以示陆农师（佃）。曰'萧规曹随'、'高帝论功'皆摭故实。而'请从隗始'，初无'恩'字。荆公笑曰：'子善问也。'韩退之斗鸡联句'感恩从隗始'。若无据，岂当对'功'字也。"}曾留上主经过迹，更费高人赋咏才。自古落成须善颂，扫除东阁待公来。

荣观流传动草莱，中官赐设上尊开。鼓歌　窈_{读窈窕，皆上声。幽深貌。}听疑梦，肴果联翩馈有台。_{台通苔。蔬菜}

开花时抽出的茎称苔，可煮食。斧藻故应宜旧德，栋梁非复称凡材。虚堂欲踵曹参事，试问齐人或肯来。齐人，指盖公。曹参为齐相，避正堂。舍盖公。

山村五绝句 （北宋）苏 轼

竹篱茅屋趁溪斜，春入山村处处花。无象太平还有象，孤烟起处是人家。

烟雨蒙蒙鸡犬声，有生何处不安生。但令黄犊无人佩，《汉书》："龚遂为勃海太守，民有带持刀剑者，使卖剑买牛，卖刀买犊，曰：'何为带牛佩犊?'"布谷何劳也劝耕。布谷，催耕鸟也。

老翁七十自腰镰，惭愧春山笋蕨甜。岂是闻韶解忘味，迩来三月食无盐。

杖藜裹饭去怱怱，过眼青钱指青苗钱。转手空。赢得儿童语音好，一年强半在城中。

窃禄忘归我自羞，丰年底事汝忧愁。不须更待飞鸢堕，方念平生马少游。用东汉马援事。见《后汉书·马援传》。

又次韵二守同访新居 （北宋）苏 轼

此生真欲老墙阴，刘禹锡诗："莫言墙阴数尺间，老尽主人如等

131

闲。"却扫都忘岁月深。拔薤_{用后汉庞参仕棠事。见《后汉书》。}已观贤守政,析蔬_{陶渊明诗:"穷巷隔深辙,颇回故人车。欢然酌春酒,摘我园中蔬。"}聊慰故人心。风流贺监常吴语,_{杜甫诗:"贺公雅吴语,在位常清狂。"}憔悴钟仪独楚音。_{钟仪楚音见《左传》。}治状两邦俱第一,颍川归去肯重临。_{末二句用颍川太守黄霸事。}

白鹤峰新居欲成,夜过西邻翟秀才二首(录一首)
(北宋)苏 轼

林行婆_{查慎行注曰:"行婆。老妪居家事佛者之通称。"}家初闭户,翟_{读宅,入声。姓。}夫子_{邑人翟逢亨。}舍尚留关。连娟_{司马相如《上林赋》:"长眉连娟。"郭璞曰:"连娟,言曲细。"}缺月黄昏后,缥缈新居紫翠间。系闷岂无罗带水,_{韩愈诗:"水作青罗带,山如碧玉簪。"}割愁还有剑铓山。_{柳宗元诗云:"海上尖锋若剑铓,秋来处处割愁肠。"皆岭南诗也。}中原北望无归日,邻火村舂自往还。_{杜甫诗:"村舂雨外急,邻火夜深明。"}

村 居 (北宋)张舜民

水绕陂田竹绕篱,榆钱落尽槿花稀。夕阳牛背无人卧,_{"无人卧"三字是顿笔。}带得寒鸦两两归。

和师厚郊居,示里中诸君 (北宋)黄庭坚

篱边黄菊关心事,窗外青山不世情。江橘千头供

岁计,秋蛙一部洗朝醒。归鸿往燕竞时节,宿草新坟
多友生。身后功名空自重,眼前樽酒未宜轻。

（元）方回:"归鸿往燕竞时节",天时也;"宿草新坟多友生",人事
也。亦一景对一情。二面四句用"菊"、"山"、"橘"、"蛙"四物,亦不觉
冗。山谷诗变体极多。"明月清风非俗物,轻裘肥马谢儿曹"、"功名富
贵两蜗角,险阻艰难一酒杯"、"春风春雨花经眼,江北江南水拍天"、"碧
嶂清江元有宅,黄鱼紫蟹不论钱",上八句各自为对。如,"洞庭归客有
佳句,庾岭疏梅如小棠"、"公庭休更进汤饼,语燕无人窥井栏",则变之
又变,在律诗中神动鬼飞,不可测也。——《瀛奎律髓汇评》

（清）纪昀:"归鸿往燕",言时光之易逝。"宿草新坟",言人事之难
久。起末二句之意硬分情景,未得作者之意。○"洞庭"、"公庭"此二联
究不佳。○山谷谨饬之作。——同上

（清）许印芳:此诗五、六及虚谷所引诸联,皆就句对。即前诗三、四
对法。虚谷以为变体,晓岚已于前批驳之,此诗原批变体云云,愚已删
去。○八句皆对。"醒"从呈,病酒也。○师厚姓谢,名景初,山谷妇翁
也。——同上

摸鱼儿·东皋 水边向阳高地,泛指田园,此指作者晚年退居之地。

在山东济州金乡东山的"归来园"。 **寓居** （北宋）晁补之

买陂 读碑,平声。《淮南子》高诱注:"畜水曰陂。" 塘、旋栽杨柳,
依稀淮岸江浦。东皋嘉雨新痕涨,沙嘴 一端连着陆地,一端突
出水中的地方称沙嘴。皇甫松《浪淘沙》词:"宿鹭眠鸥非旧浦,去年沙嘴是江心。"
鹭来鸥聚。堪爱处。最好是、一川夜月光流渚。无人
独舞。任翠幄张天,柔茵藉地,酒尽未能去。 青
绫被, 汉制:尚书郎入直,官方供新青缣白绫被。 莫忆金闺 即金乌门。作

者当著作佐郎,故云。故步。儒冠曾把身误。弓刀千骑成何事?荒了邵平瓜圃。秦亡后,东陵侯邵平隐居长安东门外种瓜。君试觑。看也。读去,去声。满青镜、星星鬓发花白貌。左思《白发赋》:"星星白发,生于鬓垂。"鬓影今如许。功名浪语。便似得班超,封侯万里,归计恐迟暮。

(宋)胡仔:《摸鱼儿》一词,晁无咎所作也;《满江红》一词,吕居仁所作也。余性乐闲退,一丘一壑,盖将老焉。二词能俱道阿堵中事,每一歌之,未尝不击节也。——《苕溪渔隐丛话》

(清)黄苏:观"休忆金闺故步"句,是由翰林迁谪后作也。语意峻切,而风调自清迥拔俗。故真西山极赏之。孙仲益云:轩冕之荣,造物于人,不甚爱惜。而一丘一壑,未尝轻以与人。言之有味。——《蓼园词选》

(清)刘熙载:无咎词堂庑颇大,人知辛稼轩《摸鱼儿》"更能消几番风雨"一阕,为后来名家所竞效,其实辛词所本,即无咎《摸鱼儿》"买陂塘、旋栽杨柳"之波澜也。——《艺概》

(清)陈廷焯:溜漓顿挫。——《词则·放歌集》

(清)张德瀛:词有与《风》诗意义相近者。自唐迄宋,前人巨制,多寓微旨。如李太白"汉家宫阙"、《兔爰》伤时也;……苏子瞻"睡起华堂",《山枢》劝饮食也;晁无咎"陂塘杨柳",《伐檀》力稼穑也;……其他触物牵绪,抽思入冥,汉魏齐梁,托体而成,揆诸乐章,喁于飂声,信凄心而咽魄,固难得而遍名矣。——《词征》

夜宿田家 　　(南宋)戴复古

簦笠相随走路歧,一春不换旧征衣。雨行山崦黄泥坂,夜扣田家白板扉。身在乱蛙声里睡,心从化蝶梦中归。乡书十寄九不达，天北天南雁自飞。

孟明田舍　　（南宋）吕本中

未嫌衰病出无驴，尚喜冬来食有鱼。往事高低半枕梦，故人南北数行书。茅茨独倚风霜下，粳稻微收雁鹜余。欲识渊明只公是，迩来吾亦爱吾庐。

（元）方回：简斋诗高峭，吕紫微诗圆活。然必曲折有意，如"雪消池馆初晴后，人倚阑干欲暮时"、"荒城日短溪山静，野寺人稀鸲鹤鸣"，皆所谓"清水出芙蓉"也。如此二诗，末句却议论深复，非轻易放过者。——《瀛奎律髓汇评》

（清）冯班："儿时爱吾庐"此句佳矣，然何以服许用晦？——同上

（清）纪昀：此亦清道。○起韵"驴"字何不竟用"车"字，想南方不乘车耳。——同上

（清）许印芳：第二联"悲欢"本作"高低"，与"事"字不融洽，故易之，易作"往事悲欢半枕梦"。——同上

次韵乐文卿故园　　（南宋）陈与义

故园归计堕虚空，啼鸟惊心处处同。四壁一身长客梦，百忧双鬓更春风。梅花不是人间白，日色争如酒面红。且复高吟置余事，此生能费几诗筒。

（元）方回：此诗似新春冬末之作。——《瀛奎律髓汇评》

（清）纪昀：纯是新春之作，不宜入之"冬日"。○绝有笔力。○三、

四"江西"调,然新而不野。——同上

（清）冯班：宋气。——同上

（清）许印芳：三、四每句三层,用意在"长"字,"更"字。虚谷诗眼之说施之此诗却当,而又不讲,何也?——同上

游山西村 （南宋）陆 游

莫笑农家腊酒浑,丰年留客足鸡豚。山重水复疑无路,柳暗花明又一村。箫鼓追随春社近,衣冠简朴古风存。从今若许闲乘月,拄杖无时夜叩门。

清平乐·村居 （南宋）辛弃疾

茅檐低小,溪上青青草。醉里蛮音相媚好,白发谁家翁媪。　　大儿锄豆溪东,中儿正织鸡笼。最喜小儿亡赖,溪头卧剥莲蓬。

满江红·山居即事 （南宋）辛弃疾

几个轻鸥,来点破、一泓澄绿。更何处、一双,故来争浴。细读离骚还痛饮,饱看修竹何妨肉。_{苏轼《绿筠轩》诗："可使食无肉,不可居无竹。无肉令人瘦,无竹令人俗。"}有飞泉、日日供明珠,三千斛。　　春雨满,秧新绿。闲日永,眠黄犊。看云连麦垄,雪堆蚕簇。若要足时今足矣，以为未足何时足？被野老、相扶入东园，枇杷熟。

（明）卓人月：无处着一分缘饰，是山居真色。——《古今词统》

（清）潘游龙："若要足"二句，抑扬得妙。——《古今诗余醉》

（清）沈际飞：整眼。知足，有不尽安闲恬适。未足，有不尽焦劳抢攘。何时足。命有时尽，可不为大哀耶？——《草堂诗余别集》

沁园春·带湖新居将成 带湖在今江西上饶。

（南宋）辛弃疾

三径初成，鹤怨猿惊，稼轩未来。甚云山自许，平生意气；衣冠人笑，抵死尘埃。意倦须还，身闲贵早，岂为莼羹鲈鲙哉。秋江上，看惊弦雁避，骇浪船回。

东冈更葺茅斋。好都把轩窗临水开。要小舟行钓，先应种柳；疏篱护竹，莫碍观梅。秋菊堪餐，春兰可佩，留待先生手自栽。沉吟久，怕君恩未许，此意徘徊。

（明）卓人月：功名一鸡肋，人世九羊肠。张翰莼鲈，有托而逃。稼轩识得。郑域养鱼求蚁亦经纶，稼轩种柳观梅皆事业。——《古今词统》

（清）黄苏：稼轩忠义之气，当高宗初南渡，由山东间道奔行在，竭蹶间关，力图恢复，岂是安于退闲者！自秦桧柄用，而正人气沮矣。所谓"惊弦"、"骇浪"，迫于不得已而思退，心亦苦矣。末又云"怕君恩未许，此意徘徊"。退不能退，何以为情哉！——《蓼园词选》

（清）陈廷焯：起笔高绝，洒落如此，真名士也。抑扬顿挫，跌宕生姿，字字幽雅，不减陶令。款款深深，一往不尽。——《云韶集》

又云：抑扬顿挫。急流勇退之情，以温婉之笔出之，姿态愈饶。——《词则·放歌集》

又云：稼轩词如……"秋江上，看惊弦雁避，骇浪舟回"……于悲壮中见浑厚。后之狂呼叫嚣者，动托苏辛，真苏辛之罪人也。——《白雨斋词话》

幽 居 　（南宋）翁 卷

蓬户掩还开，幽居称不才。移松连峤土，买石带溪苔。药信仙方服，衣从古样裁。本无官可弃，安用赋归来。

（清）冯班："四灵"用思太苦，而首尾俱馁弱。然当"江西"盛行之日，能特立如此，亦可取也。——《瀛奎律髓汇评》

（清）纪昀：三、四从武功"移花连蝶至，买石得云饶"套出，殊为钝手。结意却新，而虚谷不取。——同上

满江红·题范尉梅谷梅谷为范尉之别墅名。
（南宋）刘克庄

赤日黄埃，梦不到、清溪翠麓。空健羡、君家别墅，几株幽独。骨冷肌清偏要月，天寒日暮尤宜竹。想主人、杖履绕千回，山南北。　　宁委涧，嫌金屋。宁映水，羞银烛。叹出群风韵，背时装束。竞爱东邻姬傅粉，谁怜空谷人如玉。笑林逋、何逊漫为诗，无人读。二人都有著名的《咏梅》诗。

（明）卓人月：朱希真《梅》词"雪天分外精神好"，乃知梅宜竹，宜月，尤宜雪也。——《古今词统》

九日登平定涌云楼故基，楼即闲闲公所建

（金）元好问

诗翁曾此宴重阳，老树遗台认醉乡。流水浮生几今昔，高秋云物自凄凉。飞来野鹤聊堪喜，望隔长鲸又可伤。赖是风流未全减速，白头门客有王杨。自注："时王无咎，杨子昭在座。"公在郡时学生也。

过诗人李长源故居 　　（金）元好问

楚些招魂自往年，明珠真见抵深渊。巨鳌有饵虽堪钓，怒虎无情可重编。千丈气豪天也妒，七言诗好世空传。伤心鹦鹉洲边泪，却望西山一泫然。

空山何巨川虚白庵二首 　　（金）元好问

旧向韦编悟括囊，肯随文木凡可用之木称文木，见《庄子·人间世》。被青黄。吉祥止处无余物，知见薰来有底香。空谷自能生地籁，浮云争得翳天光。只愁八月风涛壮，梦里江声撼客床。何巨川钱塘人，故云。

露菊霜荞荐枕囊，石泉崖蜜破松黄。只缘山远无来客，更觉心清厄妙香。棋局尽堪消日晷，晷读鬼，上声。

日晷，日影也。吟毫真合染溪光。剧谈不尽江湖景，重与青灯约对床。

人月圆·卜居外家东园 　　（金）元好问

　　重冈已隔红尘断，村落更年丰。移居要就、窗中远岫，舍后长松。　　十年种木，一年种谷，都付儿童。老夫惟有、醒来明月，醉后清风。按：作者外家在阳曲县东至孝社。

最高楼·商於鲁县北山_{商於，古地名。在今陕西商南县和}

河南淅川县内乡一带。　　（金）元好问

　　商於路，山远客来稀。鸡犬静柴扉。东家欢饮姜芽脆，西家留宿芋魁肥。觉重来，猿与鹤，总忘机。　　问华屋高赀_{高俸禄也}。谁不恋？问美食大官谁不羡？风浪里，竟安归。云山既不求我是，林泉又不责吾非。任年年，藜藿饭，芰荷衣。

重游弇园_{弇读盐，平声。山名。弇园是王世贞所筑之园林，}

在江苏太仓县。　　（明）陈子龙

　　放艇春寒岛屿深，弇山花木正萧森。左徒_{屈原}。旧宅犹兰圃，中散_{嵇康}。荒园尚竹林。十二敦槃_{王敦和珠槃。}

古代天子和诸侯会盟时所用之祭器。谁狎主，三千宾客_{用战国春申君}
_事。半知音。风流摇落无人继，独立苍茫异代心。

梅 村　　　（清）吴伟业

枳篱茅舍掩苍苔，乞竹分花手自栽。不好诣人贪
客过，惯迟作答爱书来。闲窗听雨摊诗卷，独树看云
上啸台。_{江徵《陈留志》：阮嗣宗善啸，声与琴谐，陈留有阮公啸台。}桑落
酒香卢橘美，钓船斜系草堂开。

别故庐诗四首　　　（清）归 庄

五亩旧园庐，从滋不复居。栋梁崩在即，桑梓斩
无余。仅有囊盛粟，何劳车载书。无家勿悲叹，京国
已丘墟。

非不念先泽，无如丧乱何！此身廓落久，人事变
更多。卧虎终防穿，惊乌巧避罗。故乡难遂绝，或可
少经过。

妻子今分散，真疑鹿苑禅。_{鹿苑即鹿野苑，地名。释迦成道}
_{后，来此说四谛之法，又名仙人论处。}穷愁无著作，漂泊有山川。
仙子壶中地，高人岸上船。茫茫无处所，瓢笠且随缘。

屋废诚已矣，回思亦怅然！阅人三四世，长我十余年。非复高阳里，终为京兆阡。淮阴少年辈，应看万家烟。原注：青鸟家（即堪舆家）相其地，谓宜阴宅。余三世之丧未办，拟于此营马鬣，将有待而为，时得此屋者欲遂占其地，不以归我，故有少年之句。

蜗牛诗舍 　　（清）陈 瑚

误道银河泛客槎，小舠一叶当浮家。鱼怜人影闲相狎，蛙爱书声静不哗。微雨清朝依柳荫，荫读去声。香风亭午坐莲花。儿童长日真如岁，目断前村起暮鸦。

村　　居 　　（清）纪映淮（女）

桃花一孤村，流水数间屋。夕阳不见人，牯牛麦中宿。

次韵牧斋过拂水山庄 　　（清）柳如是（女）

山庄水色变轻苔，并骑亲看万树回。此回作为改变解。《北史·骨仪传》："不为势利所回。"容鬓差池梅欲笑，韶光约略柳先催。丝长偏待春风惜，香暗真疑夜月来。又是度江花寂寂，酒旗歌版首频回。

至宣州题姑山草堂四首　　（清）陈允衡

草堂何处是？野径入看无。鹭影水田尽，鸡声村店孤。庭空围老树，阁迥瞰重湖。到后尘心绝，幽人在画图。

我欲寻丹窭，君今住白云。藉茅为屋稳，种纸觅郊殷。酒岂高僧禁，诗偏少妇闻。寂寥将老计，沧海任纷纷。

家散身如寄，名高累亦繁。相看惟叠嶂，能隐即桃源。野史避人葺，遗诗为友存。曾赍磨镜具，亲酹冶城魄。

栖隐从兹决，浮生且得闲。行吟送落日，倚啸动空山。小屋孤云下，扁舟两水间。渔樵自来往，蓬户不须关。

偕伯氏周臣过织帘先生故屋，同顾伊人访陈确庵夜宿　　（清）王揆

草堂人去薜萝存，洒泪空招未返魂。犹见康成遗故籍，忽思元亮老孤村。青浮稻色秋间路，白照芦花月里门。感旧愈难今夜别，追维生死对黄昏。沈德潜云："织帘先生，顾麟士也。""康成故籍"指顾麟士言，"元亮孤村"指确庵言，确庵名瑚。

143

两先生皆志节士。末句"追维生死",死谓麟士,生谓确庵,一语总收二人。

茅屋成　　（清）申涵光

溪上新成屋数间,柳花蒲叶满松关。醉来白眼西窗下,卧看烟中马服山。

非翁拟迁浔上诗以促之　　（清）董　说

茗溪古寓公,诗笔例高秀。先生冰雪文,翠与晴峰斗。杯擎西坞茶,花种秋篱豆。余将觅渔路,敲门问奇籀。

还过为可堂即事　　（清）朱一是

四壁萧条外,平芜即战场。殷勤逢父老,涕泪满衣裳。白日扃荆户,青燐照草堂。鹍鹈聊可息,惭愧赋灵光。

赠周唯一先生山居四首　　（清）李邺嗣

夫子邈然去,孤峰自辟门。地容方丈洁,天护草堂尊。沈德潜云:"一语卓绝。能当此者,宇内曾有几人。"风节千春见,行藏两世论。荒荒西日下,梵磬肃朝昏。

144

车马不经路,茅堂此日开。万山迎汝至,一钵避人来。英兽司禅户,驯禽候食台。遥知云瀚处,翘首一徘徊。

尽遗身世事,惟有湛然存。甲子开新腊,兰蒲荷佛恩。疏钟晨易省,宿火夜难昏。遁迹应如此,惭余但掩门。

此间无魏晋,寂绝启双扉。落日庭前宿,幽霜座上飞。生衣墙面老,养鼯树身肥。二十余年事,安禅一梦归。自注:先生时为沙门,称襄云大师。

顾亭林卜居华山　　　(清)杨端本

谷有图南卧,卜邻古洞幽。莲开犹十丈,松老自千秋。扪虱应难识,翔鸿未可求。不须丹诏至,野性白云留。

题胡致果草堂　　　(清)孔尚任

草堂开向好山光,疏雨微云满巷凉。叶叶秋红常碍步,篇篇佳句每争墙。留茶忽睹前朝器,在座时闻古墨香。自是名门风味别,不将佳丽附齐梁。

南乡子·秋暮村居 （清）纳兰性德

红叶满寒溪，一路空山万木齐。试上小楼极目望，高低。一片烟笼十里陂。 吠犬杂鸣鸡，灯火荧荧归路迷。乍逐横山时近远，东西。家在寒林独掩扉。

满江红·茅屋新成却赋 （清）纳兰性德

问我何心，却构此、三楹茅屋。可学得、海鸥无事，闲飞闲宿。百感都随流水去，一身还被浮名束。误东风、迟日杏花天，红牙曲。 尘土梦，蕉中鹿。翻覆手，看棋局。且耽闲 酒，消他薄福。雪后谁遮檐角翠，雨余好种墙阴绿。有些些、欲说向寒宵，西窗烛。

村 舍 （清）赵执信

乱峰重迭指乱峰映在水中之重迭之象。水横斜。村舍依稀在若耶。若耶在浙江绍兴，是著名的风景胜地。垂老渐能分菽麦，全家合得住烟霞。催风笋作低头竹，倾日葵开卫足花。《左传·武公十七年》：齐大夫鲍庄子，为人所谗，被齐君处以刖足之刑。孔子说："鲍庄子之知不如葵，葵犹能卫其足。"雨玩山姿晴对月，莫辞闲澹送生涯。按：此村舍是作者修建于故乡山东博山城东五十里之"红叶山楼"。

移寓城南草堂纪兴　　（清）陈鹏年

北堂遥隔楚云西,远近浮槎理亦齐。岂有园官供菜把,仍催稚子树鸡栖。寄奴井在泉堪汲,丁卯桥荒路不迷。比似成都留杜老,居人指是浣花溪。

破　屋　　（清）郑燮

廨破墙仍缺·邻鸡喔喔来。庭花开扁豆,门子卧秋苔。画鼓斜阳冷,虚廊落叶回。扫阶缘宴客,翻惹燕鸦猜。何琼崖、潘宝玥云:郑板桥在范县任知县五年,衙门早已破败不堪,他却不愿修理,说是衙门破旧没什么,只要衙门内没有贪污枉法之丑行,不发出铜臭气便好。他为此写了一首《破屋》,描述衙门之破败与冷落,诗云云。

忆　旧　　（清）商盘

莺花庭院绮罗年,筝语琴心记不全。剩有旧时金屈戌,门窗、屏风、柜橱等的环纽、搭扣等,称屈戌。见陶宗仪《辍耕录》。画楼深锁五更天。

移居琉璃厂之火神庙西夹道　　（清）程晋芳

厂东西畔结深庐,藏海微身一叶如。听鼓趋衙尘扰扰,打钟吃饭步徐徐。势家歇马评珍玩,冷客摊钱

问故书。倘趁春灯倦游历，煮茶烧笋幸过余。

泊鸥庄落成四首　　（清）陶元藻

林家山对葛家山，仙隐从来住此间。我似渔人原
泛泛，谁称桑者独闲闲。一篝寒火林中出，两版衡门
水上关。悔买沃洲迟廿载，潭光照得鬓丝斑。

软玻璃内结鸥盟，筇杖芒鞋影亦清。墙角种花余
半亩，山根容膝有三楹。凉桐阴底支颐坐，瘦竹梢头
看月生。如此风光自消受，肯教萝薜易簪缨？

跌宕输他白与苏，漫劳丝管慰桑榆。厌寻人影衣
香路，重展　风荻雨图。彻夜湖光明户牖，几声雁语
入菰蒲。未知水木清华处，分得蓝田一角无？

平生丘壑本难忘，不系舟停水一方。野老门庭云
亦懒，荷花世界梦俱香。南屏暮雨酣红树，北牖朝烟
瘦绿篁。短句自吟还自改，几回叉手过长廊。

山　居　　（清）僧清恒

帘卷西风雨乍晴，闲凭小阁听流莺。白云无事长
来往，莫怪山僧不送迎。

宿灵鹫山家　　（清）郭 麐

山深时有百虫鸣,欹枕危楼酒半醒。忽地西风吹落叶,急呼灯起听秋声。

题霭园二首　　（清）陆以湉

一径穿云入,楼台漾碧虚。人为盘谷隐,地是辋川居。旧作藩王宅,今成处士庐。不胜怀古意,凭眺重踟蹰。

莫负山林胜,幽踪且暂淹。江声走虚壁,岚气逼深檐。古砌蟠藤曲,疏篱引蔓纤。好诗扪石赏,写景韵重拈。

山居四首　　（清）僧敬安

独鹤高飞倦,深林野性宜。石肤云自润,松隙月能窥。静觉藤花落,寒知日影移。山居味禅寂,兴到偶吟诗。

道念何由熟,幽怀谁与论。池鱼晨听梵,山鬼夜敲门。破屋牵萝补,微阳透衲温。客来休问讯,妙意了无言。

佳树圆如盖,重岩冷似冰。林鸦争坠食,松鼠啮枯藤。水月自清宴,烟霞绝爱憎。却嫌云窟里,着个苦吟僧。

静境无人到,禅扉镇日扃。涨痕窥户白,树色过墙青。苔绣定中石,风吟殿角铃。何须灭闻见,物我两俱冥。

忆高昌庙旧居花木四首　　　(清)陈　衍

林际春申有草堂,杜陵人去瀼西荒。曾经蓊取吴淞水,洗药浇花入小塘。

水竹三分屋二分,颇如野鹤所云云。最宜月到风来候,一架银花满院闻。

花木成蹊渐渐多,去年日夕盻庭柯。梧桐拱把蕉分绿,拉杂樵苏奈汝何。

老梅旧腊开如许,丛菊秋来付阿谁?最有村童偷眼惯,小桃欹侧出疏篱。

上斜街寓庐,袁珏生编修云是顾侠君先生旧居

(清)陈　衍

三雅门前昔驻骖,而今戒酒住瞿昙。芳菲合署枣

花寺,荦确疑分积水潭。竹垞旧闻赓日下,草堂印本共江南。元诗大有因缘在,留得编排地一龛。自注:余初辑《元诗纪事》印于江南。

吴氏草堂二首　　（清）郑孝胥

雨后秋堂足断鸿,水边吟思入寒空。风情谁似霜林好,一夜吴霜照影红。

水痕渐落露渔汀,秃柳枝疏也自清。唤起吴兴张子野,共看山影压浮萍。

四、行

桥　　（唐）李峤

乌鹊填应满,黄公去不归。势疑虹始见,形似雁初飞。妙应七星制,高分半月辉。秦王空构石,仙岛远难依。

陪李七司马皂江上观造竹桥，即日成，往来之人免冬寒入水，聊题短作，简李公　（唐）杜 甫

伐竹为桥结构同，褰裳不涉往来通。天寒白鹤归华表，<small>用《搜神记》及《异苑》事。但此华表当指桥柱。</small>日落青龙见水中。顾我老非题柱客，<small>用司马相如题桥柱事。见《汉书》。</small>知君才是济川功。合观却笑千年事，驱石<small>用秦始皇事。</small>何时到海东。

赴李少府庄失路　（唐）皇甫冉

君家南廓白云连，正待天晴弄石泉。月照烟花迷客路，苍苍何处是伊川？

过溪亭　（北宋）苏 轼

身轻步稳去忘归，四柱亭前野彴<small>读酌，入声。独木桥。或作杓，读卓，通船曰桥，不通船曰彴。</small>徽。忽悟过溪还一笑，水禽惊落翠毛衣。

于役江乡，归经板桥<small>于役、兵役、劳役，或因公务奔走在外者皆可称"于役"。○《诗·王风·君子于役》："君子于役，不知其期。"郑玄笺曰："君子于往行役，我不知其返期。"</small>　（明）杨 慎

千里长征不惮遥，解鞍明日问归桡。真如谢朓宣

城路，南浦新林过板桥。谢朓《之宣城郡出新林浦向板桥》诗："……天际识归舟，云中辨江树。旅思倦摇摇，孤游昔已屡……"○时作者已谪戍云南永明，奉命于役江乡，返回谪所时途经板桥，在板桥驿馆的墙壁上（在云南嵩明县境）写下此诗。

红板桥落成诗　　　（清）梁同书

板桥流水傍城□　，此地曾经撰杖频。读画又逢今甲子，凭阑无复正庚辛。葭苍露白思诸老，卧柳残阳少过人。赢得昔年诗句在，一番童髦话前尘。

前　题　　　（清）伊秉绶

红桥诸老落成诗，此地今人或不知。惟有白头梁侍讲，操觚曾记少年时。

书阮云台题沧江虹篷板诗后四首　　　（清）钱　泳

挂席沧江正妩风，举头西望水连空。拖楼喜读新诗句，知是米家贯月虹。

两岸衰杨水一湾，苍苍都是六朝山。古来无数兴亡事，尽入寒涛暮霭间。

萧萧芦荻已深秋，我比芦花亦白头。三十余年如

一梦，也将旧事付东流。

指点金陵话昔时，白云红树最相思。故人犹有何
戡在，书寄羊城开府知。

沪上杂诗 （清）金 和

车去如飞大道边，小红楼下数车钱。挽车人亦多
情者，曾在此楼楼上眠。

（三）虫鱼鸟兽

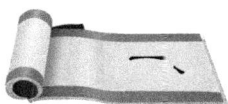

一、虫 类

1. 蝉

蝉　　（唐）虞世南

　　垂緌饮清露，流响出疏桐。居高声自远，非是藉秋风。

（清）沈德潜：命意自高。咏蝉者每咏其声，此独尊其品格。——《唐诗别裁集》

（清）李瑛：咏物诗固须确切此物，尤贵遗貌得神，然必有命意寄托之处，方得诗人风旨。此诗三、四品地甚高，隐然自写怀抱。——《诗法易简录》

（清）施补华：《三百篇》比兴为多，唐人尤得此意。同一咏蝉，虞世南"居高声自远，端不藉秋风"，是清华人语；骆宾王"露重飞难进，风多响易沉"，是患难人语；李商隐"本以高难饱，徒劳恨费声"，是牢骚人语。比兴不同如此。——《岘佣说诗》

在狱咏蝉　　（唐）骆宾王

　　西陆蝉声唱，南冠客思侵。那堪玄鬓影，来对白

头吟。露重飞难进，风多响易沉。无人信高洁，谁为
表予心。

> （明）陆时雍：大家语，大略意象深而物态浅。——《唐诗镜》
> （明）钟惺："信高洁"三字森挺，不肯自下。——《唐诗归》
> （明）黄光缵：咏蝉诗描写最工，词甚雅正。——《全唐风雅》
> （明）周珽：次句映带"在狱"，三、四流水对，清利。五、六寓所思，深
> 婉。尾"表"字应上"侵"字，"心"字应"思"字有情。咏物诗，此与"秋雁"
> 可称绝唱。——《唐诗选脉会通评林》
> （清）顾安：五、六有多少进退维谷之意，不独说蝉，所以结句便可直
> 说。——《唐律消夏录》

画　蝉　　（唐）戴叔伦

饮露身何洁，吟风韵更长。斜阳千万树，无处避
螳螂。

酬令狐相公新蝉见寄　　（唐）刘禹锡

相去三千里，闻蝉同此时。清吟晓露叶，愁噪夕
阳枝。忽尔弦断续，俄闻管参差。洛桥碧云晚，西望
佳人期。

答白刑部闻新蝉　　（唐）刘禹锡

蝉声未发前，已自感流年。一入凄凉耳，如闻断

续弦。晴清依露叶，晚急畏霞天。何事秋卿咏，逢时一悄然。

病 蝉 （唐）贾 岛

病蝉飞不得，向我掌中行。折翼犹能薄，酸吟尚极清。露华凝在腹，尘点误侵睛。黄雀并鸢鸟，俱怀害尔情。

（元）方回：贾浪仙诗得老杜之瘦而用意苦矣。蝉有何病？殆偶见之，托物寄情，喻寒士之不遇也。中四句极其奇涩，而"尘点误侵睛"，尤亘古诗人所未道，故曰浪仙用意苦矣。——《瀛奎律髓汇评》

（清）冯班：此有所刺也。——同上

（清）纪昀：虚谷云"贾浪仙诗得老杜之瘦而用意苦矣"，此解确。又云"中四句极其奇涩"，未尝涩。○次句领下四句，惟在"掌中"，故得细看，细写。四句极刻画而自然，不得目以奇涩。——同上

（清）冯舒：镂雕如鬼工。○"四灵"腹联之外，便无余力，不得长江一支也。——同上

（清）查慎行：第三句费解。○结有防微远患之戒。——同上

蝉 （唐）李商隐

本以高难饱，徒劳恨费声。五更疏欲断，一树碧无情。薄宦梗犹泛，故园芜已平。烦君最相警，我亦举家清。叶葱奇《疏注》云："起二句用笔矫健'破空而来'。""一树碧无情"句，沈德潜说"取题之神"。这种跳开、空灵的笔法商隐诗中屡见，如《听鼓》诗"城头叠

鼓声"句下接"城下暮江清"五字,和这句一样超然意远。〇首四句咏蝉,即以蝉自比;三、四二句拿五更时分蝉的清冷处境来暗比自己身世的凄凉,妙在毫不粘滞,而对蝉来说,也非但写出了向晓时的断续长鸣,并且把周围的环境也描写出来,更衬托出了上句的蝉声。五、六二句看去似乎只是就自己说,其实人的萍漂梗泛和蝉的随风飞集,故园的荒草丛生和高树的寒蝉悲吟,仍是呼吸相通,映带浃洽。结句紧承五、六二句,把自己和蝉结合到一起双收,章法也非常清整。

（清）顾安:首二句写蝉之鸣,三、四写蝉之不鸣;"一树碧无情"真是追魂取气之句。五、六先作"清"字地步,然后借"烦君"二字折出结句来,法老笔高,中晚一人也。——《唐律消夏录》

（清）屈复:三、四流水对,言蝉忽断忽续,树色一碧。五、六说目前客况,开一笔,结方有力。——《唐诗成法》

（清）纪昀:起二句陡入有力,所谓意在笔先。〇前半写蝉,即自喻;后半自写,仍归到蝉。隐显分合,章法可玩。——《玉溪生诗说》

蝉　　（唐）陆龟蒙

只凭风作使,全仰柳为都。一腹清何甚,双翎薄更无。伴貂金换酒,并雀画成图。恐是千年恨,偏令落日呼。

闻　蝉　　（五代）廖　凝

一声初应候,万木已西风。偏感异乡客,先于离塞鸿。日斜金谷静,雨过石城空。此处不堪听,萧条千古同。

风柳鸣蝉 　　（金）元好问

轻明双翼晓风前，一曲哀筝续断弦。移向别枝谁
画得，只留残响客愁边。

齐天乐·蝉二首 　　（南宋）王沂孙

一襟余恨宫魂断，年年翠阴庭树。乍咽凉柯，还
移暗叶，重把离愁深诉。西窗过雨。怪瑶佩流空，玉
筝调柱。镜暗妆残，为谁娇鬓尚如许。　　铜仙铅泪
似洗，叹携盘去远，难贮零露。病翼惊秋，枯形阅世，
消得斜阳几度？余音更苦。甚独抱清高，顿成凄楚。
谩想熏风，柳丝千万缕。马缟《中华古今注》："昔齐后忿而死，尸变为
蝉，登庭树嘒唳而鸣。王悔恨。故世名蝉为齐女焉。"○朱德才云："词人不从蝉的
生活环境或身姿形态发端，而是起笔直摄蝉的神魂。一、二两句陡起平接，大大增
加了词的艺术感染力。'离愁深诉'承上'宫魂余恨'，'重把'与'年年'相呼应，足见
'余恨'之绵长，'离愁'之深远。蝉与人至此趋于吻合。'怪瑶佩'的'怪'字，是词家
'排宕法'。陈匪石《宋词举》云："虽知其心之戚，转疑其心之欢。"再者，"瑶佩"两
句，形容蝉声，本身又构成一种美好形象，它使人联想到有这样一位女子：她素衣
悬佩，那佩玉伴随她身影的款款晃动而有节奏地相击作响；她悠然弄筝，银筝在她
的纤手抚弄下，发出优美的乐曲声。这位女子是谁呢？或许就是齐女宫魂的化影
吧！用生前欢乐与化蝉后'西风过雨'后的悲哀相对照，不也是一种有力的反衬
吗？"○这个"怪"字的文义又直贯"镜暗"两句。"娇鬓"用魏文帝的宫人莫琼树"制
蝉鬓、缥缈如蝉"典故（见崔豹《古今注》）。这里的"为谁"和上文"怪"字呼应，明为
疑责，实为怜惜。○上片前五句正面咏蝉，后五句从反面翻足题意，一正一反，相反
相成。文情波澜起伏，跌宕多姿。显得格外哀艳动人。○换头写蝉的饮食起居。
相传蝉以餐风饮露为生，现在露盘既以去远，则哀蝉何以续此残生呢？所以，承以

"病翼惊秋,枯形阅世,消得斜阳几度"。〇一个"顿"字,惊事物变化速度之快,一个"甚"字,表现出一种呼天抢地而又无可奈何的莫大悲恸之情。

(清)周济:此家国之恨。——《宋四家词选》

(清)陈廷焯:王碧山……咏蝉诸篇,低回深婉,托讽于有意无意之间,可谓精于此义。〇又云:字字凄断,却浑雅不激烈。——《白雨斋词话》

又云:合下章观之,此当指清惠改装女冠。"余音"数语想有感于太液芙蓉一阕乎?——《词则·大雅集》

(清)谭献:此是学唐人句法,章法。"庾郎先自吟愁赋",逊其蔚跋。"西窗"句亦排宕法。"铜仙"三句,极力排荡。"病翼"三句,玩其弦指收裹处,有变徵之音。结笔掉尾不肯直泻,然未自在。——《谭评词辨》

(清)端木埰:详味词意,殆亦碧山黍离之悲也!首句"宫魂"字点清命意。"乍咽"、"还移",慨播迁也。"西窗"三句,伤敌骑暂退,宴安如故也。"镜暗妆残",残破满眼。"为谁"句,指当日修容饰貌,侧媚依然。衰世臣主,全无心肝,真千古一辙也。"铜仙"三句,伤宗器重宝,均被迁夺北去也。"病翼"三句,更是痛哭流涕,大声疾呼,言海徵栖流,断不能久也。"余音"三句,哀怨难论也。"漫想"二句,责诸人当此,尚安危利灾,视若全盛也。语意明显,凄婉至不忍卒读。——《词选批注》

绿槐千树西窗悄,厌厌昼眠惊起。饮露身轻,吟风翅薄,半剪冰笺谁寄。凄凉倦耳。漫重拂琴丝,怕寻冠珥。短梦深宫,向人犹自诉憔悴。　　残虹收尽过雨,晚来频断续,都是秋意。病叶难留,纤柯易老,空忆斜阳身世。窗明月碎。甚已绝余香,尚遗枯蜕。鬓影参差,断魂青镜里。王筱芸云:"咏物之法向有两种,一种是抒情主体入乎其内,与所咏之物相互感发生兴,在物我描写的角度转换中,表现起伏的感情;一种是抒情主体出乎其外,隐于物后,借物象在不同时间空间中情态变化,展示情感的曲折发展。王沂孙的两首《齐天乐·蝉》各具一法。"〇这首词采取抒情主体入乎其内,与所咏之物相互感发生兴的手法。〇一起两句从人与蝉共处的环境落笔，人在厌厌昼眠中被蝉声惊醒。"昼眠惊起"——情境转变，虽没有直写蝉，一"惊"字表现词中人在某种特定的心情由蝉鸣而产生强烈的感受。"饮露"三句，借蝉托出心情，角度由人转到蝉。蝉过着"饮露"为生，"吟风"自娱的生活，自甘"身轻翅薄"不为时重，淡泊，但可悲的是，这种情操有谁能理解呢？闻蝉鸣则如见命运相类，情志相投的知己，感慨一触即发，唤起强烈的共鸣，这就是所以"惊"的内在原因。可知"惊"字决非泛设，它勾上连下，将人与蝉交织在一起，可谓"词眼"。蝉声不绝于耳，勾起人无限怅触，只觉声声凄凉，不堪卒听，故云"倦耳"。"漫重拂琴丝，怕寻冠珥"，转入一层构想。琴声与蝉有何关系？《后汉书·蔡邕传》：蔡邕有一次被邀赴宴，刚到门首，闻屏风内有弹琴声，含有杀心，于是退回；主人问之原因，弹琴者言，因见螳螂正在捕蝉"吾心耸然，惟恐螳螂失之也，此岂为杀心而形与声者乎？""冠珥"。《后汉书·舆服志》及《车服杂注》："侍臣加貂蝉者，取其清高饮露而不食也。"如此，字面上是莫要再弹那捕蝉的琴音，怕去寻觅貂蝉的冠珥。言下之意是：不愿再蹈危机，再履官场。与前三句"半剪冰笺谁寄"的感叹紧紧相系，进一层由蝉托出词人身世一慨。是透过今昔两层写来。○换头三句，着意写秋景秋意，亦是人与蝉共处的环境。"过雨"断断续续的降雨。词人打破雨尽虹生，渐雨渐寒，晚来更重的自然时序以"残虹收尽过雨"，置"晚"于断续之前，笔意跳脱，赋予景物一种能动的意态，构成一幅凋残满目，秋寒烘笼的秋意图，是即事叙景的典范。树枝树叶是蝉托以生存的处所，但在时序变故，风雨交侵之下便已"病"而"难留"，"纤"而"易老"，摇摇欲坠了。"窗明月碎"碎字用得妙。"鬓影"两句，更进一层，哀蝉辞世之际，鬓影参差，形容憔悴，独自面对青镜，魂虽已断，恨却绵绵，逆向化用齐后尸变为蝉的故事。与"短梦深宫"再次呼应。○此词采用由现在设想将来的纵剖式结构，以蝉鸣为贯串全篇线索。

（清）周济：此身世之感。——《宋四家词选》

（清）陈廷焯：较草窗之作稍觉婉雅，其借题抒写身世之感，情则一也。有骨有韵，不独哀感。后半直与草窗作无二。——《云韶集》

又云：言中有物，岂指全太后祝发为尼事乎？——《词则·大雅集》

（近代）俞陛云：起笔二句便得闻蝉神理。"嫩翼"二句咏本题。"冰笺"至"憔悴"六句是蝉是人，同抱身世之感。转头处三句虹收残雨，惊耳秋声，即写景亦是佳句，况咏蝉耶！"病叶"三句无限苍凉之思，尤耐吟讽。结笔"枯蜕"、"断魂"四句咏蝉固佳，何凄清乃尔耶？——《唐五代两宋词选释》

齐天乐·蝉　　（南宋）周 密

槐薰忽送清商怨，依稀正闻还歇。故苑愁深，危弦调苦，前梦蜕痕枯叶。伤情念别。是几度斜阳，几回残月。转眼西风，一襟幽恨向谁说。　　轻鬓犹记动影，翠蛾应妒我，双鬓如雪。枝冷频移，叶疏犹抱，孤负好秋时节。凄凄切切。渐迤逦黄昏，砌蛩相接。露洗余悲，暮烟声更咽。首二句直出寒蝉鸣声。槐树间，熏风（南风）忽然吹来阵阵怨曲（清商曲调悲哀，同时也代表秋天），正听时，又断了。"前梦"六字用三个名词组成，意味苍凉，句法凝练。"伤情念别"以下，写自从离别宫苑，已不知经历了多少次斜阳，残月（也暗含亡国之恨）。如今又是一年秋风，（宫魂）的满怀幽恨无处可说。上片写的正是亡国宫人的怨诉。○下片，一二句言昔，三句写今。"枝冷频移"三句，平叙，一般地写宫人及作者等文人的无依靠。

2. 蝶

蝶　　（唐）李商隐

飞来绣户阴，穿过画楼深。重傅秦台粉，轻涂汉殿金。"秦台"用萧史、弄玉故事；"汉殿金"，殿以黄金涂之，见《汉书》。此诗讥诮靠外戚公主势力而幸进者。四句皆此意。相兼惟柳絮，谓其轻佻。所得是花心。谓他们所得之美职。可要凌孤客，邀为子夜吟。说这样的钻营苟得十分可耻，又何必向孤寒之士来矜夸自得，使他们伤心呢？

蝶　　(唐)李商隐

叶叶复翻翻,斜桥对侧门。芦花惟有白,柳絮可能温。西子寻遗殿,昭君觅古村。年年芳物尽,来别败兰荪。

蝶　　(唐)李商隐

初来小苑中,稍与琐闱通。远恐芳尘断,轻忧艳雪融。只知防皓露,不觉逆尖风。回首双飞燕,乘时入绮栊。

赵璘郎中席上赋得蝴蝶　　(唐)郑　谷

寻艳复寻香,似闲还似忙。暖烟沉蕙径,微雨宿花房。书幌轻随梦,歌楼误采妆。王孙深属意,绣入舞衣裳。

蝴蝶儿　　(五代)张　泌

蝴蝶儿,晚春时。阿娇初着淡黄衣,倚窗学画伊。还似花间见,双双对对飞。无端和泪拭燕脂,惹教双翅垂。俞平伯《唐宋词选释》云:“这词不写真的蝴蝶而写画的蝴蝶;画上

165

的蝴蝶却处处当作真蝴蝶去写,又关合作画美人的情感。"

(明)汤显祖:妩媚。——《评花间集》

(清)陈廷焯:妮妮之态,一一绘出。干卿甚事,如许钟情耶?——《云韶集》

望江南　　（北宋）欧阳修

江南蝶,斜日一双双。身似何郎全傅粉,《世说新语·容止》:"何平叔(晏)美姿仪,面至白,魏明帝疑其傅粉。正夏月与热汤饼,既啖,大汗出,以朱衣自拭,色转皎然。"心如韩寿爱偷香。韩寿偷香,见《晋书·贾谧传》。天赋与轻狂。　　微雨后,薄翅腻烟光。才伴游蜂来小院,又随飞絮过东墙。长是为花忙。

蝶　　（北宋）王安石

翅轻于粉薄于缯,长被花牵不自胜。若信庄周尚非我,岂能投死为韩凭。为韩凭投死见干宝《搜神记》。

梨花双蝶　　（清）吴 绡（女）

如玉双双透琐帏,镜中斜见粉依稀。西施舞罢春衫冷,道韫诗成柳絮飞。影过杏梁朝日澹,梦醒巫峡片云归。梨花深院无人到,不是开笼放雪衣。泛指白色的鸟类。

166

咏 蝶　　（清）丁 澎

爱尔飘扬意，依人冉冉飞。高低惜芳草，浩荡弄春晖。有梦常为客，无家尚忆归。故园风物变，杨柳长应稀。陈琰《艺苑丛话》云："丁澎咏蝶诗，众叹五六有神采，柴绍炳独愀然曰：'飞涛少年登第，风云路阔，忽作此酸楚语，当非佳祥。'已果被谪出塞外，久之归里，故宅售之他人。百物更变，惟垂柳数株，翳绿如昔。"

蝶　　（清）张问陶

漠漠风花太有情，为周为蝶不分明。花屏几处繁华想，团扇谁家笑语声。芳草乍晴双影活，仙衣初化一身轻。伤心金粉飘如梦，何苦滕王为写生。

黑 蝶　　（清）唐景崧

百花深处态轻狂，罚着青衣亦自伤。夜梦园中原是漆，春甜乡里更寻香。厌从乐府敲红板，飞上云鬟斗素妆。最苦捉来无觅处，乌纱窗下立斜阳。

3. 促织(蟋蟀)

促 织 (唐)杜 甫

促织甚微细,哀音何动人。草根吟不稳,《镜铨》:"言非定一处。"床下意相亲。久客得无泪,故妻难及晨。《镜铨》谓听之而夜不能眠也。《朱买臣传》:"故妻与夫家,见买臣饥寒呼饭之。"顾注:"故妻指弃妇、孀妇。"悲丝与急管,感激异天真。朱注:"丝管感人不如促织之甚,以声出天真故也。"

(明)高棅:结得洒落,更自可悲。——《唐诗品汇》

(明)钟惺:不似咏物,只如写情,却移用作写情诗不得,可为用虚之法("久客"二句下)。——《唐诗归》

(明)王嗣奭:"促织甚微细,哀音何动人"问词也。草根,床下,见其微细,客泪、妻悲,见其动人;此应"何"字,正答词也。公诗所以感激人者,正在于此,而借微物以发之;推而大之,虽《咸》音、《韶》《濩》所以异于俗乐者,亦在于此。——《杜臆》

(清)何焯:"草根吟不稳",顶"哀音",兼"微细"。——《义门读书记》

(清)仇兆鳌:诗到结尾,借物相形。抑彼而扬此,谓之"尊题格",如咏促织而末引丝管,咏雁而末引野鸦是也。——《杜诗详注》

(清)张谦宜:《促织》咏物诸诗,妙在俱以人理待之,或爱惜,或怜之劝之,或戒之、壮之。全付造化,一片婆心,绝作绝作!○咏物诸作,皆以自己意思,体贴出物理情态,故题小而神全,局大而味长,此之谓作手。○"久客得无泪",初闻之下泪可知,此一面两照之法。写得虫声哀怨,不可使愁人暂听,妙绝文心。——《茧斋诗谈》

(清)浦起龙:"哀音"为一诗之主。而曰"不稳"。曰"相亲",又表出不忍远离、常期相傍意。为"哀音"加意推原,则闻之而悲,在作客被废之人为尤甚。……识得根苗在三、四,则落句不离。○音在促织,哀在

衷肠；以哀心折之，便派与促织去。《离骚》同旨。——《读杜心解》

促　织　（唐）张乔

念尔无机自有情，迎寒辛苦弄梭声。椒房金屋何曾识，偏向贫家壁下鸣。

满庭芳·促织儿　（南宋）张镃

月洗高梧，露薄幽草，《诗·郑风·野有蔓草》："野有蔓草，零露薄兮。"宝钗楼原是咸阳古迹，此借用。外秋深。土花土花，指苔藓。沿翠，萤火坠墙阴。静听寒声断续，微韵转、凄咽悲沉。争求侣，殷勤劝织，促破晓机心。　　儿时曾记得，呼灯灌穴，敛步随音。任满身花影，犹自追寻。携向华堂戏斗，亭台小、笼巧妆金。今休说，从渠床下，凉夜伴孤吟。

（清）王又华："月洗高梧"一阕，不惟曼声胜其高调，形容处亦心细如发，皆姜词之所未发。——《古今词论》

（清）沈雄"月洗高梧"一阕，乃咏物之入神者。——《古今词话·词评》

（清）张宗清：引周密语"咏物之入神者"。又作按语云，《天宝遗事》："每秋时，宫中妃妾皆以小金笼闭蟋蟀，置枕函伴，夜听其声。民间争效之。"又按：《蟋蟀经》二卷，相传贾秋壑所辑，文词颇雅训，有"更筹帷幄，选将登场"诸语。余兄雨岩研古楼所藏旧抄本，甚堪爱玩。惜微蕃芸窗道人绘画册，已付元《云烟过眼录》矣。——《词林纪事》

（清）许昂霄：响逸调远。"萤火坠墙阴"陪衬。"任满身花影"二句，工细。——《词综偶评》

齐乐天 　　（南宋）姜 夔

庾郎先自吟愁赋，凄凄更闻私语。露湿铜铺，苔侵石井，都是曾听伊处。哀音似诉。正思妇无眠，起寻机杼。曲曲屏山，夜凉独自甚情绪。　　西窗又吹暗雨。为谁频断续，相和砧杵。候馆迎秋，离宫吊月，别有伤心无数。豳 读宾，平声。古国名。《诗经》有《豳风》，为十五国风之一。诗漫与。笑篱落呼灯，世间儿女。写入琴丝，一声声更苦。

（宋）张炎：作慢词，看是甚题目，先择曲名，然后命意。命意既了，思量头如何起，尾如何结，方始选韵，而后述曲。最是过片，不要断了曲意，须要承上接下。如姜白石词云"曲曲屏山，夜凉独自甚情绪"。于过片则云"西窗又吹暗雨"，此则曲之意脉不断矣。——《词源》

（明）潘游龙：赋物如此，何忍删去。至如柳耆卿咏莺，康伯可闻雁，则不敢虚奉也。——《古今诗余醉》

（清）王士禛：张玉田谓咏物最难。体认稍真，则拘而不畅，摹写差远，则晦而不明。而以史梅溪之咏春雪、咏燕，姜白石之咏促织为绝唱。——《花草蒙拾》

（清）刘体仁：词欲婉转而忌复。不独"不恨古人吾不见"与"我见青山多妩媚"，为岳亦斋所诮。即白石之工，如"露湿铜铺"与"候馆吟秋"，总是一法。——《七颂堂词绎》

（清）许昂霄：将蟋蟀与听蟋蟀者层层夹写，如环无端，真画工之笔也。"候馆吟秋"三句，音响一何悲。"笑篱落呼灯"二句高绝。——《词

综偶评》

（清）先著：咏物一派，高不能及。石帚此种亦最可法。分明都是泪。石帚促织云"西窗又吹暗雨"。玉田《春水》云"和云流出空山"。皆是过处争奇，用笔之妙，如出一手。——《词洁辑评》

（清）贺裳：秫史称韩幹画马，人入其斋，见干身作马形，凝思之极，理或然也。作诗文亦必如此始工。如史邦卿咏燕，几于形神俱似矣；次则姜白石咏蟋蟀"露湿铜铺，苔侵石井，都是曾听伊处。哀音似诉。正思妇无眠，起寻机杼"，又云"西窗又吹暗雨。为谁频断续，相和砧杵"，数语刻画亦工。蟋蟀无可言，而言听蟋蟀者，正姚铉所谓"赋水不当仅言水，而言水之前后左右"也。然尚不如张功甫"月洗高梧，露溥幽草，宝钗楼外秋深。……凉夜听孤吟"。……常观姜论史词，不称其"软语商量"，而赏其"柳昏花暝"，固知不免项羽学兵法之恨。——《皱水轩词筌》

（清）张德瀛：词有内抱、外抱二法，内抱如姜尧章《齐天乐》"曲曲屏山，夜凉独自甚情绪"是也。外抱者如史梅溪《东风第一枝》"恐凤靴挑菜归来，万一灞桥相见"是也。元代以后，鲜有通此理者。——《词征》

（清）沈祥龙：词中虚字，犹曲中衬字，前呼后应，仰承俯注，全赖虚字灵活，其词始妥溜而不板实，不特句首虚字易讲，句中虚字亦当留意，如白石词云"庾郎先自吟愁赋，凄凄更闻私语"。"先自"、"更闻"互相呼应，余可类推。○又云：沈伯时谓上去不宜相替，故万氏《词律》于仄声辨上去最严。其曰上声舒徐和软，其腔低。去声激厉劲远，其腔高。此说本诸明沈景云声当高唱，上声当低唱也。词必用上去者，如白石"哀音似诉"句之"似诉"字。必用去上者，如"西窗又吹暗雨"句之"暗雨"字。——《论词随笔》

（清）陈廷焯：此词精绝。一直说去，其中自有顿挫起伏，正如大江无风，波涛自涌，前无古后无今。"篱落"二句平常意，一经点缀便觉神味渊永，其妙食人不可思议。——《词则·大雅集》

又云：白石《齐天乐》一阕，全篇皆写怨情，独后半云"笑篱落呼灯，世间儿女"。以无知儿女之乐，反衬出有心人之苦，最为入妙。用笔亦别有神味，难以言传。——《白雨斋词话》

171

满江红·旅夜闻蟋蟀声作　　（清）宋 琬

试问哀蛩，蛩读穷，平声。缘底事、终宵呜咽？料得汝、前身多是，臣孤子孽。青琐闼边璎珞草，植物名。即璎珞藤，其子成串像璎珞。碧纱窗外玲珑月。况兼他、万户捣衣声，同凄切。　　梧叶落，西风冽。莲漏古代莲花形的计时器。滴，征鸿灭。似杜鹃春怨，年年啼血。千里黄云关塞客，三千纨扇长门妾。背银　、灯也。和泪共伊愁，床前说。

月当厅·秋夜闻蟋蟀声　　（清）邹祗谟

小窗烟雨冥冥响，飕飕吹坠，落叶空庭。急杵浮砧，凄凄石竹墙阴。偏与愁人作楚，细思量、甚事恰关卿？无端似，空床泣恨，断轸传情。　　年年惯做西风伴，隐荒苔、啼残青穗余灯。哀笳远笛，飞来何处秋声。二十五番寒照静，听清钲、历历严更。偏怨汝，叫回孤梦，短发星星。

4. 萤

咏 萤　　（唐）虞世南

的历流光小，飘飘弱翅轻。恐畏无人识，独自暗中明。《闻鹤轩初盛唐近体读本》云："佻细能饶圆啭。"吴协南曰："不明点'萤'字,暗中摸索亦自得之,此咏物写生手也。结有寄托,故佳。"

萤 火 （唐）杜 甫

幸因腐草出,敢近太阳飞。未足临书卷,用车胤事.时能点客衣。随风隔幔小,带雨傍林微。十月清霜重,飘零何处归。仇沧柱云："此诗黄鹤谓指李辅国辈。今按腐草譬刑余之人,太阳乃人君之象,比义显然。隔幔傍林,言其潜形匿迹。末谓不久自当澌灭也。"

（宋）范晞文：老杜《萤火》诗"幸因腐草出……飘零何处归",韩退之云"朝蝇不须驱,暮蚊不可拍。绳蚊满八区,可尽与相格……凉风九月到,扫不见踪迹",疾恶之意一也。然杜微婉而韩急迫,岂亦目击伍、文辈专恣而恶之邪？——《对床夜语》

（元）方回：老杜诗集大成,于"着题诗"无不警策。说者谓此诗"腐草"、"太阳"之句以讥李辅国。凡评诗,正不当如此刻切拘泥。言之者无罪,闻之者足以戒。大丈夫耿耿者,不当为萤爝微光,于此自无相关。世之仅明忽晦不常者,又岂一辅国？则见此诗而自愧矣。学者观大指可也。——《瀛奎律髓汇评》

（清）冯班：此评在是非之间。用事之法,取材宜清,用意宜切,凑合宜赡,言尽而意有余,如诗人用鸟兽草木为比兴者,上也；直用故事,言切理举者次也；锻炼华词,以助文章者下也。词繁意寡则昏睡耳目,学"西昆"者往往有此病。指"江西"之文,欲用新事而意为事使,冗碎乖僻,取材欠清,读之使人不喜。然山谷文有力,气势劲折,固是高手。后山五言诗,则杜诗之面也,最不可学。——同上

（清）查慎行：诗衮赋物,毋论大小妍丑,必有比况寄托。即以拟人,亦未为失伦。如良马以比君子,青蝇以喻谗人,如此者不一而足。必欲

取一事一人以实之,隘矣。此评能见大意,学者可以类推。——同上

（清）纪昀：此真通人之论。○虚谷云"大丈夫耿耿者,不当为萤爝微光,于此自无相关。世之仅明忽晦不常者,又岂一辅国,则见此诗而自愧矣"。此数句语意皆不了了,删去直接"学者"句,则善矣。○萤不昼长,"敢"者岂敢也。末句似自寓飘零之感。——同上

（清）许印芳：大家之诗,必非无为而作,小小咏物,亦有寓意。评味此诗语意,确系讥刺小人,但不可指实其人耳。若一指实,必有穿凿附会之病。且一直道破,味同嚼蜡。虚谷但观大指之说最当。○末二语指小人积恶灭身言。措词和婉,有哀怜意,有警醒意,是真诗人之笔。晓岚解为"自寓飘零之感",与全诗语意不合,未可从也。○学者当于传神写意处细心体会,又当观其笔法变化各出机杼之妙。即一起笔点题,有顺有逆,有明有暗。顺与明常法也,可以常用;逆与暗变法也,可以参用。总之无一定之法,在学者善自领悟耳。——同上

（清）何焯：句句妙。刺诗仍带悯惜,故味长。——同上

见萤火 　　（唐）杜 甫

巫山秋夜萤火飞,疏帘巧入坐人衣。浦注:"坐人衣,谓坐人之衣也。"旧注:"非萤无能坐之理,时方垂帘夜坐,猝见萤火入衣,故下用'忽惊'字。"忽惊屋里琴书冷,复乱檐前星宿稀。《镜铨》:"因入来之萤出外,更看到群飞之萤。"却绕井栏添个个,《镜铨》谓影照井中也。偶经花蕊弄辉辉。《镜铨》:"萤光乍开乍合,明灭不定。'弄'字工于肖物。"沧江白发愁看汝,来岁如今归未归。

（明）王嗣奭：本意全在末二句,而借萤以发端,正《诗》之兴也。乃其描萤火,入神在"弄辉辉"。然"经花蕊"而"弄辉",似自以为得所者,以起下"归未归",不可谓全无涉也。——《杜臆》

（清）金人瑞：题是《见萤火》,诗却从"见"字写出。○"屋里琴书冷"

用"忽惊"字，妙。天热，萤在空野处飞，今见其入屋，必且惊曰："天又冷起来了。"……"沧江"、"白发"，字法对映，正写"愁"字。——《杜诗解》

（清）何焯：写得历乱飞扬，又句句是"见"字。……"忽惊屋里琴书冷"，"冷"字与"火"字关应得妙。……"沧江白发愁看汝"，收出"见"字，杨云"沧江"、"白发"，又因萤火照出，映带绝妙。——《义门读书记》

（清）仇兆鳌："萤火飞"，领下五句，自山而帘，自帘而衣，从外飞入内；屋而檐，自井而花，从近飞出远；六句皆摩写"见"字。○邵云"却绕"，见聚散不常；"偶经"，见明灭不定；照入井中，一萤两影，若"添个个"；闪过花间，其光互映，如"弄辉辉"。——《杜诗详注》

咏　萤　（唐）李嘉祐

映水光难定，凌虚体自轻。夜风吹不灭，秋露洗还明。向烛仍分焰，投书更有情。犹将流乱影，来此傍檐楹。

（清）谭宗：不肖形而肖意，所以为高（"夜风"二句下）。○咏物句如此篇颔联，活见"凌虚"，即离俱化，终唐咏物要未有能过之者。抑前后亦称，诚佳作哉！——《近体秋阳》

夜对流萤作　（唐）韦应物

月暗竹亭幽，萤光拂席流。还思故园夜，更度一年秋。自惬观书兴，何惭秉烛游。府中徒冉冉，明发好归休。

萤 （唐）陆龟蒙

　　肖翘虽振羽，戚促尽趁冰。风助流还急，烟遮点渐凝。不须轻别宿，才可拟孤灯。莫倚隋家事，曾烦下诏征。

萤火 （南宋）陈与义

　　翩翩飞蛾掩明烛，见烹膏油罪莫赎。嘉尔萤火不自欺，草间相照光煜煜。却马已录仙人方，《淮南子注》："取萤火裹以羊皮，置土中，马见之鸣，却不敢行。"映书曾登君子堂。用车胤事。不畏月明见陋质，但畏风雨难为光。

贺新郎·萤 （南宋）赵闻礼

　　池馆收新雨。耿幽丛、流光几点，半侵疏户。入夜凉风吹不灭，冷焰微茫暗度。碎影落、仙盘秋露。漏断长门空照泪，袖纱寒、映竹无心顾。孤枕掩，残灯炷。　　练囊不照诗人苦。夜沉沉、拍手相亲，儿痴女。栏外扑来罗扇小，谁在风廊笑语。竞戏踏、金钗双股。故苑荒凉悲旧赏，怅寒芜、衰草隋宫路。同燐火，遍秋圃。"入夜"句由李嘉祐《萤》"夜风吹不灭"句化来。"炷"即灯芯。○物境是凄凉寂寞的，心境是幽索凄婉的。暗中蕴藏着一股感情的寒流。历史上的承露仙盘，长门孤泪与萤火原不相关，但前者加上"碎影落"，后者"空照泪"

便点化成与萤火相关的事肖。点点碎影映入了仙盘秋露，又好像见到它飞饶在长门空中，空照陈皇后的泪珠。〇下片第一句用车胤事，"练囊不照"，与前面的"长门空照"暗中绾合，都是物性与人情难通的意思。"故苑"指隋炀帝的放萤苑。

齐天乐·萤　　（南宋）王沂孙

碧痕初化池塘草，荧荧野光相趁。扇薄星流，盘明露滴，零落秋原飞燐。练裳暗近。记穿柳生凉，度荷分暝。误我残编，翠囊空叹梦无准。　　楼阴时过数点，倚阑人未睡，曾赋幽恨。汉苑飘苔，秦陵坠叶，千古凄凉不尽。何人为省？但隔水余晖，傍林残影。已觉萧疏，更堪秋夜永！此词咏萤以寄托宋亡之恨。《礼记》："腐草化为萤。""扇薄"句化用杜牧诗"轻罗小扇扑流萤"诗意。"盘明"句，以盘中露光比萤，与上句对偶分叙，词藻工匝，下面以"零落秋原飞燐"单句绾合萤的飞与光，飞的情景，光的形质。死人骨中有燐，故称燐为鬼火，秋原中的燐，又以"零落"二字形容，已兴亡国之慨。"练裳"句用杜甫"帘疏巧入坐人衣"句。"记"字引出作者，从记忆中多角度来写萤。"穿柳"、"度荷"飞行之美；"生凉"萤火给人的感受，"分暝"不说在荷塘中产生的一点微光，而说划破了荷塘的暮色，巧妙。"残编"、"翠囊"用车胤事，刘禹锡《秋萤引》："汉陵秦苑遥苍苍，陈根腐叶秋荧光，夜空寂寥金气净，千门九陌飞悠扬。"杜甫《萤火》："隨风隔幔小，带雨傍林微。"

（清）陈廷焯：凄凄刁切，秋声秋色，秋气满纸。感慨苍茫。末二语一往叹惜。——《云韶集》

又云：感慨苍茫，深人无浅语。"隔水"二句，意者其指帝昺乎？——《词则·大雅集》

（清）谭献："误我"二句亦寓言。"楼阴"拓成远势，过片中又一法。"汉苑"三句，可谓盘拿伛强矣。结笔绕梁之音。——《谭评词辨》

（近代）俞陛云：上阕句句切本题，工致妥帖，咏物之本色。下阕以

"幽恨"二字领起下文。"汉苑"、"秦陵"以下,今愁古怨,并赴毫端。如秋声自西南来,金铁皆鸣。"余晖"、"残影"句,草间之爝火,即劫后之遗民,为之一叹。《花外集》凡词六十五首,而咏物近三十首,有寄托者为多。——《唐五代两宋词选释》

秋萤和韵　　(清)周体观

振羽知无力,疏狂乱客扉。低空不碍瞑,违候亦能飞。露湿争光净,宵行抱影微。可怜秋色里,相映亦晖晖。

咏　萤　　(清)吴琼仙(女)

月黑谁携星一点,风高吹上阁三层。蒲葵扑堕知何处,笑问檀郎见未曾。

5. 其　他

咏徐正字画青蝇　　(唐)韦应物

误点能成物,迷真许一时。笔端来已久,座上去何迟。顾白曾无变,听鸡不复疑。讵劳才子赏,为入国人诗。

178

蜂　　(唐)李商隐

小苑华池烂熳通，后门前槛思无穷。宓读伏，入声。姓。宓妃，洛水女神。见曹植《洛神赋》。妃腰细才胜露，赵后赵飞燕，汉成帝之后。身轻倚风事见《三辅黄图》。身轻欲倚风。红壁寂寥崖蜜尽，碧帘迢递雾巢空。青陵青陵，台名。用韩凭之妻在青陵台殉情事，见干宝《搜神记》。粉蝶休离恨，长定相逢二月中。

蜂　　(唐)罗　隐

不论平地与山尖，无限风光尽被占。采得百花成蜜后，为谁辛苦为谁甜。刘永济《唐人绝句精华》云："诗意似有所悟，实乃叹世人之劳心于利禄者。"

蚊　　(北宋)范仲淹

饱去樱桃重，饥来柳絮轻。但知求旦暮，休更问前程。

捕蝗至浮云岭，山行疲苶，苶读聂，入声。疲倦困乏。有怀子由弟　　(北宋)苏　轼

西来烟瘴塞空虚，洒遍秋田雨不如。新法清平那

有此,老身穷苦自招渠。无人可诉乌衔肉,忆弟难凭犬附书。自笑迂疏皆此类,区区犹欲理蝗余。

醉桃源 　　(北宋)周邦彦

冬衣初染远山青,双丝云雁绫。夜寒袖湿欲成冰,都缘珠泪零。　　　　情黯黯,闷腾腾,身如秋后蝇。若教随马逐郎行,不辞多少程。张 《朝野佥载》卷四:"或问张元一曰:'苏(味道)王(方庆)孰贤?'答曰:'苏九月得霜鹰,王十月被冻蝇……得霜鹰俊捷,被冻蝇顽怯。'"○入诗有韩愈《送侯参谋赴河中幕》"默坐念语笑,痴如遇寒蝇",欧阳修《病告怀子华原父》"而今痴钝若寒蝇"及以后陆游《杭湖夜归》"今似窗间十月蝇"。美成的这个比喻所以精彩,还得和下句联起来看。"若教随马逐郎行,不辞多少程",用的是《史记》和《后汉书》的典故。○"身如秋后蝇",妙在语似平铺而含意深婉。此五字绾上启下,给人以"静"感;又像一把钥匙启开了下面的艺术之门,如附奔马,又给人以"动"感。○谭元春论诗云:"必一句之灵能回一篇之运,一篇之补能养一句之神。"此词一句之灵,使全篇生色,此题材平常之小词,而给人以不平常之奥秘所在。

(明)卓人月:("身如"二句)蝇附骥尾,极陈之语,用得极妙。——《古今词统》

次韵温伯苦蚊 　　(南宋)范成大

白鸟 即蚊子。语出《大戴礼记》。《本草纲目》亦云:"蚊子,一名白鸟。"营营夜苦饥,不堪薰燎出窗扉。小虫与我同忧患,口腹驱来敢倦飞。

文湖州草虫为刘使君赋　　（金）元好问

造物无心笔有神，翾翾 _{读宣，平声。飞貌。} 飞动百年新。虫鱼琐细君休笑，学会屠龙老却人。

东平李汉卿草虫卷二首　　（金）元好问

蚁穴蜂衙笔有灵，就中秋蝶最关情。知君梦到南华 _{即庄子。} 境，红穗碧花风露清。

过眼千金一唾轻，画家元有老书生。草虫莫道空形似，正欲尔曹鸣不平。_{原注云："李资高亢，视钱币如粪土，贵人求画，或大骂而去，故不与世合。"}

山中有虫声如击磬甚清越，蜀人谓之山子，又有花名龙爪，甚艳，偶成绝句　　（清）王士禛

稻熟田家雨又风，林枝龙爪出林红。数声清磬不知处，山子晚啼黄叶中。_{王士禛《香祖笔记》云："蜀道有花名龙爪花，色殷虹。秋日开林薄间，甚艳。又有虫，其声清越，如击磬然。予壬子初入蜀，曾有绝句云云。"○《游宦纪闻》载："永福古谶云'龙爪花红，状元西东'。后石壁松上生龙爪瑞花，其年萧国良魁天下，次举黄庭，胪传复第一，距花生处东西各三十五里，想即此花。然山中樵苏习见，不知其为可贵也。"}

181

和金海住虫窠诗　　（清）梁同书

此虫真合号雕虫，蠹化犹惊织作工。袜雀结房嫌致密，簿蚕成茧欠玲珑。谁纫越客千丝网，疑堕仙樵一蒴风。六十余年遗蜕在，那堪重问主人翁。梁绍壬《两般秋雨庵随笔》云："山舟(梁同书)学士旧藏虫窠一枚……其色枣赤，状之大小长短亦绝似，不镂自雕，如细目之网，缘督为经，又若小口之囊。一面附着树枝处，痕深陷而直贯彻上下，以是知为虫所结也。…… 许周生驾部(宗彦)云，是物名狼巾，不知何据。"

一　蚊　　（清）赵 翼

六尺匡床障皂罗，偶留微罅失讥呵。一蚊便搅人终夕，宵小原来不在多。

寒　蝇　　（清）钱振伦

鼓翅摇唇渐不支，耐寒堪笑冻蝇痴。腥膻世界空回首，黑白文章尚点疵。觅孔仅多钻透日，趋炎可有倦飞时。蛩吟蝉噪声都寂，剩尔营营恐未宜。

摸鱼儿·听虫　　（清）况周颐

古墙阴，夕阳西下，乱虫萧飒如雨。西风身世前因在。尽意哀吟何苦？谁念汝？向月满花香，底用凄凉语？清商细谱。奈金井井栏上有雕饰的井称金井。空寒，红楼自远，不入玉筝柱？　闲庭院，清绝却无尘土。料量料想。长共秋住。也知玉砌雕栏好，无奈心期先误。愁谩诉。只落叶空阶，未是消魂处。寒催堠鼓。古代边境报警之鼓。料马邑在今山西朔县。龙堆，白龙堆沙漠也。此泛指边关要塞之地。黄沙白草，听汝更酸楚。此词题为"听虫"，实以虫声抒写心曲与萧瑟的乱世。

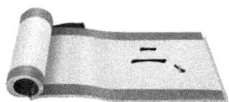

二、鱼　类

酬袭美见寄海蟹　　　（唐）陆龟蒙

药杯应阻蟹螯香，却乞江边采捕郎。自是扬雄知郭索，郭索，蟹爬行貌。扬雄《太玄》："蟹之郭索。"且非何胤敢。原注：何胤侈于食味，稍欲去其甚者，犹有　腊糟蟹。　，糖制食品，读张皇，皆平声。骨清犹是含春霭，沫白还疑带海霜。强作南朝风雅客，夜来偷醉早梅傍。

食　蟹　　　（五代）王贞白

蝉眼龟形脚似蛛，未曾正面向人趋。如今钉在盘

183

筵上，得似江湖乱走无？

二月七日吴正仲遗活蟹<small>纪昀云："无以不活之蟹遗人者，此字赘矣。"</small>　（北宋）梅尧臣

　　年年收稻卖江蟹，二月得从何处来。满腹红膏肥似髓，贮盘青壳大于杯。定知有口能嘘沫，休信无心便畏雷。幸与陆机还往熟，每分吴味不嫌猜。

<small>（元）方回：三、四自然，见蟹之状。山谷诗云"虽为天上三辰次，未免人间五鼎烹"亦奇。——《瀛奎律髓汇评》</small>

<small>（清）冯舒："烹"字文义已足，硬帮"五鼎"所以不佳。五鼎烹蟹，不为妥切。——同上</small>

<small>（清）纪昀：虚谷云"三、四自然"，但不雅耳。○起大率，中四句不成语。——同上</small>

鳊　鱼　　（北宋）苏　轼

　　晓日照江水，游鱼似玉瓶。谁言解缩项，贪饵每遭烹。杜老当年意，临流忆孟生。<small>杜甫《解闷》诗："复忆襄阳孟浩然，清诗句句尽堪传。只今耆旧无新语，漫钓槎头缩项鳊。"</small>吾今又悲子，辍箸涕纵横。<small>《襄阳记》："汉江出鳊鱼，土人以槎断水，鳊多依槎，因号槎头鳊。"</small>

丁公默送蝤蛑　　（北宋）苏　轼

溪边石蟹小于钱，喜见轮囷 盘曲貌。语出《文选·邹阳狱中
上书》："蟠木根柢，轮囷离奇。"赤玉盘。半壳含黄宜点酒，两螯
斫雪劝加餐。蛮珍海错《禹贡》："海物为错。"闻名久，怪雨腥
风入座寒。堪笑吴兴馋太守，一诗换得两尖团。雄蟹脐
尖，雌蟹脐团。

谢路宪送蟹　　（南宋）曾　幾

从来叹赏内黄侯，风味樽前第一流。只合蹒跚赴
汤鼎，不须辛苦上糟丘。

鲥　鱼　　（明）何景明

五月鲥鱼已至燕，燕地指京都北京。荔支卢橘未能先。
赐鲜遍及中珰 珰，宦官。第，荐熟谁开寝庙 寝庙，即宗庙。《礼
记·月令》："凡庙，前曰庙，后曰寝。"筵？白日风尘驰驿骑，炎天冰
雪护江船。银鳞细骨堪怜汝，玉箸金盘敢望传。

题画蟹二首　　（明）徐　渭

谁将画蟹托题诗，正是秋深稻熟时。饱却黄云归

穴去,付君甲胄欲何为?

稻熟江村蟹正肥,双螯如戟挺青泥。若教纸上翻身看,应见团团董卓脐。

刀 鱼 　　(清)宋 琬

银花烂漫委筠筐,锦带吴钩总擅长。千载专诸留侠骨,至今匕箸尚飞霜。

食蟹诗 　　(清)周 容

华筵能及蟹,酒兴十分开。染醋忘双箸,横螯响一腮。肥知天晦月,寒拟腹鸣雷。但备多姜在,秋深准再来。周容《春酒堂诗话》云:"舟过梅墟,钱象元留饮。予啖蟹甚畅,戏举笔题诗云云。时醉矣,次晨惊笑,无异打油。然于啖蟹情状,可云描尽,附此博笑。"

连日恩赐鲜鱼恭纪 　　(清)查慎行

银鬣金鳞照坐隅,烹鲜连日赐行厨。感逾学士莲池鲙,唐时学士赐食莲池鲜鲙。味压诗人丙穴腴。虞集诗:"鱼藏丙穴腴。"素食余惭留匕箸,加餐远信慰江湖。笠檐蓑袂平生梦,臣本烟波一钓徒。陆龟蒙诗:"笠檐蓑袂有残声。"陆以湉《冷庐杂识》："尔雅：'鮥当魱。'罗璞注：'今江东呼最大长三尺者为当魱。'邹氏《正义》谓，即鲥鱼。……凡宾筵，鱼例处后，独鲥先时。"

答黄生赠河豚二首 　　（清）阮葵生

泥淖朝驱秃尾驴，归来磅礴掩蜗庐。故人远向江头址，携得春溪玳瑁鱼。

烂醉清歌上巳前，茞草蒻白佐宾筵。桃花春水衰江路，孤负风光又五年。

咏鲂婢 　　（清）宋成熙

岁岁骊歌不可听，归来拟补种鱼经。碧天桥外春流暖，千点桃花一点青。于源《镫窗琐话》云："鲂婢鱼产塘西者更美，桃花时尤佳。脊有翠鳞如豆，过桃花时翠即褪，味亦渐减。以其似鲂而小，故曰鲂婢，俗名一点青，亦名桃花鲂婢。"

定甫所食蟹 　　（清）孙依言

橙酱椒盘乍眼明，早秋江国若为情。湖田粳稻新霜后，岸火葭芦夜雨晴。四海干戈犹格斗，中宵鸿雁独哀鸣。一尊细共黄花醉，愧尔南征将士行。

三、鸟 类

1. 鹤

鹤叹二首并引 （唐）刘禹锡

友人白乐天去年罢吴郡，挈双鹤雏以归。予相遇于扬子津（瞿蜕园按：禹锡罢和州后游建康，自建康渡扬子津，因与白居易同到扬州），闲玩终日。翔舞调态，一符相书（指《相鹤经》）。信华亭（用陆机"华亭鹤唳可得闻乎"，华亭为吴地）之尤物也。今年春，乐天为秘书监，不以鹤随，置之洛阳第。一旦予入门，问讯其家人，鹤轩然来睨，如记相识，徘徊俯仰，似含情顾慕，填膺而不能言者。因作《鹤叹》以赠乐天。

寂寞一双鹤，主人在西京。故巢吴苑树，深院洛阳城。徐引竹间步，远含云外情。谁怜好风月，邻舍夜吹笙。邻舍即王家。吹笙用王子晋事。为王家也。

丹顶宜承日，霜翎不染泥。爱池能久立，看月未成栖。一院春草长，三山归路迷。主人朝谒早，贪养汝南鸡。古《鸡鸣歌》云："东方欲白星烂熳，汝南晨鸡登坛唤。"《汉旧仪》："汝南出长鸣鸡。"

　　（宋）陈岩肖：众禽中，惟鹤标致高逸，……后之人形于赋咏者不少，而规规然只及羽毛飞唳之间。如《咏鹤》云"低头乍恐丹砂落，晒翅常疑白雪消"，此白乐天诗。"丹顶西施颊，霜毛四皓须"，此杜牧之诗。此皆格卑无远韵也。至于鲍明远《鹤赋》云"钟浮旷之藻思，抱清回之明心"，杜子美云"老鹤万里心"，李太白《画鹤赞》云"长唳风宵，寂立霜晓"，刘禹锡云"徐引竹间步，远含云外情"。此乃奇语也。——《庚溪诗话》

和裴相公寄白侍郎求双鹤　　（唐）刘禹锡

　　皎皎华亭鹤，来随太守船。原注：白君罢吴郡太守，携双鹤。青云意长在，沧海到经年。留滞清洛苑，徘徊明月天。何如凤池上，瞿蜕园注："魏晋以来，皆以中书省为凤池。"《晋书·荀勖传》："自中书监除尚书令，人贺之，勖曰：'夺我凤凰池，何贺耶？'"双舞入祥烟。

和乐天送鹤上裴相公别鹤之作　　（唐）刘禹锡

　　昨日看成送鹤诗，高笼提出白云司。《汉书·百官公卿表》注："皇帝受命有云瑞，故以云纪官。春官为青云，夏官为缙云，秋官为白云，冬官为黑云，中官为黄云。"朱门乍入应迷路，玉树容栖《汉武故事》："上起神屋，前庭植玉树，珊瑚为枝，碧玉为叶。"《三辅黄图》："甘泉宫外有槐树，今称玉树。"莫拣枝。双舞庭中花落处，数声池上月明时。三山碧海不归去，且向人间呈羽仪。

189

送鹤与裴相，临别赠诗 　　（唐）白居易

司空爱尔尔须知，不信听吟送鹤诗。羽翮势高宁惜别，稻粱恩厚莫愁饥。夜栖少共鸡争树，晓浴先饶凤占池。远上青云勿回顾，的应胜在白家时。

池鹤二首 　　（唐）白居易

高竹笼前无伴侣，乱鸡群里有风标。低头乍恐丹砂落，晒翅常疑白雪销。转觉鸬鹚毛色下，共嫌鹦鹉语声娇。临风一唳思何事，怅望青田云水遥。

池中此鹤鹤中稀，恐是辽东老令威。带雪松枝翘膝胫，放花菱片缀毛衣。低徊且向笼间宿，奋迅终须天外飞。若问故巢知处在，主人相恋未能归。

鹤 　　（唐）杜 牧

清音 沈约《闻夜鹤》："俯首弄清音。" 迎晓月，鲍照《舞鹤赋》："晓月将落。" 愁思立寒蒲。丹顶西施颊，霜毛四皓须。碧云行止躁，白鹭性灵粗。终日无群伴，溪边吊影孤。曹植《白鹤赋》："怅离群而独处。"梁简文帝《独鹤诗》："江上念离群。"

失　鹤　　　（唐）李　远

秋风吹却九皋禽，一片闲云万里心。碧落有情应怅望，青天无路可追寻。来时白雪翎犹短，去日丹砂顶渐深。华表柱头留语后，更无消息到如今。

（清）金人瑞：写矢鹤，只云"秋风吹却"，便已安之若命，不曾怨尤。又接云"一片闲云万里心"，真乃欲忘固不能忘，欲想却不敢想。必如此，方是失鹤诗。试入他人手，且不知所失乃是何物也。三"碧落有情"，是承写"万里心"。四"遥台无路"，是承写"一片闲云"，章法最为整净也（前四句下）。○此又为之前后约略一通也。言彼虽复云霄之姿，不充耳目之玩，然一向驯养于斯，正复恩勤不少，如何清唳在耳，遽已高踪渺然？此终亦不能为情之甚也（后四句下）。——《贯华堂选批唐才子诗》

（清）赵臣瑗：写失鹤不比写他物，写得太认真不可，写得毫无系恋又不可。此适在浅深之间，最为活泼可喜。章法更尔奇妙。——《山满楼笺注唐诗七言律》

和袭美先辈悼鹤　　　（唐）陆龟蒙

一夜圆吭绝不鸣，八公虚道得千龄。方添上客云眠思，忽伴中仙剑解形。但掩丛毛穿古堞，永留寒影在空屏。君才幸自清如水，更向芝田为刻铭。

和皮日休悼鹤（录一首）　　　（唐）魏　朴

直欲裁书问杳冥，岂教灵化亦浮生。风林月动疑

留魄,沙岛香愁似蕴情。雪骨夜封苍藓冷,练衣寒在碧塘轻。人间飞去犹堪恨,况是泉台远玉京。

仙 客　　（五代）李 昉

胎化仙禽性本殊,何人携尔到京都。因加美号为仙客,《谈苑》:"李昉画五禽,皆以客名。白鹇曰闲客,鹭曰雪客,鹤曰仙客,孔雀曰南客,鹦鹉曰陇客。"称向闲庭伴野夫。警露秋声云外远,翘沙晴影月中孤。青田万里终归去,暂处鸡群莫叹吁。

对竹思鹤　　（北宋）钱惟演

瘦玉竹,眼所见。萧萧竹,耳所闻。伊水头,地点:洛阳伊之滨。境界:水竹相映。风宜清夜露宜秋。更教仙骥指鹤。旁边立,尽是人间第一流。对竹是实景,思鹤是虚拟。

浩然师出围城,赋鹤诗为送　　（金）元好问

梦寐西山饮鹤泉,羡君归兴渺翩翩。昂藏自有林壑态,饮啄暂随尘土缘。辽海故家人几在,华亭清唳世空怜。明年也作江鸥去,水宿云飞共一天。

为朱古微题归鹤图卷二首　　（清）陈　衍

我有陶江数亩田，妻梅养鹤足生全。李家山下迟归去，只恐无人送羽仙。

昨日归来从岱顶，古松千树郁盘盘。并无一鹤巢居者，却去乘轩_{春秋时只有大夫才可以乘轩。"卫懿公好鹤，鹤有乘轩者。"}

见《左传·闵公二年》。刷羽翰。

2. 雁

孤　雁　　（唐）杜　甫

孤雁不饮啄，飞鸣声念群。谁怜一片影，相失万重云。望尽似犹见，《镜铨》："公诗每善于空处传神。"哀多如更闻。浦注："言雁行既远，望尽矣而飞不止，似犹见其群之逐之者，哀多矣而鸣不绝，如更闻其群而呼之者，二句正写念群之意。"野鸦无意绪，鸣噪自纷纷。张云：羁离之苦，触物兴哀，不觉极情尽态如此。

（宋）范温：（余）尝爱崔涂《孤雁》诗云"几行归塞尽，念尔独何之"八句。公（按指山谷）又使读老杜"孤雁不饮啄"者，然后知崔涂之无奇。《老杜补遗》云"鲍当《孤雁》诗云'更无声接续，空有影相随'，孤则孤矣，岂若子美'孤雁不饮啄……相失万重云'，含不尽之意乎？——《潜溪诗眼》

（元）方回：唐末有鲍当为《孤雁》诗，因谓之"鲍孤雁"，亦未能逮此。——《瀛奎律髓汇评》

（清）冯舒：诗中所应有，无所不有，诗中周、孔也。——同上

（清）查慎行：次联笔意空阔。——同上

（清）李天生：着意写"孤"字，直探其微，而无一笔落呆。——同上

（清）何焯：五、六遥遥一雁在前，又隐隐一雁在后，虚摹"孤"字入神。○亦自喻差池流落、远去王室也。——同上

（清）纪昀：前半就孤雁意中写，三、四自然。后半就咏孤雁者意中写，不着一分装点。结稍露骨。托之咏物，尚不甚碍耳。——同上

（清）许印芳：全诗主意在第二句。三、四固佳，五、六尤沉刻。世人但知学三、四之自然，往往流为浮滑浅率，正宜学五、六以救之。结句"野鸦"衬"雁"，"纷纷"衬"孤"。题字无一落空，此法律谨严处。○"鸣"字复。——同上

归　雁

朱注："《唐会要》：大历二年，岭南节度使徐浩奏，十一月二十五日，当管怀集县阳雁来，乞编入史，从之。先是五岭之外，朔雁不到，浩以为阳为君德，雁随阳者，臣归君之象也。"　（唐）杜　甫

闻道今春雁，南归自广州。见花辞涨海，言今春元去。

谢承《后汉书》：交趾七郡土献皆从涨海出入。避雪到罗浮。《一统志》："罗浮山在今惠州府，连广州境。"是物关兵气，此作诗本旨也。何时免客愁。年年霜露隔，不过五湖秋。雁至衡阳则回。此五湖当指洞庭湖言。《史记》索隐："具区、洮滆、彭蠡、青草、洞庭共为五湖。"则洞庭正得称五湖耳。黄白山曰："五、六本属结意，却作中联；七、八本是发端，翻为结语。前半先言'归'，次言'辞'，后言'到'，终乃言'不过'，章法层层倒卷，矫变异常。"

（明）王嗣奭：禽鸟得气之先，明年潭州果有臧玠之乱，桂州又有朱济时之乱。此与邵子洛阳闻杜鹃无异，可谓具先知之哲矣。——《杜臆》

（清）杨伦：此诗云"闻道今春雁，南归自广州"，正是（大历）三年春所作。又云："是物关兵气，何时免客愁。"盖徐浩以为祥，公以为异耳。史称浩贪而佞，公盖深讥之。——《杜诗镜铨》

归雁二首　　（唐）杜　甫

万里衡阳雁，今年又北归。《镜铨》："伤人之不归也。"双双瞻客上，一一背人飞。云里相呼疾，沙边自宿稀。系书元浪语，《苏武传》："常惠教汉使者，诡言汉天子射雁上林，得武帛书。"愁绝故山薇。

欲雪违胡地，《镜铨》："溯昔之来。"先花别楚云。言今之去。却过清渭影，高起洞庭群。仇注云："'过清渭'，谓来所经；'起洞庭'，谓去时所历。"塞北春阴暮，江南日已曛。二句亦属分贴。伤弓流落羽，行断不堪闻。

（清）仇兆鳌：首章见归雁而切故乡之思。咏物诗托兴凄婉，并为绝调。次章伤归雁而兴漂泊之感。——《杜诗详注》

（清）浦起龙：首章一、二点题作妒忌语；三、四羡其形之不孤；五、六想其随之为伴；七、八用事作意。——《读杜心解》

官池春雁二首　　（唐）杜　甫

自古稻粱多不足，至今　　　乱为群。且休怅望看春水，更恐归飞隔暮云。

青春欲尽急还乡，紫塞宁论尚有霜。翅在云天终不远，力微矰缴绝须防。春时则雁将归去。

送征雁 （唐）钱 起

秋空万里净，嘹唳独南征。风急翻霜冷，云开见月惊。塞长怜去翼，影灭有余声。怅望遥天外，乡愁满目生。

（明）周敬等：摩写征雁在秋空，远近飞鸣隐见，情状逼真。结语寄慨思深，已见送之之意，直并驱骆宾王《秋雁》之咏，然初、中分量，亦觉自别。——《唐诗选脉会通评林》

（清）吴乔：《送征雁》诗，与子美"吹笛关山"篇同体。——《围炉诗话》

（清）沈德潜：六语传雁去后之神。——《唐诗别裁集》

归 雁 （唐）钱 起

潇湘何事等闲回？水碧沙明两岸苔。二十五弦弹夜月，不胜清怨却飞来。

（明）董其昌：古人诗语之妙，有不可与册子参者，惟当境方知之。长沙两岸皆山，余以牙樯游行其中，望之，地皆作金色，因忆"水碧沙明"之语。——《画禅室随笔》

（清）何焯：托意于迁客也。禽鸟犹畏卑湿而却归，况于人乎？——《三体唐诗评》

（清）黄叔灿：意似有寄托，作问答法妙。——《唐诗笺注》

（清）李瑛：此上呼下应体，用"何事"二字呼起，而以三、四申明之。琴瑟中有《归雁操》，第三句即从此落想，生出"不胜清怨"四字，与"何事"紧相呼应，寄慨自在言外。——《诗法易简录》

雁　（唐）杜　牧

万里衔芦别故乡，云飞雨宿向潇湘。数声孤枕堪垂泪，几处高楼欲断肠。度日翩翩斜避影，临风——直成行。年年辛苦来衡岳，羽翼摧残陇塞霜。

早　雁　（唐）杜　牧

金河秋半虏弦开，云外惊飞四散哀。仙掌月明孤影过，长门灯暗数声来。须知胡骑纷纷在，岂逐春风一一回。莫厌潇湘少人处，水多菰米岸莓苔。

（清）贺裳：《早雁》诗曰"仙掌月明孤影过，长门灯暗数声来"，光景真是可思。但全篇惟"金河秋半"四字稍切"早"字，余皆言矰缴之惨，劝无归还，似是寄托之作。——《载酒园诗话又编》

（清）杨逢春：此借雁而伤流寓也。——《唐诗绎》

（清）胡以梅：三、四绝佳，承"四散"来。——《唐诗贯珠》

（清）赵臣瑗：此慰谕避难流落之人，欲其缓作归计而托言之也……先生之于羁旅，可谓情深而意切矣。——《山满楼笺注唐诗七言律》

（清）黄叔灿："仙掌"一联，语在景中，神游象外，真名句也。——《唐诗笺注》

（清）胡本渊：前半写雁之来，后半挽雁之去，立格用意，犹有老杜风骨。——《唐诗近体》

雁　　（唐）陆龟蒙

南北路何长，中间万弋张。不知烟雾里，几只到衡阳？

夜泊咏栖鸿　　（唐）陆龟蒙

可怜霜月暂相依，莫向衡阳趁逐飞。同是江南寒夜客，羽毛单薄稻粱微。

雁二首（录一首）　　（唐）罗 邺

暮天新雁起汀洲，红蓼花开水国愁。想得故园今夜月，几人相忆在江楼。

（明）唐汝询：已闻雁而思故园，安知故园之人不对月而思我？以景唤情，更是一法。终不离《陟岵》诗意。——《唐诗选脉会通评林》

孤 雁　　（唐）崔 涂

几行归塞尽，念尔独何之。暮雨相呼疾，寒塘欲下迟。渚云低暗度，关月冷相随。未必逢矰缴，孤飞自可疑。

（元）方回：老杜云"谁怜一片影，相失万重云"，此云"暮雨相呼疾，寒塘欲下迟"，亦有味，而不及老杜之万钧力也。为江湖孤客者，当以此尾句观之。——《瀛奎律髓汇评》

（清）何焯："念"字贯注到落句。——同上

（清）查慎行：结意更深。——同上

（清）纪昀："相呼"则不孤矣，三句有病。"寒塘"句不言孤而是孤，不言雁而是雁，此为句外传神。"渚云"二句反衬出"孤"字。结处展过一步，曲折深至，语切意真，寓情无限。——同上

（清）许印芳：孤雁乃失偶之雁，而未尝无群，"相呼"者呼其群也。晓岚訾之非是。○"柜"字复。——同上

雁　（北宋）王安石

北去还为客，南来岂是归。倦投空渚泊，饥帖冷云飞。垣栅鸡长暖，沟池鹜自肥。怜渠不知此，更堕野人机。

归　雁　（北宋）陈师道

孤矢千夫志，潇湘万里秋。宁为宝筝柱，肯作置书邮。远道勤相唤，羁怀误作愁。聊宽稻粱意，宁复网罗忧。

199

（元）方回：此诗乃元符三年。徽庙登极，南迁诸公次第北还，故后山寓意于归雁。二诗今选其一。"弧矢千夫志"，以言群小之欲害君子也。"筝柱"、"书邮"，以言诸贤之有所守，朋友有急难之义，傍观者以为忧怨也。末句则所以为诸贤喜者深矣。后山诗幽远微妙，其味无穷，非粘花贴叶近诗之比。三、四盖学山谷《猩猩毛笔诗》者。——《瀛奎律髓汇评》

（清）冯舒：不肯寄书，有何妙处？——同上

（清）纪昀：诗不佳。此解却细密，非此解亦不喻此诗。推砌之与点化，相去远矣。〇起句突兀无绪。筝柱排似雁行耳，非以雁为之，云"宁为"亦不妥。——同上

（清）冯班：次联全无意，直用二虚语，恶道也。雁寄书本不恶，不宜寄书，恐非佳语。——同上

卜算子·旅雁　　（北宋）朱敦儒

旅雁向南飞，风雨群初失。饥渴辛勤两翅垂，独下寒汀立。　　鸥鹭苦难亲，矰缴忧相逼。云海茫茫无处归，谁听哀鸣急。

惠崇芦雁三首　　（金）元好问

寒沙折苇静相依，故国春风早晚归。意外羁栖谁画得，羽毛单薄稻粱微。

雁奴辛苦候寒更，雁奴是雁群在夜宿沙渚时，专司警戒，遇敌即鸣之雁。陆游《古意》："宁为雁奴死，不作鹤媒生。"梦破黄芦雪打声。休

道画工心独苦，题诗人也白头生。

江湖劳落太愁人，同是天涯万里身。不似画屏金孔雀，离离花影淡生春。

八月并州雁　　（金）元好问

八月并州雁，清汾照旅群。一声惊晚笛，数点入秋云。灭没楼中见，哀劳枕畔闻。南来还北去，无计得随君。

摸鱼儿·乙丑岁赴试并州。道逢捕雁者云："今日获一雁，杀之矣。其脱网者悲鸣不能去，竟自投于地而死。"予因买得之，葬之汾水之上，垒石为识，号曰"雁丘"。同行者多为赋诗，予亦有《雁丘词》。旧所作无宫商，今改定之　　（金）元好问

问人间，情是何物？直教生死相许。天南地北双飞客，老翅几回寒暑。欢乐趣，离别苦，是中更有痴儿女。君应有语。渺万里层云，千山暮景，只影为谁去？
横汾路，寂寞当年箫鼓。荒烟依旧平楚。招魂楚些何嗟及，山鬼自啼风雨。天也妒，未信与、莺儿燕子俱黄土。千秋万古。为留待骚人，狂歌痛饮，来访雁丘处。

解连环·孤雁　　（南宋）张 炎

楚江空晚。怅离群万里，恍然惊散。自顾影、欲下寒塘，正沙净草枯，水平天远。写不成书，只寄得、相思一点。料因循误了，残毡拥雪，故人心眼。

谁怜旅愁荏苒。谩长门夜悄，锦筝弹怨。想伴侣、犹宿芦花，也曾念春前，去程应转。暮雨相呼，怕蓦地、玉关重见。未羞他、双燕归来，画帘半卷。头三句写长空无际，离群万里。不只写雁，而且点明"孤"字、"怅"字、"恍然"字、"惊"字，再加首句的"楚江"与"晚"字，写出了孤雁的遭际，使人分明意识到作者的凄怆情怀。张炎生当南宋末年，国势垂危，作为词人，自己深感无能为力，不胜忧愤，所以借物托一腔幽怨。〇谢枋得《武夷山中》诗："十年无梦得还家，独立青峰野水涯。天地寂寥山雨歇，几生修得到梅花。"同样有一缕家国的哀思。因孤雁排不成字，所以说"只寄得相思一点"。用苏武典别出心裁。因此也误了残毡拥雪的苏武托寄的心事。〇下片"旅愁"照应上文"离群万里"、"荏苒"。"长门"用陈皇后事，兼用杜牧《早雁》"长门灯暗数声来"，有胡骑纷纷百姓流离等意在。"锦筝弹怨"用钱起《归雁》"潇湘何事等闲回，水碧沙明两岸苔。二十五弦弹夜月，不胜清怨却飞来"诗意。"犹宿芦花"是对远方伴侣的想念。

（清）邓延桢：西泠词客石帚之外，首数玉田。论者以为堪与白石老仙相鼓吹，要其登堂拔帜，又自壁垒一新。盖白石硬语盘空，时露锋芒；玉田则返虚入浑，不啻嚼蕊吹香。如……《解连环·咏孤雁》云"写不成书，只寄得相思一点。料因循误了残毡拥雪，故人心眼"类皆遣声赴节，好句如仙。其余前辈风流，政如佛家夺舍。盖自马塍宿草，骚雅寖衰，王孙以晚出之英，颉之顽之，遗貌取神，遂相伯仲。故知虎贲之似中郎，终嫌皮相。而善学柳下惠，莫如鲁男子也。——《双砚斋词话》

（清）李佳："写不成书，只寄相思一点"，沈昆词"奈一绳雁影，斜飞点点，又成心字"，周星誉词"无赖是秋鸿。但写人人，不写人何处"，三

词咏雁字各具巧思，皆不落恒蹊。——《左庵词话》

（清）谭献：起是侧入而气伤于傺。"写不成书"二句，若樯李之有指痕。"想伴侣"二句，清空如话。"暮雨"二句若浪花之圆蹠，颇近自然。——《谭评词辨》

孤　雁　（明）高　启

衡阳初失伴，归路远飞单。度陇将书怯，排空作阵难。呼群云外急，吊影月中残。不共凫鹥宿，蒹葭夜夜寒。

沁园春·雁　（明）高　启

木落时来，花发时归，年又一年。记南楼望信，夕阳帘外，西窗惊梦，夜雨灯前。写月书斜，战霜阵整，横破潇湘相传北雁南飞至南岳回雁峰而归。钱起《雁》诗："潇湘何事等闲回？"万里天。风吹断，见两三低去，似落筝弦。筝柱上的弦。李商隐《昨日》："十三弦柱雁行斜。"　相呼共宿寒烟。想只在、芦花浅水边。恨乌乌戍角，忽催飞起，悠悠渔火，长照愁眠。张继《枫桥夜泊》："江枫渔火对愁眠。"陇塞间关，间关，道路艰难。江湖冷落，莫恋遗粮尤在田。杜甫《同诸公登慈恩寺塔》："君看随阳雁，应为稻粱谋。"须高举，教弋读翼，入声。人弋人，射猎之人。空慕，云海茫然。

长亭怨慢·雁　　（清）朱彝尊

结多少、悲秋俦侣。特地年年，北风吹度。紫塞指长城。崔豹《古今注》："秦筑长城，土色皆紫，故称紫塞。"门孤，金河即黑河，在今内蒙古自治区。月冷，恨谁诉？回汀枉渚，也只恋，江南住。随意落平沙，巧排作、参差筝柱。　　别浦。惯惊疑莫定，应怯败荷疏雨。一绳云杪，云端。看字字、悬针垂露。渐欹斜、无力低飘，正目送、碧罗天暮。写不了相思，又蘸凉波飞去。

见雁寄意　　（清）丘逢甲

雁与人同去，人归雁未归。剧怜沧海阔，独傍故山飞。

浣溪沙　　（近代）王国维

天末同云黯四垂，失行孤雁逆风飞。江湖寥落尔安归。　　陌上金丸看落羽，闺中素手试调醯。今宵欢宴胜平时。

3. 燕

归　燕_{仇兆鳌云："伤羁旅也。"}　　　（唐）杜　甫

不独避霜雪，其如俦侣稀。《镜铨》："当时贾至、严武等皆因房琯而出，所谓俦侣稀也。"四时无失序，八月自知归。《月令》："二月玄鸟至，八月玄鸟归。"春色岂相访，众雏还识机。故巢傥未毁，会傍主人飞。《镜铨》："上二似问词，下二似答词。卢元昌曰：'末句见身虽弃官而心还恋主，忠厚之至也。'"

村舍燕　　　（唐）杜　牧

汉宫一百四十五，张衡《西京赋》："郡国宫馆百四十五。"多下珠帘闭琐窗。何处营巢夏将半，茅檐烟里语双双。《唐人绝句精华》云：此诗似有李义府《咏鸟》诗所谓"上林无限树，不借一枝栖"之意，但末句写得有情，不作失意语。昔人谓牧之俊爽，如此诗是也。

（明）杨慎：此杜牧《燕子》诗也。"一百四十五"见《文选》注。大抵牧之诗好用数目垛积，如"南朝四百八十寺"、"二十四桥明月夜"、"故乡七十五长亭"是也。——《升庵诗话》

（清）黄周星：牧之多用数目字，尽饶别趣，算博士何尝不妙！——《唐诗快》

越燕二首_{《本草集解》："紫胸轻小者为越燕，有斑黑而声大者为胡燕。"}
此指南方之燕子。　　　（唐）李商隐

上国_{多指京师。}社方见，_{社为春秋二季祭祀土神的日子。燕子以春}

205

社来秋社去,谓之社燕。**此乡秋不归。为矜皇后舞**,皇后指赵飞燕,以其体轻,能为掌上舞。见《西京杂记》。**犹着羽人衣**。羽人为传说中的飞仙。**拂水斜纹乱,衔花片影微。卢家文杏好**,司马相如《长门赋》:"饰文杏以为梁。"**试近莫愁飞**。莫愁为古乐府传说中的女子,善歌舞。梁武帝《河中之水歌》:"河中之水向东流,洛阳女儿名莫愁。……十五嫁为卢家妇,十六生儿字阿侯。"叶葱奇《疏注》云:首二句说在京,春半才见到燕子,而这里的燕子到秋天还不去。这两句是双关语。三、四两句是借比自恃才华,以致久着青衫。五、六两句说燕子衔泥,所得希微,借比自己孤身漂泊,博取微禄。结二句乃以美人喻君子之意,是冀望之辞。莫愁嫁为卢家妇,欲入卢家,试向莫愁接近看。所谓'莫愁'殆指令狐绹?"

将泥红蓼岸,得草绿杨村。命侣添新意,安巢复旧痕。去应逢阿母,《乐府诗》:"东飞伯劳西飞燕,黄姑阿母时相见。"阿母指西王母。**来莫害王孙**。《汉书·五行志》:"成帝时童谣曰:'……燕飞来,啄皇孙。其后帝为微行出游……见赵飞燕而幸之……后遂立为皇后。其弟昭仪贼害后宫皇子。'"**记取丹山凤,今为百鸟尊**。叶葱奇《疏注》略云:"前首纯然以燕来自比,此首则以燕比拟牛党诸人。起二句说他们志得意满,三、四两句指他们重掌机轴,广植党与。五、六'来'、'去'二字,均就入掌钧衡说,不可泥看。结二句警醒他们不要忘了上有皇帝,主张以国为重。"

燕　　（唐）郑 谷

年去年来来去忙,春寒烟暝度潇湘。低飞绿岸和梅雨,乱入红楼拣杏梁。闲几砚中窥水浅,落花径里得泥香。千言万语无人会,又逐流莺过短墙。"千言万语"两句,燕不受知于人而随流莺飞去,就二句观,此诗若有寓意。李商隐流莺诗云:"巧啭岂能无本意,良辰未必有佳期。风朝露夜阴晴里,万户千门开闭时。"乃以流莺寄不遇之慨,谷诗由此翻出,此透过一层法也。

（元）方回：都官诗格不高,《鹧鸪》《海棠》《燕》三著题诗亦不可废也。——《瀛奎律髓汇评》

（清）纪昀：有何不可废处？○此亦浅俗。——同上

（清）冯班：只第四句好。——同上

（清）查慎行：东坡"新巢语燕还窥砚"句本于此。——同上

（清）何焯：通篇自比,随计往来。落句则有文百轴,未遇知音也。——同上

清平乐　　（五代）冯延巳

雨晴烟晚,绿水新池满。双燕飞来垂柳院,小阁画帘高卷。　　黄昏独倚朱栏,西南新月眉弯。砌下落花风起,罗衣特地春寒。"特地",突然,忽然也。如罗邺《大散岭》："岭头却望人来处,特地身疑是鸟飞。""画帘高卷"这一动作,反映出闺中人迎来双燕的喜悦。由此触发闺妇孑然独处的怅惘以至哀愁。过片着"独"字,心绪陡转。与上片"双燕飞来"形成强烈的反差。

踏莎行　　（北宋）陈尧佐

二社良辰,千家庭院。翩翩又见新来燕。凤凰巢稳许为邻,萧湘烟暝来何晚。　　乱入红楼,低飞绿岸。画梁时拂歌尘散。为谁归去为谁来,主人恩重珠帘卷。

（宋）僧文莹：吕申公（即吕夷简）累乞致仕。仁宗眷倚之重,久之不允。他日,复叩于便坐。上度其志不可夺,因询之曰："卿果退,当何人可代?"申公曰："知臣莫若君,陛下当自择。"仁宗坚之,申公遂引陈文惠尧

佐,曰:"陛下欲用英俊经纶之臣,则臣所不知。必欲图任老成,镇静百度,周知天下之良苦,无如陈某者。"仁宗深然之,遂大拜。后文惠公极怀荐引之德,无以形其意,因撰《燕词》一阕,携觞相馆,使人歌之曰"二社良辰……"申公听歌,醉笑曰"自恨卷帘人已老",文惠笑曰"莫愁调鼎事无功"。老于岩廊,酝藉不减。——《湘山野录》

(清)朱翌:张曲江为李林甫所忌,甚危,作《归燕》诗赠之云"无心与物竞,鹰隼莫相猜",林甫稍释。陈文惠用吕申公荐入相,文惠作《新燕词》歌以侑歌"为谁归去为谁来,主人恩重珠帘卷"。燕子一也,或以解怨,或以感恩。——《猗觉寮杂记》

双调望江南·燕 （北宋）王 琪

江南燕,轻扬绣帘风。二月池塘新社过,六朝宫殿旧巢空。顽颉恣西东。　　王谢宅,曾入绮堂中。烟径掠花飞远远,晓窗惊梦语匆匆。偏占杏园红。

(宋)吴曾:欧阳文忠公爱王君玉燕词云"烟径掠花飞远远,晓窗惊梦语匆匆"。梅圣俞以为不若李尧夫燕诗云"花钱语涩春犹冷,江上飞高雨乍晴"。——《能改斋漫录》

燕 （北宋）王安石

处处定知秋后别,年年长向社前逢。行藏自欲追时节,岂是人间不见容。

阮郎归　　（南宋）曾觌

柳阴庭馆占风光。呢喃清昼长。碧波新涨小池塘，双双蹴水忙。　　萍散漫，絮飘扬。轻盈体态狂。为怜流去落红香。衔将归画梁。 邹祗谟《远志斋词衷》云："咏物固不可不似，尤忌刻意太似。取形不如取神。用事不如用意。"

（清）黄苏：末两句·大有寄托，忠爱之心，婉然可想。——《蓼园词选》

生查子·有觅词者，为赋　　（南宋）辛弃疾

去年燕子来，帘幕深深处。香径得泥归，都把琴书污。　　今年燕子来，谁听呢喃语。不见卷帘人，一阵黄昏雨。

（清）许昂霄：玩第四句，似带厌恶之意。——《词综偶评》
（清）张德瀛：辛稼轩"去年燕子来"词，仿欧阳永叔"去年元夜时"词格。——《词征》

添字浣溪沙　　（南宋）辛弃疾

日日闲看燕子飞，旧巢新垒画帘低。玉历今朝推戊己，住衔泥。　　先自春光留不住，那堪更着子规啼。一阵晚香吹不断，落花溪。

双双燕·咏燕　　（南宋）史达祖

　　过春社了，度帘幕中间，去年尘冷。差池欲住，试入旧巢相并。还相雕梁藻井。又软语、商量不定。飘然快拂花梢，翠尾分开红影。　　　　芳径。芹泥雨润。爱贴地争飞，竞夸轻俊。红楼归晚，看足柳昏花暝。应自栖香正稳。便忘了、天涯芳信。愁损翠黛双蛾，日日画栏独凭。高原云："'便忘了、天涯芳信。'在双燕回归前，一位天涯游子曾托它俩给家人捎一封信回来，它们全给忘记了！这天外飞来的一笔，完全出人意料。随着这一转折，便出现了红楼思妇，倚栏眺望的画面：'愁翠黛双蛾，日日画栏独凭。'由于双燕的玩忽，害得幽居独处的佳人凭高念远，望穿了秋水。"○原来词人描写的双双燕，是有意识地放在红楼清冷、思妇伤春的环境中来写的，他是用双燕形影不离地美满生活，暗暗与思妇"画栏独凭"的寂寞相对照；他又极写双燕尽情游赏大自然的美好风光，暗暗与思妇"愁损翠黛双蛾"的命运相对照。这种写法，一反以写人为主体的常规，而以写燕为主，写人为宾；写红楼思妇的愁苦，只是为了反衬双燕的美满生活。

　　（宋）黄昇：形容尽矣。姜尧章极称其"柳昏花暝"之句。——《中兴以来绝妙词选》

　　（明）王世贞：史邦卿《题燕》曰"差池欲住，试入旧巢相并。还相雕梁藻井。又软语、商量不定"，可谓极形容之妙。"相"字，星相之相，从俗字。——《弇州山人词评》

　　又云：不写形而写神，不取事而取意，白描妙手。——《古今词统》

　　（清）潘游龙："欲"、"试"、"还"、"又"字，妙。入"相"字作星相之相看，妙。——《古今诗余醉》

　　（清）王士禛：仆每读史邦卿《咏燕词》"又软语、商量不定。飘然快拂花梢，翠尾分开红影"，又"红楼归晚，看足柳昏花暝"，以为咏物至此，人巧极天工矣。——《花草蒙拾》

（清）贺裳：史邦卿《咏燕》词几乎形神俱似矣。……常观姜论史词，不称其"软语商量"，而赏其"柳昏花暝"，固知不免项羽学兵法之恨。——《皱水轩词筌》

（清）徐　：汪蛟门《记梦》云，己酉夏夜，梦二女子靓妆淡服，联袂蹒歌于琼花观前，唱史邦卿《双双燕》词，至"柳昏花暝"句，宛转嘹亮，字如贯珠。询其姓，曰"卫氏姊妹也"。及觉歌声盈耳，犹在枕畔。——《南州草堂词话》

（清）邓延桢：史邦卿为中书省堂吏，事侂胄久。嘉泰间，侂胄亟持恢复之议，邦卿习闻其说，往往托之于词。如《双双燕》前阕云"过春社了，度帘幕中间，去年尘冷。差池欲住，试入旧巢相并。还相雕梁藻井。又软语，商量不定"，后阕云"应自栖香正稳。更忘了，天涯芳信"。……大抵写怨铜驼，寄怀麋鹿，非止流连光景，浪作艳歌也。——《双砚斋词话》

（清）谢章铤：史邦卿之《咏燕》，刘龙洲之咏指足，纵工摹绘，已落言诠。——《赌棋山庄词话》

（清）刘熙载：东坡《水龙吟》起云"似花还似非花"，此句可作全词评语，盖不离不即也。时有举史梅溪《双双燕·咏燕》、姜白石《齐天乐》赋蟋蟀，令作评语者，亦曰"似花还似非花"。——《词概》

（清）谭献：起处藏过一番感慨，为"还"字、"又"字张本。"还相"二句，挑按见指法，再拨手便薄。"红楼"句换笔，"应自"句换意，"愁损"二句收足，然无余味。——《谭评词辨》

（清）沈祥龙：炼字贵坚凝，又贵妥溜。句中……有炼两三字者，如"柳昏花暝"是，皆极炼不如不炼也。——《论词随笔》

（清）黄苏："藻井"，俗称天花板也。许蒿庐曰"清新俊逸，兼有之矣"，又曰"便忘了，天涯芳信"。"传书燕"见《开元天宝遗事》，太白诗已用之。按"栖香正稳"以下至末，似有所指，或于朋友间有不能践言者乎？借燕以见意，亦未可定。而词旨清丽，句句熨贴，匠心独造，不愧清新之目。——《蓼园词选》

双双燕　　（南宋）吴文英

小桃谢后，双双燕，飞来几家庭户。轻烟晓暝，湘水暮云遥度。帘外余寒未卷，共斜入、因寒而帘未卷，故"斜入"。红楼深处。相将占得雕梁，似约韶光留住。堪举。可以营巢。翩翩翠羽。杨柳岸，泥香半和梅雨。落花风软，戏促乱红飞舞。多少呢喃意绪。心事重重。尽日向、流莺分诉。还过短墙，谁会万千言语！此是倒装句。因流莺不理会万千言语，故又向短墙飞去。

睡　燕　　（元）谢宗可

补巢衔罢落花泥，困顿东风倦翼低。金屋昼长随蝶化，雕梁春尽怕莺啼。魂飞汉殿人应老，梦入乌衣路转迷。却怪卷帘人唤醒，小桥深巷夕阳西。

白　燕　　（明）袁凯

故国飘零事已非，旧时王谢应见稀。月明汉水初无影，雪满梁园尚未归。柳絮池塘先入梦，梨花庭院冷侵衣。赵家姐妹多相忌，莫向昭阳殿里飞。

题铁岭燕巢　　（清）僧函可

巷口荒芜旧路迷，移巢将鷇读寇，去声。由母哺食之幼鸟。

傍山溪。未能仙峤同高翮，敢向穷檐恨落泥。似惜衣冠惊避远，难忘恩谊故飞低。门前便是鹰鹯集，纵有雕梁未可栖。自注：雪公铁岭寓舍有燕巢，从者嫌其沾污，欲毁之。公止焉。燕呢喃若感，遂移巢合旁。公为文以纪其事，予感而有赋。

题杏花双双燕图二首　　（清）月鹿夫人（女）

艳阳天气试轻衫，媚紫娇红正斗酣。记得春明池馆静，落花风里话呢喃。

夕阳亭院曲阑东，语燕时飞扇底风。不管春来与春去，双双长在杏花中。

社日朴园斋中咏燕　　（清）张问陶

短羽参差片影斜，似曾相识在天涯。喃喃话尽梁间月，缓缓归怜陌上花。营垒有情何日稳，衔泥无定一生差。乌衣故巷凭谁问，已是寻常百姓家。

白　燕　　（清）唐景崧

梨花院落柳花天，形影分明瘦可怜。金屋去来留本色，白头羁旅负华年。秋霜楼上佳人泪，璧月宫中狎客笺。何处素心寻旧侣，徘徊王谢画堂前。

新燕词四首　　（清）邹 弢

羽翦风前拂处斜，双飞况恨共天涯。上林何处无乔木，独入寻常百姓家。<small>原注：时有弟子蒋植三随读。</small>

嬉春旧梦忆谁边，空怅东风二月天。薄命生平巢寄惯，雕梁虽好不能迁。

王谢堂荒付劫灰，江南绝少好楼台。傍人门户终非计，何取年年作客来。

风流回首感秋烟，入户难寻故主贤。旧垒可怜成怅惘，卢家少妇又今年。

4. 其　他

白鹭鸶　　（唐）李 白

白鹭下秋水，孤飞如坠霜。心闲且未去，独立沙洲傍。

观放白鹰二首　　（唐）李 白

八月边风高，胡鹰白锦毛。孤飞一片雪，百里见秋毫。

寒冬十二月,苍鹰八九毛。燕雀莫相啅,啅读罩,去声。鸟鸣。若鸟啄食读卓,入声。云霄万里高。

画 鹰 　(唐)杜 甫

素练风霜起,苍鹰画作殊。㧐读耸,上声挺立,挺起。身思狡兔,侧目似愁胡。孙楚《鹰赋》:深目蛾眉,状如愁胡。绦镟光堪摘,轩楹势可呼。何当击凡鸟,毛血洒平芜。《西都赋》:"风毛雨血洒野蔽天。"

(元)方回:此咏画鹰,极其飞动。"㧐身"、"侧目"一联已曲尽其妙。"堪摘"、"可呼"一联,又足见为画而非真。王介甫《虎图行》亦出于此耳。"目光夹镜当坐隅",即第五句也。"此物安可来庭除",即第六句也。"何当击凡鸟,毛血洒平芜",子美胸中愤世疾邪,又以寓见深意,谓焉得烈士有如真鹰,能搏扫庸谬之流也。盖亦以讥夫貌之似而无能为者也,诗至此神矣。——《瀛奎律髓汇评》

(清)纪昀:虚谷云"盖亦以讥夫貌之似而无能为者也",无此意。○起笔有神,所谓顶上圆光。五、六清出是画,"何当"二字乃有根。——同上

(清)冯班:如此咏物,后人何处效颦?山谷琐碎作新语,去之千里。○唐人只赋意,所以生动。宋人粘滞,所以不及。——同上

(清)陆贻典:咏物只赋大意,自然生动,晚唐便伤于纤巧。——同上

(清)查慎行:全篇多用虚字写出画意。——同上

(清)何焯:落句反醒画字,兜裹超脱。——同上

(清)无名氏(乙):极动宕之致,到底不离画字。——同上

（清）许印芳：凡写画景，以真景伴说乃佳。此诗首联说画，次联说真，三联承首联，尾联承次联，其归宿在真景上，可悟题画之法。惟第七句"凡鸟"当作"妖鸟"，老杜下字尚有未稳处。诗盖作于中年，若老年则所谓"晚节渐于诗律细"，无此疵颣矣。——同上

鹦 鹉 （唐）杜 甫

鹦鹉含愁思，聪明忆别离。翠衿浑短尽，红觜漫多知。祢衡《鹦鹉赋》："绀趾丹嘴，绿衣翠衿。"未有开笼日，空残旧宿枝。世人怜复损，顾修远云："此诗分明有才人失路，托身异族之感，如魏武之于杨修，隋炀之于薛道衡，皆所谓怜复损也。"何用羽毛奇。

子 规 （唐）杜 甫

峡里云安县，江楼翼瓦齐。两边山木合，终日子规啼。眇眇春风见，萧萧夜色凄。客愁那听此，故作傍人低。

（宋）周紫芝：（余）又尝独行山谷间，古木夹道交阴，惟闻子规相应木间，乃知"两边山木合，终日子规啼"之为佳句也。——《竹坡诗话》

（清）范晞文：老杜诗"两边山木合，终日子规啼"，以"终日"对"两边"……句意适然，不觉为偏激，然终非法也。柳下惠则可，吾则不可。——《对床夜语》

（清）王嗣奭："见"字连下，盖两句作一句也，杜诗多有此法。不然，则"眇眇春风见"不可解矣。一云子规非杜鹃，乃叫"不如归去"者，是也。此于客愁更切。——《杜臆》

216

（清）金人瑞：看他前解一、二、三句，都不是子规，至第四句，方轻点；后解五、六、七句，又都不是子规，至第八句，方轻写。一首诗便只如二句而已。我从未睹如是妙笔。○"故"字、"傍"字、"低"字妙。不知究竟是子规真有是事，抑并无是事？然据客愁耳边，则已真有其事也。道树云"那听此"妙，便如仰诉子规，求其曲谅；"故傍人"妙，便如明知客愁，越来相聒。写小鸟动成情理，先生每每如此。——《杜诗解》

（清）何焯：后山云，此等语盖不从笔墨径中来。其所熔裁，殆有造化也。"渺渺春风见"，含傍人；"萧萧夜色凄"，含愁听。——《义门读书记》

（清）浦起龙：绝无艰涩之态，杜律之最爽隽者。——《读杜心解》

鸥　　（唐）杜　甫

江浦寒鸥戏。无他亦自饶。自足也。却思翻玉羽，随意点春苗。雪暗还须落，风生一任飘。几群沧海上，清影日萧萧。李子德曰："雁写其孤高，鸥写其轻洁。"○罗大经曰："浦鸥闲戏，使无他事，尽自宽饶，却以谋食之故，翻玉羽而弄春苗，虽风雪凌厉亦不暇顾矣；何似群飞海上者，清影翛然，不为泥泽所染耶？此兴士当高举远引，归洁其身，不当逐逐于声利之场，以自取贱辱也。今按雪暗风生，亦寓自家飘流谋食之感，叹其不如海鸥之忘机自适也。"

（唐）杜　甫

故使笼宽织，须知动损毛。看云莫怅望，失水任呼号。六翮曾经剪，孤飞卒未高。且无鹰隼虑，留滞莫辞劳。《镜铨》："此公自喻失位于外，无心求进，有留滞之叹，但当安于义命也。"

斗 鸡 （唐）杜 甫

斗鸡初赐锦，舞马既登床。帘下宫人出，楼前御柳长。仙游终一 ， 读必，去声。止息，终尽。 女乐久无香。寂寞骊山道，清秋草木黄。

（宋）洪迈：杜公诗命意用事，旨趣深远，若随口一读，往往不能晓解。……"斗鸡初赐锦……清秋草木黄。"先忠宣公在北方，得唐人画《骊山宫殿图》一幅：华清宫居山颠，殿外垂帘，宫人无数，穴帘隙而窥，一时伶官戏剧，品类杂沓，皆列于下，杜一诗真所谓亲见之也。——《容斋随笔》

（宋）张戒："帘下宫人出，楼前御柳长"，此名《斗鸡》，乃看棚诗尔。——《岁寒堂诗话》

（明）王嗣奭：前四句感言乐事，而言悲止云"终一 "、"久无香"何等浑厚！——《杜臆》

（清）何焯："女乐久无香"，三事独归重女乐言之。"寂寞骊山道"，次联暗接，至此点明。——《义门读书记》

（清）浦起龙：此首前后转关处，述明皇两头事。中间播迁一段，泯然隐起，俟后两篇叙出。但将上下半篇，一翻转看，盛衰存没之间，满目泪痕矣。——《读杜心解》

（清）乔亿：世人但目皮色苍厚、格度端凝为杜体，不知此老学博思深，笔力矫变，于沉郁顿挫之极，更见微婉。……五律之《洞房》、《斗鸡》；七律之《东阁观海》等篇，学杜者视此种曾百得其一二与？——《剑溪说诗》

鸡 （唐）杜 甫

纪德名标五，《韩诗外传》："夫鸡头戴冠，文也；足傅距，武也；见敌而斗，勇也；得食相呼，义也；鸣不失时，信也。鸡有五德，君犹瀹而食之，其所从来近也。"初鸣度必三。《史记·历书》："鸡三号卒明。"注："夜至鸡三鸣，始为正月一日。"殊方听有异，失次晓无惭。浦注："夔鸡未必皆然，偶借失次者以见意耳。"问俗人青似，言无德无信，习俗皆然。充庖尔辈堪。鸡既不能司晨，亦仅堪充庖已耳。气交亭育际，巫峡漏司南。朱注："自昏至晓，正造化气候所交，故曰：气交亭育际。夔州在南，鸡司晨昏，今失其司晨之职，故曰：巫峡漏司南也。"

舟前小鹅儿 　　（唐）杜 甫

鹅儿黄似酒：鹅黄，汉州酒名。对酒爱新鹅。引颈嗔船逼，无行乱眼多。翅开遭宿雨，力小困沧波。客散层城暮，狐狸奈若何。

百 舌 　　（唐）杜 甫

百舌来何处？重重只报春。知音兼众语，整融岂多身。花密藏难见，枝高听转新。过时如发口，发口，开口也。《史记·张仪传》："陈轸曰：'轸可发口言乎？'"君侧有谗人。

得房公池鹅 　　（唐）杜 甫

房相西亭鹅一群，眠沙泛浦白于云。凤凰池上应回首，为报笼随王右军。

见王监兵马使说，近山有白黑二鹰，罗者久取，竟未能得。王以为毛骨有异他鹰，恐腊后春生，飞避暖，劲翮思秋之甚，眇不可见，请余赋诗二首　　（唐）杜 甫

雪飞玉立尽清秋，不惜奇毛恣远游。在野只教心力破，于人何事网罗求？一生自猎知无敌，百中争能耻下　　。鹏碍九天须却避，兔藏三窟莫深忧。

黑鹰不省人间有，度海疑从北极来。正翮抟风超紫塞，玄冬几夜宿阳台。虞罗自觉虚施巧，春雁同归必见猜。万里寒空只一日，金眸玉爪不凡材。顾修远云："黄石识子房于圯桥，而退老谷城；德公拜孔明于床下，而长隐鹿门。殆所谓：一生自猎知无敌，百中争能耻下　者乎。魏武欲以游说致公瑾、而不能夺其知己之感，桓温欲以豪杰招景略，而不能解其共国之嫌，殆所谓虞罗自觉虚施巧，春雁同归必见猜者乎。千古高人奇士，性情出处，从二十八字拈出，可想老杜胸中全史。"

白　鹭　　（唐）刘长卿

亭亭常独立，川上时延颈。秋水寒白毛，夕阳吊孤影。幽姿闲自媚，逸翮思一骋。如有长风吹，青云在俄顷。

白鹭咏　　（唐）李　端

迥起来应近，高飞去自遥。映林同落雪，拂水状翻潮。犹有幽人兴，相逢到碧霄。

戏　鸥　　（唐）钱　起

乍依菱蔓聚，尽向芦花灭。更喜好风来，数片翻晴雪。

和武门下武元衡也。时武任门下侍郎同平章事。伤韦令。韦皋也孔雀
（唐）王　建

孤号秋阁阴，韦令在时禽。觅伴海山黑，思乡橘柚深。举头闻旧曲，顾尾惜残金。憔悴不飞去，重君池上心。

和乐天鹦鹉　　（唐）刘禹锡

养来鹦鹉嘴初红，宜在朱楼绣户中。频学唤人缘性慧，偏能识主为情通。敛毛睡足难消日，弹翅愁时愿见风。谁遣聪明好颜色，事须安置入深笼。

鹦　鹉　　（唐）白居易

陇西鹦鹉到江东，养得经年嘴渐红。常恐思归先剪翅，每因馁食暂开笼。人怜巧语情虽重，鸟忆高飞意不同。应似朱门歌舞妓，深藏牢闭后房中。

鹭　鸶　　（唐）张　祜

深窥思不穷，揭趾浅沙中。一点山光净，孤飞潭影空。暗栖松叶露，双下蓼花风。好似沧波侣，垂丝趣亦同。

鹦　鹉　　（唐）杜　牧

华堂日渐高，雕槛系红绦。故国陇山树，美人金剪刀。避笼交翠尾，罅嘴静新毛。不念三缄事，《孔子家语》："孔子观于周庙，有金人三缄其口而铭其背曰：古之慎言人也。"世途皆尔曹。

　　　　　（唐）杜　牧

芝茎抽绀趾，清唳掷金梭。日翅闲张锦，风池去冒罗。静眠依翠荇，暖戏折高荷。山阴岂无尔，茧字谓王羲之《兰亭序》用蚕茧纸也。换群鹅。

鸳 鸯 （唐）杜 牧

两两戏沙汀，长疑画不成。锦机争织样，歌曲爱呼名。好育顾栖息，堪怜泛浅清。凫鸥皆尔类，惟羡独含情。

鸦 （唐）杜 牧

扰扰复翩翩，吴筠诗："呜呜城上乌，翩翩尾异迹。"黄昏扬冷烟。毛欺皇后发，指后汉马皇后。声感楚姬弦。楚姬指宋临川王义庆之妻闻乌夜啼事。蔓垒盘风下，霜林接翅眠。只如西旅样，头白《博物志》："燕太子丹质于秦，不得意，欲归。秦王不听，曰：令乌头白，马生角乃可。"岂无缘。杜牧以燕丹自寓，故以西旅为言。

鹭 鸶 （唐）杜 牧

雪衣雪发青玉嘴，群捕鱼儿溪影中。惊飞远映碧山去，一树梨花落晚风。

九子坡闻鹧鸪 （唐）李群玉

落照苍茫秋草明，鹧鸪啼处远人行。正穿诘曲崎岖路，更听钩辀格磔声。曾泊桂江深岸雨，亦于梅岭

阻归程。**此时为尔肠千断，乞放今宵白发生。** 桂江一鹧鸪，梅岭亦一鹧鸪，九子坡又一鹧鸪；桂江肠千断，梅岭亦肠千断，九子坡又肠千断。从一鹧鸪添出无数鹧鸪，亦是一法。

（清）金人瑞：三，"诘曲崎岖"承"远人行"；四，"钩辀格磔"承"鹧鸪啼"。其极写恶状，全在"正穿"、"更听"四字，言正穿如此恶路，更听如此恶声；倒转又是正听如此恶声，再穿如此恶路也。抑又不宁惟是，看他起句，又先写得"落日苍茫秋草明"七字；又是"正穿诘曲崎岖路"，又"落日苍茫秋草明"；"正听钩辀格磔声"，又"落日苍茫秋草明"，此为恶极之恶极也（前四句下）。○哀苦诗自来无逾此篇。看他前解苦，后解更苦，不知其用几副车轮向肚中盘转，方始直说到这里也。言桂江一鹧鸪，梅岭又一鹧鸪；桂江肠千断，梅岭又肠千断。然则单单只求放过今宵，此亦大开天地之心者也。○看他上解只是一鹧鸪，下解忽然添出无数鹧鸪，真为绝世才子之笔（后四句下）！——《贯华堂选批唐才子诗》

（清）赵臣瑗：首句七字，即次句中间之一"处"字；惟先有"落照苍茫"一观，便觉鹧鸪之声愈悲，远人之情愈苦，此画家烘云托月之法也。三、四承之，最不堪是"正穿"、"更听"四字；是此声非此路犹可也，是此路非此声犹之可也，今乃闷中加闷，愁外添愁，一至此乎！然此则非又以上句衬下句也。上句是"九子坡"，下句是"闻鹧鸪"，皆题中所有。五、六开一步，追思往事，一在桂江，曾闻鹧鸪；二在梅岭，亦闻鹧鸪。"此时"二字，紧承"五、六"，"为尔"云云，埋怨桂江、梅岭之鹧鸪；"乞放"云云，哀告九子坡之鹧鸪。"肠千断"、"白发生"是互文……不然，则是桂江、梅岭之鹧鸪，专主断肠；而九子坡之鹧鸪，专主白发也，有是理乎哉！——《山满楼笺注唐诗七言律》

北　禽　　（唐）李商隐

为恋巴江暖，无辞瘴雾蒸。 既然感念恩遇，自当不惮烦劳。"暖"与"蒸"相应。**纵能朝杜宇，可得值苍鹰。** 虽蒙府主知遇，却奈何不了小人的攻击。**石小虚填海**，位卑力薄，徒恨无功。**卢铦未破缯**。《古今注》："雁自河北渡江南，瘦瘠能高飞，不畏矰缴。江南沃饶，每至还河北，体肥不能高飞，恐为虞人所获，尝衔芦，长数寸，以防矰缴焉。"此句言虽然善自防护，总不能消除小人的倾害。**知来有乾鹊**，《淮南子》言：乾鹊知未来而不知过去。**何不向雕陵**。《庄子·山木》："庄周游于雕陵之樊（篱藩），睹一异鹊从南方来者。翼广七尺，目大运寸（周径一寸），感周之颡而集于栗林。庄周……执弹而留之。睹一蝉，方得美荫而忘其身。螳螂执翳而搏之，见得而忘其形。异鹊从而利之，见利而忘其真（犹身）。庄周怵然曰：'噫，物固相累，二类相召也。'捐（抛弃）弹而反走。"结句言意识到见利忘害之失。用典深曲。

赋得鸡　　（唐）李商隐

稻粱犹足活诸雏，妒敌专场刘孝威《斗鸡篇》："丹鸡翠翼张，妒敌得专场。"**妒自娱。可要**犹言：是否应当。**五更惊晓梦？不辞风雪为阳乌**。阳乌，太阳也。见《广雅》。此借指最高统治者。○按：此系讥讽藩镇之作。

凤　　（唐）李商隐

万里峰峦归路迷，未判容彩借山鸡。新春定有将雏乐，《晋书·乐志》："吴歌杂曲，一曰凤将雏。"**阿阁华池**《帝王世纪》："皇帝时凤凰巢于阿阁。"《韩诗外传》："齐景公出弋昭华之池。"**两处栖**。

宿晋昌亭闻惊禽 长安朱雀门东有晋昌亭。　　（唐）李商隐

羁绪鳏鳏夜景侵，《释名》："愁悒不能寐，目常鳏鳏然也。故其字从

鱼,鱼目恒不闭者也。"**高窗不掩见惊禽。飞来曲渚烟方合,过尽南塘树更深。胡马嘶和榆塞**秦将蒙恬植榆为塞,在今内蒙古境内。**笛,楚猿吟杂橘村砧**。湖南汉寿,湘水所经。系李衡种橘之所。**失群挂木**胡马失群。楚猿挂木,承上二句。**知何限,远隔天涯共此心**。

(清)金人瑞:看他将写"惊禽",乃出手先写自己亦是惊禽,于是三、四之"飞来曲渚"、"过尽南塘",其中所有无限怕恐,便纯是自己的怕恐。后来读者,物伤其类,自不能不为之法然流涕也。"烟方合",犹言这里亦复可疑也;"树更深",犹言彼中一发不好也。看他不问前此何事得惊,反说后此无处不惊,最为善写"惊"字第一好手也(前四句下)!○五、六,因与天下惊心之人悉数之也。言"马嘶",一惊也;"塞笛",又一惊也。"猿吟",一惊也;"村砧",又一惊也。于是而命之不犹,遂致于瞿,普天之下,盖往往有之也。岂独晋昌今夜此禽此惊而已也哉(后四句下)! ——《贯华堂选批唐才子诗》

咏双白鹭 (唐)雍 陶

双鹭应怜水满池,风飘不动顶丝垂。立当青草人先见,行榜白莲鱼未知。一足独拳寒雨里,数声相叫早秋时。林塘得汝须增价,况与诗家物色宜。

(元)方回:议者谓"行傍白莲鱼未知",此句最佳,上一句未称。然着题诗难句句好也。第二句亦未可忽。○顾非熊《双鹭》一联云"刷羽竞生堪画意,依泉各有取鱼心"。亦工,今附此。——《瀛奎律髓汇评》

(清)冯班:"议者谓'行傍白莲鱼未知'此句最佳,上一句未称",极称。○第三胜,第四造意未活。——同上

（清）查慎行：咏物落色相，便不超妙。——同上

（清）纪昀：此诗及郑谷《鹧鸪》、崔珏《鸳鸯》皆词意凡近，而格调卑靡。虽以此得名，要是流俗之论，非作者之定评也。沈归愚宗伯始力排之，其论甚伟。——同上

（清）黄叔灿：见双鹭不动，遂疑双鹭为爱池水，以我之心度鹭之腹，妙矣。又妙在顺便带出"顶丝垂"之三字，觉双鹭如画。三承写不动；四忽又写动；要之，此二句所重，只在写白也。五、六再用曲笔细写：五是写双鹭两样立法，六是写双鹭一样叫法。然后"得尔"一顿，"况与"一宕，以赞美之、欣赏之，双鹭于此亦价增十倍矣。——《唐诗笺注》

（清）王寿昌：从来咏物之诗，能切者未必能工，能工者未必能精，能精者未必能妙……《咏双白鹭》精矣，而未妙也。——《小清华园诗谈》

和友人鸳鸯之什三首　　（唐）崔　珏

翠鬣红毛舞夕晖，水禽情似此禽稀。暂分烟岛犹回首，只渡寒塘亦并飞。映雾乍迷珠殿瓦，逐梭齐上玉人机。采莲无限兰桡女，笑指中流羡尔归。

（清）赵臣瑗："翠鬣红衣"先把鸳鸯画出，添"舞夕晖"三字便是活鸳鸯，不是死鸳鸯。次句特点一"情"字，为通篇血脉。三、四乃极写之，曰"暂"，曰"犹"，曰"只"，曰"亦"，皆其情之发乎自然，而流为必不容已者如此。五、六用衬贴法，衬起七、八。——《山满楼笺注唐诗七言律》

（清）沈德潜：三、四写情，五、六映衬，此次第法，不犯复也。——《唐诗别裁集》

（近代）俞陛云：写两禽情爱之深，可谓善于体物矣。三、四句已言鸳鸯之情，五、六乃变换句法，言殿上覆鸳鸯之瓦，闺中织鸳鸯之锦，故用其故实，而以映雾迷离，逐梭来往以衬贴之，中二联遂虚实兼到。收

句更翻新意,言采莲女伴,见同命文禽依依相并,能不感幽情而生叹羡耶！全首中六句皆咏本题,而结处别开意境,律诗中恒有之法也。——《诗境浅说》

寂寂春塘烟晚时,两心如影共依依。溪头日暖眠沙稳,渡口风寒浴浪稀。翡翠莫夸饶彩饰, 鹈须羡好毛衣。兰深芷密无人见,相逐相呼何处归。

舞鹤翔鸾俱别离,可怜生死两相随。红丝毵落眠汀处,白雪花成蹙浪时。琴上只闻交颈语,窗前空展共飞时。何如相见长相对,肯羡人间多所思。

鹭 鸶　　（唐）罗 隐

斜阳淡淡柳阴阴,风袅寒丝映水深。不要向人夸素白,也知常有羡鱼心。

放鹧鸪　　（唐）罗 邺

好傍青山与碧溪,刺桐毛竹待双栖。花时迁客伤离别,莫向相思树上啼。

鹦 鹉　　（唐）秦韬玉

每闻别雁竞悲鸣,却向金笼寄此生。早是翠衿争爱惜，可堪丹觜强分明。云漫陇树魂应断，歌接秦楼梦不成。幸自祢衡人未识，赚他作赋被时轻。《坚瓠集》："唐武后畜白鹦鹉名雪衣，性灵慧，能诵心经，后爱之，贮以金笼，不离左右。"

子 规 （唐）陆龟蒙

碧竿微露月玲珑，谢豹谢豹，鸟名，即子规。见《禽经》张华注。伤心独叫风。高处已应闻滴血，小榴一夜几枝红。

白 鸥 （唐）陆龟蒙

惯向溪头漾浅沙，薄烟微雨是生涯。时时失伴沉山影，往往争飞杂浪花。晚树清凉还　　，旧巢零落寄蒹葭。池塘信美应难恋，针在鱼唇剑在虾。

和袭美病中孔雀 （唐）陆龟蒙

懒移金翠傍檐楹，斜倚芳丛旧态生。惟奈瘴烟笼饮啄，可堪春雨滞飞鸣。鸳鸯水畔回头羡，豆蔻图前举眼惊。争得鹧鸪来伴着，不妨还校有心情。

　　 （唐）陆龟蒙

词赋曾夸读烛浴，皆入声。水鸟名，似鸭而大。流，果为

名误别沧洲。虽蒙静置疏笼晚，不似闲栖折苇秋。自昔稻粱高鸟畏，至今珪 _{读闺，平声。珪组，玉圭与印绶，引申为爵位与官职。} 组野人仇。防微避缴无穷事，好与裁书谢白鸥。

自序云：客有过震泽，得水鸟所谓 者贶予，黑襟青胫，碧爪丹嘴，色儿及项，质甚高而意甚卑戚，畏人。予极哀其野逸性，又非以能招累者，因而囚录笼槛，逼迫窗户，俯啄仰饮，为活大不快，真天地之穷鸟也。为之赋诗，拟好事者和。

（清）金人瑞：左太冲《吴都赋》，以鸡鹕书于鹧鸡 之下，故日词赋曾夸也。言何意沧洲之别，政复坐累，于此下一"果"字，妙！人人相传名能误人，今日乃知真有其事也。"晚"，既在笼中之晚也；"秋"，未至笼中之秋也。"疏"之为言宽织也；"静"之为言好放也，皆极写其矜爱也。苇不必折而日"折苇"者，犹如泽雉未必五步始得啄，十步始得饮，而必故甚其辞也。"虽蒙"、"不似"，与之细商之辞，如祝宗人之玄端而说彘也（首四句下）。○因言世之求名之人，此岂非饥欲稻粱，饱恋珪组故耶？然而自昔至今，祸害甚著，诋犹不悟，而坐至于此？防微者，防其内召，即人之好名之心；避缴者，避其外招，即世之操名之人也。谢，惭谢也（后四句下）。——《贯华堂选批唐才子诗》

（清）赵臣瑗：通首最苦是"果为名误"之四字。虚名大足误人，向有是说，不意今果于鸡鹕见之也。○就诗只是咏鸡鹕，惟第六句插入"野人珪组"，反似比体，其实则为触物感兴、借题寓意之作。——《山满楼笺注唐诗七言律》

子 规 （唐）吴 融

举国繁华委逝川，羽毛飘荡一年年。他山叫处花成血，旧苑春来草似烟。雨暗不离浓绿树，月斜长吊欲明天。湘江日暮声凄切，愁杀行人归去船。

闻杜鹃　　（唐）李洞

万古潇湘波上云，化为流血杜鹃身。长疑啄破青山色，只恐啼穿白日轮。花落玄宗回蜀道，雨收工部宿江津。声声犹得到君耳，不见千秋一甑尘。

鹧鸪　　（五代）韦庄

南禽无侣似相依，锦翅双双傍马飞。孤竹庙前胡夔亭云："孤竹庙似即黄陵庙，湘夫人祠也。"少陵湘夫人祠诗云："苍梧恨不浅，染泪在丛筱。"即孤竹之义。啼暮雨，汨罗祠畔吊残晖。秦人只解歌为曲，越女空能画作衣。懊恼泽家鹧鸪叫声。非有恨，年年长忆凤城归。

（清）胡以梅：此因鹧鸪而触发流离心事，语多双关，所谓兴而兼比也。言南禽寂寞无侣，以来相依，双飞马前，啼孤竹之泪，吊汨罗之祠。二处皆尚忠贞之迹，而暮雨残晖，如国步之晚季耳。秦人歌其曲，越女画其衣，终无济于侣也。内意秦指朱温、李茂贞辈，欢歌乐祸。越指钱镠，无吊伐讨贼之志，如绘画之衣，不可着也，所以懊恼泽家，岂非有恨而苦耶？盖为年年忆凤城而欲归耳。韦盖杜陵人，因朱温乱终于蜀，故年年忆归长安，其情可侁矣。——《唐诗贯珠》

春　恨　　（唐）韩偓

残梦依依酒力余，城头扯颊伴啼乌。扯颊即鹎，催明

之鸟也。平明乍卷西楼幕,院静时闻响辘轳。古代一种井上汲
水工具。

鹧鸪 　　(唐)郑 谷

暖戏烟芜锦翼齐,品流应得近山鸡。雨昏青草湖
边过,花落黄陵庙里啼。游子乍闻征袖湿,佳人才唱
翠眉低。相呼相唤湘江曲,苦竹丛深春日西。

(宋)葛立方:许浑《韶州夜宴》诗云"　鸹未知狂客醉,鹧鸪先听美
人歌",《听歌鹧鸪词》云"南国多情有艳词,鹧鸪清怨绕梁飞",又有《听
吹鹧鸪》一绝,知其为当时新声,而未知其所以。及观……郑谷亦有"佳
人才唱翠眉低"之句,而继之以"相呼相应湘江阔",则知《鹧鸪曲》效鹧
鸪之声,故能使鸟相呼矣。——《韵语阳秋》

(宋)范晞文:郑谷《鹧鸪》诗云"雨昏青草湖边过,花落黄陵庙里
啼",不用"钩辀"、"格磔"等字,而鹧鸪之意自见,善咏物者也。——《对
床夜语》

(元)方回:郑都官谷因此诗,俗遂称之日郑鹧鸪。——《瀛奎律髓
汇评》

(明)周珽:咏物之诗妙在别入外意而不失摹写之巧。若郑谷之《鹧
鸪》、崔珏之《鸳鸯》、罗邺之《牡丹》、罗隐之《梅花》,极灵极变,开宋、元
几许法门。——《唐诗选脉会通评林》

(清)顾嗣立:诗家点染法,有以物色衬地名者,如郑都官"雨昏青草
湖边过,花落黄陵庙里啼"是也。——《寒厅诗话》

(清)赵臣瑗:三写其所飞之处,四写其所鸣之处,却用"雨昏"、"花
落"四字,染成一片凄凉景色,为下半首伏案。——《山满楼笺注唐诗七
言律》

(清)黄叔灿:首美其毛羽。"雨昏"、"花落"句与牧之"仙掌月明孤影

过，长门灯暗数声来"略同，而牧之句似更超脱味胜。——《唐诗笺注》

（清）王寿昌：从来咏物之诗，能切者未必能工，能工者未必能精，能精者未必能妙。李建勋"惜花无计又花残……"，切矣而未工也。罗隐"似共东风别有因……"，工矣而未精也。雍陶之"双鹭应怜水满池……"，精矣而未妙也。郑谷之"暖戏烟芜锦翼齐……"，杜牧之"金河秋半虏弦开……"，如此等作，斯为能尽其妙耳。——《小清华园诗谈》

（清）查慎行：如此咏物，方是摹神。○结处与三、四意重。——《瀛奎律髓汇评》

（清）何焯："烟芜"二字敏妙，鹧鸪飞最高，今乃戏平芜之上，只为行不得也。"烟"字与"雨昏"、"日西"亦节节贯注。——同上

（清）纪昀："相呼相唤"字复。《本草衍义》引作"相呼相应"，宜从之。——同上

（近代）俞陛云：首二句实赋鹧鸪，言平芜春暖，锦翼齐飞，颇似山鸡之文采。三、四句虚咏之，专尚神韵。鹧鸪以湘楚为多，青草湖边，黄陵庙里，在古色苍茫之地，当雨昏花落之时，适有三两鹧鸪，哀鸣啼遍。故五、六接以游子闻声，而青衫泪湿，佳人按拍，而翠黛愁低也。末句言春尽湘江，斜阳相唤，就题作收而已。崔珏以《鸳鸯》诗得名，称崔鸳鸯；郑谷以《鹧鸪》诗得名，称郑鹧鸪，故二诗连缀写之，崔写其情致，郑写其神韵，各臻妙境。惟崔诗通体完密，郑都官虽名出崔上，此诗后四句似近率易，逊于崔诗，若李群玉之赋鹧鸪，亦专咏其声，又逊于郑作也。李白《越中》诗"宫女如花满春殿，至今惟有鹧鸪飞"，郑谷《赠歌者》诗"座中亦有江南客，莫向春风唱鹧鸪"，因其凄音动人，故怀古思乡，易生惆怅也。——《诗境浅说》

早　莺　　（唐）僧齐己

何事经年绝好音，暖风催出啭乔林。羽毛新刷陶潜菊，喻色。喉舌初调叔夜琴。喻声。叔夜，嵇康也。怕雨并

栖红杏密,避人双入绿杨深。晓来枝上千般语,应共桃花说旧心。

（清）黄周星:"旧心"二字生,妙。从无人用。然有吴融侍郎"还俗尼"之"旧心",自有己公"桃花"、"莺"之"旧心"。程伊川所谓"天下之理,无独必有偶",岂不然哉!——《唐诗快》

池 鹭 （北宋）僧惠崇

雨歇方塘溢,迟回不复惊。曝翎沙日暖,引步岛风清。照水千寻迥,楼烟一点明。主人池上凤,是尔忆蓬瀛。

黄莺儿 （北宋）柳 永

园林晴昼春谁主。暖律潜催,幽谷暄和,黄鹂翩翩,乍迁芳树。观露湿缕金衣,叶映如簧语。晓来枝上绵蛮,绵蛮,小鸟貌。语出《诗经·小雅》。似把芳心,深意低诉。 无据。乍出暖烟来,又趁游蜂去。恣狂踪迹,两两相呼,终朝雾吟风舞。当上苑柳秾时,别馆花深处。此际海燕偏饶,都把韶光与。

（清）黄苏:翩翩公子,席宠承恩,岂海岛孤寒能与伊争韶华哉。语意隐有所指,而词旨颖发,秀气独饶,自然清隽。——《蓼园词选》

鸠　　　（北宋）梅尧臣

一世为巢拙，长年与鹊争。欲知云脚雨，先向屋头鸣。颈上玉花碎，臆前檀粉轻。何时将刻杖，扶助老夫行。

鹧鸪天　　　（北宋）晏幾道

十里楼台倚翠微。百花深处杜鹃啼。殷勤自与行人语，不似流莺取次飞。　　　惊梦觉，弄晴时。声声只道不如归。天涯岂是无归意，争奈归期未可期。

陈祥耀云："同样听到一种鹃声，不同的诗人、词家可以从各自处境，各样的角度，写出不同的感受。杜荀鹤的'啼得血流无用处，不如缄口过残春'，是愤慨文章无用之言；韦应物的'邻家孀妇抱儿泣，我独展转为何情'，是同情丈夫死在外地的寡妇而言；朱敦儒的'月解重圆星解聚，如不见人归？今春还听杜鹃啼'，是痛心国土沦陷，南北亲人不能团聚之言；范仲淹的'春光无限好，犹道不如归'，是豁达之言；杨万里'自出锦江归未得，至今犹劝别人归'，是诙谐之言。晏幾道这首词，则是对浪迹在外，有家难归的生活的叹息之言，写得真切，有一定感染力，结尾两句，用反跌之笔表曲折之情，意境尤深。"

涪州得山胡次子由韵　　　（北宋）苏　轼

终日锁筠笼，回头惜翠茸。谁知声嗃嗃，嗃读霍，入声。象声词，鸟叫声。亦自意重重。夜宿烟生浦，朝鸣日上峰。故巢何足恋，鹰隼岂能容。

吴执中有两鹅为余烹之戏赠 　　(北宋)黄庭坚

学书池上一双鹅,宛颈相追笔意多。皆为涪翁_{黄庭坚}别号涪翁。涪读夫,平声。赴汤鼎,主人言汝不能歌。用《庄子》故事。

鹊桥仙·夜闻杜鹃 　　(南宋)陆 游

茅檐人静,蓬窗灯暗,春晚连江风雨。林莺巢燕总无声,但月夜、常啼杜宇。　　催成清泪,惊残孤梦,又拣深枝飞去。故山犹自不堪听,况半世、飘然羁旅。

(清)许昂霄:"故山犹自不堪听",衬垫一句,不惟句法曲折,而意亦更深。——《词综偶评》

(清)冯金伯:《词统》云,放翁……夜闻杜鹃《鹊桥仙》末句云"故山犹自不堪听,况半世、飘然羁旅",去国怀乡之感,触绪纷来,读之令人于邑。——《词苑萃编》

(清)陈廷焯:放翁词惟《鹊桥仙·夜闻杜鹃》一章,借物寓言,较他作为合乎古。然以东坡《卜算子·雁》较之,相去殆不可以道里计矣。——《白雨斋词话》

沁园春·问杜鹃 　　(南宋)陈人杰

为问杜鹃,抵死催归,汝何不归? 似辽东白鹤,尚寻华表;海中玄鸟,_{此玄鸟指燕子。见《诗经》及《本草纲目》。}犹记乌衣。吴蜀非遥,羽毛自好,合趁东风飞向西。何为者,却身羁荒树,血洒芳枝。　　兴亡常事休悲。算人世荣华都几时。看锦江好在,卧龙已矣;玉山无恙,跃马何之。不解自宽,徒然相劝,我辈行藏君岂知。闽山路,待封侯事了,归去非迟。

白　鹇 原注:少保公所遗。　　（明）徐　渭

片雪簇寒衣,玄丝绣一围。都缘惜文采,长得侍光辉。提赐朱笼窄,蜀栖碧汉违。短檐侧目处,天际看鸿飞。

锦　鸡　　　（清）宋　琬

暂谢华虫侣,来依青雀舟。应无稻粱志,不待网罗求。敢望颁章服,按:二品官服用锦鸡。惟应舞画楼。失身由自衒,衒读眩,去声。自夸,卖弄。感叹不能休。自序云:巴东峡中浮水而至,入予舟中,予怜而畜之。

醉落魄·咏鹰　　　（清）陈维崧

寒山几堵,风低削碎中原路。秋空一碧无今古。醉袒貂裘,略记寻呼处。　　男儿身手和谁赌。比高低。老来猛气还轩举,高扬飞举。韩愈、孟郊《莎栅联句》:"冰溪时咽绝,风栌方轩举。此处不断肠,定知无断处。"人间多少闲狐兔。指人间的邪恶势力。月黑沙黄,此际偏思汝。

访宋御教场故址见异鸟　　　（清）阮芝生

翩翩翠羽映明霞，啼遍东风恋落花。漂泊一枝栖未稳，上林新宿几群鸦。

倒犯·白　鸧　　　（清）邹祗谟

风淡艳，霜蟾乍圆。森森银竹。何来灵族？翩跹处、清喉箫续。王孙珠袷，少妇鲛绡，辉云屋。露冷水晶屏，烟暖蓝田玉。近雕梁，舞丹足。　　　慧性神姿，那数雕笼，雪衣名擅独。断舌叨叨语，回素玩，随佳嘱。初教与、相思曲。更蝉窗不受金环辱。料不夜珠边，长傍冰壶浴。照寒波影绿。

玉山枕·白鹦鹉　　　（清）邹祗谟

花影兰砌。碧天净，薰风起。乍看皓质，又闻娇语，云母屏前，绡帏堪倚。玉容冰骨白瑶池，暂谪向、人间游戏。想沉香亭畔当年，舞霓裳、只雪衣相对。　　　素馨香冷鲛人佩。犀帘外，歌喉细。红牙声静，绿鬟影动，诗句清新，好教长记。黄冠乍吐晕檀心，更不数、翩翩丹翠。便花田珠网携来，傍雕阑、向梨花闲睡。

238

咏笼莺 （清）纳兰性德

何处金衣客，黄莺号金衣公子，见《开元天宝遗事》。栖栖翠幕中。有心惊晓梦，无计啭春风。漫逐梁间燕，谁巢井上桐。此指凤。空将云路翼，缄恨在雕笼。

镜中櫂卖罩，去声。同棹，船桨也。歌二首 （清）金 埴

说与鹅休怨右军，享筵祭馈用纷纷。只缘象声词，读逸，入声。山阴道，应接难辞不暇君。

要作王家墨妙徒，如何鹅把右军呼。宋人诗指鹅曰："水底右军正熟眠"。又曰："汤 右军"。今杭俗馈生鹅，其馈自作文语曰"羲爱"，获罪先贤，不可为训。不知修项观转徙，动腕临池法得无？鹅善转徙其项，右军法以动腕。

鸡 （清）袁 枚

养鸡纵鸡食，鸡肥乃食之。主人计固得，不可使鸡知。刘大白《旧诗新话》云："此是杭州城站四美泰酒店壁间挂的画鸡横幅上所题之诗。"

窗 鸡 （清）赵 翼

冏冏读兕，去声。呼鸡声。呼来矮屋西，可怜啄食只糠

栖。读西，平声。糠栖，谷皮和碎米，指粗劣的食料。有时竟日无人喂，犹奋饥肠尽力啼。

老鹰岩　　（清）林则徐

健翮何年脱臂鞲，读耸，上声。　身，挺身也。身天外独昂头。平芜洒血呼难下，华岳留尖见亦秋。老树枝疑森铁爪，彩霞光欲闪金眸。时平搏击何须尔，传语山灵早化鸠。

锦　鸡　　（清）恽珠（女）

闲对清波照彩衣，遍身金锦世应稀。一朝脱却樊笼去，好向朝阳学凤飞。据《清稗类钞》记载，作者十四岁时，随父谒完颜太夫人索绰罗氏。太夫人试以《锦鸡诗》。作者援笔立就。太夫人大赏之，遂聘为子妇。

闻　鸡　　（清）江开

闻鸡夜半舞刀环，眼底谁登上将坛。但愿春风长满谷，短衣射虎入深山。

题宋徽宗画鹰　　（清）谭嗣同

落日平原拍手呼，画中神俊世非无。当年狐兔纵横甚，只少台臣似郅^{读室，入声。郅都，汉景帝时为中郎将，敢直谏，时号苍鹰。见《史记》。}都。

题范西薮芦鹭　　（清）徐 鋆

烟雨江南何处村，不随鹅鸭乱争墩。霜衣雪发沙头立，自写风标异羽孙。

嘲杜鹃　　（近代）王国维

去国千年万事非，蜀山回首梦依稀。自家惯作他乡客，犹自拳拳劝客归。

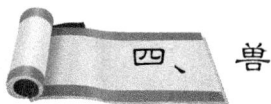

四、兽

1. 马

紫骝马　　（唐）李 白

紫骝行且嘶，双翻碧玉蹄。临流不肯渡，似惜锦

障坭。白雪关山远，黄云海成迷。挥鞭万里去，安得念春闺。

房兵曹胡马 （唐）杜 甫

胡马大宛名，锋棱瘦骨成。所谓不比凡马空多肉也。竹批双耳峻，《齐民要术》："马耳欲小而锐，状如削竹筒。"风入四蹄轻。所向无空阔，真堪托死生。上写骨相，二句并及性情。骁腾有如此，万里可横行。末句谓兵曹得此马，立功万里外，推开说方不重上。

（元）方回：自汉《天马歌》以来，李、杜集中诸马诗始皆超绝，苏、黄及张文潜画马诗亦然，他人集所无也。学者宜自检观。——《瀛奎律髓汇评》

（明）王嗣奭："风入四蹄轻"，语俊。"真堪托死生"，咏马德极矣。……"万里横行"则并及兵曹。——《杜臆》

（清）施补华：五言律亦可施议论断制，如少陵"胡马大宛名"一首，前四句写马之形状，是叙事也；"所向"二句，写出性情，是议论也；"骁腾"一句勒；"万里"一句断。此真大手笔。虽不易学，然须知有此境界。——《岘佣说诗》

（清）冯舒：落句似复。——《瀛奎律髓汇评》

（清）冯班：力能扛鼎，势可拔山。——同上

（清）何焯：第五，马之力；第六，马之德。——同上

（清）纪昀：后四句撇手游行，不踢于题，妙。仍是题所应有，如此乃可以咏物。——同上

（清）无名氏（甲）：凡经少陵刻画，便成典故，堪与《史》、《汉》并传。——同上

（清）无名氏（乙）："竹批"句小巧，对得飘忽，五、六便觉神旺气高。——同上

玉腕骝 <small>原注：江陵节度卫公马也。</small> （唐）杜 甫

闻说荆州马，尚书玉腕骝。骖驔飘赤汗，蹐蹟顾长楸。胡房三年入，乾坤一战收。举鞭如有问，欲伴习池游。<small>《旧唐书》："卫伯玉击史思明，大破于强子坂，以功迁神策军节度，又破史朝义于永宁，进封河东郡公。"</small>

病 马 （唐）杜 甫

乘尔亦已久，天寒关塞深。尘中老尽力，岁晚病伤心。毛骨岂殊众，驯良犹至今。物微意不浅，感动一沉吟。

疲 马 （唐）刘长卿

玄黄一疲马，筋力尽胡尘。骧首北风夕，徘徊鸣向人。谁怜弃置久，却与驽骀亲。犹恋长城外，青青寒草春。

看调马 （唐）韩 翃

鸳鸯赭白齿新齐，晓日花间放碧蹄。玉勒乍回初喷沫，金鞭欲下不成嘶。

裴令公见示酬乐天寄奴买马绝句，斐然仰和，且戏乐天 （唐）刘禹锡

常奴安得似方回？争望追风绝足来。若把翠娥酬绿耳，始知天下有奇才。

病马诗寄上李尚书 （唐）元 稹

万里长鸣望蜀门，病身犹带旧疮痕。遥看云路心空在，久服盐车力渐烦。尚有高悬双镜眼，何由并驾两朱　。惟应夜识深山道，忽遇君侯一报恩。

马诗二十三首 （唐）李 贺

龙脊贴连钱，马脊上有文点如连钱。沈炯诗："长安美少年，骢马铁连钱。陈王装脑勒，晋后铸金鞭。"银蹄白踏烟。四蹄白色如踏烟而行。无人织锦韂，韂读赡，去声。即障泥也。谁为铸金鞭。

（清）姚文燮：贵质奇才，未荣朱绂，与骏马之不逢时，同一概矣。故虽龙脊银蹄，而织锦韂无人，铸金鞭无人，与凡马无异！——《昌谷集注》

（清）方世举：先言好马须好饰，犹杜诗"骢马新斫蹄，银鞍被来好"，以喻有才须称。此二十三首这开章引子也。以下便如《庄子》重言、寓言、卮言，曲尽其义。——《李长吉诗集批注》

（清）王琦：此首言良马而未为人所识者也。——《李长吉诗歌汇解》

244

腊月草根甜，天街雪似盐。未知口硬软，先拟蒺
藜衔。

忽忆周天子，指周穆王。驱车上玉山。鸣骄辞凤苑，
赤骥最承恩。

此马非凡马，房星本是星。《瑞应图》："马为房星之精。"向
前敲瘦骨，犹自带铜声。

> （清）姚文燮：上应天驷，则骨气自尔不凡。瘦骨寒峭，敲之犹带铜
> 声。总以自形其刚坚三。——《昌谷集注》
> （清）方世举：自喻王孙本天潢也。下二句言《相马经》但言隔目高
> 匡等相，犹是皮毛。支遁之畜马，以为爱其神骏，亦属外观。毕竟当得
> 其内美，骨作铜声，即"牝马之贞"之理。——《李长吉诗集批注》

大漠沙如雪，燕山月似钩。何当金络脑，快走踏
清秋。

> （清）姚文燮：边氛未靖，奇才未伸。壮士于此，不禁雄心跃跃。——
> 《昌谷集注》
> （清）方世举：此言苟能世用，致远不难。——《李长吉诗集批注》

饥卧骨查牙，粗毛刺破花。鬣焦朱色落，发断锯
长麻。

西母酒将阑，东王饭已干。君王若燕燕同宴。去，
谁为拽车辕。

赤兔无人用，当须吕布骑。吾闻果下马，羁策任蛮儿。

飕叔_{飕叔安豢龙以事帝舜，见《左传·昭公二十九年》。飕读廖，平声。}去匆匆，如今不豢_{读患，去声。饲养也。}龙。夜来霜压栈，骏骨折西风。

（清）姚文燮：元和间，策试贤良方正，直言敢谏。举人牛僧孺、皇甫湜、李德裕皆指陈无忌。考官杨于陵、韦贯之署为上第。李吉甫恶之，泣诉于上。上遂罢于陵、贯之等，僧孺辈俱不调。 叔，指杨、韦诸君也，此时皆蒙贬去，不复选骏。牛、李、皇甫诸人俱遭沮排。严霜折骏，大可悲已！——《昌谷集注》

（清）方世举：此亦自喻龙种憔悴。——《李长吉诗集批注》

（清）王琦：古者四灵以为畜，故龙亦可豢养。今既无其人，豢龙之术，久已失传；乃养马之法，亦废而不讲，徒使骏逸之才受风霜之困于槽枥之间，斯马也，何不幸而遇斯时也。——《李长吉诗歌汇解》

催榜渡乌江，神骓泣向风。君王今解剑，何处逐英雄？

（清）姚文燮：此即《垓下歌》意"时不利兮"之句，千古英雄闻之泪落。骓之得遇项羽，可谓伸于知己矣。乃羽以伯业不终，致骓又为知己者死，逢时之难如是乎！——《昌谷集注》

（清）方世举：此亦居今思古。——《李长吉诗集批注》

（清）沈德潜：项羽虽以马赠亭长，然羽既刎死，神骓必不受人骑也。二十余首中，此首写得神骏。——《唐诗别裁集》

（清）王琦：下二句代马作悲酸之语，无限深情。——《李长吉诗歌汇解》

内马赐宫人，银鞯刺麒麟。午时盐坂上，蹭蹬溘_{读渴，入声。依凭意。}风尘。_{赐宫人者，其装饰如此；而负重致远者，则蹭蹬如此。}

批竹初攒耳，桃花未上身。他日须搅阵，牵去借将军。

宝玦谁家子，长闻侠骨香。堆金买骏骨，将送楚襄王。_{佩玦者，未知谁家之子，素闻其豪侠之名，必有知人知物之鉴，乃堆金市骏而送之楚襄王。夫襄王者，未闻有好马之癖，虽有骏骨，安所用之？以此相送，毋乃暗于所投乎？若送之于爱马之君如秦穆、楚庄之流，则马得所遇矣。非此诗本旨。}

香襆_{襆同帕，覆于鞍鞴之上，人将骑，则去之。杜甫诗：银鞍却覆香罗襆。}赭罗新，盘龙蹙镫麟。回看南陌上，谁道不逢春。

不从桓公猎，何能伏虎威。_{《管子》：桓公乘马，虎望见之而伏。桓问管仲："今者寡人乘马，虎望见寡人而不敢行，其故何也。"管仲对曰："意者君乘蛟马而洰桓迎日而驰乎？"公曰："然。"管仲曰："此蛟象也，蛟食虎豹，故虎疑焉。"}一朝沟陇出，看取拂云飞。_{杜甫有"走过掣电倾城知"，李白"袒行电迈蹷恍惚"，亦拂云飞之意。}

（清）姚文燮：马岂真能伏虎耶？因明主驱策，故威望倍重。如宪宗时刘辟反，诏高崇文讨之，诸将皆不服。后上专委以事权，卒平祸乱，震慑东川。是知马必由桓公以显名，崇文必由宪宗以著绩，故能一朝奋兴，勋成盖世，总在主上有以用之也。——《昌谷集注》

（清）方世举：用管子告桓公蛟马事，以尽马之才。虎且可伏，安往而不可逞哉！——《李长吉诗集批注》

（清）王琦：诗意谓豪杰之士，伏处草野，不得君上之委任，虽智勇绝

人，雄略盖世，人孰能知？一旦出畎亩之中，得尺寸之柄，树功立业，自致于青云之上，然后为人所仰瞻耳！——《李长吉歌诗汇解》

唐剑斩隋公，拳毛属太宗。拳毛骓，马名。唐太宗平刘黑闼所乘之马也。其先必隋之公侯所乘，其人既为唐所杀，其马遂为太宗所得。**莫嫌金甲重，且去捉飘风。**

白铁锉读挫，去声。白铁锉草之刀。**青禾，砧间落细莎。**砧，尘草之石。莎，草名。此言锉之极细如莎草也。**世人怜小颈，**《尔雅》："小领盗骊。"邢昺注："领，颈也。"盗骊，骏马名也。骏马小颈，名曰盗骊云。**金埒**读劣，入声。马射场的矮墙。**畏长牙。**《齐民要术》："相马之法，上齿欲钩，钩则寿；下齿欲锯，锯则怒。"王琦注曰："长牙者，盖谓马之锯牙善啮者也。"

伯乐向前看，旋毛在腹间。郭璞《尔雅注》："伯乐相马法，旋毛在腹下如乳者，千里马也。"**只今掊**读抔，平声。《易》曰："君子以掊多，益寡。"掊犹减也。**白草，**颜师古《汉书注》："白草似莠而细，牛马所嗜也。"**何日蓦**越也。**青山。**

（清）方世举：相马者有人，市骏者无主。有知己而无感恩，终若不遇。——《李长吉诗集批注》

（清）王琦：马之旋毛生于腹间，人未之见，以常马视之；怕乐视之，乃知其为千里马，然刍秣不足，则马之筋力亦不充。今乃克减其草料，每食不饱，得知何日养成气力，可以驱骋山冈，而展其骥足乎？后二句当作伯乐口中叹息之语方得。——《李长吉歌诗汇解》

萧寺驮经马，元从竺国来。魏如《释老志》："后汉孝明帝夜梦金人，傅毅以佛对。帝遣郎中蔡愔等于天竺，得佛经以白马负经而还，因立白马寺于洛城雍门西。"**空知有善相，不解走章台。**章台街在长安中。此诗似为番僧之才俊者而作。

重围如燕尾，宝剑似鱼肠。首二句言壮夫束带挂剑，将有远行之状，以起下文求千里足之意也。**欲求千里足，先采眼中光。**

暂系腾黄马，《宋书》："腾黄，神马也。"**仙人上彩楼。须鞭玉勒吏，**庾信《华林园马射赋》："控玉勒而抱星，跨金鞍而动月。"玉勒吏，谓控玉勒之人，即驱马吏也。**何事谪高州？**高州在西京南六千二百六十二里，唐属岭南道，地多瘴疬，谪宦者多居之。神马之暂系不用，因仙人在彩楼之上，不事乘骑之故也。

汗血到王家，随鸾鸾同銮。王者所乘也。**撼玉珂。少君骑海上，人见是青骡。**《太平御览·神仙别传》："李少君死后百余日，人有见少君在河东蒲坂，乘青骡，帝闻之，发其棺，无所有。此诗盖为有奇异之才而隐居为黄冠者而言也。"

武帝爱神仙，烧金得紫烟。厩中皆肉马，不解上青天。

（清）方世举：此言有才不遇，国士之不幸；不得真才，亦国之不幸也。〇言烧金已得紫烟，近可仙矣。其如肉马之不解上天何？——《李长吉诗集批注》

（清）王琦：汉武帝好神仙之事，使方士炼丹砂为黄金，不就。又好西域汗血马，使贰师将军伐大宛，取其善马数十匹，中马以下牝牡三千余匹。长吉谓其烧炼则黄金化为紫烟，终不成就；所获之马又皆凡马，不可乘之以上青天，所求皆是无益之事。此首似为宪宗好神仙、信方士之说而作。〇又云：《马诗二十三首》，俱是借题抒意，或美或讥、或悲或惜，大抵于所闻见之中各有所比，言马也而意初不在马矣。又每首之中

皆有不经人道语。人皆以贺诗为怪，独朱子以贺诗为巧。读此数章，知朱子论诗真有卓见。——《李长吉歌诗汇解》

过华清内厩门 <small>厩读究，去声。马房。</small>　　　　（唐）李商隐

　　华清别馆闭黄昏，碧草悠悠内厩门。自是明时不巡幸，至今青海有龙孙。

病马五首呈郑校书、章三、吴十五先辈

（唐）曹唐

　　骐耳何年别渥洼，病来颜色半泥沙。四蹄不凿金砧裂，双眼慵开玉筋斜。堕月兔毫干鷇觫<small>鷇觫读斛速，皆入声。因恐惧而发抖。</small>失云龙骨瘦查牙。平原好牧无人放，嘶向秋风苜蓿花。

　　垅上沙葱叶正齐，腾黄犹自跼赢蹄。尾蟠夜雨红丝脆，头捽秋风白练低。力惫未思金络脑，影寒空望锦障泥。阶前莫怪垂双泪，不遇孙阳不敢嘶。

　　不剪焦毛鬣半翻，何人别是古龙孙。风吹病骨无骄气，土蚀骢花见卧痕。未喷断云归汉苑，曾追轻练过吴门。一朝千里心犹在，争肯潜忘秣饲恩。

　　空被秋风吹病毛，无因濯浪刷洪涛。卧来总怪龙

蹄跙，瘦尽谁惊虎口高。追电有心犹款段，逢人相骨强嘶号。欲将鬐鬣重裁剪，乞借新成利铰刀。

病久无人着意看，五华衫色欲凋残。饮惊白露泉花冷，喫怕清秋豆叶寒。长襜敢辞红锦重，旧缰宁畏紫丝蟠。王良若许相抬策，千里追风也不难。

（元）辛文房：（曹）唐平生志甚激昂，至是薄宦，颇自郁悒，为《病马》诗以自况。警联如"尾盘夜雨红丝脆，头捽秋风白练低"，又云"风吹病骨无骄气，土蚀骢花见卧痕"，又云"饮惊白露泉花冷，吃怕清秋豆叶寒"，皆脍炙人口。——《唐才子传》

（明）周珽：吾闻司一爱马，买死马者，英雄牢络之微权；赎老马、怜病马者，圣贤悲悯之深心。尧宾《病马》诗五首：一言牧失其所。二言遇无其主。三言有识而恩养者，未尝敢忘其报。四有志在千里之思，五有冀人提携之想。无非致属望之意于郑公也。用意惜语，变化离奇，不可名状。——《唐诗选脉会通评林》

（清）吴乔：诗以深为难，而厚更难于深。子美《秋兴》，每篇一意，故厚。曹唐《病马》只一意，而得好句六联，成诗三首，乌得不薄？眩于好句而不审本意，大历后之堕坑落堑处也。——《围炉诗话》

契丹马　　（北宋）苏 颂

边林养马逐莱蒿，栈皂都无出入劳。用力已过东野稷，东野稷，人名。善养马。见《庄子·达生》。相形不待九方皋。人知良御乡评贵，家有材驹事力豪。略问滋繁有何术，风寒霜雪任蹄毛。

宿济州东门外旅馆　　（北宋）晁端友

寒林残日欲栖乌,壁里青灯乍有无。小雨愔愔人不寐,卧听疲马啮残刍。

题瘦马图　　（清）金农

古战场中数箭瘢,悲凉老马识桑乾,而今衰草斜阳里,人作牛羊一例看。

养马图　　（清）袁枚

养马真同养士情,香萁_{豆秆}。供奉要分明。一挑刍草三升豆,莫想神龙轻死生。

马　　（清）龚自珍

八极曾陪穆满_{周穆王名满}。游,白云往事使人愁。_{周穆王宴西王母于瑶池,西王母作歌曰:"白云在天,山陵自出⋯⋯"白云往事,指此次宴会。}最怜汗血名成后,老踞残刍立仗头。_{站在宫殿下的仪仗。}

浣溪沙·题丁兵备丈画马　　（清）王鹏运

苜蓿阑干满上林。_{上林苑。据《史记·大宛列传》载:汉武帝得乌}

252

孙、大宛天马,均养于上林苑中。**西风残秣独沉吟。遗台**燕昭王筑黄金台以延揽天下贤才。台之故址在河北易县东南。○《战国策·燕策一》记载:燕昭王想招贤,郭隗说:"臣闻古之君人,有以千金求千里马者,三年不能得。涓人言于君曰:'请求之。'君遣之,三月得千里马。马已死,买其骨五百金,反以报君。君怒曰:'所求者生马,安事死马而捐五百金?'涓人对曰:'死马且买之五百金,况生马乎?天下必以王为能市马,马今至矣!'于是不能期年,千里之马至者三。今王诚欲致士,请从隗始。隗且见事,况贤于隗者乎?"**何处是黄金? 空阔**杜甫《房兵曹胡马》诗:"所向无空阔,真堪托死生。"**已无千里志,驰驱枉抱百年心。夕阳山影自萧森。**

2. 其 他

猿 (唐)杜 甫

袅袅啼虚壁,此言隐。**萧萧挂冷枝。**此言见。**艰难人不免,隐见尔如知。**朱注:言挂枝啼壁如识隐见之机,人反有不如者矣。**惯习元从众,全生或用奇。**《镜铨》:"全生如抟树,避矢之类。"**前林腾每及,父子莫相离。**末又戒其不宜恃枝轻出以取祸。

(清)杨伦:此借猿智能远患,以见涉世之难。○李子德云,何处得其微妙,贯于化工矣。——《杜诗镜铨》

麂 (唐)杜 甫

永与清溪别,蒙将玉馔俱。无才逐仙隐,承一。《神仙

253

传》："葛仙翁于女儿山学道数十年，化为白麊，二足，时出山上。"**不敢恨庖厨**。承二。邵子湘曰："起四似代麊言，奇。"浦起龙曰："此非生麊，乃猎得之麊也。"**乱世轻全物**，谓不以物命为重也。仇注：全乃全活之全。**微声及祸枢**。张上若曰："微声句有至理。自古文人才士，遭乱婴祸，如中郎之于董卓，中散之于司马，何一不从声名得之。此苟全性命，不求闻达，隆中所以独绝千古也。"**衣冠兼盗贼，饕餮**读滔帖，平入声。传说中的一种贪残的怪物。见《吕氏春秋·先识》。○《左传》注云："贪财为饕，贪食为餮。"**用斯须**。《镜铨》："蒋云：时盗贼筵馔奢华，多残物命以咨口腹，而朝廷士大夫亦尔，故伤之而以衣冠盗贼并言。《春秋》之笔，所以愧衣冠者至矣。"

春　晓　（唐）元　稹

半欲天明半未明，醉闻花气睡闻莺。　读涡，平声。小狗。**儿撼起钟声动，二十年前晓寺情**。按：《太真外传》，昔上夏日与亲王棋。贵妃立于局前观之。上数枰子将输。贵妃放康国猧子乱之，上大悦。

儿，猧子，即短啄小犬，乃今称哈叭狗也。原为闺中玩品。微之《梦游春》诗有"娇娃睡犹怒"句，当是"娇　"之误，与上句"鹦鹉讥敌鸣"为对文。否则女娃何故睡时犹发怒耶？

放　猿　（唐）许　浑

殷勤解金锁，别夜雨凄凄。山浅忆巫峡，水寒思建溪。远寻红树宿，深入白云啼。好觅南归路，烟萝莫自迷。

巴江夜猿　　（唐）马　戴

日饮巴江水，还啼巴岸边。秋声巫峡断，夜影楚云连。露滴青枫树，山空明月天。谁知泊船者，听此不能眠。

黄藤山下闻猿 山在江西横峰县东。　　（五代）韦　庄

黄藤山下驻归程，一夜号猿吊旅情。入耳便能生百恨，断肠何必待三声。穿云宿处人难见，望月啼时兔正明。好笑五陵年少客，壮心无事也沾缨。

（清）胡以梅：吊谓旅情。因寂寞，猿以哀声吊之也。三、四佳。结总言其声之哀。——《唐诗贯珠》

咏　猿　　（唐）周　朴

生在巫山更向西，不知何事到巴溪。中宵为忆秋云伴，遥隔朱门向月啼。

病　猿　　（唐）李　洞

瘦缠金锁惹朱楼，一别巫山树几秋。寒想蜀门清露滴，暖怀湘岸白云流。罢抛檐果沉僧井，休拗崖冰

溅客舟。啼过三声应有泪,画堂深不彻王侯。

毙　驴　　　(唐)李　洞

塞驴秋毙瘗荒田,忍把敲吟旧竹鞭。三尺桐_{琴也。}轻背残月,一条藤_{鞭也。}瘦卓寒烟。通吴白浪宽围国,倚蜀青山峭入天。如画海门撑_{读支,平声。支撑也。}肘望,_{《潜确类书》云:"海门第一关在安庆府宿公县小孤山上。"}阿谁家卖钓鱼船。

(清)金人瑞:一解只写得一"忍"字。"忍"字为言"不忍"也。言我一鞭、一桐、一藤,当时与此一驴,乃至并一李先生,是真所谓五一合为一副者也。今日不幸,一既毙而埋矣,而如之何?其一犹把,其一犹背,其一犹卓,是可忍,孰不可忍者乎!一"忍"字便领尽三句,此亦暗用黄公酒垆不能重过,西州路门恸哭叩扉故事也(前四句下)。○想到游吴,想到游蜀,想到游海门。言从今一总不复更往。纵或兴会偶及,亦只撑肘一望即休。昨日有人教买钓船,粗毕余年,想能不负此心也。一毙驴,写来便如先主既失孔明相似,奇绝(后四句下)!——《贯华堂选批唐才子诗》

(清)陆次云:背琴扶杖,撑肘买船,都是毙驴后事。深入题间。——《五朝诗善鸣集》

(清)屈复:一起后全不著题,句句是题,出神入鬼。金铸浪仙人方能如此。——《唐诗成法》

猿　　　(五代)徐　鲎

宿有乔林饮有溪,生来踪迹远尘泥。不知心更愁何事,每向深山夜夜啼。

放　猿　　　（五代）王仁裕

放尔丁宁复故林，旧来行处好追寻。月明巫峡堪怜静，路隔巴山莫厌深。栖宿免劳青嶂梦，跻攀应惬白云心。三秋果熟松梢健，任抱高枝彻晓吟。

（宋）李昉：王仁裕尝从事于汉中，家于公署。巴山有采捕者，献猿儿焉。怜其小而慧黠，俾人养之，名曰野宾。呼之则声声应对，经年则充博壮盛；缧絷稍解，逢人必啮之，颇亦为患。仁裕叱之，则弭伏不动，余人纵鞭箠，亦不畏……于是（猿）颈上系红丝一缕，题诗送之曰“放尔丁宁复故林……”后罢职入蜀，行次嶓冢庙前，汉江之壖有群猿自峭岩中连臂而下，饮于清流。有巨猿舍群而前，于道畔古木之间，垂身下顾，红绡仿佛尚在。从者指之曰“此野宾也”。呼之，声声相应，立马移时，不觉恻然。及耸辔之际，哀叫数声而去。及陟山路，转壑回溪之际、尚闻呜咽之音，疑其肠断矣，遂继之一篇曰“嶓冢祠边汉水滨……”——《太平广记》

（清）赵臣瑗：放猿事韵，送之以诗尤韵。“丁宁”二字是通篇眼目。前半，巫峡乎？巴山乎？不知故林何在，教他自去追寻。后半得其复故林之后，有如此许多灵活。猿如有知，宁不感再生之赐乎？——《山满楼笺注唐诗七言律》

遇放猿再作　　　（五代）王仁裕

嶓读波，平声。嶓冢山名，在甘肃。冢祠边汉水滨，饮猿连臂下嶙峋。渐来仔细窥行客，认得依稀是野宾。月宿纵劳羁绁梦，松餐非复稻粱身。数声肠断和云叫，识是前时旧主人。

257

（清）陆次云：《放猿》诗妙矣，《遇猿》诗更妙，诗以事传，事以诗传，脍炙千古。——《五朝诗善鸣集》

（清）赵臣瑗：二作皆是信笔直书，曾无一语雕琢，然都写得曲折淋漓，入情入理。可见好诗只在真，初无事于雕琢也。——《山满楼笺注唐诗七言律》

神　物 谓龙也。　　　（北宋）王安石

神物登天扰 扰，驯养也。见郑玄注《周礼》。可骑，如何孔甲但能羁。当时若更无刘累，孔甲、刘累事见《左传·昭公二十九年》。龙意茫然岂得知。

禾　熟　　（北宋）孔平仲

百里西风禾黍香，鸣泉落窦谷登场。老牛粗了耕耘债，啮草坡头卧夕阳。

谢人寄小胡孙　　（北宋）黄庭坚

致尔自何处，初来犹索腾。真宜少陵觅，未解柳州憎。婢喜常储果，奴嗔屡掣绳。报君无一物，试为絷寒藤。

（元）方回：老杜有《觅胡孙》诗，"小如拳"及"愁胡面"六字皆好。柳子厚有《憎王孙》文。——《瀛奎律髓汇评》

（清）纪昀：六字有何好处？——同上

（清）冯班：好。——同上

（清）纪昀：通体亚平，落句亦趁韵。——同上

乞　猫　　（北宋）黄庭坚

秋来鼠辈欺猫死，窥瓮翻盘搅夜眠。闻道狸奴_{猫的}别名。将数子，买鱼穿柳聘衔蝉。_{亦是猫名。王志坚《表异录》云："后唐琼花公主有二猫，一白而口衔花朵，一乌而白尾，主呼为衔蝉奴、昆仑妲己。"}

病　牛　　（北宋）李　纲

耕犁千亩箱，_{箱通厢，仓廪。}力尽筋疲谁复伤？但得众生皆得饱，不辞羸病卧残阳。

题画兔　　（南宋）陈与义

碎身鹰犬惭何忍，埋骨诗书事亦微。霜露深林可终岁，雌雄暖日莫忘机。

燕府白兔　　（金）元好问

仙颖迷离望莫攀，争教失脚下高寒。吸残灝露瑶窗晓，捣尽玄霜玉杵闲。顾影乍疑云外见，写生何似

镜中看。褐衣扰扰皆三窟,几在祥经咳唾间。

万年少尝作狗诗六首骂世,戏和之亦得六章, 每章各有所指云 （清）归 庄

狗国斗中宿,何缘入紫垣？遂令汝种类,一夜满乾坤。似虎不成采,疑猩未解言。只今论六畜,此物俨称尊。

四境声相接,缘知种族繁。宫嫔多异产,藩国有游魂。原注：用汉江都王建及赵王如意事。烹自东方惯,来因西旅尊。何当尽磔杀,洒血向城门。

当年推猛鸷,指示猎平原。未见辎车载,遥施敝盖恩。残生工反噬,末路恣横奔。樊哙刀颇利,休令长子孙。原注：先朝误谓其人已死难,谕祭赠恤甚厚。

相惊有国狗,岌岌冠方山。足识京都路,原注：用陆机传书事。声闻茅舍间。原注：用赵师媚韩庄胄事。此人时削籍为民,故云。张牙终遇敌,摇尾亦何颜？好逐刘安去,仙家列上班。原注：刘安比摄政也。

黄耳名京洛,青曹着茂陵。古来多出类,尔辈竟无能。狂瘈主人怒,狺吽同类憎。朱明方得令,吐舌畏炎蒸。

与主亦何德，猜猜到五更。有时惊日雪，还听吠形声。如豹终居巷，非狐敢恃城。谁能杀东郭？竹帛定书名。钱仲联《清诗纪事》按：前二首斥建州，第三首斥洪成畴，第四首斥陈之遴，之遴，海宁人。明臣入清，官至弘文院大学士，依附秘书院大学士陈名夏，倚满人自固，二人同为当时南北党争中南人之魁，以贿结内监吴良辅，名夏初为摄政王多尔衮所赏，多尔衮卒，奇谭泰，谭泰诛，为北党冯铨所阨，顺治十一年，赐名夏死。翌年，之遴亦败。十五年免死革职籍没，全家移徙盛京。康熙初死。从诗中用事，可知其指之遴也。五、六首，指冯铨、刘正宗、宁完我辈，皆属北党。

题赵承旨 元代赵孟 . 画羊　　（清）王士禛

三百群中见两头，依然秃笔扫骅骝。羯来清远吴兴地，忽忆苍茫敕勒秋。南渡铜驼犹恋洛，西归玉马已朝周。牧羝落尽苏卿节，五字河梁万古愁。朱庭珍《筱园诗话》云："此作不惟气格雄浑，神韵高迈，如出盛唐人手，而运法用意，亦自细密深婉。首句点题，清出所画之羊，次句以画马为陪，推开一笔，暗摄下意。谓子昂画羊仍以画马之法行之也。三、四以'吴兴'、'敕勒'对照见意。已隐寓抑扬，微讽于言下。五、六忽用提高一联，高唱入云，振拓后半局势，而以'铜驼恋洛'、"玉马朝周"两面烘托，两层夹衬。笔则凌空神行，意则风霜严厉矣。更以子卿牧羝守节作结，再进一层，气音酣厚，意逾充足，而王孙失节之愈，不必道破，自从反面明白照出。通篇层层洗戈，一气相生，无意不搜，无笔不婉，真此题绝唱也。"

题　画　　（清）黄　慎

草绳穿鼻系柴扉，残喘无人问是非。春雨一犁鞭不动，夕阳空送牧童归。

（四）草木

一、草

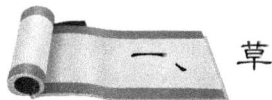

春　草　　(唐)唐彦谦

天北天南　路远，托根无处不延绵。萋萋总是无情物，吹绿东风又一年。

赋得古原草送别　　(唐)白居易

离离原上草，一岁一枯荣。野火烧不尽，春风吹又生。远芳侵古道，晴翠接荒城。又送王孙去，萋萋满别情。

（元)方回："春风吹又生"一联，乐天妙年以此见知于顾况。——《瀛奎律髓汇评》

（清)冯舒：逋翁真巨眼。——同上

（清)查慎行：人但知三、四之佳，不知先有"一岁一枯荣"句紧接上，方更精神。试置之他处，当亦索然。——同上

（清)纪昀：此犹是未放笔时，后乃愈老愈颓唐矣。——同上

（清)许印芳："又"字复。——同上

芳　草　　（唐）罗　邺

废苑墙南残雨中,似袍颜色正蒙茸。微香暗惹游人步,远绿才分斗雉踪。三楚渡头长恨见,五侯门外却难逢。年年纵有春风便,马迹车轮一万重。

路旁草　　（五代）徐　夤

楚甸秦原万里平,谁教根向路旁生。轻蹄绣毂长相蹋,合是荣时不得荣。

（文）辛文房:（徐夤）工诗,尝赋《路旁草》云"楚甸秦原……"时人知其蹭蹬。后果须鬓交白,始得秘书正字。——《唐才子传》

南乡子　　（五代）冯延巳

细雨湿流光。芳草年年与恨长。烟锁凤楼无限事,茫茫。鸾镜鸳衾两断肠。　　　魂梦任悠扬。睡起杨花满绣床。薄幸不来门半掩,斜阳。负你残春泪几行。唐宋人词里以草喻恨不乏其例。如李后主《清平乐》:"离恨恰如春草,更行更远还生。"秦观《八六子》:"倚危亭,恨如芳草,萋萋刬尽还生。"

（宋）胡仔:《苕溪渔隐日记》云,荆公问山谷:"作小词曾看李后主词否?"云:"曾看。"荆公云:"何处最好?"山谷以"一江春水向东流"为对。荆公云:"未若'细雨梦回鸡塞远,小楼吹彻玉笙寒',又'细雨湿流光'最

好。"——《苕溪渔隐丛话》

（近代）王国维：人知和靖《点绛唇》、圣俞《苏幕遮》、永叔《少年游》三阕，为咏春草绝调，不知先有正中"细雨湿流光"五字，皆能摄春草之魂者。——《人间词话》

点绛唇·草　　（北宋）林 逋

金谷<small>石崇曾在金谷园为征西将军王诩回长安而饯行。江淹《别赋》："帐饮东都，送客金谷。"</small>年年，乱生春色谁为主？<small>"春色"而曰乱生，可见荒芜之状。杜牧《金谷园》诗："流水无情草自春。"</small>余花落处。满地和烟雨。<small>"余花"写春色凋零现象。连余花都随蒙蒙的细雨而去了。</small>　　又是离歌，一阕长亭暮。王孙去，萋萋无数。南北东西路。<small>下片直写离情。以萋萋春草比喻离愁。楚辞《招隐士》："王孙游兮不归，春草生兮萋萋。"</small>

（宋）胡仔：严有翼《艺苑雌黄》云，张子野过和靖隐居一联："湖山隐后家空在，烟雨词亡草自青。"自注云："先生尝著《青草曲》，有'满地和烟雨'之句，今亡其全篇。"余按杨元素《本事曲》有《点绛唇》一阕，乃和靖草词，云"金谷年年（略）"。此词甚工，子野乃不见其全篇何也？——《苕溪渔隐丛话》

（明）卓人月：终篇不出"草"字，古今咏草，惟此压卷。——《古今词统》

（清）沈雄：大中祥和中，赐杭州隐士林逋粟帛，赠和靖先生。临终，有"茂陵他日求遗稿，犹喜曾无封禅书"。和靖见识如是，司马子长当作衙官也。若王旦不谏天书，为临终一事之失，即削发披缁，何以谢天下。和靖卒，张子野为诗以吊之，"湖山隐后家空在，烟雨词亡草自青"，其词只《点绛唇》咏草一首。有子林洪，著《家山清供》，亦未见有别词也。——《古今词话》

（清）黄苏：林和靖不特工于诗，尤工于词。如作《点绛唇》乃咏草

耳,终篇不出一"草"字,更得所以咏之情。按罗邺诗"不似萋萋南浦见,晚来烟雨正相和","和"字咏草入细。"南北东西路"句,宜缓读,一字一读,恰是"无数"二字神味。——《蓼园词选》

菩萨蛮 （北宋）张 先

忆郎还上层楼曲,楼前芳草年年绿。绿似去时袍,回头风袖飘。郎袍应已旧,颜色非长久。惜恐镜中春,不如花草新。此词是以芳草引起的相思之情,贯串全篇。上下两片都把草色比作袍色。上片沉浸于回忆的深渊,把一片相思,在时间上拉回到过去;下片是游翔于想象的天地,把万缕柔情在空间上载送到远方。由袍色之旧触发别离之久,青春难驻,朱颜易改。○牛希济《生查子》云"记得绿罗裙,处处怜芳草",亦是此意。

苏幕遮 （北宋）梅尧臣

露堤平,烟墅杳。乱碧萋萋,雨后江天晓。独有庾郎年最少。窣地突然。窣读速,入声。春袍,庾信《哀江南赋》:"青袍如草,白马如练。"杜甫诗:"江草乱青袍。"古诗:"青袍似春草,长条随风舒。"嫩色宜相照。　接长亭,迷远道。堪怨王孙,不记归期早。落尽梨花春又了。满地残阳,翠色和烟老。此"老"字与上片"嫩"字遥相呼应。梅尧臣在艺术上主张:"状难写之景如在目前,含不尽之意见于言外。"此词用"平"、"烟"、"萋萋"状草之状;用"碧"、"嫩"、"翠"状草之色;又用映衬手法传出草之情与神,或实或虚,都鲜如画,历历在目。

（宋）吴曾:梅圣俞在欧阳公坐,有以林逋《草词》"金谷年年(略)"为美者,圣俞别为《苏幕遮》一阕云"露堤平(略)"。欧公击节赏之。又自为

268

一词云："阑干十二独凭春（略）。"盖《少年游令》也。不惟前二公所不及，虽置诸唐人温、李集中　殆与之为一矣。今集不载此一篇，惜哉！——《能改斋漫录》

（清）刘熙载：梅圣俞《苏幕遮》云："落尽梨花春又了。满地斜阳，翠色和烟老。"此一种，似为少游开先。——《艺概》

（清）张德瀛：梅圣俞诗名草著，其论诗谓"状难写之景如在目前，含不尽之意见于言外"，盖亦深于诗者。词则《苏幕遮》一阕，为时所矜重。——《词征》

少年游　　（北宋）欧阳修

栏干十二独凭春。晴碧远连云。千里万里，二月三月，行色苦愁人。　　　　谢家池上，江淹浦畔，吟魄与离魂。那堪疏雨滴黄昏。更特地，忆王孙。朱德才云："作词如作画，亦有点染之法，即先点出中心物象，然后就其上下左右着意渲染之。'晴碧'是点，'千里'两句是染。'千里万里'承'远连云'，从广阔的空间上加以渲染；'二月三月'应首句的'春'字，从时间上加以渲染。"〇"吟魄"指谢灵运"池塘生春草"，"离魂"指江淹《别赋》"春草碧色，春水渌波，送君南浦，伤如之何……知离梦之踯躅，意别魂之飞扬"。〇冯延巳《南乡子》："细雨湿流光，芳草年年与恨长。"王国维称此句"能摄春草之魂"。欧阳修此词不重写实，不对所咏物象展开多层次、多角度的细致入微的刻画，而是以写意为主，全凭涵浑的意境取胜。

（清）先著、程洪：出处已是工处，与"金谷年年"一调又别。"千里万里、二月三月"，此数字言不易下。——《词洁》

（清）许昂霄：清劲。——《词综偶评》

凤箫吟　　（北宋）韩　缜

锁离愁、连绵无际，来时陌上初熏。绣帏人念远，

暗垂珠泪，泣送征轮。长亭长在眼，更重重、远水孤云。但望极楼高，尽日目断王孙。　　　销魂。池塘别后，曾行处、绿妒轻裙。恁时携素手，乱花飞絮里，缓步香裀。朱颜空自改，向年年、芳意长新。遍绿野，嬉游醉眠，莫负青春。

少年游·草　　（南宋）高观国

春风吹碧，春云映绿，晓梦原来这令人神往的芳景，竟是一场春梦中的幻境。入芳裀。芳草有如厚厚的裀褥。软衬飞花，远连流水，一望隔香尘。香尘者，女子之芳踪也。刘长卿《陪辛大夫西亭观妓》诗："任他行雨去，归路裛香尘。"萋萋萋萋，美盛貌。崔颢诗："芳草萋萋鹦鹉洲。"多少江南恨，翻忆翠罗裙。牛希济《生查子》："记得绿罗裙，处处怜芳草。"冷落闲门，凄迷古道，烟雨正愁人。林和靖词："金谷年年，乱生春色谁为主？余花落去，满地和烟雨。"

（清）许昂霄："翻忆翠罗裙"，"蔓草见罗裙"杜句也。——《词综偶评》

（近代）俞陛云："飞花"、"流水"三句咏草固工，兼寓"春随人远"之感。后幅闲门古道，怀古伤今，百感交集，若平子之工愁矣。——《唐五代两宋词选释》

春　草　　（明）杨基

嫩绿柔香远更浓，春来无处不茸茸。六朝韦庄《台城》："江雨霏霏江草齐,六朝如梦鸟空啼。"旧恨斜阳里,南浦用江淹《别赋》。新愁细雨中。近水欲迷歌扇绿,隔花偏衬舞裙红。平川十里人归晚,无数牛羊一笛风。

恋芳春慢即《万年欢》。·草　　（清）邹祗谟

巫雨朝飞,泪烟暮压,落花着地犹新。闺中陌上,到处欲断还匀。摇荡春风形影,连绣户、翠接无痕。寒食近、绣盖金鞍,偏汝暗赚游人。　　相思溪上,断红约月,合欢塚土,怨绿粘云。楚楚娟娟,多少蝶梦蜂魂。又见犀奁赌胜,佳名谁不爱王孙。斜阳处、宝靥初回,余香犹染湘裙。

咏春草　　（清）僧野蚕

绿浅香柔绝点尘,乱如丝复叠如裀。阅残野火千秋劫,斗尽东风六代人。池上有谁还得句,江南无此不成春。和烟和雨年时路,知否王孙最怆神。

秋草四首　　（清）冯询

留得衰茎尚戋风,霜痕狼藉路西东。九秋塞下连天白,一夜峰头特地红。谁复枯荣归泽薮,读薮,上声。湖泽。转忧埋没到英雄。美人心事幽人迹,并入苍

凉古道中。

　　榛兰随地有移栽，未必当途尽弃材。赤手要教稂莠去，白头曾闻雪霜来。池塘未醒三春梦，鼓角先惊四野哀。只有灵根能不死，托生何术到蓬莱？

　　裙屐佳游遂寂寥，重来河畔感飘萧。漫同浮梗终何着，偶托幽林得后凋。射隼天高尘莽莽，牧羊地僻巷条条。秋蓬忽下书生泪，不遇华风壮志消。

　　飘蓬依旧短长亭，太息王孙岁岁经。露脚寒应难驻马，秋心灰尚化为萤。怀人几换窗前绿，老我潜销鬓上青。最是敝袍增客感，旧时颜色半凋零。丘炜萲《五百石洞天挥麈》："粤东入国朝二百年来诗老，冯氏竟得其二。鱼山比部固与黎二樵明经齐名，而气体较大。子良司马为张南山太守嫡传弟子，赖虚舟山人复为司马答问弟子，美彰盛传，于斯为盛。尝以《柳色》诗见赏同辈。后觉太守有作，雅不欲与师争胜，因不入集，而别作《秋草四诗》，意甚沉着，人呼为'冯秋草'。"

王紫卿茂才有春草诗，予最爱其"东风吹汝偏为力，巨石当前亦怒生"之句，诗以赠之　　（清）吴仰贤

　　我爱王摩诘，工诗不厌贫。可怜春草句，谁识苦吟身。江左崔黄叶，_{崔不雕。}吴兴沈白　。_{沈三曾。}何当图主客，寄与故乡人。

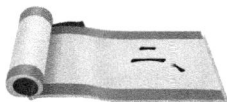

二、草本及其他

谢友人惠人参　　（唐）皮日休

神草延年出道家,是谁披露记三桠。开时的定涵云液, 后还能带石花。名士寄来消酒渴,野人煎处撇泉华。从今汤剂如相赠,不用金山焙上茶。

和袭美谢友人惠人参　　（唐）陆龟蒙

五叶初成椵树阴,椵读贾,上声。木名,叶似桐。《高丽采参赞》:"三桠五叶,背阳句阴。欲采求我,椵树相寻。"紫团峰外即鸡林。名参鬼盖须难见,材似人形不可寻。品第已闻升碧简,携持应合重黄金。殷勤润取相如肺,封禅书成动帝心。

与参寥师行园中,得黄耳蕈　　（北宋）苏　轼

造化何时取众香,法筵斋钵久凄凉。寒蔬病甲谁能采,落叶空畦半已荒。老楮忽生黄耳菌,故人兼致

白芽姜。萧然放箸东南去,又入春山笋蕨乡。结二句谓参寥将去徐州也。

次韵东坡得黄耳蕈诗 （北宋）僧道潜

铃阁追随十月强,葵心菊脑厌甘凉。身行异地老多病,路忆故山秋易荒。西去想难陪蜀芋,南来应得共吴姜。白云出处元无定,只恐从风入帝乡。

题画菖蒲 （清）金 农

菖蒲九节俯潭清,饮水仙人绿骨轻。阶草林花空识面,肯从尘士论交情。

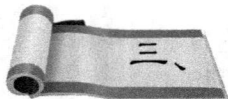

三、树 叶

落 叶 （唐）孔绍安

早秋惊落叶,飘零似客心。翻飞未肯下,犹言惜故林。

寒雨朝行视园树　　（唐）杜甫

柴门杂树向千株，丹橘黄柑北地无。江上今朝寒雨歇，篱边秀色画屏纡。桃蹊李径年虽古，栀子红椒艳复殊。锁石藤梢元自落，倚天松骨见来枯。林香出实垂将尽，叶蒂辞枝不重苏。爱日《左传》注："冬日可爱。"故称爱日。恩光蒙借贷，清霜杀气得忧虞。衰颜动觅藜床坐，缓步仍须竹杖扶。散骑未知云阁处，啼猿僻在楚山隅。首句杂树是一项，次句橘柑是一项。三、四得雨晓色。此匹句为开局。中段前四叙杂树应首句，后四言橘柑应次句，此八句为中腹布景。结四句为收局。

枯　　树　　（唐）韩愈

老树无枝叶，风霜不复侵。腹穿人可过，皮剥蚁还寻。寄托惟朝菌，依投绝暮禽。犹堪持改火，古代钻木取火，四季换用不同木材，称"改火"。未肯但空心。

古　　树　　（唐）贾岛

古树枝柯少，枯来复几春。露根堪系马，空腹定藏人。蠹节莓苔老，烧根霹雳新。若当江浦上，行客祭为神。

（元）方回：一古树耳，模写至此。妙甚。尾句尤佳。——《瀛奎律髓汇评》

（清）冯班：腹联胜颔联。——同上

（清）陆贻典：此诗甚有才气。——同上

（清）纪昀：语皆平平。三句本《枯树赋》，末二句托意亦浅。——同上

古　树　　（唐）徐　凝

古树敧斜临古道，枝不生花腹生草。行人不见树少时，树见行人几番老。

赋得江边树　　（唐）鱼玄机（女）

草色迷荒岸，烟姿入远楼。叶铺秋水面，花落钓人头。根老藏鱼窟，枝低系客舟。萧萧风雨夜，惊梦复添愁。

落　叶　　（北宋）潘阆

片片落复落，园林渐向空。几番经夜雨，一半是秋风。静拥莎阶下，闲堆藓径中。岩松与岩桧，宁共此时同。

（元）方回：潘阆出处，予著《名僧诗话》已详见。三、四有议论，五、六只是体贴，尾句却有出脱。不如此，非活法也。——《瀛奎律髓汇评》

（清）冯舒：五、六颇伤板。——同上

（清）纪昀：五、六稍率。——同上

水龙吟·落叶　　（南宋）王沂孙

晓霜初着青林，望中故国凄凉早。萧萧渐积，纷纷犹坠，门荒径悄。渭水风生，洞庭波起，几番秋杪。想重厓读涯，平声。└崖陡立的侧边。半没，千峰尽出，山中路、无人到。　　前度题红御沟红叶题诗见孟棨《本事诗》。杳杳。溯宫沟、暗流空绕。啼螀读姜，平声。蝉也。未歇，飞鸿欲过，此时怀抱。乱影翻窗，碎声敲砌，愁人多少。望吾庐甚处，只应今夜，满庭谁扫。

（清）陈廷焯：凄凉奇秀，屈宋之遗意。此中无限怨情，只是不露，令读者心怦怦然。结笔蓍蔓。——《云韶集》

又云："渭水风生，洞庭波起，几番秋杪。想重厓半没，千峰尽出，山中路、无人到。"笔意幽冷，寒芒刺骨，其有慨乎崖山乎？——《白雨斋词话》

绮罗香·红叶　　（宋）王沂孙

玉杵余丹，金刀剩彩，重染吴江孤树。崔信明有"枫落吴江冷"句，得名一时，此句用此诗意。几点朱铅，几度怨啼秋暮。惊旧梦、绿鬖轻涧，诉新恨、绛唇微注。最堪怜，同拂新霜，绣蓉一镜晚妆妒。　　千林摇落渐少，何事西风老色，争妍如许。二月残花，空误小车山路。重认取，

流水荒沟，怕犹有、寄情芳语。但凄凉、秋苑斜阳，冷枝留醉舞。上片结句以秋荷衬托枫叶。"绣蓉"如锦绣似的芙蓉，"镜"，水面。红荷临镜晚妆，犹对经霜的枫叶生妒，则枫叶颜色之惹人怜爱可知。温庭筠《兰塘词》"小姑归晚红妆浅，镜里芙蓉照水鲜"，亦是此意。○下片转写红叶之落。"流水荒沟"两句，用御沟红叶题诗典故。○白居易《醉中对红叶》"醉貌如霜叶，虽红不是春"，是用"醉"字切红叶的来源。姜夔《法曲献仙音》"谁念我重见冷枫红舞"，是此词"冷"字、"舞"字所本。

（清）陈廷焯：此词亦有所刺，结亦有所寓。——《词则·大雅集》

绮罗香·红叶　　（南宋）张炎

万里飞霜，千林落木，寒艳不招春妒。枫冷吴江，独客又吟愁句。正船舣、舣读蚁，上声。船靠岸。流水孤村；似花绕、斜阳归路。甚荒沟、用红叶题诗事。一片凄凉，载情不去载愁去。　　长安谁问倦旅。羞见衰颜借酒，衰颜指酒红。飘零如许。漫倚新妆，不入洛阳花谱。为回风、起舞尊前，尽化作、断霞千缕。记阴阴、绿遍江南，夜窗听暗雨。

（清）先著：对句八字起，已关注红叶，下用"枫冷吴江"点明。"斜阳"句略写，高绝。后段"衰颜借酒"，是衬法。"回风"二句状丹枫之神。结句反映，安章顿句极其妥帖，而思路更入微。——《词洁》

（清）许昂霄：《绮罗香》（"甚荒沟一片凄凉"二句）用事无迹。（后段）弹丸脱手，不足喻其圆美也。（"羞见衰颜借酒"二句）比拟最切。（"漫倚新妆"二句）香山诗"醉貌似霜叶，虽红不是春"。——《词综偶评》

（清）陈廷焯："寒艳"六字新警。"甚荒沟"三句，情词兼工，少游之

匹也。镂金错彩之笔，抚时哀世之作。——《云韶集》

又云：情词兼工，颇近淮海。——《词则·大雅集》

和盛集陶_{盛思唐。}落叶　（清）钱谦益

秋老钟山万木稀，凋伤总属劫尘飞。不知玉露凉风急，只道金陵王气非。倚月素娥徒有树，履霜青女正无衣。华林惨澹如沙漠，万里寒空一雁归。

古　树　（清）杜濬

闻道三株树，_{（清）李调元《雨林诗话》云："鄞人邱至山，居东皋里，家有古柏一株，两松夹之，轮囷袅空，盖南宋六百年物也。"}峥嵘古至今。松知秦历短，柏感汉恩深。用尽风霜力，难移草木心。孤撑休抱恨，苦楝亦成阴。_{苦楝，诗人自比。此诗是入清以后，诗人杜濬写给浙江四明隐逸之士邱至山的。}

落　叶　（清）陈玉璂

木叶惊微脱，相看惜故枝。一秋今古梦，万树别离思。入水飘无定，随风下每迟。始知天地意，摇落总无私。

落　叶　　（清）李　锴

西风吹故林，一叶一秋心。生理或未尽，暮愁相
与深。因知白头者，中有老怀侵。独立斜阳下，听残
空外音。

落　叶　　（清）吴嵩梁

叶声如雨下空篱，肠断攀条为阿谁。满地夕阳人
去后，一林霜信雁来时。曾禁旅病眠孤馆，亲见飞花
别故枝。今日西风萧瑟甚，纸窗灯暗坐吟诗。

声声慢·辛丑十一月十九日，味聃_{洪汝冲字味聃。}赋落叶词见示，感和　　（清）朱祖谋

鸣螀_{读姜，平声。蝉也。}颓城_{城同甋，入声。台阶。}吹蝶空
枝，飘蓬人意相怜。一片离魂，_{陈玄祐《离魂记》载：张倩娘许配王}
_{宙，后其父又以倩娘别字。王宙愤而赴京，倩娘忽至偕行。居五年，生二子，始共归}
_{故里。其父大惊，因倩娘病数年，未尝离床也。伴王宙女实为倩娘之魂也。两女相}
_{见翕然合为一体。}斜阳摇梦成烟。香沟旧题红处，_{用红叶题诗}
_{事。}拼禁花、憔悴年年。寒信急、又神宫_{指光绪帝所居的宫殿。}
凄奏，分付哀蝉。_{按《拾遗记》云：汉武帝思李夫人，因赋《落叶哀蝉曲》。}

终古巢鸾_{指后妃}。无分，正飞霜金井，抛断缠棉。起
舞回风，才知恩怨无端。天阴洞庭波阔，夜沉沉、流恨

湘弦。湘灵鼓瑟的弦音。摇落事，向空山、休问杜鹃。庞坚《词林观止》云："据司题，可知此阕作于光绪二十七年辛丑十一月十九日，即 1901 年 12 月 29 日。明咏落叶，而实际上是以比兴之体悼念珍妃。光绪二十六年七月，八国联军攻入北京，慈禧太后挟光绪帝微服出逃，临行前命人将深得光绪帝爱怜的珍妃推堕宫中水井溺杀，制造了一大悲剧。此后，以诗词悼念珍妃之作便层出不穷。朱孝臧这阕《声声慢》，便是其中的上乘之作。以词的表现技巧来说，可谓精粹超卓，得吴梦窗之神髓而蕴情深婉幽复，诚为'含味醇厚，藻采芬溢'（夏敬观语）的典型。"

落叶四首　　（清）王乃徵

　　秋撼三山奈别何，流光激箭下庭柯。金仙掌畔荒荒影，玉女池边瑟瑟波。此日韶华随水逝，旧时庭院得春多。娇姿一种芳菲色，不信冰霜意有颇。

　　亭亭珠树植名园，黄蝶西风又几番。浓翠自迎朝旭彩，清钟忽堕晓霜痕。一庭衰草争怜影，百尺寒枝不庇根。吹到师涓商调急，玉阶凄怨向谁论。

　　自拂惊尘判玉条，雪埋冰沍几经朝。歌翻《独漉》伤泥浊，曲写《哀蝉》感翠凋。铜辇再过秋似梦，碧沟一曲怨难消。白杨路断鹃声急，谁向荒郊慰寂寥。

　　依旧空庭碧藓滋，凄清日色冷燕支。重来金谷飘烟地，又到银瓶合冻时。南雁叫群千里断，夜乌啼梦一秋悲。长空愿止回风舞，为惜飘零最后枝。孙雄《史诗阁诗话》云："珍妃投井之事，闻者咸为悲叹。或云当庚子拳祸滔天之时，德宗从孝

钦后仓皇出宫，珍妃素为德宗所眷，誓欲相从。总管李莲英实推而堕诸井中也。内监之鸷毒无人理，乃至于此。洵可愤惋。王蘋珊前辈乃徽有《落叶词》四首，情韵苍凉，足当诗史。同时和者甚多，莫能及也。诗云云，此四诗都下传钞殆遍，一时有王落叶之称。"

西苑诗　　　（清）李希圣

芙蓉别殿锁瀛台，落叶鸣蝉尽日哀。宝帐尚留琼岛药，金　空照玉阶苔。神仙已遣青鸾去，瀚海仍闻白雁来。莫问禁垣芳草地，箧中秋扇已成灰。

甲子落叶诗八首　　　（清）唐文治

摇落江潭已十年，山阳笛韵诉哀蝉。洞庭波影微风嫋，巫峡涛声急雨穿。楚橘有村砧暮起，汉槐无市柝宵传。漫夸韦曲花无赖，独客惊心泣杜鹃。

声声筛吹到江隈，道是虫沙任劫灰。一夕寒风惊易水，九秋残日下燕台。贝多休仗空王力，碧落难回下士哀。只有丹枫人比健，逐轮不避太行榷。

早知次第玉河冰，下殿辞楼感不胜。塞北忽传林躃马，江南先苦棘营蝇。《黄聪》有曲风嘶柳，《白燕》无诗雨落藤。最是西京铜狄恨，夕阳飞片背觚棱。

春莺啼杀上阳枝，景物何堪话昔时。玉露凋残襟已黯，金风吹落意难迟。纷飞直下当熊殿，乱坠低经逐凤帷。拼却御沟流不返，力柔争奈柳丝丝。

澄心堂下睇斜晖，离跗辞根去不归。《黄竹》歌谣深恨锁，《青枫》乐府昔恩非。玉阶露冷还随辇，翠馆霜浓旧点衣。珍重翦桐周佚志，檀来免唱摘瓜稀。

犊车轮软碾芳尘，共忆华思洛水神。怕听猿啼斑竹雨，好谐凤侣碧梧春。无端天末埋云堑，化作人间堕月璘。莫怪霜沟捐弃易，几多失木散朱陈。

忽传诗句到江乡，宋玉悲秋正感伤。辞诵黄台情抑郁，梦回青琐境苍凉。兰成愁里怀枯树，杜老吟边惜晚香。曾乞酉阳完杂俎，几经荡气几回肠。

独立残阳恨不禁，也知辞树去难寻。天涯剩有灵均侣，江左难安元亮吟。莫但殷桓牢落志，好贞松柏继承心。渔洋应爱崔生句，痛读《离骚》浊酒斟。

庚子落叶词十二首　　（清）曾广钧

甄官一夕沦秦玺，疏勒千年出汉泉。凤尾檀槽陪玉碗，龙香璎络殉金钿。文鸾去日红为泪，轻燕仙时

紫作烟。十月帝城飞木叶,更于何处听哀蝉。

赤阑回合翠沦漪,帝子精诚化鸟归。重璧招魂伤穆满,渐台持节召贞妃。清明寒食年年忆,城郭人民事事非。湘瑟流哀弹《别鹤》,寒鱼哀雁尽惊飞。

银床玉露冷金铺,碧化长虹转鹿卢。姑恶声声啼苦竹,子规夜夜叫苍梧。破家叵耐云昭训,殉国争怜李宝符。料得佩环归月下,满身星斗泣红渠。

朱雀乌衣巷战场,白龙鱼服出边墙。鸥波亭下风光惨,鱼藻宫中岁月长。水殿可怜珠宛转,冰绡赢得玉凄凉。君王莫问三生事,满驿梨花绕佛堂。

王母转筹拥桂旗,阊门宣谢肯教迟。汉家法度天难问,敌国文明佛不知。十宅少人簪白柰,六宫同日策青骊。玉娘湖上粘天草,只托微波杀卷施。

天文正策王良马,地络先催蜀后蛇。太液自来函圣泽,水仙从古是名家。蕙兰悼影伤琼树,河汉回心湿绛纱。狄女也怜人薄命,绕栏争挂象生花。

小海停歌山罢舞,芙蓉猎猎鲤鱼风。璇台战鼓惊朱鹭,瑶席新香割绿熊。魂魄暗依秦凤辇,圣明终属晋蛟宫。景阳楼下胭脂水,神岳秋毫事不同。

帘外晓风吹碧桃，未央前殿咽秦箫。石华广袖谁曾揽，沉水奇香定未烧。荷露有情抛粉泪，凌波无赖学纤腰。云袍枉绣留仙褶，白石青泉任寂寥。

姊弟双飞侍望仙，凤闱元自赐恩偏。赏花夕夕陪铜辇，斗草朝朝费玉钱。秦苑绿芜催夕照，梁园春雪忆华年。身名只合埋青史，何水何山认墓田。

嫋嫋灵风起绿萍，幽怜明灭掩春星。白杨径断闻山鸟，红藕行疏度冷萤。山驿梦魂悲羽檄，水亭愁思接丹青。鸾舆纵返填桥鹊，咫尺黄姑隔画屏。

鹤市山花蔓镜台，鱼灯汆海落妆梅。三泉纵涸悲宁塞，五胜空埋恨未灰。福海生平愁似墨，泰陵回望绣成堆。如何齐女门前塚，惟有寒鸦啄冷苔。

横汾天子家侗在？姑射仙人雪未销。恨海万重应化石，柔乡三尺不通潮。青羊项底怜珠褛，白马涛头吊翠翘。八节四时佳丽夕，倩魂休上绣漪桥。毕一拂《光绪宫词》后序云："庚子……七月二十一日黎明，诸国联军陷京师，孝钦及帝后、瑾妃等仓皇西狩，已出宫矣。忽忆及珍妃，因遣人促之至。妃则长跽揽帝衣，痛哭失声，请随行。孝钦固深衔妃，至是怒甚，遂饬内监总管崔某力牵珍妃去，用毯裹，推诸井中，且下石焉，而后去。至翌年辛丑回銮，始出其尸而殓焉。此事都下人人能言之，一时胜流多为诗词以志哀悼，而曾重伯太史之《落叶词》尤为哀艳，未尝为孝钦少讳。"○孙雄《旦诗阁诗话》云："姑恶声声啼苦竹，子规夜夜叫苍梧。"十四字允

称绝唱。昔人过蝾矶孙夫人庙,题联云:"思亲泪落吴江冷,望帝魂归蜀道难。"夜梦夫人来谢,窃谓重伯此十四字,倘珍妃地下有灵,亦当肃环佩以申感谢也。

浣溪沙　　　(近代)王国维

月底栖鸦当叶看,推窗跕跕_{读蝶,入声。堕落貌。见《后汉}书·马援传》。堕枝间。霜高风定独凭栏。　　觅句心肝终复在,掩书涕泪苦无端。可怜衣带为谁宽。^{"当叶看"便}可证明其前之树必已是枯凋无叶了。只此一句,已表明作者在绝望悲苦之中想要求得一种慰藉的挣扎和努力。

四、松　柏　桧

严郑公阶下新松　　　(唐)杜　甫

弱质岂自负,移根方尔瞻。细声闻玉帐,疏翠近珠帘。未见紫烟集,虚蒙清露沾。何当一百丈,欹盖拥高檐。

谢寺双桧^{原注:扬州法云寺谢镇西宅,古桧存焉。}　　　(唐)刘禹锡

双桧苍然古貌奇,含烟吐雾郁参差。晚依禅客当金殿,初对将军映画旗。龙象界中成宝盖,_{龙象,佛家语。}

见《涅槃经》。此句言在佛寺中成为宝盖。鸳鸯瓦上出高枝。长明灯是前朝焰,曾照青青年少时。

题流沟寺古松　　(唐)白居易

烟叶葱茏苍麈尾,霜皮驳落紫龙鳞。欲知松老看尘壁,死却题诗几许人。

画　松　　(唐)元　稹

张璪画古松,往往得神骨。翠帚扫春风,枯龙戛寒月。流传画师辈,奇态尽埋没。纤枝无萧洒,顽干空突兀。乃悟埃尘心,难状烟霄质。我去渐阳山,深山看真物。

扬州法云寺双桧　　(唐)张祜

谢家双植本图荣,树老人因地变更。朱顶鹤知深盖偃,白眉僧见小枝生。高临月殿秋云影,静入风檐夜雨声。纵使百年为上寿,绿阴终借暂时行。

法云寺双桧　　(唐)温庭筠

晋朝名辈此离群,想对浓阴去住分。题处尚寻王

内史,画时应是顾将军。长廊夜静声疑雨,古殿秋深影胜云。一下南台到人世,晓泉清籁更难闻。

高 松 （唐）李商隐

高松出众木,伴我向天涯。二句总挈全篇,"高松"和"我"融合起来说,气势劲拔。以下六句咏松,仍是自比。客散初晴后,僧来不语时。有风传雅韵,无雪试幽姿。上药《神农经》:上药养命,中药养性,下药治病。终相待,他年访伏龟。《初学记·嵩高山》:嵩高山有大松树,或百岁,或千岁。其精变为青牛,为伏龟。采食其实,得长生。何焯云:"落句自伤留滞也……今虽不试,要有身后之名。"

题横水驿双峰院松 （唐）赵嘏

故园溪上雪中别,野馆门前云外逢。白发渐多何事苦,清阴长在好相容。迎风几拂朝天骑,带月犹含度岭钟。更忆葛洪丹井畔,数株临水欲成龙。三承二,"白发"七字是悲野馆门前逢松之人;四承一,"清阴"七字是指故园溪上人所别之松。读起句恰似说一故人。七、八,急置此二松,更不再道,却于旷然意想之外,又另请一松压之。

赠卖松人 （唐）于武陵

入市虽求利,怜君意独真。 将寒涧树,卖与翠楼人。瘦叶几经雪,淡花应少春。长安重桃李,徒染

288

六街尘。

（清）黄周星：便见是滞货（"　将"二句下）。〇此亦不专为卖松而发。——《唐诗快》

（清）屈复：一、二虚写卖松人，三、四实承一、二，五、六写松之清高，逼出结句俗人不买，云好。卖松人有何可赠？寄托之旨，言外自见。虽浅近，取其有意。——《唐诗成法》

（清）沈德潜：所卖非所需（"　将"二句下）。——《唐诗别裁集》

（近代）俞陛云："草木有本心，何求美人折"，于诗寄慨深矣。寒松与翠楼，格不相入，卖松者但为己谋，不为松谅，作者故赠诗警之。松本寒柯，勿羡翠楼之豪侈，而易地托根；翠楼中人宜谅其山野之性，勿强入朱门，以辱岁寒之操。意有怅触，偶书数语，亦以告作诗者，欲有寄托，宜师其婉而多讽也。——《诗境浅说》

桧　树　　（唐）秦韬玉

翠云交干瘦轮囷，_{高大盘曲貌。语出《文选》："蟠木根柢，轮囷离奇。"囷读均，平声。}啸雨吟风几百春。深盖屈盘青麈尾，老皮张展黑龙鳞。唯将寒色资琴兴，不放秋声染俗尘。岁月如波事如梦，竟留苍翠待何人。

和陆拾遗咏谏院松　　　（唐）吴　融

落落孤松何处寻？月华西畔结根深。晓含仙掌三清露，晚上宫墙百雉阴。野鹤不归应有怨，白云高去太无心。碧岩秋涧休相望，捧日无须上禁林。

（清）金人瑞：既是谏院松，又问何处寻？此如何文理？故知此诗乃是借"落落孤松"，咏落落自己。言如山中故人欲问我今何在，则我实且结根王家、朝朝暮暮不离开君侧。是答"晓"字、"晚"字法也（前四句下）。○"碧岩秋洞"，比故山；"野鹤"、"白云"比故人。言故山故人见我在此，或怨或去，各致相望，然殊不知尧舜君民，欲身亲见，将为其事，必居其地，固无可嫌之法也（后四句下）。——《贯华堂选批唐才子诗》

画　松　　（唐）僧景云

画松一似真松树，且待寻思记得无。曾在天台山上见，石桥南畔第三株。

袭美初植松桂偶题　　（唐）陆龟蒙

轩阴冉冉移斜日，寒韵泠泠入晚风。烟格月姿曾不改，至今犹似在山中。

松石晓景图　　（唐）陆龟蒙

霜骨云根惨澹愁，宿烟封着未全收。将归说与文通后，中唐画家张璪字文通，时已物古，故请他后人作画。写得松江岸上秋。

古　松　　（唐）僧齐己

雷电不敢伐,鳞皴势万端。蠹依枯节死,蛇入朽根盘。影侵僧禅湿,声吹鹤梦寒。寻常风雨夜,疑有鬼神看。

小　松　　（唐）僧齐己

发地才盈尺,蟠根已有灵。严霜百草死,深院一林青。后夜萧骚动,空阶蟋蟀听。谁于千岁外,吟倚老龙形。

和奚山偃松　　（北宋）苏　颂

乱枝　　翠阴圆,倚岫垂崖尽偃然。不为深根生触石,定应高干上摩天。

移松皆死　　（北宋）王安石

李白今何在,桃红已索然。君看赤松子,犹自不长年。

道旁大松人取为明　　（北宋）王安石

虬甲龙髯不可攀，亭亭千丈荫南山。应嗟无地逃斤斧，此斤斧指建筑匠人之斤斧。岂愿争明爝火间。李壁：诗言松意尚不愿见采于匠石，充栋梁之用，况肯与区区萤爝争明于顷刻之间耶？○爝，小火。读爵，入声。

北山道人栽松北山，蒋山也。　　（北宋）王安石

阳坡风暖雪初暖，绕谷遥看积翠重。磊砢《世说新语·赏誉》："庾子嵩目和峤，森森如千丈松，虽磊砢有节目，施之大厦有栋梁之用。"拂天吾所爱，他生来此听楼钟。按：荆公薨后，郭功父拜公墓，有诗云"寺楼早晚传钟响，坟草春回雪半消"，下注云"公蒋山绝句，他生来此听楼钟"。

玉晨大桧、鹤庙古松最为佳树　　（北宋）王安石

坛庙千年草不生，幽真曾此荫余清。月枝地上流云影，风叶天边过雨声。材大贤于人有用，节高仙舆世无情。泰山陂下今迷处，苦里宫中漫得名。

景福殿前柏　　（北宋）王安石

香叶由来耐岁寒，几经真赏驻明銮。根通御水龙应蛰，枝触宫云鹤更盘。怪石误蒙三品号，三品石见《建康

志》。原在台城千福院前，政和中，取归京师，置于延福宫。老松先得大夫官。知君劲节无荣慕，宠辱纷纷一等看。

王复秀才所居双桧二首　　（北宋）苏　轼

吴王池馆遍重城，闲草幽花不记名。青盖一归无觅处，青盖。汉制：皇家用的车子。此句言吴国已亡。只留双桧待升平。

凛然相对敢相欺，直干凌空未要奇。根到九泉无曲处，世间惟有蛰龙知。

万松亭　　（北宋）苏　轼

十年栽种百年规，好德无人助我仪。县令若同仓庾氏，亭松应长子孙枝。《汉书》："孝文时，国家无事，为吏者长，子孙居官者以为姓氏。"注："仓氏，庾氏是也。"天公不救斧斤厄，野火解怜冷雪姿。为问几株能合抱，殷勤记取角弓诗。《诗·小雅·角弓》：贵族们由于争权夺利，造成兄弟亲戚矛盾，诗人作诗加以讽刺和劝告。作者自叙云："麻城县令张毅，植万松于道周，以芘行者，且以名其亭。去未十年，而松之存者十不及三四，伤来者之不嗣其意也，故作是诗。"后东坡获罪，坡文方禁，故诗碑不复见，往来题咏者甚多。鄱阳倪左司涛诗云："旧韵无仪字，苍髯有恨声。"

柏　堂　　（北宋）苏　轼

道人手种几生前，鹤骨龙筋尚宛然。双干一先神

293

物化,九朝三见太平年。忽惊华构依岩出,乞与佳名到处传。此柏未枯君记取,灰心聊伴小乘禅。

老柏二首并序　　（北宋）陈师道

　　胜果院后有柏,见之二十余年,疏瘦如故。予寓其舍,数以水灌之,遂有生意。

　　（清）纪昀:《后山集》误以序为题,赖此校正。——《瀛奎律髓汇评》
　　（清）许印芳:序前但言柏树疏瘦,不言枯朽。序末"生意"句遂觉突出无根,此不可学。——同上

　　庭柏无生意,摧残二十秋。稍沾杯水润,已与岁寒谋。黄里青青出,愁边稍稍疗。会看笙鹤下,暮雀莫深投。

　　（元）方回:"黄里青青出"用三个颜色字。"愁边稍稍疗",却只平淡不带颜色字,此与"襟三江,带五湖,控蛮荆,引瓯越"同例。如张宛丘七言有曰:"白头青鬓有存殁,落日断霞无古今。"互换错综,而此尤奇矣。是为变体。——《瀛奎律髓汇评》
　　（清）查慎行:句中自相对,古有此格。如此诗"青"可对"黄"。若"稍"如何对"愁"?且句意亦拙。——同上
　　（清）纪昀:文潜二句是就句对,又别一格,引类来的。——同上
　　（清）许印芳:此诗五、六句,即前诗以虚对实之法。虚谷引类不合,晓岚驳之甚是。〇"稍"字复。——同上
　　（清）冯舒:第四殆不解捉笔。——同上

岁月那能记，风霜亦饱经。槁干仍故节，润泽出新青。色与江波共，声留静夜听。辉辉垂重露，点点缀流萤。

（元）方回：尾句谓柏叶之上"辉辉垂重露"，遥见之者如"点点缀流萤"也。试尝于月下看树木，皆然。老杜云"月明垂叶露"。与此句暗合。唐人诗"听雨寒更尽，开门落叶深"，"微阳下乔木，远烧入秋山"，与此同例。是为变体。——《瀛奎律髓汇评》

（清）纪昀：末一语自佳。然作结句，则少味、少力。不比"微阳下乔木"、"听雨寒更尽"二语，用作偶句，尚有结裹在也。——同上

（清）许印芳：虚谷所论，自是诗家一格。然亦未可拘泥。盖此诗尾联，本是对句。如虚谷解两句串作一事，未免单弱，是以作结，少味、少力。若截然分为两事，以之收拾全诗，且有余劲，晓岚尚得斥其少味，少力哉！——同上

题番禺梁节厂画松卷子　　（清）纪巨维

拗铁虬枝久郁蟠，世人都作散才看。十年树木犹如此，识得贞心岁已寒。

五、竹

沈十四拾遗新竹生读经处，同诸公之作

（唐）王 维

闲居日清静，修竹自檀栾。檀栾二字形容竹的秀美。枚乘《梁王菟园赋》："修竹檀栾，夹池水，旋菟园，并驰道。"嫩节留余箨，新丛出旧栏。细枝风响乱，疏影月光寒。乐府裁龙笛，渔家伐钓竿。何如道门里，青翠拂仙坛。

严郑公宅同咏竹得香字   （唐）杜 甫

绿竹半含箨，新梢才出墙。色侵书帙晚，阴过酒樽凉。雨洗涓涓净，风吹细细香。但令无剪伐，会见拂云长。

暮春归故山草堂   （唐）钱 起

谷口春残黄鸟稀，辛夷花尽杏花飞。始怜幽竹山窗下，不改春阴待我归。<small>诗人以春鸟春花的"改"（"稀"、"尽"、"飞"）来反衬翠竹的"不改"，即不改清阴的品格。</small>

和宣武令狐相公郡斋对新竹　　（唐）刘禹锡

新竹翛翛<small>读萧，平声。翛翛，象声词。</small>韵晓风，隔窗依砌尚蒙笼。数间素壁初开后，一段清光入座中。敧枕闲看知自适，含毫朗咏与谁同。此君<small>竹的代称。语出《晋书·王徽之传》，"（徽之）指竹曰：'不可一日无此君。'"</small>若欲长相见，政事堂东有旧丛。

清水驿丛竹天水赵云余手种一十二茎
（唐）柳宗元

檐下疏篁十二茎，襄阳从事<small>即天水赵也。</small>寄幽情。只应更使伶伦见，写尽雌雄双凤鸣。<small>《汉书·律历志》：黄帝使伶伦取竹嶰谷，制十二箭，以听凤之鸣。其雄鸣为六，其雌鸣亦六。</small>

竹　　（唐）李贺

入水文光动，抽空绿影春。露华生笋径，苔色拂霜根。织可承香汗，裁堪钓锦鳞。三梁曾入用，<small>三梁，古代冠名。以竹为衬里，有一梁至五梁之分。三梁公侯所服，二梁卿大夫、尚书、博士以下一梁。</small>一节奉王孙。

昌谷北园新笋四首　　(唐)李 贺

箨落长竿削玉开,君看母笋是龙材。更容一夜抽千尺,别却池园数寸泥。

斫取青光写《楚辞》,腻香春粉黑离离。无情有恨何人见,露压烟啼千万枝。

(明)杨慎:陆鲁望《白莲》诗云"素蘤多蒙别艳欺,此花端合在瑶池。无情有恨何人见?月晓风清欲堕时",观东坡与子帖,则此诗之妙自见。然陆此诗祖李长吉。长吉咏竹云"斫取青光写楚辞,腻香春粉黑离离。无情有恨何人见?露压烟笼千万枝",或疑"无情有恨"不可咏竹,非也。竹亦自妩媚。孟东野诗云"竹婵娟,笼晓烟",左太冲《吴都赋》咏竹云"婵娟檀栾,玉润碧鲜",合而观之,始知长吉之诗之工也。○杜子美《竹》诗"雨洗娟娟净,风吹细细香"。李长吉《新笋》诗"斫取青光写楚辞,腻香春粉黑离离",又昌谷诗"竹香满凄寂,粉节涂生翠",竹亦有香,细细嗅之乃知。——《升庵诗话》

(明)周珽:乃知"露压烟啼",为斫写楚辞,则恨从情生。谁谓竹终物也,花草竹木,终无情物也?但不比有情者,能使人可得见耳。此咏物入化境者。"黑离离"含斑意,盖竹亦自妩媚;"情恨"之语,善于描景。——《唐诗选脉会通评林》

家泉石眼两三茎,晓看阴根紫脉生。今年水曲春沙上,笛管新篁拔玉青。

古竹老梢惹碧云,茂陵归卧叹清贫。风吹千亩迎雨啸,鸟重一枝入酒樽。

题刘秀才新竹　　（唐）杜　牧

数茎幽玉色，晓夕翠烟分。声破寒窗梦，根穿绿藓纹。渐笼当槛日，欲碍入帘云。不是山阴客，何人爱此君。

初食笋呈座中　　（唐）李商隐

嫩箨香苞初出林，於陵论价重如金。《高士传》："陈仲子居於陵，自谓於陵仲子……楚王闻其贤，欲以为相……仲子入谓妻，妻曰：'……今以容膝之安，一肉之味，而怀楚国之忧，乱世多害，恐先生不保命也……'遂相与逃去，为人灌园。"皇都陆海陆海谓陆地海中所产之物。应无数，忍剪凌云一寸心。

（清）贺裳：义山又有《食笋呈座中》诗"皇都陆海应无数，忍剪凌云一寸心"，《蜀桐》诗"枉教紫凤无栖处，研作秋琴弹《广陵》"，亦即《乱石》意，但以不使事，故语亮然。《食笋》诗感慨已尽于言内。——《载酒园诗话》

（清）屈复：皇都之剪食无数，谁惜此凌云一寸心乎？流落长安者可痛苦也。——《玉溪生诗意》

奉和袭美闻开元寺开笋园，寄章上人
（唐）陆龟蒙

春龙挐地养檀栾，形容竹的秀美。语出枚乘《菟园赋》。况是双林双林为释迦牟尼涅槃处，借指佛寺。雨后看。迸出似毫当垤，读聂谍，皆入声。小山丘。孤生如恨倚栏干。凌虚势欲齐金刹，折赠光宜照玉盘。更得锦苞零落后，粉环高下捆烟寒。捆读局，入声。抬土称捆。见《左传》。

咏　竹 　　（唐）唐彦谦

醉卧凉阴沁骨清，石床冰簟梦难成。月明午夜生虚籁，误听风声是雨声。

竹 　　（唐）罗邺

翠叶才分细细枝，清阴犹未上阶墀。蕙兰虽许相依日，桃李还应笑后时。抱节不为霜霰改，成林终与凤凰期。渭滨若更征贤相，好作渔竿系钓丝。

官舍竹 　　（北宋）王禹偁

谁种萧萧数百竿？伴吟偏称作闲官。不随夭艳争春色，独守孤贞待岁寒。声拂琴床生雅趣，影侵棋局助清欢。明年纵便量移官员因罪远谪，遇赦酌情调迁近处就职，称量移。去，犹得今冬雪里看。王禹偁因遭小人之谤，解知制诰职，贬为商州团练副使。此诗在商州任上作。其平生爱竹，写了不少咏竹诗以及散文名篇，如《黄冈竹楼记》。

玉楼春·笋　　（北宋）钱惟演

锦箨参差朱槛曲，露濯文犀和粉绿。未容浓翠伴桃红，已许纤枝留凤宿。　　嫩似春荑明似玉，一寸芳心谁管束。劝君速吃莫踟蹰，看被南风吹作竹。宋人咏物词，当推此为最早之作.

望江南　　（北宋）王　琪

江南竹，清润绝尘埃。深径欲留双凤宿，后庭偏映小桃开。风月影徘徊。　　寒玉瘦，霜霰信相催。粉泪空流妆点在，羊车曾傍翠枝来。龙笛莫轻裁。

筼筜谷　　（北宋）文　同

千舆翠羽盖，万锜锜，兵器架。见张衡《西京赋》。绿沉枪。定有葛陂种，不知何处藏。

与舍弟华藏院此君亭咏竹　　（北宋）王安石

一径森然四座凉，残阴余韵去何长。人怜直节生来瘦，自许高材老更刚。曾与蒿藜同雨露，终随松柏到冰霜。烦君惜此根株在，欲乞伶伦学凤凰。

筼筜谷　　（北宋）苏 辙

谁言使君贫，已用谷量竹。盈谷万万竿，何曾一竿曲。

绿筠亭　　（北宋）苏 轼

爱竹能延客，求诗剩挂墙。风梢千纛_{读到，去声。古代军队或仪仗队的大旗。}乱，月影万夫长。谷鸟惊棋响，山蜂识酒香。只应陶靖节，会听北窗凉。

器之好谈禅，不喜游山，山中笋出，戏语器之可同参玉版长老，作此诗　　（北宋）苏 轼

丛林真百丈，_{《传灯录》："洪州怀海禅师住雄山，以居处岩峦峻极，故号三百丈。"}法嗣有横枝。_{《传灯录》："黄梅弘忍谓道信师曰：'莫是和尚他后横出一枝佛法否？'师曰：'善。'}不怕石头路，来参玉版禅。_{原注：玉版，横枝竹笋也。}聊凭柏树子，与问箨龙儿。瓦砾犹能说，_{《庄子》："道在瓦砾。"}此君那不知。"

竹　阁　　（北宋）苏 轼

海山兜率两茫然，古寺无人竹满轩。白鹤不留归

后语，苍龙犹是种时孙。两丛恰似萧郎笔，<small>白居易《萧悦画竹歌》："萧郎下笔独逼真，森森两丛十五茎。"</small>十亩空怀渭上村。<small>《史记·货殖传》："渭川千亩竹，其人与千户侯等。"</small>欲把新诗问遗像，<small>竹阁有白居易遗像。</small>病维摩诘更无言。

次韵刘贡父西省种竹　　（北宋）苏　轼

要知西掖承平事，记取刘郎种竹初。旧德终呼名字外，后生谁续笑谈余。成阴障日行当见，取笋供庖计已疏。白首林匡望天上，平安时报故人书。

前　题　　（北宋）孔文仲

西垣种竹满庭隅，正值天街小雨初。渐引凉风侵梦觉，已留清露滴吟余。卜邻近喜苍苔满，托迹方惊上苑疏。昨夜青藜光照席，绿阴相对草除书。

前　题　　（北宋）苏　辙

竹迷谁定知送否？趁取滂沱好雨初。栽向凤池吹律处，从芸阁杀青余。迎风一啸朝回早，弄月相差直宿疏。应怪籍咸林下客，相看不饮作除书。

前 题　　(北宋)孔武仲

此君安可一朝无,请看西园种竹初。嶰谷正当吹凤后,葛陂犹是化龙余。风摇梦枕秋声碎,月漏吟窗夜影疏。他日如封管城子,莫缘老秃不中书。

题竹尊者轩　　(北宋)黄庭坚

平生脊骨硬如铁,听雨听风随宜说。百尺竿头放步行,更向脚跟参一节。《玄沙传》:"老和尚脚跟犹未点地。"参,领悟,琢磨。

种 竹　　(南宋)曾 几

近郊蕃竹树,手种满庭隅。余子不足数,此君何可无。风来当一笑,雪压要相扶。莫作封侯相,生来鄙木奴。

(元)方回:曾文清公名幾,号茶山。学山谷诗得三昧。此诗用"余子不足数"以对"何可一日无此君",乃真竹诗。盖斡旋变化之妙。"风来当一笑",曲尽竹态。"雪压要相扶"亦奇句也。尾句"鄙木奴"事,用得尤佳。公三子,逢、迅、逮,世其学。父子自相酬和,公再和有"直不要人扶",劲健特甚。而用两"奴"字韵,皆不苟。一曰"傍舍连高柳,何堪与作奴";一曰:"只欠江梅树,君应婿玉奴",又谓竹可为梅之婿,超异神俊,不可复加矣。公之婿,东莱吕成公之父大器也;门人陆放翁

也。——《瀛奎律髓汇评》

（清）冯舒：俱宋人鬼窟活计。——同上

（清）纪昀：虚谷云"公之婿，东莱吕成公之父大器也；门人陆放翁也"。牵引支忧，总是门户之见。○渭川千亩竹与千户侯等，用来不错，冯抹之未是。——同上

（清）冯班：七句不稳，结句凑。——同上

（清）查慎行：五句"笑"疑当作"啸"，东坡有"风来竹自啸"之句。——同上

（清）许印芳："来"字复。——同上

食　笋　　（南宋）曾 几

花事阑珊竹事初，一番风味殿春蔬。龙蛇戢戢风雷后，虎豹斑斑雾雨余。但使此君常有子，不忧每食叹无鱼。丁宁下番须留取，障日遮风却要渠。

竹　　（南宋）陈与义

高枝已约风为友，密叶能留雪作花。昨夜嫦娥更潇洒，又携疏影过窗纱。

从宗伟乞冬笋山药　　（南宋）范成大

竹坞拨沙犀头锐，药畦粘土玉肌丰。里芽束缊能分似，政及莱芜甑釜空。

墨竹扇头　　(金)元好问

嫩香新粉玉交加,小笔风流自一家。只欠雪溪王处士,醉来肝肺出枯槎。

题李仲宾野竹图　　(元)赵孟𫗦

偃蹇高人意气,萧疏旷士风。无心上霄汉,混迹向蒿蓬。

子昂画竹　　(元)虞集

高崖数竹凌风雨,老可当年每画之。修影自怜流水远,虚心如待出云时。纵横鸿爪留沙碛,宛转鹅群向墨池。百世湖州仍见此,故知王子善参差。

题兰竹石　　(清)郑燮

日日临池把墨研,何曾粉黛去争妍。要如画法通书法,兰竹如同草隶然。

潍县署中画竹,呈年伯包大中丞括　　(清)郑燮

衙斋卧听萧萧竹,疑是民间疾苦声。些小吾曹州

县史，一枝一叶总关情。

予告归里，画竹别潍县绅士民　　（清）郑　燮

乌纱掷去不为官，囊橐萧萧两袖寒。写取一枝清瘦竹，秋风江上作鱼竿。

题　　画　　（清）戴　熙

梦里模糊记，将身化绿筼。起看窗上影，却是梦中身。绿雾迷天暗，苍烟幂野平。潇湘今夜雨，应有佩环声。兀兀常离俗，超超迥出群。一生惟尚直，不觉已干云。

和人笋腊　　（清）吴颖芳

幽稚经烹炙，储藏可判年。龙胎生蜕骨，玉版死心禅。枯槁为谁好？腥膻觉汝贤。回头看同队，一一上云烟。

题竹圃图二首　　（清）王宗炎

百尺楼边五亩园，梅花结子竹生孙。此中合与幽

307

人住,香到芹泥绿到门。

五十年来鬓已丝,天街尘染碧衫缁。头衔写入农书里,不枉人称老画师。

六、杨　柳

咏　柳　　(唐)贺知章

碧玉妆成一树高,万条垂下绿丝绦。不知细叶谁裁出,二月春风似剪刀。

(明)钟惺:奇露语,开却中晚。——《唐诗归》
(清)黄周星:尖巧语,却非由雕琢而得。——《唐诗快》
(清)黄敬灿:赋物入妙,语意温柔。——《唐诗笺注》

柳　边　　(唐)杜　甫

只道梅花发,谁知柳亦新。枝枝总到地,叶叶自开春。紫燕时翻异,黄鹂不露身。汉南应老尽,霸上远愁人。

折杨柳　　（唐）杨巨源

水边杨柳曲尘丝，立马烦君折一枝。惟有春风最相惜，殷勤更向手中吹。

（宋）谢枋得：杨柳已折，生意何在？春风披拂如有殷勤爱惜之心焉，此无情似有情也。仁人君子常以天地生物之心为心，兴哀于无用之地，垂德于不报之所，与春风吹断柳何异！——《唐人绝句精华》

（清）吴昌祺：柳如烟丝，折以赠别，而春风吹拂，更是有情：此就题翻意法。——《删订唐诗解》

题　柳　　（唐）温庭筠

杨柳千条拂面丝，绿烟金穗不胜吹。香随静婉歌尘起，影伴娇娆舞袖垂。羌管一声何处笛，流莺百啭最高枝。千门九陌花如雪，飞过宫墙两不知。

柳　　（唐）杜　牧

数树新开翠影齐，倚风情态被春迷。依依故国樊川恨，半掩村桥半拂溪。

柳　　（唐）杜　牧

日落水流西复东，春光不尽柳无穷。巫娥庙里低

含雨,宋玉宅前斜带风。莫将榆荚共争翠,深感杏花相映红。灞上汉南千万树,<small>庾信赋:"昔年种柳,依依汉南,今看摇落,凄凄江潭。树犹如此,人何以堪。"</small>几人游宦别离中。<small>"日落水流西复东"是"春光不尽";"巫娥"和"宋玉"两句是柳无穷。又别是一样章法。</small>

(清)金人瑞:此诗乃先生以第一净眼,看尽一切众生于生死海中头出头没,浩无尽止,故借柳以发之也。"春光不尽",言世界无有了期;"柳何穷",言便是烦恼无有了期也。"巫娥庙里"、"宋玉宅前",言一切众生,牛猪狗猴,无数战场;"低含雨"、"斜带风",言一切众生,恩怨哭笑,无数丑态也(前四句下)!○此后解乃忽作微语以切讽之,犹言一切世间,则我知之矣。五,言争者是钱;六,言爱者是色;七、八,言奔走如鹜者是游宦。古今人不甚相远,便至万世而下,想亦只须先生此诗,便判尽之也(后四句下)。——《贯华堂选批唐才子诗》

赠　柳　　(唐)李商隐

章台从掩映,郢路更参差。见说风流极,来当婀娜时。桥回行欲断,堤远意相随。忍放花如雪,青楼扑酒旗。

柳　　(唐)李商隐

动春无限叶,撼晓几多枝。解有相思苦,应无不舞时。絮飞藏皓蝶,带弱露黄鹂。倾国宜通体,谁来独赏眉。

谑　柳　　（唐）李商隐

已带黄金缕，仍飞白玉花。长时须拂马，密处少藏鸦。眉细从他敛，腰轻莫自斜。玳梁谁道好，偏拟映卢家。卢家少妇郁金堂，海燕双栖玳瑁梁。

垂　柳　　（唐）李商隐

娉婷小苑中，婀娜曲池东。朝佩皆垂地，仙衣尽带风。七贤宁占竹，三品且饶松。肠断灵和殿，先皇玉座空。白乐天诗："九龙潭月落杯酒，三品松风飘管弦。"

垂　柳　　（唐）李商隐

垂柳碧鬅茸，楼昏雨带容。思量成昼梦，束久发春慵。梳洗凭张敞，乘骑笑稚恭。《晋书》："庾翼字稚恭。"碧虚随转笠，红烛近高春。怨目明秋水，愁眉淡远峰。小阑花尽蝶，静院醉醒蛩。旧作秦台凤，今为药店龙。宝奁抛掷久，一任景阳钟。

关门柳　　（唐）李商隐

永定河边一行柳，依依长发故年春。东来西去人

情薄，不为清阴减路尘。关，潼关也。说不为柳的清阴而减少奔走，不说迫于衣食而说"人情薄"，极婉曲有致。

柳 （唐）李商隐

为有桥边拂面香，何曾自敢占流光。后庭玉树承恩泽，不信年华有断肠。一、二，言生来自然芳洁，却不敢自矜才华。三、四若承上半直说，不知何以竟如此落托，则太直，故从对面落笔。说得意人不会相信失意人的愁苦。

离亭赋得折杨柳二首 （唐）李商隐

暂凭樽酒送无聊，莫损愁眉与细腰。但凭酒遣愁可矣，不必折杨柳。人世死前惟有别，重语拗转。春风争拟惜此"惜"字与第二句"损"字相呼应。长条。

含烟惹雾每依依，万绪千条拂落晖。为报行人休尽折，半留相送半迎归。即使折也莫折尽，留着一半迎接归来的人。

柳 （唐）李商隐

柳映江潭庾信《枯树赋》："昔年种柳，依依汉南，今看摇落，凄怆江潭。树犹如此，人何以堪。"底有情，望中频遣客心惊。巴雷隐隐千山外，梁简文帝（萧纲）《和湘东王阳云楼檐柳》诗："佳人有所望，车声非是雷。"

更作章台走马声。落句"更"字和上半相呼应,即不再抒写情绪,掉笔空际,但写声,写景,遥情远思,便自味之不尽。

(清)何焯:此亦思北归而未得也。○纪昀曰:深情忽触,不复在迹象之间。——《李义山诗集辑评》

(清)姚培谦:此春去夏来之景。"巴雷隐隐",非复"章台走马"之时,悲在"更作"二字。——《李义山诗集笺注》

(清)屈复:客心思乡,望江潭柳色已自心惊,况"巴雷隐隐"更作"章台走马"之声乎?——《玉溪生诗意》

(清)冯浩:走马章台,乃官于京师者也。今雷在巴山,声偏相类,益惊远客之心矣。意曲而挚。——《玉溪生诗集笺注》

(清)姜炳璋:言旅况难堪也。○义山绝句,多推进一层法。——《选玉溪生诗补说》

柳　　(唐)李商隐

曾逐东风拂舞筵,乐游春苑断肠天。二句回溯少年及第时的春风得意。唐人诗中的"断肠"往往即今俗语"多可爱"之意。如李白《古风》"天津三月时,千门桃与李。朝为断肠花,暮逐东流水。"李商隐《赠歌妓二首》"断肠声里唱阳关",亦是此义。**如何肯到清秋日**,慨叹如今的坎坷憔悴。"如何肯到"四字极悲怆、沉痛。**已带斜阳又带蝉。**蝉声和斜阳借比自身的忧伤、悲抑。

(明)杨慎:庐陵陈模《诗话》云,前日春风舞筵,何其富盛;今日斜阳蝉声,何其凄凉,不如望秋先零也!形容先荣后悴之意。——《升庵诗话》

(清)屈复:玩"曾拂"、"肯到"、"既"、"又"等字,诗意甚明。晚节文疏,有托而言,非徒咏柳也。识者详之。——《玉溪生诗意》

313

柳 （唐）李商隐

江南江北雪初消，漠漠轻黄惹嫩条。灞岸已攀行客手，楚宫先骋舞姬腰。清明带雨临官道，晚日含风拂野桥。如线如丝正牵恨，王孙归路一何遥。

冬 柳 （唐）陆龟蒙

柳汀斜对野人窗，零落衰条傍晓江。正是霜风飘断处，寒鸥惊起一双双。

柳 （唐）罗 隐

灞岸晴来送别频，相偎相倚不胜春。自家飞絮犹无定，争把长条绊得人。

垂 柳 （唐）唐彦谦

惹绊风光别有情，世间谁敢斗轻盈。楚王江畔无端种，饿损宫娥学不成。

柳 （唐）唐彦谦

春思春愁一万枝，远村遥岸寄相思。西园有雨和苔长，南内无人拂槛垂。游客寂寥缄远恨，暮莺啼叫惜芳时。晚来飞絮如霜鬓，恐为多情管别离。

（清）胡以梅：通篇以"春思春愁"为章本。——《唐诗贯珠》

（清）赵臣瑗：此咏柳之作，通首纯写结句中"多情"二字。"一万枝"举成数也。言此一万枝柳，枝枝足以动人之春思，枝枝足以动人之春愁也。"寄相思"不过是上句注脚。"远村遥岸"虚写，"西园"、"南内"实写，非有两层。"和苔长"、"拂槛垂"，柳之多情如此，无论"有雨"、"无人"，而其春思、春愁，何往不在耶？五六衬贴法。客缄远恨，亦缄其情；莺惜芳时，亦惜其情，非有他也。七八结出本旨。晚，迟暮之意，言多情则易老，又故插"霜鬓"字，以见己之多情与柳相似。——《山满楼笺注唐诗七言律》

木兰花令　　（北宋）王 观

铜陀陌上铜陀街在洛阳城南，与城西之金谷园都是人们游乐的胜地。骆宾王诗云："铜陀路上柳千条，金谷园中花几色。"新正后，新正，为新春正月。第一风流除是柳。勾牵春事不如梅，断送离人强似酒。　　东君有意偏揾就，惯得腰肢真个瘦。阿谁道你不思量，因甚眉头长恁皱。

望江南　　（北宋）王 琪

江南柳，烟穗拂人轻。愁黛空长描不似，舞腰虽瘦学难成。天意与风情。　　攀折处，离恨几时平。已纵柔条萦客棹，更飞狂絮扑旗亭。三月乱莺声。

咏 柳　　（南宋）王十朋

　　东君于此最钟情，妆点村村入画屏。向我无言眉自展，与人非故眼犹青。萦牵别恨丝千尺，断送春光絮一庭。叶底黄鹂音更好，隔溪烟雨醉时听。

一剪梅·咏柳　　（明）夏完淳

　　无限伤心夕照中。故国凄凉，剩粉余红。金沟御水自西东，昨岁陈宫，今岁隋宫。　　往事思量一响空。飞絮无情，依旧烟笼。长条短叶翠蒙蒙，才过西风，又过东风。

秋 柳　　（明）高 启

　　欲挽长条已不堪，都门无复旧毵毵。此时愁杀桓司马，用桓温事。见《世说新语·言语》。暮雨秋风满汉南。庾信《枯树赋》："昔年种柳，依依汉南。"

题沈朗倩石崖秋柳小景　　（清）钱谦益

　　刻露巉岩石骨愁，两株风柳曳残秋，分明一段荒寒景，今日钟山古石头。

和阮亭秋柳诗原韵四首　　（清）冒　襄

南浦西风合断魂,数枝清影立朱门。可知春去浑无迹,忽地霜来渐有痕。家世凄凉灵武殿,腰肢憔悴莫愁村。曲中旧侣如相忆,急管哀筝与细论。

红闺紫塞昼飞霜,顾影羞窥白玉塘。近日心情惟短笛,当年花絮已空箱。梦残舞榭还歌榭,泪落岐王与薛王。回首三春攀折苦,错教根种善和坊。

无复春城金缕衣,斑骓蹀躞是耶非。张郎街后人何处,白傅园中客已稀。誓作浮萍随水去,好从燕子背人飞。误传柳宿来天上,一堕风尘万事违。

台城隋苑总相怜,忆昔紫堤并拂烟。金屋流萤俱寂寞,玉关羁雁苦缠绵。十围种就知何代,千缕垂时已隔年。最恨健儿偏欲折,凉秋闻道又临边。钱仲联《梦苕盦诗话》:"渔洋《秋柳》,当时和者至众,散见于各家集中者已不多。巢民四首,寓感兴亡,略同原唱,神韵亦无多　。第三首似讽牧斋,柳宿指柳如是。渔洋亟推徐夜和作实逊冒作。"

题阮亭秋柳诗卷四首　　（清）徐　夜

闻道明湖集胜流,相从客馆似忘忧。一时感遇垂条木,千里惊逢落雁秋。诗写白门何句好,赋怜王粲

使心惆。谁人爱唱清江曲？春月为姿亦漫愁。自注：阮
亭好吟刘采春"清江一曲柳千条"之句。

若为愁病　眉端，金缕香消舞袖阑。绝塞无心随
入破，离亭何事上征鞍？谢娘老去风犹在，张尹归来
月已残。莫向白门歌此曲，萧萧乌起不胜寒。

悲哉为气只悲伊，同是风流楚所师。哀质往先惊
鬓发，柔情锁只剩腰肢。美人迟暮何嗟及！异代萧条
有怨思。日夕相看犹古道，汉家官树半无枝。

摇落江天倍黯然，隋堤鸦乱夕阳边。谁家楼角当
霜杵？几处关程送晚蝉。为计使人西去日，不堪流涕
北征年。孤生所寄今如此，苏武魂消汉使前。"为计使人
西去日，不堪流涕北征年"，似伤左懋第使清不屈节而死，与渔洋"往日风流问枚叔，
梁园回首素心违"之讽侯方域者，一褒一贬，异曲同工。

秋　柳　　　（清）曹溶

灞陵原上百花残，堤柳无枝感万端。攀折竟随宾
御尽，萧疏转觉道途寒。月斜楼角藏乌起，霜落河桥
驻马看。正值使臣西去日，西风别泪望长安。

咏秋柳　　（清）纪映淮(女)

栖鸦流水点秋光，爱此萧疏树几行。不与行人绾

离别，赋成谢女雪飞香。 王士禛《渔阳诗话》："余辛丑客秦淮，作杂诗二十首，多言旧院时事。内一篇云：'十里清淮水蔚蓝，板桥斜日柳毵毵。栖鸦流水空萧瑟，不见题诗纪阿男。'阿男名映淮，诗人伯紫（映钟）之妹也。幼有诗云：'栖鸦流水点秋光。'后适莒州杜氏，以节闻。伯紫与余书云：'公诗即史，乃以青灯白发之孝妇与莫愁、桃叶同列，后人其谓之乎？'余谢之。后入为仪郎，乃力主覆疏，旌其闻。笑曰：'聊以忏悔少年绮语之过。'"

杨柳二首 　　（清）柳如是（女）

不见长条见短枝，止缘幽恨减芳时。年来几度丝千尺，引得丝长易别离。

玉阶鸾镜总春吹，绣影旎迷香影迟。忆得临风大垂手，销魂原是管相思。

金明池·寒柳 　　（清）柳如是（女）

有恨寒潮，无情残照，正是萧萧南浦。南浦为送别之处。江淹《别赋》："送君南浦，伤如之何。"更吹起，霜条孤影，还记得，旧时飞絮。况晚来、烟浪斜阳，见行客、特地瘦腰如舞。总一种凄凉，十分憔悴，尚有燕台佳句。　　春日酿成秋日雨。念畴昔风流，暗伤如许。纵饶有、绕堤画舸，冷落尽、水云犹故。忆从前、一点东风，几隔着重帘，眉儿愁苦。待约个梅魂，黄昏月淡，与伊深怜低语。

秋柳四首和王贻上韵（录二首） （清）陈维崧

尽日邮亭挽客衣，风流放诞是耶非。将军营里年光晚，京兆街前信息稀。愁黛忍令秋水见，柔条任与夜乌飞。舞腰女伴如相忆，为报飘零愿已违。

鹅黄搓就便相怜，记得金城几树烟。未到阿那先簁簌，簁簌读鹿速，皆入声。下垂貌。任为抛掷也缠绵。由来春好惟三月，待得花开又一年。此日秋山太迢递，株株摇落画楼边。袁枚《随园诗话》："咏物已难，而和前人之韵则更难。近惟陈其年之和王新城《秋柳》，奇丽川方伯之和高青丘《梅花》，能不袭旧语，而自出新裁。"陈云云，又云："似尔陌头还拂地，有人楼上怕开箱。"俱妙。

题石谷柳 （清）恽 格

何处青青杨叶开，春风不入旧楼台。桃花九陌无车马，紫燕还从社日来。

和题沈朗倩石崖秋柳小景 （清）王士禛

宫柳烟含六代愁，丝丝畏见冶城秋。无情画里逢摇落，一夜西风满石头。

赵北口见秋柳二首　　（清）王士禛

十二年前乍到时，板桥一曲柳千丝。而今满目金城感，不见柔条宛地垂。

六载隋堤送客骖，树犹如此我何堪！销魂桥上重相见，一树依依似汉南。

秋柳四首

自序云：昔江南王子，感落叶以兴悲；金城司马，攀长条而陨涕。仆本恨人，性多感慨。寄情杨柳，同《小雅》之仆夫；致托悲秋，望湘皋之远者。偶成四什，以示同人，为我和之。顺治丁酉秋日北渚亭书。○王士禛《菜根诗集序》云："顺治丁酉秋，予客济南，时正秋赋，诸名士云集明湖。一日，会饮水面亭，亭下杨柳十余株，披拂水际，绰约近人，叶始微黄，乍染秋色，若有摇落之意。予怅怅然有感，赋诗四章，一时和者十人。又三年，予至广陵，则四诗流传已久，大江南北，和者益众。于是《秋柳社诗》为艺苑口实矣。

（清）王士禛

秋来何处最销魂？极度伤感。残照日已西下。西风秋风。白下门。唐代称南京为白下县，后改名南京。为什么南京最销魂？一、南京杨柳最著名。李白《乐府诗》："何处最关心，乌啼白门柳。"《古乐府》："暂出白门前，杨柳正藏鸦。"（清）赵翼《金陵》："不到金陵二十年，白门杨柳正依然。"二、南京为六朝（吴、东晋、宋、齐、梁、陈）故都，而且兴亡相继。三、明太祖开国定都南京，后迁北京。至明末李自成攻破北京，崇祯自杀，宗室朱由崧逃到南京称帝，第二年又被清兵攻破。所以南京最伤感、最销魂。○开头二句已暗藏"柳"字。而"西风"二字，李白"西风残照，汉家宫阙"，又有故国之思。用事不露痕迹。他日差池《诗经》："燕燕于飞，差池其羽。"差池，不整齐貌。春燕影，春天，燕子在穿柳条自由地飞来飞去。为什么说"他日"？因为"秋柳"故云。只今憔悴晚烟痕。现在，又是秋天，又是黄昏。承第二句。三、四两句，一虚、一实。虚写过去的兴盛，

实写现在，西风，残照憔悴。**愁生陌上**王昌龄《闺怨》："闺中少妇不知愁，春日凝妆上翠楼。忽见陌头杨柳色，悔教夫婿觅封侯。"**黄骢曲**，黄骢是唐太宗的爱马，死后作《黄骢曲》哀悼。**梦远江南乌夜村**。晋穆帝后何淮女。生时群乌夜啼，因名其村为"乌夜村"，村在吴郡。乌鸦和杨柳关系十分密切。梦远，这样的梦已远，已不可能了。**莫听临风三弄笛，玉关哀怨总难论**。王之涣《出塞》："黄河远上白云间，一片孤城万仞山。羌笛何须怨杨柳，春风不度玉门关。"笛曲《折杨柳》是个哀怨的曲子。"总难论"是难以言说、没完没了的意思。

娟娟凉露欲为霜，"娟娟"为轻盈美好貌。《诗经·蒹葭》："蒹葭苍苍，白露为霜。"点出秋天特征。**万缕千条拂玉塘**。眼前之景。玉塘，池塘的美称。**浦里青荷中妇镜，**小水汇入大水处称浦。荷与镜见江从简《采莲词》："欲持荷作柱，荷弱不胜梁；欲持荷作镜，荷暗本无光。"讽刺梁代宰相何敬容无能，以"荷"影"何"。"中妇"出自陈后主《三妇艳词》："大妇上高楼，中妇荡莲舟，小妇独无事……**江干**江边。**黄竹女儿箱**。古乐府《黄竹子》："江干黄竹子，堪作女儿箱。"此二句是陪衬。从"青荷"与"黄竹"联想到漂亮的妇人与少女。意谓在南京再也看不到漂亮的妇女了，只有在江干的黄竹和浦里的青荷才想起了她们。**空怜板渚**板渚，地名。在今河南孟县。**隋堤水，**《隋书》："炀帝自板渚引河达于淮海，谓之御河，河畔值柳树，名曰隋堤。"**不见琅琊大道王**。原注：借用乐府语。《琅琊王歌》（共八首）："琅琊复琅琊，琅琊大道王。阳春二三月，单衫绣裲裆。" 裆，即背心——指贵族少年。此二句说从前的艳丽妇女和贵族弟子皆已成过去。**若过洛阳风景地，含情重问永丰坊**。永丰坊为洛阳街坊名，用的是白居易的诗意。白有二歌伎，所谓"樱桃樊素口，杨柳小蛮腰"。白年老而小蛮方丰艳，乃作《杨柳》诗曰："一树春风千万枝，嫩于金色软于丝。永丰西角荒园里，尽日无人属阿谁？"末二句有物是人非，风景无主之感。以洛阳比南京，地位相同。西汉都长安，东汉都洛阳。

东风作絮糁读伞，上声。洒落也。杜甫《漫兴》："糁径杨花铺白毡，点溪荷叶叠青钱。"**春衣，**春天的杨柳。**太息萧条景物非**。春柳与秋柳互相对照。**扶荔宫**汉武帝元鼎元年(前116)破南越,以所得奇花异草,起"扶荔宫"。**中花事尽,灵和殿里昔人稀**,刘宋时刘悛之为蜀州刺史,献蜀柳数株,枝条甚长,状若丝缕。武帝刘裕植于灵和殿前,尝赏玩,叹曰:此杨柳风流可爱,似张绪当年。**相逢南雁皆愁侣**,雁有二种比喻:一、鸿雁传书;二、流离失所的受难者,或身负创伤的弱者。陆龟蒙《雁》:"南北路何长,中间万弋张,不知烟雾里,几只到衡阳。"王士禛出生在明崇祯,明亡时只二十四岁,可以说是明遗民,其时之诸名士大约都是明遗民,可以这样理解。**好语西乌莫夜飞。**"西乌夜飞",乐府歌名。《古今乐录》云:"西乌夜飞者,宋元徽五年荆州刺史沈攸之所作也。攸之举兵发荆州东下,未败之前思归京师,所以歌曰:'白日落西山,还去来,折翅鸟,飞何处,被弹归。'"○诗人好语相劝,明遗民的不利处境,劝抗清活动会成为折翅之鸟。**往日风流问枚叔,梁园回首素心违**。《西京杂记》:梁孝王游忘忧之馆,集游士,各使为赋。枚乘字叔,作《柳赋》。梁孝王在汉全盛时期,所营的游乐坊称"梁园"或"梁苑"。○末二句言:往日的风流韵事,已随岁月的变迁,消失得无影无踪了。今日的聚会貌似梁园旧事,但事与愿违,反而招来无限愁思。

桃根桃叶镇相怜,《秦淮杂诗》王子敬(献之)有妾名桃叶,其妹名桃根。子敬送姊妹二人过渡,歌曰:"桃叶复桃叶,桃叶连桃根。相逢两乐事,独使我殷勤。"○"镇"长久也。六朝,唐人喜用此字。如唐太宗《咏烛》:"镇下千行泪,非是为思人。"褚亮:"莫言春科晚,自有镇开花。"**眺尽平芜欲化烟。**"平芜",平原的草地。同第一首"只今憔悴晓烟痕"同意。**秋色向人犹旖旎**,谓婀娜多姿也。犹"徐娘半老,风韵犹存"之意。**春闺曾与致缠绵**。秋天尚如此,春天则更美好了。是对过去全盛时的怀念、感慨。**新愁帝子悲今日**,帝子,魏文帝曹丕作《柳赋》序云:昔建安五年,上与袁绍战于官渡,时予始植杨柳,自彼迄今,十有五年矣,感物伤情,乃作斯赋。**旧事公孙忆往年。**《汉书·眭弘传》:上林苑中大柳树断枯卧地亦自立生,有虫食树叶成文字曰:"公孙病已立。"病已,孝宣帝字也。**记否青门珠络鼓**,用珠宝装饰的鼓。京都的东门称青门。《古乐府》:"七宝珠络鼓,教郎拍复拍。黄牛细犊儿,杨柳映松柏。"**松枝相映夕阳边**。过去繁华娱乐之地,一片凄凉。以上四诗,总的来说,

有以下特点。一、道出了明遗民普遍存在的失落感,引起了共鸣。可以说时代性极强。二、措辞比较含蓄,有一种神秘的朦胧感,可以作为凭吊故国解,可以作为感慨良辰易逝解,也可以作为叹息佳人沦落解。似是似非的朦胧感,却正是王士禛所主张的神韵派的特色。三、作为咏物诗的典型:不即不离,不粘不脱。四、活用典故。四首诗中,典故比比皆是,但用来却无痕迹。五、充满禅意和哲理。在盛衰对比中,用美丽的语言说出人生的忧伤感。即把人生的忧伤,用美丽的外衣包装起来成为一种迷人的、甜美的忧伤感。

卜算子·新柳　　(清)纳兰性德

娇软不胜垂,瘦怯那禁舞。多事年年二月风,翦出鹅黄缕。　　一种可怜生,落日和烟雨。苏小门前长短条,即渐迷行处。

临江仙·寒柳　　(清)纳兰性德

飞絮飞花何处是,层冰积雪摧残。疏疏一树五更寒。爱他明月好,憔悴也相关。　　最是繁丝摇落后,转教人忆春山。湔裙梦断续应难。西风多少恨,吹不散眉弯。

咏柳三首　　(清)徐昂发

为有春风怨玉箫,江南是处拂长条。多愁人嫁娉婷市,送远车回宛转桥。月影半沉烟幂幂,莺声不断雨萧萧。可怜张绪才名减，赢得风流似舞腰。

惹雾笼烟障碧纱，可怜长是占年华。渡头帆过千株乱，楼角风来一面斜。叶为多情曾似眼，絮缘无赖不成花。差池到得清秋后，莫道钱塘胜馆娃。

谁制新声赠别离？东风摇荡绿烟丝。铜陀陌上经秋折，玄武湖边尽日垂。歌辄奈何愁不见，树犹如此悔相思。德华旧曲传啰唝，试唱侬家杨柳枝。顾嗣立《寒厅诗话》云："大临《乙未亭集》，多咏物之作，如《咏柳》诗云云，丰神飘逸，千古绝调，即《樊南》、《金筌》无以过之。"

咏淮堤柳　　（清）金农

绿柳一枝红板桥，东风用力媚春朝。可怜种向淮堤上，不是低头便折腰。

题　柳　　（清）舒位

一丝杨柳一梭莺，费许天工织得成。已是春愁无片段，峭风犹作剪刀声。

冬　柳　　（清）赵函

徐娘老去太伶俜，剩有风情倚画屏。陡觉十眉全

失翠,不知双眼为谁青？前尘已悔成飞絮,后世休教
更化萍。屋角疏星如梦里,更凭羌笛一吹醒。

济南杂诗之四　　（清）张之洞

清波绿绕旧宫墙,流入牙城几曲长。秋柳萧疏空
照影,吟诗如赋鲁灵光。自注：山东巡抚署,为明济南王故宫,引济水
贯其中。王渔洋《秋柳》诗,为故王作也。

八月六日过灞桥口占　　（清）樊增祥

柳色黄于陌上尘,秋来长是翠眉颦。一弯月更黄
于柳,愁煞桥南系马人。谭嗣同《论艺绝句》："意思幽深节奏谐,朱弦
寥落久成灰。灞桥两岸萧萧柳,曾听贞元乐府来。"（自注云：新乐府工者,代不数
篇,盖取声繁促而情易径直,命意深曲而辞或啴缓,二难莫并,何以称世？……往见
灞桥旅壁,尘封隐然,若有墨迹,拂拭谛辨,其辞云云。读竟狂喜,以谓所见新乐府,
斯为第一。而惜未署名,不知谁氏,恨恨。）

摸鱼儿·秋柳　　（近代）王国维

问断肠、江南江北。年时如许春色。碧栏杆外无
边柳,舞落迟迟红日。沙岸直。又道是、连朝寒雨送
行客。烟笼数驿。剩今日天涯,衰条折尽,月落晓风
急。　　　金城路,金城为东晋时丹阳郡江乘县地名。《世说新语·言语》：
"桓公北征,经金城,见前为琅琊时所种柳皆已十围,慨然曰：'木犹如此,人何以

堪！'攀枝执条泫然流泪。"多少人间行役。当年风度曾识。北征司马今头白，惟有攀条沾臆。君莫折。君不见、舞衣寸寸填沟洫。细腰谁惜。算只有多情，昏鸦点点，攒聚集。张衡《西京赋》："费珍宝之玩好。"向断枝立。

七、其他树木

高　楠　　（唐）杜甫

楠树色冥冥，江边一盖青。近根开药圃，接叶制茅亭。落景阴犹合，微风韵可听。寻常绝醉困，卧此片时醒。

树　间　　（唐）杜甫

岑寂双柑树，婆娑一院香。交柯低几杖，垂实碍衣裳。满岁如松碧，同时待菊黄。几回沾叶露，乘月坐胡床。

甘　园　　（唐）杜甫

春日清江岸，千甘二顷园。青云羞叶密，白雪避

花繁。结子随边使,开筒近至尊。后于桃李熟,终得献金门。

除 架 瓜架也。《镜铨》:"亦公自伤零落之意。" （唐）杜 甫

束薪已零落,仇注:"束薪所以构架者。"瓠读互,去声,瓜也。若葫芦则读壶,平声。瓠落则读霍,入声。叶转萧疏。幸结白花了,《杜臆》:"瓠与瓜有别,瓜乃总名,瓠是开白花者。"宁辞青蔓除。秋虫声不去,《镜铨》:"喻穷交犹在。"暮雀意何如?喻势交已离。寒事今牢落,人生亦有初。《镜铨》:《诗经》"靡不有初,鲜克有终",言始盛终衰,即人生亦然。王阮亭云:天涯逐客,落暮穷途,不觉触物寄慨,以为讥刺则非。○仇沧柱曰:"唐人工于写景,杜诗善于摹意。'宁辞青蔓除'能代物揣分。'岂敢惜凋残'(杜甫《废畦》诗)能代物安命。不独《鹿》、《雁》诗善诉衷情也。"

荔 枝 （唐）戴叔伦

红颗真珠诚可爱,白须太守亦何痴。十年结子知谁在,自向中庭种荔枝。

答郑骑曹青橘绝句 （唐）韦应物

怜君卧病思新橘,试摘犹酸亦未黄。书后欲题三百颗,洞庭须待满林霜。王右军云:"奉橘三百枚,霜未降,未可多得。"

蒲　萄 （题张十一旅舍三咏之三）　　（唐）韩　愈

新茎未遍半犹枯，高架支离倒复扶。若欲满盘堆
马乳，原注：蜜本草葡萄有似马乳者。莫辞添竹引龙须。

柳州城西北隅种柑树　　　（唐）柳宗元

手种黄柑二百株，春来新叶遍城隅。方同楚客怜
嘉树，韩醇曰：《楚辞》："后皇嘉树，橘徕服兮。受命不迁，生南国兮。"王逸注云：
言皇天后土，生美橘树，异于众木。来服，习南土便其性也。屈原自喻材德如橘树
亦异于众也。不学荆州利木奴。孙汝昕曰："襄阳李衡种甘橘千株。"临
死，敕儿曰："汝母恶我治家，故穷。然吾州有千头木奴，岁止一匹绢，亦可足用耳。"
几岁花开闻喷雪，何人摘实见垂珠。若教坐待成林
日，滋味还堪养老夫。

（元）方回："后皇嘉树"，屈原语也，摘出二字以对"木奴"奇甚。终
篇字字缜密。——《瀛奎律髓汇评》

（清）许印芳："皇树"、"木奴"，小巧之句，何足称奇？——同上

（清）纪昀：语亦清切，惟格不高耳。——同上

（清）何焯：结句正见北归无复望矣。悲咽以谐传之。——《义门读
书记》

蜀　桐　　（唐）李商隐

玉垒高桐拂玉绳，上含霏雾下含冰。枉教紫凤无
栖处，斫作秋琴弹坏陵。《琴操》："十二曰坏陵操，伯牙所作。"

袭美以春橘见惠，兼之雅篇，因次韵酬谢

（唐）陆龟蒙

到春犹作九秋鲜，应是亲封白帝烟。良玉有浆须让味，明珠无类_{缺点，毛病}亦羞圆。堪居汉苑霜梨上，合在仙家火枣前。珍重更过三十子，_{王僧辩尝为荆南，得橘一蒂三十子以献梁元帝。}不堪分付野人边。

和袭美扬州看辛夷花次韵　　（唐）陆龟蒙

柳疏梅堕少春丛，天遣花神别致功。高处朵稀难避日，动时枝弱易为风。堪将乱蕊添云肆，若得千株便雪宫。不待群芳应有意，等闲桃杏即争红。

橄　榄　　（北宋）王禹偁

南方多果实，橄榄称珍奇。北人将就酒，食之先颦眉。皮核苦且涩，历口复弃遗。良久有回味，始觉甘如饴。

浪淘沙　　（北宋）欧阳修

五岭_{即大庾岭}。麦秋残，荔子初丹，绛纱囊里水晶丸。

可惜天教生处远，不近长安。　　往事忆开元，妃子杨贵妃偏怜。爱也。一从魂散马嵬关。即马嵬驿，在今陕西兴平西。嵬读巍，平声。只有红尘无驿使，满眼骊山。在陕西临潼，有华清宫故址。

　　（清）冯金伯：诗余荔子之咏，作者既少，遂无擅长。独欧阳公《浪淘沙》一首，稍存感慨悲凉耳。——《词苑萃编》

枣　　（北宋）苏　轼

　　居人几番老，枣树未成槎。汝长才堪轴，吾归已及瓜。指瓜期，即归期。见《左传》。

食荔支二首并引　　（北宋）苏　轼

　　惠州太守东堂，祠故相陈文惠公（陈尧佐）。堂下有公手植荔支一株，郡人谓之将军树。今岁大熟，赏啖之余，下逮吏卒，其高不可致者，纵猿取之。

　　丞相祠堂下，将军大树旁。炎云骈火实，韩愈《游青龙寺》诗："炎云烧树火实骈。"瑞露酌天浆。烂紫垂先熟，高红挂远扬。分甘遍铃下，也到黑衣郎。猿也。

　　罗浮山下四时春，卢橘杨梅次第新。日啖荔支三百颗，不辞长作岭南人。王献之帖有"黄柑三百颗"语。韦应物诗："书后欲题三百颗，洞庭须待满林霜。"

橄　榄　　（北宋）苏　轼

纷纷青子落红盐，《归叟诗话》："范景仁云：'橄榄木高大难采，以盐擦木身则实自落。'"正味森森苦且严。待得余甘回齿颊，已输崖密十分甜。

食　柑　　（北宋）苏　轼

一双罗帕未分珍，林下先尝愧逐臣。露叶霜枝剪寒碧，金盘玉指破芳辛。清泉籁籁先流齿，香雾霏霏欲噀读逊，去声。含在口中喷出。人。坐客殷勤为收子，千奴一掬奈吾贫。

（元）方回：原注"故事，赐近臣黄柑，以黄罗帕包之"。○读此诗便觉齿舌津液，不啻如望梅林也。——《瀛奎律髓汇评》

（清）冯舒：此老绝天恶气，山谷非其敌也。——同上

（清）查慎行：采之绿雾噀人，见六朝人谢赐柑启中，非臆说也。——同上

（清）张载华：补注"刘孝标《送橘启》：采之风味照座，譬之香雾噀人"。——同上

（清）纪昀：结句不佳。——同上

浣溪沙·咏橘　　（北宋）苏　轼

菊暗荷枯一夜霜，新苞绿叶沈约《园橘》诗："绿叶迎霜滋，朱

苞待霜润。"照林光。竹篱茅舍出青黄。　　香雾噀人惊半破，刘峻（字孝标）《送橘启》："采之风味照座，擘之香雾噀人。"清泉流齿怯初尝，吴姬三日手犹香。《文心雕龙·物色》云："写气图貌，既随物以宛转；属采附声，亦与心而徘徊。"先在题前落笔，下文便有余地发抒。皮日休《石榴歌》"蝉噪秋枝槐叶黄"同此手段。"菊暗荷枯"四字，是东坡《赠刘景文》诗"荷尽已无擎雨盖，菊残犹有傲霜枝"的概括。"一夜霜"经霜之后橘始黄而味愈美。○《楚辞·橘颂》："绿叶素荣，纷其可嘉兮。"沈约《橘》诗："绿叶迎露兹，朱苞待霜润。"东坡用"新苞绿叶"四字，何等自然。再以"照林光"描绘之，可谓得橘之神了。○作者《食柑》诗有"清泉欶欶先流齿，香雾霏霏欲噀人"之句，南宋曾幾更压缩成"流泉喷雾真宜酒"一语了。○词中"惊"字、"怯"字画出女子尝橘时的娇态。

减字木兰花·荔支　　　（北宋）苏　轼

闽溪珍献，过海云帆运输船队之多。来似箭。玉座金盘，不贡奇葩四百年。上片写贡荔支的历史。隋炀帝《海山记》载："大业中，闽地贡五种荔支。"（唐咸通七年即公元 866 年停贡。）　　　轻红酿白，雅称佳人纤手擘。骨细肌香，恰是当年十八娘。

福帅张渊道荔子　　　（南宋）曾　幾

岂无重碧实瓶罍，难得轻红荐一杯。千里人从闽岭出，三年公送荔枝来。玉为肌骨凉无汗，云作衣裳皱不开。莫讶关情向尤物，厌看绿李与杨梅。

（元）方回：茶山本题"石室送碧琳腴渊道送荔枝适至遂以荐酒"，诗格峭峻。茶山又有六言《荔子》诗云："红皱解罗襦处，清香开玉肌时"，

333

又云"蕉子定成唅伍,梅花应愧卢前",又云"金谷危楼魂断,白州旧井名传"。又有七言云"猩血染罗欣入手,冰肌饮露欲濡唇"。皆佳。——《瀛奎律髓汇评》

(清)冯舒:"冰肌饮露",则知"无汗"二字不妥。○"凉无汗"三字亦不足形容荔枝。——同上

(清)纪昀:五、六略可。——同上

荔　子　(南宋)曾　幾

异方风物鬓成斑,荔子尝新得破颜。兰蕙香浮襟解后,雪冰肤在酒酣间。绝知高韵倾瑶柱,未觉丰肌病玉环。似是看来终不近,寄声龙目尽追攀。

(清)冯舒:全是不食荔枝语。荔枝何尝白,白何足以尽之?——《瀛奎律髓汇评》

(清)查慎行:三用"罗襟既解,微闻香泽",四用"姑射仙人,肌肤若雪"。烹炼入化。——同上

(清)纪昀:此便高雅,在此卷诸诗中如鹤立鸡群。四句"在"字滞相。——同上

(清)许印芳:此诗五、六绝佳,原本前后有病,愚为易之。首句原本云"异方风物鬓成斑"。上四字与下三字气脉隔断,不成句法。四句"莹"字,原本"在"字,纪批云"在字滞相"。七、八原本云"似是看来都不近,寄声龙目尽追攀"。凑句趁韵,粗率太甚,易之则为完璧矣。首句易作"腐儒忧世鬓成斑",七、八易作"尤物旧曾供一笑,马嵬回首望骊山"。○"莹",去声。——同上

曾宏父分饷洞庭柑　　（南宋）曾　几

黄柑送似得尝新,坐我松江震泽滨。想见霜林三百颗,梦成罗帕一双珍。流泉喷雾真宜酒,带叶连枝绝可人。莫向君家樊素口,瓠犀微齚远山颦。

（元）方回:茶山自注:"东坡《柑》诗云:一双罗帕未分珍。林下先尝愧逐臣。以对'王子猷帖三百颗',可谓精切。此乃太湖洞庭山柑,非温柑、台柑、福柑、罗浮柑,正韦苏州所指者。"——《瀛奎律髓汇评》

（清）冯舒:句似可喜,然柑之酸者,非佳品也。——同上

（清）纪昀:"似"字不可解,恐误。（编者按:"似"即与也,给也。贾岛《剑客》诗"今日把似君,谁为不平事",有何不可解?）"梦成"二字无着。五、六粗野。——同上

温日观葡萄　　（南宋）邓文原

满筐圆实骊珠滑,入口甘香冰玉寒。若使文园知此渴,露华应不乞金盘。

题墨葡萄三首　　（明）徐　渭

半生落魄已成翁,独立书斋啸晚风。笔底明珠无处卖,闲抛闲掷野藤中。

几串明珠挂水清,醉来和墨扫涂成。当时何用相

如璧,始换西秦十五城。

砚石禾黍苦阑珊,何物朝昏给范丹。虽有明珠生笔底,谁知一颗不堪餐。

漆树叹　　(清)施闰章

斫取凝脂似泪珠,青柯才好叶先枯。一生膏血供人尽,涓滴还留自润无。

咏荔枝　　(清)许廷

丹荔年年玉碗新,镜中眉黛半含颦。可怜岭外红鹦鹉,犹说华清病齿人。

红豆诗　　(清)沈树本

摩诘新词唱未工,湘潭愁绝老伶工。廿年才结三生愿,红豆廿年一实。千里遥凭一点通。玉合拣来珠有晕,锦囊盛处泪初融。个人只在银屏底,揭起帘衣仗好风。

咏红豆　　(清)郑虎文

记取灵芸别后身,玉壶清泪血痕新。伤心略似燃于釜,绕宅何缘幻作人。一点红宜留玉臂,十分圆欲上樱唇。只嫌不及榴房子,空结团　未了因。

咏扶桑　　(清)李鼎元

甘同木槿争朝暮,不与祥桑管废兴。球地有花开四季,让他长占佛前灯。自注云:扶桑树叶与桑无异,可饲蚕,花而不甚,朝开暮落,一名佛桑。……单叶则大红一种,单者蕊高出瓣外寸许,如烛承盘状,故亦名照殿红。千叶者瓣作重台,蕊藏不见,谢时皆卷瓣如烛而后落,四时皆花,六月尤盛。

和木瓜诗　　(清)徐　庆

投赠云笺咏卫风,瑶环玖佩韵相同。香分水谷秋霜后,花落宣城春雨中。黛色裹瓢攒老绿,沙痕糁蒂变娇红。彩华写就凭谁寄,石罅灵蛇路可通。

（五）

花

卉

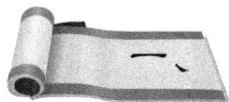

一、花　落花

应诏嘲司花女　（唐）虞世南

学画鸦黄半未成，垂肩蝉_{读朵，上声。下垂。}袖太憨生。缘憨却得君王惜，长把花枝傍辇行。《隋遗录》："炀帝幸江都，洛阳人献合蒂迎辇花。帝令御车女袁宝儿持之，号司花女。时诏世南草敕于帝侧。宝儿注视久之。帝曰：昔飞燕可掌上舞，今得儿，方昭前事，然多憨态，今注目于卿，卿可便嘲之。世南为绝句云。"

从岐王过杨氏别业应教_{赵殿成注："魏晋以来，人臣于文字间，有属和于天子曰应诏，于太子曰应令，于诸侯曰应教。"}　（唐）王　维

杨子谈经所，淮王载酒过。_{拜访。}兴阑啼鸟换，坐久落花多。径转回银烛，林开散玉珂。_{玉珂，马勒上的玉饰。此指从游者骑的马。}严城时未启，前路拥笙歌。

（宋）曾季狸：前人诗言落花，有思致者三。王维"兴阑啼鸟换，坐久落花多"，李嘉祐"细雨湿花看不见，闲花落地听无声"，荆公"细数落花因坐久，缓寻芳草得归迟"。——《艇斋诗话》

（明）胡应麟：审言"风光新柳报，宴赏落花催"，摩诘"兴阑啼鸟换，

坐久落花多"皆佳句也。然"报"与"催"字极精工,而意尽语中;"换"与"多"字觉散缓,而韵在言外。观此可以知初盛次第矣。——《诗薮》

（清）黄生：贵人出游,着不得寒俭语,然铺张太盛,又未免顾宾失主。此妙在过场处,只淡淡打发二语,而车骑笙歌之盛,却从归途写出,用笔之斟酌如此。——《增订唐诗摘钞》

（清）王士禛：晚唐人诗"风暖鸟声碎,日高花影重"、"晓来山鸟闹,雨过杏花稀",元人诗"布谷叫残雨,杏花开半村"皆佳句也。然总不如右丞"兴阑啼鸟换,坐久落花多",自然入妙。盛唐高不可及也。——《带经堂诗话》

落　花　　（唐）韩　愈

已分将身着地飞,那羞践踏损光晖。无端又被春风误,吹落西家不得归。鲍照诗："中庭五株桃,一株先作花。阳春二三月,从风簸荡落西家。"

玩半开花赠皇甫郎中　　（唐）白居易

勿讶春来晚,无嫌花发迟。人怜全盛日,我爱半开时。紫蜡粘为蒂,红苏点作蕤。成都新夹缬,夹缬,锦之别名。薛涛诗：夹缬笼裙绣地衣。梁汉碎燕脂。树杪真珠颗,墙头小女儿。浅深妆剥落,高下火参差。蝶戏争香朵,莺啼选稳枝。好教郎作伴,合共酒相随。醉玩无胜此,狂嘲更让谁？犹残少年兴,未似老人诗。西日凭轻照,东风莫煞吹。明朝应烂漫,后夜更离披。林下遥相忆,尊前暗有期。衔杯嚼蕊思,郭璞《游仙诗》："嚼蕊挹花泉。"惟我与君知。

江花落　　（唐）元　稹

日暮嘉陵江水东，梨花万片逐江风。江花无处最
肠断？半落江流半在空。

暮春对花　　（唐）崔　橹

病香无力被风欺，多在青苔少在枝。马上行人莫
回首，断君肠是欲残时。

落　花　　（唐）李商隐

高阁客竟去，逆折而入，先烘托出一种凄凉、寂寞的气氛。小园
花乱飞。"乱飞"二字是通篇眼目，下二句均从此发挥。参差连曲陌，
写低飞。迢递送斜晖。写高飞。肠断未忍扫，俯看近处。眼穿
仍欲稀。极目远处。言飞花越飘越少。芳心向春尽，春尽。所得
是沾衣。剩下来的只是沾在衣袂上的花瓣。此句语实双关，暗含堕泪意。无
限深情，低徊不尽。

（明）钟惺：落花如此起，无谓而有至情。——《唐诗归》
（清）陆次云：落花诗全无脂粉气，真是艳诗好手。——《五朝诗善
鸣集》
（清）何焯：起得超忽，连"落花"，看得有意，结亦双关。一结无限深

情,"得"字意外巧妙。——《李义山诗集辑评》

（清）顾安：客去凭栏,正无聊赖,风飘万点,不觉伤心。三、四写乱飞,并写高阁,亦得神理。——《唐律消夏录》

（清）屈复：人但知赏首句,赏结句者甚少。一、二乃倒叙法,故警策,若顺之,则平庸矣。首句如彩云从空而坠,令人茫然不知所为;结句如腊月二十三夜听唱"你若无心我便休",令人心死。——《唐诗成法》

又云:"芳心"紧承五、六,是进一步法。——《玉溪生诗意》

感 花 （唐）崔 涂

绣轭香鞯夜不归,少年争惜最红枝。东风一阵黄昏雨,又到繁华梦觉时。

（明）周珽：悟得透,说得彻,从梦觉关唤醒,顽石亦应点头。○人生荣辱盛衰,谁非尽在梦中? 尝读乐天《疑梦》诗,辄悟人懵懵尘世,皆不知觉耳。若此诗后二句,含意无穷;"又是"二字,见前此人未尝不觉,由未之悟也。因感花而惜及人事,思致超然。——《唐诗选脉会通评林》

惜 花 （五代）张 泌

蝶散莺啼尚数枝,日斜风定更离披。看多记得伤心事,金谷楼前委地时。

残 花 （五代）韦 庄

和烟和露雪离披,金蕊红须尚满枝。十日笙歌一宵梦，苎萝_{山名。在浙江诸暨市南，是西施的故乡。}因雨失西施。

叹落花　　（五代）韦　庄

一夜霏微_{迷蒙也。}露湿烟，晓来和泪丧蝉娟。_{姿态美好，同婵娟。}不随残雪埋芳草，尽逐香风上舞筵。西子去时遗笑靥，谢娥_{本指东晋谢安家伎，后亦泛指歌伎。}行处落金钿。飘红堕白堪惆怅，少别秾华又隔年。_{秾华满眼，相别又复一年。人生有几，能逢几度看花耶？}

（清）朱三锡：咏落花，不过写其随残雪，埋芳草，霏微露滴，飘红堕白等辞耳。不随残雪，又逐春风，反将落花写得异样有情；又以拟之西子遗笑靥，谢女落金钿，更将落花写得异样可爱。然写得愈有情愈觉伤心，愈可爱愈觉可怜。此唐人妙法，不可不学也。——《东岩草堂评订唐诗鼓吹》

鹊踏枝　　（五代）冯延巳

庭院深深深几许。杨柳堆烟，帘幕无重数。玉勒雕鞍游冶处，楼高不见章台路。　　雨横风狂三月暮。门掩黄昏，无计留春住。泪眼问花花不语，乱红飞过秋千去。_{"泪眼问花花不语，乱红飞过秋千去。"寓深于浅，把难以言传的心情化为可以感知的物象，娓娓道出，尤臻化境。前此，严恽《落花》有"尽日问花花不语，为谁零落为谁开"之句，温庭筠《惜春词》有"百舌问花花不语，低回似恨横塘雨"之句，盖为延巳所本，但不如此词韵味隽永。}

（清）王又华：因花而有泪，此一层意也；因泪而问花，此一层意也；花竟不语，此一层意也；不但不语，且又乱落，飞过秋千，此一层意也。人愈伤心，花愈恼人，语愈浅而意愈入，又绝无刻画费力之迹。然作者初非措意，直如化工生物，笋未出而苞节已具，非寸寸为之也。若光措意，便刻画愈深愈堕恶境矣。——《古今词论》

相见欢　　（五代）李　煜

林花谢了春红，太匆匆。无奈朝来寒雨晚来风。胭脂泪，杜甫《曲江对雨》："林花着雨胭脂湿。"留人醉。几时重？几时再留人醉？自是人生长恨水长东。

落　花　　（北宋）宋　庠

一夜春风拂苑墙，归来何处剩凄凉。汉皋佩冷临江失，金谷楼危到地香。泪脸补痕烦獭髓，舞台收影费鸾肠。南朝乐府休赓曲，桃叶桃根尽可伤。

（清）冯舒：真高真妙。——《瀛奎律髓汇评》

（清）冯班：此何以未入义山之室？试参之。○"昆体"名作。——同上

（清）查慎行：鸾鸟见镜而舞，第六炼句未工。——同上

（清）纪昀：二诗（指兄弟二人）凄艳有余，而风格近靡。冯氏持此种以压"江西"，未知此种之俗不可医也。○四句自好。○"费鸾肠"三字不妥。——同上

落　花　　　（北宋）宋　祁

坠素翻红各自伤,青楼烟雨忍相忘。将飞更作回风舞,已落犹成半面妆。<small>用梁元帝徐妃故事。见《南史·后妃传》。</small>沧海客归珠迸泪,章台人去骨遗香。可能无意传双蝶,尽付芳心与蜜房。

（元）方回:宋郊字伯庠,后改名庠,字伯序。皇祐宰相,谥元宪。弟祁,字子京。翰林学士,谥景文。夏英公竦守安州,兄弟以布衣游学席上,赋此二诗,英公以为有台辅器。后元宪状元,景文甲科同榜,天下以为二宋。其诗学李义山。杨文公亿集为《西昆酬唱集》,故谓之,"昆体"云。李义山《落花诗》"落时犹自舞,扫后更余香"亦妙,乃此诗三、四之祖。——《瀛奎律髓汇评》

（清）纪昀:三、四殊俗。〇结乃神似玉溪,余皆貌似也。——同上

和师厚接花　　　（北宋）黄庭坚

妙手从心得,接花如有神。根株穰下土,颜色洛阳春。雍<small>冉雍。孔子羌子。</small>也本犁子,仲由<small>子路,名仲由,孔子弟子。雍与仲由的变化见《史记·仲尼弟子列传》。</small>元鄙人。升堂与入室,只在一挥斤。

（元）方回:山谷最善用事,以孔门变化雍由譬接花,而缴以《庄子》挥斤语,此"江西"奇处。如《岁寒知松柏用彝字韵》,山谷曰"郑公扶正观,已不见封彝"。东坡亦和,终不及山谷之工也。曾文清、陆放翁、杨诚斋皆得此法。——《瀛奎律髓汇评》

（清）查慎行：山谷曰"郑公扶正观，已不见封彝"，此真岁寒松柏。○五、六稍嫌腐，不应以圣贤为谐。——同上

（清）纪昀：腐陋至极。二冯痛诋"江西"，此种实有以召之。虚谷以为善用事，僻谬甚矣。——同上

（清）冯舒：不成诗，极粗极恶。——同上

（清）冯班：拙丑。山谷最不善用事。——同上

（清）何焯：此诗固可厌，然读者似未喻。起句本作妙手从公得，山谷自言得句法于谢师厚，与接花同也。"根株穰下土"，时为叶县尉也。第五极可笑，归功妇翁，而不为严君地耶？——同上

浣溪沙·与客赏山茶，一朵忽堕地，戏作

（南宋）辛弃疾

酒面低迷翠被重，黄昏院落月朦胧。堕髻啼妆孙寿醉，泥秦宫。　　试问花留春几日，略无人管雨和风。瞥向绿珠楼下见，坠残红。

卜算子　　（南宋）刘克庄

片片蝶衣轻，点点猩红小。道是天公不惜花，百种千般巧。　　朝见树头繁，暮见树头少。道是天公果惜花，雨洗风吹了。

（明）卓人月："恨君不是月"，"恨君却是月"，同是转轮之手。——《古今词统》

（明）潘游龙：自序云"手植海棠甚开，风雨作祟，辄作小词二首"。

余谓二词极率易，正自难得，妙！妙！——《古今诗余醉》

（近代）吴世昌：此真寄托之上乘，较之"斫去桂婆娑，人道是清光更多"，更深一层。——《词林新话》

落　花　　（元）郝　经

彩云红雨暗长门，翡翠枝余萼绿痕。桃李东风蝴蝶梦，关山明月杜鹃魂。玉阑烟冷空千树，金谷香消谩一尊。狼藉满庭君莫扫，且留春色到黄昏。作者奉使入宋，被拘十六年而不屈其志。

卖花声　　（元）谢宗可

春光叫遍费千金，紫韵红腔细细吟。几处又惊游冶梦，谁家不动惜芳心？响穿红雾楼台晓，清逐香风巷陌深。妆镜美人听未了，绣帘低揭画檐阴。

落花诗十二首　　（清）归　庄

江南春老叹红稀，树底残英高下飞。燕蹴莺衔何太急！溷多茵少竟安归？阑干晓露芳条冷，池馆斜阳绿荫肥。静掩蓬门独惆怅，从他江草自菲菲。

花到春残不自持，无知岂解怨天时。临流易逐千

层浪,绕树难随百丈丝。色染砚池文士惜,影过妆镜美人悲。名园那便容萧瑟,剪彩无如此日宜。

融和天气转凄凉,冉冉纷纷舞欲狂。难向暮中依燕垒,惯来桥畔冒鱼梁。水红疑出茱萸沜_{沜通泮,读判,去声。水边崖岸也。}月白空临薜荔墙。醉罢赏筵犹未远,到今还把送行觞。

庭中野外乱飞翻,哀怨无穷总不言。带雨堕阶苔溅泪,随风贴水荇_{读杏,上声。多年生水生植物。}招魂。玉箫尽出新篁馆,画舫多移绿树村。时过不辞就消歇,尚余芳气在乾坤。

枝上黄莺渐露身,飞英历乱堕红尘。将随薜荔依山鬼,难共靡芜待美人。河北名园贪结子,武陵归棹欲迷津。香车宝马缘都尽,天赐幽人一锦茵。

开时参错落偏齐,红入池塘香入泥。长薄_{绵延的草木丛。语出《楚辞·招魂》。}烟疏蝴蝶散,空枝日瘦杜鹃啼。吴宫汉苑春何在?洛水巫云路已迷。最恨东皇收拾尽,不留一树缀山溪。

狂风发发振芳林,摇落伤残自不禁。乱舞终非入井态,翔空如见坠楼心。山头云雨一时散,天上金钿何处寻?化作春泥亦已矣,不堪堕在马蹄涔!

万树秾华无复存，飘零失所不须论。空中何处求遗种，散后元缘更庇根！佩玦临江愁帝子，珊瑚满路泣王孙。骚人羁客关情切，触目凄然有泪痕。

漫道春深节气柔，林端萧飒已如秋。故枝回首成生别，尘陌投身便死休。蝶翅蜂须为吊客，蜗涎蛛网任浮沤。画家写照词人咏，难把残香剩粉收。

乔林芳气已全消，棣萼微荣亦自飘。瓣堕遗书和泪拂，影来长枕作魂招。荒荒白日看归土，习习东风不返条。剩下蔚蒿元贱质，空劳梦里候花朝！

北堂久已失芳丛，又见阶前玉树空。仙魄徘徊难入月，蜕形摇曳只牵风。繁华何暇悲公子，惨淡惟应怆老翁。无可奈何白日卧，任他漂扬自西东。

山舍村庄花事阑，元来宫禁早凋残。御沟流出香全散，上苑飘来影更寒。物候定知凭气转，人情岂复与时安。明年青帝乘权乘权，利用权势。《汉书·刘向传》："夫乘权藉势之人。"日，万紫千红返旧观。自序云：落花之咏，昔称二宋，至成、弘之际，沈石田先生有《落花诗》三十首，同时吕太常、文待诏、徐迪功、唐解元皆有和作，率以十计；其后申相国、林山人辈唱和动数十篇，亦已穷态极致，竞美争奇，后有作者，殆难措乎。然诸公皆当盛时，推激风雅，鼓吹休明，落花虽复衰残之景，题咏多作秾丽之辞；即有感叹，不过风尘之况，憔悴之色而已。我生不辰，遭值多故，客非荆土，常动华实蔽野之思；身在江南，仍有大树飘零之感。以至风木痛绝，华萼悲

深，阶下芄兰，亦无遗种。一片初飞，有时溅泪；千林如扫，无限伤怀！是以摹写风情，刻画容态，前人诣极，嗣响为难；至于情感所寄，亦非诸公所有。无心学步，敢曰齐驱；借景抒情，情尽则止。得十二章，用贻同志。○吴伟业《评归庄落花诗》：流丽深雅，得寄托之旨，备体物之致。玄恭之诗，超诣无前，骎骎乎度越骅骝矣。○宋琬《评归庄落花诗》：前此赋落花者，以唐子畏为最，然佳句虽多，而失之纤缛，数篇以后，大抵相同。玄恭以磊落崎嵚之才，为婀娜旖旎之词，兴会所至，犹带英雄本色。此其所以确可传也。

落花诗又四首 前二首和马殿闻韵，后二首和孙子长韵。　　　　（清）归　庄

无复秾芳快冶游，踏香车马去如流。映帘鹦鹉争窥笼，点水鲦鱼不避钩。偏动美人迟暮感，平添客子别离愁。花神却喜春难管，还道人间胜玉沟。马诗落句云："可怜片片随流水，不得因风到御沟。"故用唐人句以反其意。

飞倦群莺树少花，春深今复数谁家。遍题方辍巨山笔，争赏初停杨氏车。看尽长安俱已寂，开残怀县亦空夸。纷纷狼藉无收拾，化作毫端五色霞。

春山淡冶景全非，无数风花舞翠微。覆屋却如金贝错，满蹊还似锦屏围。犹存余艳云为盖，不染残姿霓作衣。"霓"字从沈约读作入声。带露飘扬易粘物，好随高鸟薄天飞。

流光如水使人惊，瞥眼芳林尽落英。无复梦魂萦故苑，欲将词赋拟芜城。风流全让三眠柳，寂寞还怜

百转莺。荣落也知视时运，终猜风雨五更声。孙诗落句
云："道人未醒春来梦，莫问风声与雨声。"孙永祚《归庄落花诗跋》云：古今咏落花
者，动盈卷轴，亦既尽态极妍矣。元公别有标置。兴会所寄，憔悴婉笃，虽卫洗马之
言愁，江文通之赋恨，殆不是过！予昔亦有作，久尘泥涴，又得各句，赓其二章，神气
为之歘举，珠玉在侧，益增形秽耳。试于委红霏翠之下，吟咀一过，不啻花魂之《大
招》也。落花有知，当起作回风舞矣！

续落花诗　　　（清）王夫之

彩云歘倏读畜叔,皆入声。迅速也。散还休，款款萦萦倍
惹愁。嫩蝶攀援疑借蔻，狂蜂轻薄讵安榴。徒钻故纸
惟糟粕，欲扫伪书苦校雠。一洗青林烦夜雨，白蘋碧
杜亦芳洲。此诗作于1661年，作者曾于1648年在衡山举义兵抗清，失败后
投奔南明桂王。落花谓起义殉难之义士。彩云指落花，嫩蝶指被异族利用之人，狂
蜂指内部的吴党，楚党。榴者，刘也。按：作者诗集中计共有《正落花诗》十首，《续
落花诗》三十首，《广落花诗》三十首，《寄咏落花》十首，《落花诨体》十首，《补落花
诗》九首，共计九十九首。可见其对落花感受极深。

看花回，用周清真韵　　　（清）邹祗谟

寒香散雾初暖，轻尘灵洁。又见蜂忙莺懒，将恨
绮愁罗，游丝千结。绿窗人惜。小步和苔金缕滑。吹
散处，丝障重重，一春如梦风流绝。　　　何事与、勾云
倚月？随清赏、莫孤佳节。旧日徐娘姿态，只半面残
妆，轻蝉如发。赊晴买夜，一点春光休损折。五更风，
三月雨，惯作伤心别。

惜　花　　(清)姜宸英

一春强半是春愁,浅白长红付乱流。剩有垂杨吹不断,丝丝绾恨上高楼。

途中看花三首　　(清)方观承

数枝红艳困轻尘,陇后风前别有春。袖底飞英吹特地,似怜驴背有诗人。

女儿妆罢鬓　　,鬓底桃花一面酣。结伴前村携手去,每逢花处又重簪。

稽首茅庵古白华,道傍人献道傍花。慈云座下无多愿,每到花时婿在家。

率郡人种花　　(清)刘大观

锄云植嘉卉,人力助天工。此乐真吾有,分春与众同。暮烟生远水,樵唱散遥空。领得山中趣,横琴坐远风。

落花诗　　(清)舒　位

年年红阵战蜂分,七宝牙幡偃暮云。不倒除非钱

树子,迟开难舞郁金裙。空枝袅袅帘前立,小草萋萋
陌上熏。末路才人新寡妇,蔡文姬对卓文君。

减字木兰花　　（清）龚自珍

偶检丛纸中,得花瓣一包,纸背细书辛幼安"更能消几番
风雨"一阕（指辛弃疾《摸鱼儿》词）。乃是京师悯忠寺海棠花,
戊辰（嘉庆十三年,1808）暮春所戏为也,泫然得句。

人天无据,被侬留得香魂住。如梦如烟。枝上花
开又十年。　　　十年千里。<small>时间相隔十年与悯忠寺相距有千里。</small>
风痕雨点斓斑裹,莫怪怜他。身世依然是落花。

落花八首　　（清）文廷式

三月春光已路歧,夕阳欲下故迟迟。风云方起天
犹醉,荆棘当前人未知。华表鹤归犹仿佛,木门燕啄
自逶迤。曹公信有豪英概,为听胡笳赎蔡姬。

锦瑟凄凉不上弦,平芜漠漠总生烟。罗平谶起闻
妖鸟,蜀道魂归化杜鹃。愁绝更无天可寄,恨深才信
海能填。铜仙热泪消磨尽,况感西风落叶蝉。

高楼送客几沉吟,雨横风狂直至今。三月焚秦非

浩劫,千年思沛亦雄心。关门不限金微远,山色惟怜
玉垒深。叵耐玉人消息断,堆烟帘幕总沉沉。

翩然青鸟下瑶台,萧瑟蛾眉亦可哀。运去六龙成
代谢,年衰八骏可重回。灵和柳色朝朝变,玄武签声
夜夜催。早晚人间金碗出,昆明休问劫前灰。

转徵(读止,上声。古五音之一)。移宫调苦辛,徘徊重向曲
江滨。莫随流水终归海,尚有余香不绝尘。吴苑风光
看草长,楚骚哀怨有兰刜。一声幺凤临窗唱,愁绝青
门道上人。

驻颜无奈水千波,写恨聊凭墨十螺。结绮楼成吴
客至,阿房宫叠楚人过。神山樱蕊奇光吐,海外玫瑰
宝靥多。一样春光感摇落,南强北胜误人何!

鸟道鲸波莫问途,吴宫楚幕共巢乌。有情湖畔三
生石,无用楼东十斛珠。清暑殿边开菡萏,龙山会上
把茱萸。萧疏葵麦重来处,赢得刘郎一叹吁。

曾与松筠共岁寒,愁红怨紫不堪看。邯郸道上
无遗枕,神武门前早挂冠。月缺尚应怜顾兔,云深何
处觅青鸾?伤春感事浑如梦,便拟还山习大丹。钱仲
联《文廷式年谱》:"文道希先生遗诗《落花》八首,其中如'愁绝更无天可寄,恨深
才信海能填。铜仙热泪消磨尽,况感西风落叶蝉'、'有情湖畔三生石,无用楼东

十斛珠’、‘月缺尚应怜顾忌，云深何处觅青鸾’等句，亦吊珍妃而作，并慨庚子年事。”

贺新郎　　（清）文廷式

别拟西洲曲。有佳人、高楼窈窕，靓妆幽独。楼上春云千万叠，楼底春波如縠。梳洗罢、卷帘游目。采采芙蓉愁日暮，又天涯、芳草江南绿。看对对，文鸳浴。　　侍儿料理裙腰幅。道带围、近日宽尽，眉峰长蹙。欲解明珰遥寄远，将解又还重束。须不羡、陈娇金屋。一霎长门辞翠辇，怨君王、已失茗华玉。为此意，更踯躅。

次韵逊敏斋主人落花四首（录一首）　　（清）陈宝琛

流水前溪去不留，余香驳荡碧池头，燕衔鱼唼能相厚，泥污苔遮各有由。委蜕大难求净土，伤心最是近高楼。庇根枝叶从来重，长夏阴成且小休。

花　市　　（清）郑孝胥

秋后闲行不厌频，爱过花市逐闲人。买来小树连盆活，缩得孤峰入座新。坐想须弥藏芥子，何如沧海着吟身。把茅盖顶他年办，真与松篁作主宾。

西　苑_{清代皇家禁苑。}　　　（清）李希圣

芙蓉别殿锁瀛台，落叶鸣蝉尽日哀。宝帐尚留琼岛药，_{光绪。}金　空照玉阶苔。_{珍妃。}神山已遣青鸾去，_{青鸾即青鸟。}瀚海仍闻白雁来。_{南宋民谣"白雁"指元年统师伯颜。此"白雁"当指八国联军。}莫问禁垣芳草地，箧中秋扇已成灰。

湘　君_{诗为珍妃死于井中作也。}　　　（清）李希圣

青枫江上古今情，锦瑟微闻呜咽声。辽海鹤归应有恨，鼎湖龙去总无名。珠帘隔雨香犹在，铜辇经秋梦已成。天宝旧人零落尽，陇鹦辛苦说华清。

玉楼春　　　（近代）王国维

西园花落深堪扫，过眼韶华真草草。开时寂寂尚无人，今日偏嗔摇落早。　　昨朝却走西山道，花事山中浑未了。数峰和雨对斜阳，十里杜鹃红似烧。

落　花　　　（清）陈曾寿

早知零落付微尘，不耐当前恨又深。长岁只供三

日赏，残杯宁洗一春贫。寥天历历风轮转，白日昭昭色相真。客去花飞终有极，眼穿肠断可无人。

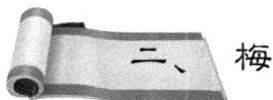

二、梅

早　梅　　（唐）张　渭

一树寒梅白玉条，迥临村路傍溪桥。不知近水花先发，疑是经冬雪未销。

花　底　　（唐）杜　甫

紫萼扶千蕊，黄须照万花。忽疑行暮雨，何事入朝霞。周宏正诗："带啼疑暮雨，含笑似朝霞。"恐是潘安县，《白帖》："潘岳字安仁，为河阳令，多植桃李，号曰花县。"堪留卫玠车。《晋书》："卫玠风神秀异，乘羊车入市，见者以为玉人。"深知好颜色，莫作委泥沙。

和裴迪登蜀州东亭送客逢早梅相忆见寄

（唐）杜　甫

东阁观梅动诗兴，还如何逊在扬州。此时对雪遥

相忆,送客逢春可自由。幸不折来伤岁暮,若为看去乱乡愁。江边一树垂垂发,朝夕催人自白头。

（元）方回：老杜诗,自入蜀后又别,至夔州又别,后至湖南又别。此诗脱去体贴,于不甚对偶之中,寓无穷婉曲之意,惟陈后山得其法。老杜诗凡有梅字者皆可喜。"巡檐索共梅花笑,冷蕊疏枝半不禁。""索"、"笑"二字遂为千古诗人张本。"岸容待腊将舒柳,山意冲寒欲放梅。""未将梅蕊惊愁眼,要取椒花媚远天。""梅花欲开不自觉,棣萼一别永相望。""绣衣屡许移家酝,皂盖能忘折野梅。"此七言律之及梅者。"市桥官柳细,江路野梅香。""雪岸丛梅发,春泥百草生。""雪篱梅可折,风榭柳微舒。""绿垂风折笋,红绽雨肥梅。""梅花万里外,雪片一冬深。""秋风楚竹冷,夜雪鞏梅香。""去年梅柳意,还欲揽春心。""何当看花蕊,欲发照江梅。"此五言律之及梅者,皆响入牙颊。且不特老杜,凡唐人、宋人诗中有梅字者,即便清雅标致,但全篇专赋,则为至难题,而强揠者实为可撼云。——《瀛奎律髓汇评》

（清）纪昀：虚谷云"杜诗凡有梅字者皆可喜",诸诗亦各有工拙,此真膠柱之说。虚谷又云"凡唐人、宋人诗中有梅字者,即便清雅标致",偏僻至此,殊不足论。——同上

（清）冯舒：自唐以后,只得林和靖两句。余人琐琐,徒赘卷帙。——同上

（清）查慎行：看老手赋物,何曾屑屑求工？通体是风神骨力,举此压卷,难乎为继矣。——同上

（清）何焯：淡然初不着题,的是早梅。后人何由可到？——同上

（清）许印芳："自"字复。——同上

（清）贺贻孙：作诗必句句着题,失之远矣,子瞻所谓"赋诗必此诗,定非知诗人"。如咏梅花诗,林逋诸人,句句从香色摹拟,犹恐未切。……杜子美但云"幸不折来伤岁暮,若为看去乱乡愁"而已,全不粘住梅花,然非梅花莫敢当也。……此皆以不必切题为妙者。——《诗筏》

（清）浦起龙：上四作呼体,下四作应体。……本非专咏,却句句是

梅；句句是和咏梅，又全不使故实。咏物至此，乃如十地菩萨，未许声
闻、辟支问径。——《读杜心解》

山路见梅感而有作　　（唐）钱　起

莫言山路僻，还被好风催。行客凄凉过，村篱冷
落开。晚溪寒水照，晴日数蜂来。重忆江南酒，何因
把一杯。

（元）方回：刊本误以"蜂"为"峰"，必是"蜂"字无疑。梅发虽则尚
寒，然晴日既暖，必有蜂采香，但不多耳，予每亲见之。——《瀛奎律髓
汇评》

（清）纪昀：蜂可言来，峰如何言来？其为"蜂"字，不待辩也。○唐
人梅诗，不似宋人作意。此首特有情韵。○五、六最佳。——同上

（清）冯班：神矣！妙矣！——同上

春雪间早梅　　（唐）韩　愈

梅将雪共春，彩艳不相因。逐吹能争密，排枝巧
妒新。谁令香满座，独使净无尘。芳意饶呈瑞，寒光
助照人。玲珑开已遍，点缀坐来频。那是俱疑似，须
知两逼真。荧煌初乱眼，浩荡忽迷神。未许琼花比，
从将玉树亲。先朝迎献岁，更伴占兹辰。愿得长辉
映，轻微敢自珍。

（元）方回：汗血千里马，必能折旋蚁封。昌黎大才也。文与六经相

表里，史、汉并肩而驱者。其为大篇诗，险韵长句，一笔百千字，而所赋一小着题诗，如雪、如笋、如牡丹、樱桃、榴花、葡萄，一句一字不轻下。此题必当时有同赋者。春雪早梅，中着一"间"字。只"彩艳不相因"一句五字已佳矣。"彩"言雪，"艳"言梅。本不相资，而成此美句，是非相为得之意。"芳意饶呈瑞"，以言梅之芳，又饶以雪之祥瑞。"寒光助照人"以言雪之光，足助乎梅之映照。错综用工，亦云密矣。——《瀛奎律髓汇评》

（清）纪昀：此亦近是之言，其实大局面与小结构，究竟各自一种，非能巨者必能细。——同上

（元）方回：学者作诗，谓不思而得，喝咄叫怒即可成章，吾不信也。——同上

（清）纪昀：此说却是。——同上

（元）方回：惟"更伴侣兹辰"一句，恐有误。束大才于小诗之间，惟五言律为最难。昌黎此诗、赋至十韵，较元微之《春雪映早梅》多四韵，题既甚难，非少放春容不可也。——同上

（清）纪昀：此说不确。○"先期"句指冬雪，"更伴"句清出春雪。语意本明，何言有误？——同上

（元）方回：柳子厚有《早梅》诗，古体仄韵。"早梅发高树，迥映楚天碧。朔吹飘夜香，繁霜滋晓日。欲为万里赠，杳杳山水隔。寒英坐销落，何用慰远客"，单赋早梅不为律，易锻炼也。譬如《雪》诗"千山鸟飞绝，万径人踪灭。孤舟蓑笠翁，独钓寒江雪"，为古体则可，极天下之奇，为律体则不可矣。昌黎"将策试"、"听窗知"六字，为荆公引用，亦是费若干思索，律体尤难，古体差易故也。——同上

（清）冯班：古体难，律体易，方君殊聩聩。古易于律，真小儿语。——同上

（清）纪昀：此一般全不中肯。视古体易而律体难，岂知诗者之论？平生底蕴，华露于此矣。——同上

（清）冯舒：此"着题"，体意是省试诗。——同上

（清）冯班：无一语少怯。○首句好破。○似省试诗。——同上

（清）纪昀：昌黎古体横绝一代，律诗则非所长，试帖刻画更非所长

矣。此诗刻意敛才就法，反成浅俗，不为佳作。○三句是韩本色，而非律诗当行。○"芳意"句太俗。○"荧煌"二字不似雪，"浩荡"二字更不似，"忽述神"三字不雅，"未许"二句亦俗。——同上

早　梅　　（唐）柳宗元

早梅发高树，迥映楚天碧。朔吹飘夜香，繁霜滋晓白。欲为万里赠，杳杳山水隔。寒英坐销落，何用慰远客。

梅　　（唐）杜　牧

轻盈照溪水，掩敛遮藏躲闪。下瑶台。妒雪聊相比，欺春不逐来。偶同佳客见，似为冻醪开。若在秦楼畔，堪为弄玉媒。

十一月中旬至扶风界见梅花　　（唐）李商隐

匝路亭亭艳，非时裛裛读邑，入声。香气袭人。香。素娥惟与月，青女不饶霜。赠远虚盈手，伤离适断肠。为谁成早秀，不待作年芳。

（元）方回：义山之诗，入宋流为"昆体"。此谓梅花最宜月，不畏霜耳。添用"素娥"、"青女"四字，则谓月若私之而独怜，霜若挫之而莫屈者。亦奇。末句若似有所指云。——《瀛奎律髓汇评》

（清）冯班：知添字法，便解"西昆"用　法矣。——同上

（清）纪昀：意正如此，非借艳字为色泽也。○"匝路"是至扶风，"非时"是十一月中旬。三、四爱之者虚而无益，妒之者实而有损。○结仍不脱"十一月中旬"。○纯是自寓，与张曲江同意，而加以婉约。——同上

（清）冯班：大手。○次联奇，腹联用事巧。——同上

（清）查慎行：起五字为梅传神。——同上

（清）何焯：第三"中旬"，第四"十一月"。○其中有一义山在。——同上

（清）许印芳："不"字复。——同上

酬崔八早梅有赠兼示之作　　（唐）李商隐

知访寒梅过野塘，久留金勒为回肠。谢郎衣袖初翻锦，荀令熏炉更换香。何处拂胸资蝶粉，几时涂额藉蜂黄。维摩一室虽多病，亦要天花作道坊。

（元）方回："蝶粉"以言梅花之片，"蜂黄"以言梅花之须，似乎借梅以咏妇人之胸、之额矣。起句平淡，却好。——《瀛奎律髓汇评》

（清）纪昀：意在"何处"、"几时"四字，言白与黄昏天然姿色，非由涂饰耳。所解谬甚。——同上

（清）许印芳：方虚谷谓"蝶粉"以言梅花之片，"蜂黄"以言梅花之须，良是。盖早梅时，实未尝有蜂蝶耳。又云似乎借梅以咏妇人之胸、之额矣。余谓诗意正合尔尔，以题中明言有赠也。然上句又暗用姑射仙人肌肤若冰雪意，下句则暗用寿阳公主梅花落额上意。虽格调未高，而熔铸之妙，千古殆无其匹。"初翻"、"更换"、"何处"、"几时"，俱影切"早"字意。结用天女散花故事。题中两层一齐照应，一齐收拾，天工人巧，吾无以名之。——同上

（清）冯班：较宋人纷纷比拟，何啻鹤鸣之于虫吟耶？读此知后村之

拙矣。——同上

（清）查慎行：此题无处着艳语。非义山所长。——同上

（清）何焯：五、六极透"早"字，"拂胸"、"涂额"夹写有赠，第三句"崔八"，尾联恰有三层。——同上

（清）纪昀：三、四俗极。二冯欲以此压宋人。宋人可压，此诗不能压也。——同二

岸　梅　　（唐）崔　橹

含情含怨一板枝，斜压渔家短短篱。惹袖尚余香半日，向人如诉雨多时。初开偏称雕梁画，未落先愁玉笛吹。行客见夹无去意，解帆烟浦为题诗。

（元）方回：五、六善用事。"雕梁画早梅"阴铿诗。乐府有《落梅曲》。"黄鹤楼中吹玉笛，江城五月落梅花"，太白诗。——《瀛奎律髓汇评》

（清）查慎行：诗句攻取有来历，然用古人句而无韵致，亦不能佳。如第五句虽本阴铿，然唐突梅花太甚。——同上

（清）冯班：亦恨格旱。○第六句自然，胜出句。——同上

（清）何焯：第二句隐"岸"字。第三句情，第四句怨。第五句对"渔家"，第六句起"无去意"。落句是"岸"字。——同上

梅　花　　（唐）罗　隐

吴王醉处十余里，照野拂衣今正繁。经雨不随山鸟散，倚风疑共路人言。愁怜粉艳飘歌席，静爱寒香扑酒樽。欲寄所思无好信，为君惆怅又黄昏。

（明）杨慎：许浑《莲塘》诗"为忆莲塘秉烛游……"此为许《丁卯集》中第一诗，而选者不之取也。他如韦庄"昔年曾向五陵游"一首，罗隐《梅花》"吴王醉处十余里"一首，李郢《上裴晋公》"四朝忧国鬓成丝"一首，皆晚唐之绝唱，可与盛唐峥嵘，惟具眼者知之。——《升庵诗话》

（清）金人瑞：分之，则"吴王醉处"句、"十余里"句、"照夜"句、"拂衣"句、"今"句、"正繁"句；又分，则"吴王醉处十余里照夜拂衣"十一字句、"今正繁"三字句。绝似感慨，绝无感慨，只如闲闲寓笔，而有无限感慨具在其中。此为唐人未经有之法。三、四只写"正繁"，可知（前四句下）。〇粉艳飘席，不过只争瞬眼；故寒香朴樽，必须分外留意。此是说梅花，是不但说梅花。"欲寄所思"，虽用梅花故事，然实只寄此意，故以"又黄昏"三字结出眼泪也（后四句下）。——《贯华堂选批唐才子诗》

奉和袭美行次野梅次韵　　（唐）陆龟蒙

飞棹参差拂早梅，强欺寒色尚低徊。风怜薄媚留香与，月会深情借艳开。梁殿得非萧帝瑞，齐宫应是玉儿媒。不知谢客离肠醒，临水应添万恨来。

梅　花　　（唐）崔道融

素萼初含雪，孤标画本难。香中别有韵，清极不知寒。横笛和愁听，斜枝倚病看。朔风如解意，容易莫摧残。

（明）周敬等：梅为百卉首领，韵清香远，淡寂孤洁，最为幽人所契。

唐人咏之者，偏不多见。此篇前四句，已尽梅花本来丰骨面目。后四句，以对梅深情，致爱惜之意。国家岂少孤芳之士，安得怜才者，可与言诗。——《唐诗选脉会通评林》

（清）李瑛：不假刻画，自然切合咏梅，而有性情流贯于其间也。——《诗法易简录》

（清）陆蓥：齐己诗（指《早梅》），表圣所谓"空山鼓琴，沉思独往"者也。道融（《梅花》诗）、袁昂评书"舞女低腰，仙人啸树"，正复似之。二首虽使和靖诵之，亦当叹绝。——《问花楼诗话》

（近代）俞陛云：咏梅诗伙矣，推"疏影横斜水清浅，暗香浮动月黄昏"为绝唱。此诗不着色相，而上句写梅之香韵，次句写梅之品格，足高压百花矣（"香中"二句下）。——《诗境浅说》

早　梅　（唐）僧齐己

万木冻欲折，孤根暖独回。前村深雪里，昨夜一枝开。风递幽香去，禽窥素艳来。明年犹应律，先发映春台。《五代史补》：'时郑谷在袁州，齐己因携所为诗往谒焉。有《早梅》诗曰：'前村深雪里，昨夜数枝开。'谷笑曰：'数枝非早也，不如一枝则佳。'齐己矍然，不觉兼三衣叩地膜拜。自是士林以谷为齐己'一字之师'。"

（元）方回：寻常只将前四句作绝读，其实二十字绝妙。五、六亦幽致。王荆公选《唐百家诗》，梅花仅有五首，五言律仅有韩致尧一首，五言绝句一首。王适云"忽见寒梅树，开花汉水滨。不知春色早，疑是弄珠人"，亦佳句也。七言绝句二首，戎昱云"一树寒梅白玉条，回临村落傍溪桥。应缘近水花先发，疑是经春雪未消"。刘言史云"竹与梅花相并枝，梅花正发竹枝垂。风吹总向竹枝上，真似王家雪下时"。崔鲁七言律一首，见此卷后。今以予所选五言律增广之。杨诚斋喜唐人崔道融十字云"香中别有韵，清极不知寒"，未见全篇。以荆公之精于诗，梅

花五言律无,七言律亦无之,止有五言绝句五首,有云"墙角数株梅,凌寒独自开。遥知不是雪,时有暗香来"。李雁湖注引《古乐府》"庭前一树梅,寒多未觉开。只疑花是雪,不悟有香来"。谓介甫略转换耳,或偶同也。予改杨诚斋所言,则谓"只言花似雪,不悟有香来",为苏子卿作。虽未必然,而"花是雪"与"花似雪"一字之间,大有径庭。知花之似雪,而云不悟香来,则拙矣;不知其为花也,而视以为雪,所以香来而不知悟也。荆公诗似更高妙。然则尽唐二百九十年,仅选得梅花五言律十二首,其诚难题也哉。——《瀛奎律髓汇评》

(清)冯班:方君云"二十字绝妙",然气格未完,住不得。○崔诗见《丹铅录》。○介甫点金成铁。○此子卿是梁人,非苏武也。见《乐府诗集》。——同上

(清)查慎行:方虚谷云"寻常只将前四句作绝读,其实二十字绝妙"评好。○虚谷又云:"以荆公之精于诗,梅花五言律无,七言律亦无之。"七言律六首俱已登选,何得言无?○造意、造语俱佳。——同上

(清)纪昀:崔诗全篇现存。○此误认为汉苏子卿,故疑未确,不知乃陈苏子卿《梅花》作也。虚谷惟熟于唐、宋律诗耳。○起四句极有神力,五、六亦可,七、八则辞意并竭矣。——同上

(清)冯班:出色。——同上

(清)许印芳:《全唐诗话》:此诗"一枝"本作"数枝",郑谷谓不切早梅改作"一"字,呼为一字师也。○虚谷见闻虽陋,辨"是"、"似"二字却精细。——同上

望梅花　　(五代)和 凝

春草全无消息,腊雪犹余踪迹。越岭寒枝香自拆,冷艳奇芳堪惜。何事寿阳徐坚《初学记》:"宋武帝女寿阳公主,人日卧于含章殿檐下,梅花落额上,成五出之花,拂之不去。皇后留之,自后有梅花妆。"无处觅,吹入谁家横笛。

（清）况周颐：《菩萨蛮》及《望梅花》则近于清言玉屑矣。——《花间集评注》引

山园小梅二首　　（北宋）林　逋

众芳摇落独暄妍，占尽风情向小园。疏影横斜水清浅，暗香浮动月黄昏。霜禽欲下先偷眼，粉蝶如知合断魂。幸有微吟可相狎，不须檀板共金樽。

（清）冯舒："暄妍"二字不稳，次联真精妙。——《瀛奎律髓汇评》

（清）冯班：首句非梅。次联绝妙。——同上

（清）查慎行：再三玩味次联，终逊"雪后"一联。——同上

（清）纪昀：冯云首句非梅，不知次句"占尽风情"四字亦不似梅。三、四及前一联皆名句，然全篇俱不称，前人已言之。五、六浅近，结亦滑调。——同上

剪绡零碎点酥干，向背稀稠画亦难。日薄纵甘春至晚，霜深应怯夜来寒。澄鲜只共邻僧惜，冷落犹嫌俗客看。忆着江南旧行路，酒旗斜拂堕吟鞍。

（元）方回："疏影"、"暗香"之联，初以欧阳文忠公极赏之，天下无异辞。王晋卿尝谓此两句杏与桃、李皆可用也，苏东坡云"可则可，但恐杏、桃、李不敢承当耳"。予谓彼杏、桃、李者，影能疏乎？香能暗乎？繁秾之花，又与"月黄昏"、"水清浅"有何交涉？且"横斜"、"浮动"四字，牢不可移。——《瀛奎律髓汇评》

（清）冯班：王晋卿尝谓此两句杏与桃、李皆可用。然安得疏、香？今之言诗者皆晋卿也。方批是，是！——同上

（清）纪昀：此论亦允。○首句纤而俗。——同上

（清）查慎行：第六句中有骨。——同上

山园小梅 　（北宋）林 逋

数年闲作园林主，未有新诗到小梅。摘索又开三两朵，团栾空绕百千回。荒邻独映山初尽，晚景相禁雪欲来。寄语清香少愁结，为君吟罢一衔杯。

（元）方回：三、四眼前所可道，亦有味。——《瀛奎律髓汇评》

（清）查慎行：五、六是孤山梅。——同上

（清）纪昀：三、四自有神。——同上

梅 花 　（北宋）林 逋

小园烟景正凄迷，阵阵寒香压麝脐。池水倒窥疏影动，屋檐斜入一枝低。画工空向闲时看，诗客休征故事题。惭愧黄鹏与蝴蝶，只知春色在桃蹊。

（元）方回："屋檐斜入一枝低"，王直方以为可与欧、黄二公所喜之联相伯仲，胡元任《渔隐丛话》犹不然直方之说。"终共公言数来者"，此一句当考。——《瀛奎律髓汇评》

（清）纪昀：王说是。——同上

（清）查慎行：第六句题外着想，极高。——同上

（清）纪昀：三、四高唱，全篇亦不称。——同上

梅　花　　　（北宋）林　逋

　　孤根何事在柴荆，村色仍将腊候并。横隔片烟争
向静，半粘残雪不胜清。等闲题咏谁为愧，仔细相看
似有情。搔首寿阳千载后，可堪青草杂芳英。

　　（元）方回："半粘残雪不胜清"，亦佳句也。李雁湖注荆公《梅花》
诗，谓"粉绡"、"红蜡"之联为魏野诗，恐不然也。——《瀛奎律髓汇评》
　　（清）纪昀：三句费解，四句好。结拙。——同上

少年游　　　（北宋）杨　亿

　　江南节物，水昏云淡，借神于水，借色于云。飞雪满前
村。千寻翠岭，暗指梅岭。一枝芳艳，迢递寄归人。暗用陆
凯赠范晔诗："折梅逢驿使，寄与陇头人。江南无所有，聊寄一枝春。"　　寿阳
妆罢，用南朝宋武帝女寿阳公主事。见韩鄂《岁华纪丽·人日梅花妆》。冰
姿玉态，的的写天真。等闲风雨又纷纷。更忍向、笛
中闻。笛中有《梅花落》词。江南春早，最先感到春的气息是迎着冰雪而开的早
梅。齐己《早梅诗》"前村风雪里，昨夜一枝开"以广阔的江南为背景，借神于水，借
色于云，达到"离形得似"的意界。○翠岭，指梅岭。三句暗用陆凯赠范晔诗："折梅
逢驿使，寄与陇头人。江南无所有，聊赠一枝春。"用事如水中着盐，视之无形，食之
有味。○下片是上片"一枝芳艳"进一步地描绘。"的的"，明明白白的意思。实处
间以虚语，死处参以活语，更加光彩百倍。○"等闲"两句寄托了词人升沉之感，具
顿挫之致。以情语作结，辞尽意远，其味无穷。○化用李白"黄鹤楼中闻玉笛，江城
五月落梅花"诗意。

红 梅 （北宋）梅尧臣

家住寒溪曲，梅先杂暖春。学妆如小女，聚笑发丹唇。野杏堪周舍，山樱莫为邻。休吹江上笛，留伴庾园人。

（元）方回："野杏堪同舍"此"堪"字乃是不堪也。善诗者多如此用虚字。——《瀛奎律髓汇评》

（清）冯班：次联妙。——同上

（清）查慎行："野杏"二句入长律则可，八句中着此殊欠力量、不意都官亦复为之。——同上

（清）纪昀：三、四极意刻画，适成其拙。——同上

梅 花 （北宋）王安石

墙角数枝梅，凌寒独自开。遥知不是雪，为有暗香来。《冷斋夜话》："荆公尝访一高士不遇，题其壁云云。"

与微之同赋梅花得香字三首 （北宋）王安石

汉宫娇额半涂黄，粉色凌寒透薄妆。好借月魂来映烛，恐随春梦去飞扬。风亭把盏酬孤艳，雪径回舆认暗香。不为调羹应结子，直须留此占年芳。

（元）方回：李雁湖注"此句亦兆公相业也"，予谓不然。世称王沂公

绝句云"雪中未问和羹事,且向百花头上开",以为宰相状元之兆俱见于此矣,盖亦偶然也。但荆公命意自佳。——《瀛奎律髓汇评》

(清)纪昀:通人之论。○结太着迹。——同上

结子非贪鼎鼐尝,偶先红杏占年芳。从教腊雪埋藏得,却怕春风漏泄香。不御铅华知国色,只裁云缕想仙装。少陵为尔牵诗兴,可是无心赋海棠。

(元)方回:少陵在西川,不赋海棠诗。初由薛能拈出,此语事见薛能郑谷诗集。郑谷《海棠》诗云"浣花溪上堪惆怅,子美无心为发扬"。今半山却引而归于梅,奇矣。"东阁官梅动诗兴",老杜本以称裴迪,今指为老杜亦可也。诗话或云"子美母名海棠,故集中无海棠诗"。或云"晓看红湿处,花重锦官城。非海棠不能当也"。惟陆放翁六言诗云"广平作《梅花赋》,子美无海棠诗,正自一时偶尔,俗人平地生疑"。此说得之。——《瀛奎律髓汇评》

(清)纪昀:诗兴乃统言之,不定指此句。此为字面所拘。○起句复前落句。第四句"香"字不对"得"字。末句弄笔有致。——同上

(清)冯班:第三何必是梅? ——同上

(清)查慎行:三、四有别致。——同上

浅浅池塘短短墙,年年为尔惜流芳。向人自有无言意,倾国天教抵死香。须袅黄金危欲堕,蒂团红蜡巧能妆。婵娟一和如冰雪,依倚春风笑野棠。

(元)方回:《遁斋闲览》云"凡咏梅多咏白,而荆公独云:'须袅黄金'、'蒂团红蜡',不惟选语巧丽,可谓能道人不到处矣",予谓亦褒许太过。"蒂凝红蜡缀初乾",林和靖已尝道来。此篇惟"向人自有无言意"一句为近自然。要之,自况殊觉急迫,无和靖水边林下自得之味

也。——《瀛奎律髓汇评》

（清）纪昀：此论是。○第四句字太粗。——同上

（清）冯班：尚有唐人意。——同上

次韵徐仲元咏梅二首 　　（北宋）王安石

溪杏山桃欲占新，亭梅放蕊尚娇春。额黄映日明飞燕，肌粉含风冷太真。玉笛凄凉吹易彻，冰纨生涩画难亲。争妍喜有君诗在，老我翛然敢效颦。

（清）纪昀：三、四俗笔，诗话乃盛推之。"明"、"冷"二字尤不妥，末句上四字，下三字不连。——《瀛奎律髓汇评》

旧挽青条冉冉新，花迟亦度柳前春。肌冰绰约如姑射，肤雪参差是太真。摇落会应伤岁晚，攀翻剩欲寄情亲。终无驿使传消息，寂寞知谁笑与颦。

（元）方回：或问，半山此诗方之和靖，高下如何？予谓荆公不过斗钉工致已，君复之韵，不可及也。和靖飘然欲仙，半山规行矩步。如用太真事，凡两联，诚无一字苟率，然不如"摇落"、"攀翻"之联有滋味。——《瀛奎律髓汇评》

（清）查慎行：作诗以韵为上。若涉色相，便落第二义。——同上

（清）纪昀：此论是。○三、四浅俗，后四句神味自佳。——同上

次韵次道忆太平州宅早梅 　　（北宋）王安石

太梁春费宝刀催，不似湖阴_{乐府有《湖阴曲》。湖阴，地名，即}

374

太平州是也。有早梅。今日盘中看剪采，当时花下就传杯。纷纷自向江城落，杳杳难随驿使来。知忆旧游还想见，西南枝上月徘徊。

（元）方回：李雁湖冥注"次道，宋敏求也。参知政事绶之子，尝知太平州"。此诗无格律，平正而已。能言汴京忆当涂梅之意，在他人为之必费力。——《瀛奎律髓汇评》

（清）冯班：诸篇不避旧句，自然丰赡。——同上

黄梅花　　（北宋）王安国

庾岭开时媚雪霜，梁园春色占中央。未容莺过毛无颣，已觉蜂归蜡有香。弄月似浮金屑水，飘风如舞曲尘场。何人剩着栽培力，太液池边想菊裳。

（元）方回：熙宁五年壬子馆中作。是时但题曰《黄梅花》，未有"蜡梅"之号。至元祐苏、黄在朝，始定名曰"蜡梅"，盖王才元园中花也。直方之父作颀有亭时，则腊梅诗开山祖，似当以平甫诗为首也。欧阳公、梅圣俞、南丰、东坡、山谷、后山盛称王平甫诗，读其集，佳者良多，视其兄介甫颇豪富，高于元、白多矣。比张文潜则风味不及，比苏子美则骨骼不及，殆不下坡门秦、晁也。《灯花》诗云"夜光迷蝶梦，朝烬拂蛾眉"。《春夏》云"过墙红杏留窦隙，着壁青苔上履綦"。如"春从　　声中尽，人向醉醺影里闲"，"三神山闭苍龙阙，九道江涵白鹭洲"，"老悟天机思抱瓮，静谙人事戒垂堂"，"三伏尘埃火云外，八滩风月石楼中"，皆壬子年诗。其文曰《校理集》，六十卷。而诗占二十九卷，壬子、癸丑两年诗乃占十四卷。似乎太多，未经删择也。东坡谓"异时长怪谪仙人，舌有风雷笔有神"。称许如此。平甫所可取者，不以兄介甫行新法，用小人

为然，宜诸公尤多之也。——《瀛奎律髓汇评》

　　（清）冯班：亦无丑相。○次句亦妥。——同上

　　（清）纪昀：刻画"黄"字，粘皮带骨。三句尤拙俚。——同上

江城梅花引　　（北宋）王　观

　　年年江上见寒梅。暗香来。为谁开。疑是月宫、仙子下瑶台。冷艳一枝春在手，故人远，相思寄与谁？

　　怨极恨极嗅香蕊。念此情，家万里。暮霞散绮。楚天碧、片片轻飞。为我多情，特地点征衣。花易飘零人易老，正心碎，那堪塞管吹。

万年欢·梅　　（北宋）王安礼

　　雅出群芳。占春前信息，腊后风光。野岸邮亭，繁似万点轻霜。清浅溪流倒影，更黯淡、月色笼香。浑疑是、姑射冰姿，寿阳粉面初妆。　　　多情对景易感，况淮天庾岭，迢递相望。愁听龙吟凄绝，画角悲凉。念昔因谁醉赏，向此际、空恼危肠。终须待结实，恁时佳味堪尝。

次韵陈四雪中赏梅　　（北宋）苏　轼

　　腊酒诗催熟，寒梅雪斗新。杜陵休叹老，韦曲已先春。独秀惊凡目，遗英卧逸民。高歌对三白，_{吴中风}俗，占腊月，见三白，田翁笑哈哈。三白谓三次见雪。迟暮慰安仁。

次韵杨公济奉议梅花十首　　（北宋）苏　轼

梅梢春色弄微和，作意南枝剪刻多。月黑林间逢缟袂，柳宗元《龙城录》："隋开皇中，赵师雄迁罗浮，见一女人，淡妆素服出迓。时已昏黑，残雪对月，色微明。扣酒家门，相与饮，憺然。久之，东方已白，起视，乃在大梅花树下。"霸陵醉尉误谁何。

相逢月下是瑶台，藉草清樽_{白居易《洛阳春》诗："藉草开一樽。"}连夜开。明日酒醒应满地，空令饥鹤啄莓苔。

绿发寻春湖畔回，万松岭上一枝开。_{白居易《夜归》诗："万株松树青山上，十里沙堤明月中。"}而今纵老霜根在，得见刘郎又独来。_{纪昀曰："刘郎自是桃花，而用来不觉其借。"}

月地云阶漫一樽，玉奴终不负东昏。_{《南史·王茂传》："东昏侯妃潘氏玉儿，有国色，武帝将留之。王茂曰：'亡齐者此物，恐贻外议。'帝乃出之。军主田安启求为妇，玉儿义不受辱，乃自缢。"}临春结绮_{陈后主事。}荒荆棘，谁信幽香是返魂。_{纪昀曰："全不是梅花典故，而非梅花不足以当之。"}

日出冰澌散水花，_{杜甫诗："水花晚色静。"}野梅官柳渐欹斜。西郊欲就诗人饮，_{诗人指杜甫。}黄四娘东子美家。_{杜甫《江上独步寻花》诗："黄四娘家花满蹊，千朵万朵压枝低。"杜甫，字子美。}

君知早落坐先开，莫著新诗句句催。岭北霜枝最多思，忍寒留待使君来。李商隐诗："忍寒应欲试梅妆。"白居易《新栽梅诗》："今年好待使君来。"

冰盘未荐含酸子，雪岭先看耐冻枝。应笑春风木芍药，木芍药，牡丹也。丰肌弱骨要人医。《西京杂记》："赵昭仪弱骨丰肌，尤工笑语。"

寒雀喧喧冻不飞，绕林空啅读卓，入声。鸟啄食。未开枝。多情好与风流伴，不到双双燕语时。纪昀曰："清思深婉。"

鲛绡剪碎玉簪轻，林逋《梅》诗："蕊讶粉绡裁太碎，蒂疑红蜡缀初乾。"檀晕妆古代妇女画眉有晕妆。成雪月明。肯伴老人春一醉，悬知欲落更多情。

缟裙练帨玉川家，卢仝字玉川。肝胆清新冷不邪。韩退之《李花》诗："夜领张彻投卢仝，乘云共至玉皇家。长姬香御四罗列，缟裙练帨无等差。""静濯明妆有所奉，顾我未肯置齿牙。清寒莹骨肝胆醒，一生思虑无由邪。"秾李争春犹办此，更教踏雪看梅花。

再和杨公济梅花十绝　　（北宋）苏　轼

一枝风物便清和，看尽千林未觉多。结习已空从着袂，不须天女问云何。

天教桃李作舆台，《左传》："王臣公，公臣大夫……皂臣舆……僚臣仆，仆臣台。"舆台是指最下等之人。故遣寒梅第一开。凭仗幽人收艾纳，艾纳，香名，产异国，可合诸香，其烟不散。国香和雨入青苔。纪昀曰："兴象深微，说来浓至。"

白发思家万里回，小轩临水为花开。故应剩作诗千首，知足多情得得来。五代僧贯休，入蜀献王建诗曰："一瓶一钵垂垂老，万水千山得得来。"

人去残英满酒樽，不堪细雨湿黄昏。夜寒那得穿花蝶，知是风流楚客魂。宋玉《招魂》招屈原之魂也。楚客当指屈原。

春入西湖到处花，裙腰芳草抱山斜。白居易《西湖》诗："草绿裙腰一道斜。"盈盈解佩临烟浦，郑交甫逢仙女解佩见《韩诗外传》。脉脉当垆傍酒家。卓文君当垆卖酒见《汉书·司马相如传》。

莫向霜晨怨六开，白头朝夕自相催。斩新一朵含风露，《抒情集》："卢储止官舍，迎内子，有庭花，乃题曰：'芍药斩新栽，当庭数朵开。东风与拘束，留待细君来。'"恰似西厢待月来。《会真记》莺莺诗："待月西厢下，迎风户半开。拂墙花影动，疑是玉人来。"

洗尽铅华铅华粉也。见雪肌，要将真色斗生枝。檀心已作龙涎龙涎香名。吐，玉颊何劳獭髓医。《拾遗记》："孙和悦邓夫人，常置膝上，和舞水精如意，误伤夫人颊，血流污裤。命太医合药，曰：'得

白獭髓,杂玉与琥珀屑,当灭此痕。'"

湖面初惊片片飞,杜甫诗:"风吹花片片,喜动水茫茫。"樽前吹折最繁枝。何人会得春风意,怕见梅黄雨细时。

长恨漫天柳絮轻,只将飞舞占清明。王文浩:"此二句着意求脱,犹绘茂林中着枯枝,似是不可少者。"寒梅似与春相避,未解无私造物情。

北客南来岂是家,醉看参月半横斜。他年欲识吴姬面,秉烛三更对此花。纪昀曰:"惘然不尽,情思殊深。"

歧亭道上见梅花,戏赠季常陈慥字季常。
(北宋)苏 轼

蕙死兰枯菊亦摧,返魂香入陇头梅。数枝残绿风吹尽,一点芳心雀喙开。野店初尝竹叶酒,红云欲落豆稭灰。行当更向钗头见,病起乌云正作堆。

(元)方回:"一点芳心雀喙开"此句最佳。坡天人也,作诗不拘法度,而自有生意。雀之为物,尝冻喙。梅开本无情,于梅下此语,乃若不胜情者。尾句盖谓季常侍儿病起新妆,行当于钗头见此花,欲其出以侑樽也。"豆稭灰"出《文酒诗话》王勉《雪》诗"上天烧下豆稭灰,乌李从教作白梅"。亦俚语,世传以为戏者。东坡作诗,初学刘梦得,颇涉讥刺。第以荆公新法,天下不便,故勇为排之,而又不能忘情于诗,间有所斥,非敢怨君。元丰中李定、何正臣、舒亶弹劾之,下狱,欲置之死。至于今，此三人姓名，士君子望而恶之。亶有《和石尉早梅》二首曰"霜林尽处碧溪傍，小露檀心媚夕阳。天下三春正无色，人间一味有真香。相思谁向风前寄，更晚那辞雪后芳。朝夕催人头欲白，故园正在水云乡"，又"依然想见故山傍，半倚垣阴半向阳。短笛楼头三弄夜，前村雪里一枝香。可能明月来同色，不待东风已自芳。幸免杜郎伤岁暮，莫辞吟对钓鱼乡"，此两诗亦颇可观。但以少陵为杜郎，则称谓不当。亶眼不识东坡，而谓其能识梅花耶？兼以格卑句巧，似乎凑合而成。惟东坡诗语意天然自出，高妙悬绝不同。其人品不堪与东坡作奴，故附其诗于东坡之下，不以入正选云。——《瀛奎律髓汇评》

（清）冯班："依然想见故山旁"，皆凡语。"幸免杜郎伤岁暮"，可笑。虚谷云"以少陵为杜郎，则称谓不当"，何不云杜公？——同上

（清）纪昀："豆稭灰"终是粗俚。或以东坡而曲为之词，则谬甚矣。〇似待雀啅而始开，写出清高自贵、不肯轻开之意。非写雀之有情，此评近是而未的。〇"间有所斥，非敢怨君"八字定评，所谓皇天后土，表一生忠义之心。——同上

红梅三首　　（北宋）苏　轼

怕愁贪睡独开迟，自恐冰容不入时。故作小红桃杏色，尚余孤瘦雪霜姿。寒心未肯随春态，酒晕无端上玉肌。诗老不知梅格在，更看绿叶与青枝。

（元）方回：石曼卿《红梅》诗"认桃无绿叶，辨杏有青枝"，坡尝谓此两语村学堂中体也。范石湖著《梅谱》因"诗老"二字误以为圣俞诗，非矣。第二句尾句云"不应更杂夭桃杏，半点微酸已着枝"，第三首前联云"丹鼎夺胎那是宝，玉人颦颊更多姿"，俱佳。坡梅诗古句佳者有"江头千树春欲暗，竹外一枝斜更好"，及惠州村字韵三首绝奇，如《次韵杨公济二十绝》"冰盘未荐含酸子，雪岭先看耐冻枝。应笑春风木芍药，丰肌

弱骨要人医"、"洗尽铅华见雪肌,要将真色斗生枝。檀心已作龙涎吐,玉颊何劳獭髓医",又如"明日酒醒应满地,空令饥鹤啄莓苔。凭仗幽人收艾纳,国色和雨入苍苔"。前"医"字韵二首尤妙,后"苔"字韵亦苦思为之矣。——《瀛奎律髓汇评》

(清)冯班:"认桃无绿叶,辨杏有青枝",恶诗。虚谷云"第二首尾句"、"第三首前联"俱佳。俱不佳。——同上

(清)许印芳:纪批《律髓》此诗不着圈点,亦无评语。而批本集却深取之,后六句皆密圈,今从本集。○纪批本集云:细意钩剔,却不入纤巧,以其中有寄托,不同刻画形似故也。——同上

雪里开花却是迟,何如独占上春时。也知造物含深意,故与施朱发妙姿。细雨裛残千颗泪,轻寒瘦损一分肌。不应便杂夭桃杏,数点微酸已着枝。

幽人自恨探春迟,不见檀心未吐时。丹鼎夺胎那是宝,玉人颒颊更多姿。抱丛暗蕊初含子,落盏秾香已透肌。乞与徐熙画新样,竹间璀璨出斜枝。

南乡子·梅花词和杨元素　　　　　(北宋)苏 轼

寒雀满疏篱。争抱寒柯看玉蕤。蕤读谁,平声。花朵。忽见客来花下坐,惊飞。蹋散芳英落酒卮。　　　痛饮又能诗。坐客无毡典出《晋书·吴隐之传》。醉不知。杜甫诗:"才名二十年,坐客寒无毡。"花谢酒阑春到也,离离。一点微酸已着枝。杨诚斋有绝句云:"百千寒雀下空庭,小集梅枝话晚晴。特地作团喧杀我,忽然惊散寂无声。"○吴汝煜云:"苏词高妙处在开端二语。'满'、'看'二字悟出

清幽高寒。"○人来雀惊而飞原不足奇，奇在雀亦多情，迷花恋枝，不忍离去，客人花下尚不知觉，直到客人坐定酌酒，方始觉而惊飞，不慎踏散芳英，落于酒卮。则雀之爱花、迷花、惜花之情以及花之美艳，客之陶醉，故不待言而明矣。○又散落之芳英，不偏不倚，落于酒杯之中，于赏梅之人平添无穷雅题，而雀亦颇解人意，则雀之与梅实有相得益彰之妙。○"花谢酒阑春到也"，非指一次宴会时间如此之长。而指梅花开后，此等聚会殆无虚日。结句则重新归到梅，但寒柯玉蕊已被满枝青梅所取代也。

以梅馈晁深道戏赠二首　　（北宋）黄庭坚

带叶连枝摘未残，依稀茶坞竹篱间。相如病渴应须此，莫与文君蹙远山。即颦眉之意。

渴梦吞江《文选·吴都赋》："或吞江而纳汉。"起解颜，诗成有味齿牙间。前身邺下刘公干，刘桢字公幹。今日江南庾子山。庾信字子山。

次韵李秬梅花　　（北宋）晁补之

寒岩幽雾不曾开，残雪犹封宿草荄。荄读该，平声。草根。一萼故应先腊破，百花浑未觉春来。惭非上苑青房比，误作唐昌碎月猜。常恨清溪照疏影，横斜还许落金杯。

（元）方回：苏门诸公以鲁直、少游、无咎、文潜为四学士，并陈无己、李方叔，文集传世，号六君子。文名下无虚士，读其诗则知之。三、四佳。五、六似近"昆体"，以用事故也。尾句婉而妙，谓清溪照影，虽若可

恨,然移此影落富贵家酒杯中,亦似未肯也。——《瀛奎律髓汇评》

(清)冯班:末句反说了,正是要落金杯。——同上

(清)纪昀:诗语乃惜其如许高洁。而影落金杯,非言其不肯,此解未合。○亦是习径。五、六尤不佳。——同上

盐角儿·亳 读伯,入声。地名。 社观梅　　(北宋)晁补之

开时似雪,谢时似雪,花中奇绝。香非在蕊,香非在萼,骨中香彻。　　占溪风,留溪月。堪羞损、山桃如血。直饶更、疏疏淡淡,终有一般情别。

(清)李调元:各家梅花词,不下千阕,然皆互用梅花故实缀成,独晁无咎补之不持寸铁,别开生面,当为梅花第一词。《盐角儿》云(略)。——《雨村词话》

偶折梅数枝,置案上盎中,芬然遂开

(北宋)张 耒

偶别霜林陌,来蒙玉案登。清香侵砚水,寒影伴书灯。见我粲初笑,赠人慵未能。将何伴高洁,清晓诵黄庭。

(元)方回:"见我粲初笑,赠人慵未能"更有味。以诵《黄庭》为梅伴,则两俱亮洁矣。——《瀛奎律髓汇评》

(清)冯班:落句殊劣。——同上

(清)查慎行:"陌"、"登"二字落得轻率。——同上

（清）纪昀："陋"字不佳，次句倒押"登"字尤不妥。后四句极佳。
○此用陆凯事，懒于酬应，故曰"慵未能"。结案上密。——同上

梅　花　　（北宋）张　耒

北风万木正苍苍，独占新春第一芳。调鼎自期终
有实，论花天下更无香。月娥服驭无非素，玉女精神
不尚妆。洛岸苦寒相见晚，晓来魂梦到江乡。

（元）方回：宛丘诗大率自然。"调鼎自期终有实"，此句亦不能兆文
潜为相。故前评王沂公、王荆公诗兆，皆偶然耳。"论花天下更无香"，
此句乃士大夫当以自任者。——《瀛奎律髓汇评》

（清）纪昀：四句自好，余皆窠臼语耳。——同上

花犯·梅花　　（北宋）周邦彦

粉墙低，梅花照眼，依然旧风味。露痕轻缀，疑净
洗铅华，无限佳丽。去年胜赏曾孤倚，冰盘同燕喜。
更可惜，雪中高树，香篝熏素被。　　今年对花最匆
匆，相逢似有恨，依依愁悴。吟望久，青苔上、旋看飞
坠。相将见、脆丸荐酒，人正在、空江烟浪里。但梦
想，一枝潇洒，黄昏斜照水。"照眼"二字出梁武帝《子夜歌》"庭中花
照眼"。○苏舜钦《淮中晚泊犊头》"时有幽花一树明"、郑獬《田家》诗"一树高花明
远树"、"露痕轻缀"三句是为"照眼"作周旋。○王安石《梅花》诗："遥知不是雪，为
有暗香来。"为景中实无雪，而梅花似雪。周词则是梅花为积雪所盖，暗香仍从雪下
传出，犹如香篝熏素被。○"脆丸荐酒"，由飞坠的梅花之瓣遥想脆圆的梅子。○此

词对梅花作了多角度描写。

（明）吴从先：李攀龙批："机轴圆转，组织无痕，一片锦心绣口，端不减天孙妙手，宜占花魁矣。"——《草堂诗余隽》

（明）卓人月："香篝"句得其神。"相逢"句得其理。——《古今词统》

（清）黄苏：愚谓此词为梅词第一。总是见宦迹无常，情怀落寞耳。忽借梅花以写，意超而思永。言梅犹是旧风情，而人则离合无常。去年与梅共安冷淡，今年梅正开，而人欲远别，梅似含愁悴之意而飞坠；梅子将圆，而人在空江中，时梦想梅影而已。——《蓼园词选》

（清）谭献：（"依然"句）逆入。（"去年"句）平出。（"今年"句）放笔为直干。"凝望久"以下，筋摇脉动。（"相将见"二句）如颜鲁公书，力透纸背。——《谭评词辨》

（清）陈廷焯：此词非专咏梅花，以寄身世之感耳。黄叔旸谓"此词只咏梅花，而纤徐反覆，道尽三年间事，圆美流转如弹丸"，可谓知言。——《云韶集》

玉烛新·早梅 （北宋）周邦彦

溪源新腊后。见数朵江梅，剪裁初就。晕酥砌玉芳英嫩，故把春心轻漏。前村昨夜，想弄月、黄昏时候。孤岸峭，疏影横斜，浓香暗沾襟袖。　　尊前赋与多材，问岭外风光，故人知否？寿阳谩斗。终不似，照水一枝清瘦。风娇雨秀。好乱插、繁花盈首。须信道，羌管无情，看看又奏。

（明）潘游龙：前段略不可人，后则全是一团梅精灵，至寿阳犹不似，则誉极爱极矣。——《古今诗余醉》

红 梅   （北宋）毛 滂

何处曾临阿母池，浑将绛雪点寒枝。东墙羞颊逢谁笑，南国酡颜强自持。几过风霜仍好色，半呼桃杏听群儿。青春独养和羹味，不为黄蜂抱蜜脾。

（元）方回：毛滂，字泽民。为杭州法曹，任满已去。抵富阳，有《惜分飞词》，为东坡所赏。追还，久之，以此知名。后乃出京、卞之门。词佳于诗。《东堂集》亦惟此红梅花诗为最。所至庖馔奢侈，有王武子之风味。其事见郑景望集□。——《瀛奎律髓汇评》

（清）纪昀：查初白补注苏诗，不知此段公案，遂于泽民有过许之辞。信乎考古之难也。○五、六好，余平平。——同上

感梅忆王立之   （北宋）晁冲之

王子已仙去，梅花空自新。江山余此物，海岱失斯人。宾客他乡老，园林几度春。城南载酒地，生死一沾巾。

（元）方回：晁叔用名冲之，自号具茨，有集。入"江西派"。晁氏自文元公迥至补之、无咎五世，世有文人。无咎之父端友，字君成，诗逼唐人，有《新城集》。无咎有《济北集》。从弟说之，字以道，号景迂，有《景迂集》。以道亲弟咏之，字之道，有《崇福集》。补之、咏之，《四朝国史》已入《文艺传》。叔用此诗盖学陈后山也。其兄无致载之见知于后山，因是亦知叔用。叔用有子曰公武，著《读书志》者，可谓盛矣。王立之名直方，居汴南。父栱，字才元，高赀。元祐中延致名士唱和，为苏、黄作

顿有亭。吕居仁亦以其诗入派。此诗才学后山,便有老杜遗风。——
《瀛奎律髓汇评》

（清）陆贻典：以后山继老杜,终身不解也。——同上

（清）冯舒：亦清挺。——同上

（清）纪昀：似乎易而极深稳,斯为老笔。——同上

（清）许印芳：此评的当。此种诗断非初学所能到,虚谷之言不足信
也。——同上

梅　　（北宋）晁冲之

南雪看未稳,北风吹已残。才堪十年梦,不称一
生酸。日月方回首,风霜与凭栏。迟明出谢客,顿觉
帽围宽。

（元）方回：居仁小绝《蜡梅》诗云"学得汉宫妆,偷传半额黄。不将
供俗鼻,愈更觉清香"。《早梅》云"独自不争春,都无一点尘。忍将冰雪
面,所至媚游人"。凡赋梅,盛称其美,不若以自况而自超于物外可
也。——《瀛奎律髓汇评》

（清）纪昀：亦不如此说定。○落句不可解。——同上

（清）冯班：腹联好。——同上

岭　梅　　（南宋）曾　几

蛮烟无处洗,梅蕊不胜清。顾我已头白,见渠犹
眼明。折来知韵胜,落去得愁生。坐入江南梦,园林
雪正晴。

（元）方回：此茶山将诣桂林时诗，有二绝连此诗后，云《桂林梅花盛开，有怀信守程伯禹》故知之。——《瀛奎律髓汇评》

（清）纪昀：自然高雅。○无一字切梅，而神味拾似，觉他花不足以当之。——同上

（清）许印芳：凡咏物诗太切则粘滞，不切则浮泛。传神写意在离合间，方是高手。此诗虽天造极，已得不切而切之妙矣。——同上

瓶中梅　　（南宋）曾　幾

小窗冰水青琉璃，梅花横斜三四枝。若非风日不到处，何得色香如许时。神情萧散林下气，玉雪清映闺中姿。陶泓毛颖果安用，疏影写出无声诗。

（元）方回：此诗"吴体"也，可谓神情萧散。——《瀛奎律髓汇评》

（清）纪昀：此有别趣。——同上

（清）许印芳：陶泓，砚也。毛颖，笔也。盖以衬题中瓶字。"果安用"语欠圆到，故为易作"助幽兴"。——同上

雪后梅花盛开，折置灯下　　（南宋）曾　幾

满城桃李望东君，破腊江梅未上春。窗几数枝逾静好，园林一雪倍清新。已无妙语形容汝，不用幽香触拨人。追此暇时当举酒，明朝风雨恐伤神。

（元）方回："静好"二字佳，"园林一雪倍清新"尤为佳句。——《瀛奎律髓汇评》

（清）纪昀：此便情韵俱佳，虚谷所评亦允。○"灯下"二字竟脱，然作折枝梅看自佳。——同上

（清）许印芳：此诗三、四绝佳。○前后亦有病，次句"未上"，于上下文不甚融贯，易为"已报"；五句"已无"易作"愧无"；六句"不用"，出语太直、太板，易作"叵耐"；七句"迨此眼时当举酒"，用经语太腐，亦太呆钝，易作"灯下相逢宜痛饮"。○纪批云"通篇脱却灯下意，然作折枝梅看，自佳"。晓岚虽为之宽解，究竟"灯下"二字不能照应，亦须点出，方合诗法。有此数病，故为易之。○"饮"，去声。——同上

和张矩臣水墨梅五首　　（南宋）陈与义

巧画无盐《古列女传》："钟离春者，齐无盐邑之女，为宣王正后，极丑无双。"丑不除，此花风韵更清姝。从教变白能为黑，桃李依然是仆奴。

病见昏花已数年，只应梅蕊故依然。谁教也作陈玄面，眼乱初逢未敢怜。陈玄见韩愈《毛颖传》："与绛人陈玄，弘农陶泓，会稽褚先生友善。"

粲粲江南万玉妃，别来几度见春归。相逢京洛浑依旧，惟恨缁尘染素衣。万玉妃指雪。韩愈《辛卯年雪》："白霓先启途，从以万玉妃。"

含章檐下春风面，用宋武帝寿阳公主事。造化功成秋兔毫。意足不求颜色似，前身相马九方皋。事见《列子》。

自读西湖处士_{指林和靖}诗，年年临水看幽姿。晴窗画出横斜影，绝胜前村夜雪时。_{唐僧齐己诗：""前村深雪里，昨夜一枝开。""}

柳梢青·梅词二首　　（南宋）杨元昝

雪艳姬痕。又要春色，来到芳樽。却忆年时，月移清影，人立黄昏。　　一番幽思谁论？但永夜、空迷梦魂。绕遍江南，缭墙深苑，水郭山村。

玉骨冰肌。为谁偏好，特地相宜。一段风流，广平休赋，和靖无诗。　　绮窗睡起春迟。困无力、菱花笑窥。嚼蕊吹香，眉心贴处，鬓畔簪时。

次韵张守梅诗　　（南宋）刘子翚

草棘萧萧野岸限，暗香消息已传梅。雪欺篱落遥难认，暖入枝条并欲开。愁向天涯今度见，老随春色暗中来。似闻诗社多何逊，盍试招魂共一杯。

（元）方回：五、六""天涯""、""春色""有思致。——《瀛奎律髓汇评》
（清）纪昀：五、六淡而有味，余皆平平。——同上

滴滴金·梅　　（南宋）孙道绚_{（女）}

月光飞入林前屋。风策策，度庭竹。夜半江城击

柝声,动寒梢栖宿。 等闲老去年华促。只有江梅伴幽独。梦绕夷门旧家山,恨惊回难续。晏殊《蝶恋花》"明月不谙离恨苦,斜光到晓穿朱户",与此词相近。晏之"穿",孙之"飞",俱从不眠者眼反映出月光的动态。○"策策",象声词。韩愈《秋怀》诗:"秋风一披佛,策策鸣不已。"白居易《冬雪》:"策策窗户前,又闻新雪下。"○"动寒梢栖宿"一句极妙。"梢"树梢,"栖宿"以动词代名词,借指鸟类。也许是栖鸦,也许是栖鹊,半夜听到柝声,躁动起来。从这样的描写中,我们似乎看到一个流离失所者惶懅战栗的影子。姜夔《疏影》云:"但暗忆江南江北,想佩环月夜归来,化作此花幽独。"是以幽然独处的梅比喻王昭君的魂魄;此处则以幽然独处的梅花来比自己,有异曲同工之妙。○"梦绕夷门旧江山",此句是词眼。夷门为汴京的东门。《史记·魏公子传赞》:"吾过大梁之墟,求问其所谓夷门,夷门者,城之东门也。"大梁即宋时汴京。有了"梦绕"句,则光照前后,通体皆明。此词前结写栖鸟惊躁,后结写好梦惊回,一虚一实,前后映衬极为有力。

（宋）魏庆之:偲城母夫人孙氏道绚,极有词藻,尝赋《九日》诗,有"别墅苍烟萦古木,寒溪白浪卷轻沙",又《拟进士试月华临静夜》诗,其贴静夜处云"大虚万籁息,人散一帘斜",思致极不浅也。其小词云:"月光飞入林前屋,……"又宫词"翠柏红蕉影乱,月上朱栏一半。风自碧空来,吹落歌珠一串。不见,不见,人被绣帘遮断"。使易安尚在,且有愧容矣。——《诗人玉屑》

落梅二首 （南宋）陆 游

雪虐风饕读叨,平声。颜师古注《汉书》曰:"贪甚曰饕。"愈凛然,花中气节最高坚。过时自合飘零去,耻向东君更乞怜。

醉折残梅一两枝,不妨桃李自逢时。向来冰雪凝严地,力斡读握,入声。此作挽回解。春回竟是谁?

十二月初一日得梅一枝，绝奇。戏作长句。今年于是四赋此花矣　（南宋）陆　游

　　高标已压万花群，尚恐骄春习气存。月兔捣霜供换骨，湘娥鼓瑟为招魂。孤城小驿初飞雪，断角残钟半掩门。尽意端柜终有恨，夜寒皴玉倩谁温。

　　（清）查慎行：五、六妙不可言，惜前后不称。〇明高青丘诗翻出新奇，皆从此二语脱化。——《瀛奎律髓汇评》

　　（清）陆庠斋：五、六迥出林氏之上。——同上

　　（清）纪昀：第一句未能免俗，第二句太犷。三、四极用力。后四句太甜熟，便有俗韵。——同上

定风波·进贤道上见梅，赠王伯寿

（南宋）陆　游

　　欹帽垂鞭送客回。小桥流水一枝梅。衰病逢春都不记。谁谓？幽香却解逐人来。王双启云："这一句最为精采。路上见梅本来是行人走动，见梅而喜，却反过来，说是梅花追逐行人，这是一层；再一层，梅花是植物，不能移动，于是着重写它的幽香，幽香随风飘散可以流动。这样一来，就给本来属于无理之事，硬给搅出个似是似非的道理来，从而使得陆游的这首词比杜甫'锦江春色逐人来'（《诸将五首》之五）的名句，更多了一点儿灵动的意思；还有一层，句中用了一个'解'字，是说梅花善解人意，才主动地让它的幽香随风逐人而来，终于把一枝梅花写活了。"　安得身闲频置酒。携手。与君看到十分开。少壮相从今雪鬓。因甚？流年羁恨两相催。王双启又云："此词上片重在波澜起伏，下片重在纵深延展，咏物、写景、叙事、抒情，全被融为一体，看似疏朗平淡，却耐得起仔细品味。"

卜算子·咏梅　　(南宋)陆　游

驿外断桥边,寂寞开无主。已是黄昏独自愁,更着风和雨。　　无意苦争春,一任群芳妒。零落成泥辗作尘,只有香如故。

(明)卓人月:末句想见劲节。——《古今词统》
(明)潘游龙:末二句大为梅誉。——《古今诗余醉》
又云:言梅虽零落,而香不替如初,岂群芳所能妒乎?——《类编笺释续选草堂诗余》

绿萼梅　　　(南宋)范成大

朝罢东皇放玉鸾,霜罗薄袖绿裙单。贪看修竹忘归路,不管人间日暮寒。

新作官梅庄,移植大梅数十本绕之
(南宋)范成大

腊前催唤主林神,玉树飞来不动尘。契阔西湖惭处士,飘零东阁似诗人。一天午梦空花醉,满地春愁月影新。扫净宣华藜藋径,他年谁记石湖滨?

次韵汉卿舅腊梅二首　　（南宋）范成大

垂口瘦萼泫微霜，剪剪纤英锁暗香。金雀钗头金
蛱蝶，春风传得旧宫妆。

湘袂朝天紫锦裳，光风微度绛霄香。寿阳信美无
仙骨，空把心情学淡妆。

霜天晓角·梅　　（南宋）范成大

晚晴风歇。一夜春威折。脉脉花疏天淡，云来
去，数枝雪。　　胜绝。愁亦绝。此情共谁说。惟有
两行低雁，知人倚、画楼月。

（近代）俞陛云：此调末二句最为擅胜，若言倚楼人托孤愁与征雁，
便落恒蹊。此从飞雁所见，写倚楼之人，语在可解不可解之间，词家之
妙境，所谓如絮浮水，似沾非着也。——《唐五代两宋词选释》

蜡　梅　　（南宋）杨万里

江梅珍重雪衣裳，薄相红梅学杏妆。渠独小参黄
面老，额间艳艳发金光。

观梅花开尽不及吟赏,感叹成诗,聊贻同好二首

（南宋）朱 熹

忆昔身无事,寻梅只怕迟。沈吟窥老树,取次折横枝。绝艳惊衰鬓,余芳入小诗。今年何草草,政尔负幽期。

棐几冰壶在,梅梢雪蕊空。不堪三弄咽,谁与一樽同。鼻观残香里,心期昨梦中。那知北枝北,犹有未开丛。

（元）方回:文公诗似陈后山,劲瘦清绝,而世人不识。此两诗皆八句一串,又何必晚唐家前颔联后景联堆塞景物,求工于一字二字而实则无味耶? ——《瀛奎律髓汇评》

（清）纪昀:文公火候,不及后山之深,而涵养和平,亦无后山硬语盘空之力。盖兼习之与专门,固自有别。虚谷此评,欲借文公以重"江西",复援"江西"以重文公,未为笃论。○二诗皆不失雅意。——同上

（清）查慎行:脱落凡近,胸次有别。——同上

次韵秀野雪后书事 　　（南宋）朱 熹

惆怅江头几树梅,杖藜行绕去还来。前时雪压无寻处,昨夜月明依旧开。折寄遥怜人似玉,相思应恨劫成灰。沉吟落日寒鸦起,却望柴荆独自回。

（元）方回:诗有兴、有比、有赋。如风、雅、颂,古体与今固殊,而称

人之美即颂也。实书其事曰赋。要说得形状出，微寓其辞，则比兴皆托于斯。如此诗首尾四句，实书其事也。中两联赋则微寓其辞，言寻梅、见梅、寄梅，有比、有兴，而味无穷矣。——《瀛奎律髓汇评》

（清）纪昀　此论好。〇此不高而颇饶情致。〇"劫成灰"三字无着。——同上

和宇文正甫探梅　　　（南宋）张　栻

天与孤清迥莫邻，只应空谷伴幽人。千林扫迹愁无奈，一点横梢眼便亲。顾影莫惊身易老，哦诗尚觉句能新。几多生意冰霜里，说与夭桃自在春。

（元）方回：此诗潇然出尘，其惓惓于当世之君子至矣。得见此人焉，不得而疏之也。——《瀛奎律髓汇评》

（清）纪昀：道学诗，不腐最难。——同上

（清）纪昀：此便清遒。——同上

（清）许印芳：三、四即失于"千林摇落"二句意，而不及其隽永。晓岚以清遒取之，盖欲救亡俗尘腐之病耳。〇"莫"字、"与"字俱复。——同上

清平乐·检校山园书所见　　　（南宋）辛弃疾

断崖修竹。竹里藏冰玉。路转清溪三百曲，苏轼《梅花诗二首》："幸有青溪三百曲，不辞相送到黄州。"香满黄昏雪屋。行人系马疏篱。折残犹有高枝。留得东风数点，只缘娇懒春迟。此词内藏一"梅"字。

临江仙·探梅　　　（南宋）辛弃疾

老去惜花心已懒，爱梅犹绕江村。一枝先破玉溪春。更无花态度，全有雪精神。　　剩向空山餐秀色，为渠著句清新。竹根流水带溪云。醉中浑不记，归路月黄昏。

江神子·赋梅寄余叔良　　　（南宋）辛弃疾

暗香横路雪垂垂。吴防《雪梅赋》："带冷雪之垂垂。"晚风吹。晓风吹。花意争春，先出岁寒枝。毕竟一年春事了，缘太早，却成迟。　　未应全是雪霜姿。欲开时，未开时。粉面朱唇，一半点胭脂。醉里谤花花莫恨，浑冷淡，有谁知。

（明）潘游龙：洗尽引古习气，读"谤花"句更妙于誉也。——《古今诗余醉》

（明）沈际飞：作者多引古词义，稼轩洗尽。醉对梅花，在常情之外，谤殊深于誉。——《草堂诗余别集》

鹧鸪天三首　　　（南宋）辛弃疾

点尽苍苔色欲空。竹篱茅舍要诗翁。花余歌舞欢娱外，诗在经营惨淡中。　　听软语，笑衰容。一枝斜坠翠鬟松。浅颦轻笑谁堪醉，看取萧然林下风。

病绕梅花酒不空。齿牙牢在莫欺翁。恨无飞雪青松畔，却放疏花翠叶中。　　冰作骨，玉为容。当年宫额鬓云松。直须烂醉烧银烛，横笛难堪一再风。

桃李漫山过眼空。也宜恼损杜陵翁。若将玉骨冰姿比，李蔡为人在下中。《史记·李将军列传》："初，广之从弟李蔡，与广俱事孝文帝……蔡为人在下中，名声出广下甚远，然广不得爵邑，官不过九卿，而蔡为列侯，位至三公。"　　寻驿使，寄芳容。陇头休放马蹄松。吾家篱落黄昏后，剩有西湖处士风。西湖处士谓林和靖。

念奴娇·题梅　　（南宋）辛弃疾

疏疏淡淡，问阿谁、堪比天真颜色。笑杀东君虚占断，多少朱朱白白。韩愈《感春三首》："晨游百花林，朱朱兼白白。"雪里温柔，水边明秀，不借春工力。骨清春嫩，迥然天与奇绝。　　尝记宝篆寒轻，琐窗人睡起，玉纤轻摘。漂泊天涯空瘦损，犹有当年标格。万里风烟，一溪霜月，未怕欺他得。不如归去，阆苑有个人惜。

丑奴儿·和铅山陈簿韵　　（南宋）辛弃疾

年年索尽梅花笑，疏影黄昏。疏影黄昏。香满东

风月一痕。　　　清诗冷落无人寄，雪艳冰魂。雪艳冰魂。浮玉溪头烟树村。

洞仙歌·红梅　　（南宋）辛弃疾

冰姿玉骨，自是清凉态。此度浓妆为谁改。向竹篱茅舍，几误佳期，招伊怪，满脸颜红微带。　　　寿阳妆镜里，应是承恩，纤手重匀异香在。怕等闲、春未到，雪里先开，风流煞、说与群芳不解。更总做、北人未识伊，据品调，难作杏花看待。

好事近·咏梅　　（南宋）陈 亮

　　的 <small>此读洛，入声。的，光亮，鲜明貌。左思《魏都赋》："丹藕凌波而的</small>　<small>"</small>两三枝，点破暮烟苍碧。好在屋檐斜入，傍玉奴横笛。　　　月华如水过林塘，花阴弄苔石。欲向梦中飞蝶，恐幽香难觅。<small>"的　两三枝"恰到好处。正因其仅两三枝，才给人以"点破暮烟苍碧"的感觉。○齐东昏侯潘妃小字玉儿，世称玉奴。又杨贵妃亦曰玉奴，并有窃宁王之笛吹之之事，此玉奴当泛指美人。○此词亦从对方入手，是美人傍倚着梅树吹笛，却偏说梅花从屋檐斜入过来，傍倚着吹笛的美人。</small>

严先辈诗送红梅次韵　　（南宋）赵 蕃

尽道梅花白，能红又一奇。浑疑丹换骨，不是酒侵肌。**看此敷腴**敷腴，喜悦之色。杜甫《遣怀》诗："两公壮藻思，得我色敷腴。"色，思侬少壮时。**盛年虽不再，犹拟岁寒知。**

（清）冯班：下半恶道。——《瀛奎律髓汇评》

（清）纪昀：撒手游行，脱尽窠臼。〇后四句不即不离，玲珑巧妙。而冯氏一概涂抹之，未喻其意。——同上

（清）许印芳："不"字复。——同上

昭君怨·梅花　　（南宋）郑　域

　　道是花来春未，道是雪来香异。竹外一枝斜，野人家。　　冷落竹篱茅舍，富贵玉堂琼榭。两地不同栽，一般开。徐培均云："咏梅词有两种倾向：一种是精粹雅逸，托意高远，如林逋的《梅花诗》，姜夔的《暗香·疏影》；一种是巧喻谲譬，思致刻露，如晁补之的《盐角儿》，以及郑域此首。后一种实际上受到宋诗议论的影响，在诗歌的韵味上似逊前者一筹。"〇此词不正面点破梅，而是从开花的时间和花的色香等方面加以比较：说它是花么，春天还未到；说它是雪呢，却又香得出奇。以"香、雪"二字咏梅，始于南朝苏子卿《梅花落》："只言花是雪，不悟有香来。"后人咏梅，不离此二字。王安石《梅花》诗云："墙角数枝梅，凌寒独自开。遥知不是雪，为有暗香来。"陆游诗云："闻道梅花坼晓风，雪堆遍满四山中。"丢了香字，只谈雪字。晁补之《盐角儿》则抓住香、雪二字尽量发挥："开时似雪，谢时似雪，花中奇绝。香非在蕊，香非在萼，骨中香彻。"至卢梅坡《雪梅》则认为各有所长："梅须逊雪三分白，雪却输梅一段香。"郑域则附加了一个条件，即开花时间，似为作者独创。〇上片三、四两句，写山野中梅花的姿态，颇富诗意。"竹外一枝斜"，语本苏轼《和秦太虚梅花》："竹外一枝斜更好。"宋人范正敏《遁斋闲览》评此句云："语虽平易，然颇得梅之幽独闲静之趣。"曹组《蓦山溪·梅》："竹外一枝斜，想佳人，天寒日暮。"把思路引向杜甫"天寒翠袖薄，日暮依修竹"诗意上来。〇下片令人产生"雪满山中高士卧，月明林下美人来"的联想。李邴《汉宫春》："问玉堂何似，茅舍疏篱？伤心故人去后，冷落新诗。"与此词比起来，李词以情韵胜，此词以哲理胜。张炎云："诗难于咏物，词为尤难。

体认稍真,则拘而不畅;模写差远,则晦而不明。"

(明)杨慎:郑中卿,名域,三山人,号松窗。使虏回,有《燕谷剽闻》二卷,记虏事甚详。《昭君怨·咏梅》一词云(略)。兴比甚佳。——《词品》

(明)潘游龙:"道是花"二语,韵甚,妙甚。——《古今诗余醉》

小重山令·赋潭州红梅 　　(南宋)姜 夔

人绕湘皋月坠时。斜横花树小,浸愁漪。一春幽事有谁知?东风冷、香远茜裙归。　　鸥去昔游非。遥怜花可可,梦依依。九疑云杳断魂啼。相思血,都沁绿筠枝。咏物词有几条原则:一,求神似而不求形似;二,结构上能放能收,浑成统一;三,用典必须符合题旨;四,结句必须点明一段意思。○《楚辞》:"步余马于兰皋兮。"注:"泽曲曰皋。"绕者,盘桓也,徘徊也,一个"绕"字,写出百般无奈,万种离愁。○第一句,古人凡写相思,一般是在室内,不是孤枕寒衾,便是烛残漏尽。此词换了一个场面,遂觉意境一新。○"浸"字用得好。不是梅影映照于水面,而是"浸"在水中,感情便觉强烈,再以"愁"状其涟漪,是以愁人之眼观物,物物皆着愁人色彩,此在美学上叫做移情作用。诗人写梅多写其横,多写其斜,此独写其"小",一作"花自小"。娇小纤弱,更见可爱可怜。试想那横斜枝条,缀点着红玉点点,在朦胧淡月的照映下,被浸在寒冽的涟漪里,其神情多么感人?以上三句写意笔法,描绘出红梅的独特风貌,定下全词离别相思的基调。○梅的"一春幽事"是什么?是作者《暗香》中所言,东风无情,转眼间,"又片片,吹尽也,几时见得",春残花落,惆怅自怜,除梅之外,亦复谁知?"谁知"二字用得好,无穷哀怨,尽在其中。○"茜裙"即红裙。香气被寒冷的东风吹远了,而落花仍依恋残枝,在树下盘旋。此句充满了想象,"香"犹花魂,缥缈而去;茜裙则是由花瓣幻化出来的形象,似在眼前。○"遥怜"二字,好。上片有"香远",此二字又将其收回来。"可可"小也,上与"花自小"呼应,下与"依依"叠字构成声韵极美,感情细腻——便觉有无穷意蕴。○贾岛有诗《赠人斑竹拄杖》云:"莫嫌滴沥红斑少,恰是湘妃泪尽时。"亦此意也。

（清）张德瀛：梅以色胜者，有潭州红焉。张南轩《长沙梅园》二诗，美其嘉实，乐其敷腴，而不言其色。楼钥谓当称之为红江梅，以别于他种，其诗有云："梦入山房三十树，何时醉倒看红云。"托兴远矣。词则无逾姜白石《小重山》一阕，白石词仙，固当有此温伟之笔。——《词征》

（近代）俞陛云：梅苑人归，蘅皋月冷，感怀吊古，愁并毫端。其凄丽之致，颇类东山、淮海。——《唐五代两宋词选释》

暗　香　（南宋）姜　夔

辛亥之冬，予载雪诣石湖。止既月，授简索句，且征新声，作此两曲，石湖把玩不已，使工妓隶习之，音节谐婉，乃名之曰："暗香"、"疏影"。

旧时月色。算几番照我，梅边吹笛？唤起玉人，不管清寒与攀摘。何逊而今渐老，都忘却、春风词笔。但怪得、竹外疏花，香冷入瑶席。　　江国。正寂寂。叹寄与路遥，夜雪初积。翠尊易泣。红萼无言耿相忆。长记曾携手处，千树压、西湖寒碧。又片片、吹尽也，几时见得？以"旧时月色"开头，已经勾勒出了时空范围，渲染出了感情基调。回忆旧时，拉开了时间距离；月色在天，撑起了空间境地；眼前的景象勾连着过去的经历，令人摇曳生情。再写"梅边吹笛"，在月下笛声中点出"梅"字，咏物而不避题面，亦见大手笔，直将"藏题"的技法视为细末，不屑遵循，气度已自不凡；再由笛声"唤起玉人"，以美人映衬梅花，直欲喧宾夺主，却急以"不管清寒与攀摘"收住，化险为夷，仍不离咏梅的本题。

（宋）张炎：白石词如《疏影》、《暗香》、《扬州慢》、《一萼红》、《琵琶仙》、《探春》、《八归》、《淡黄柳》等曲，不惟清真，且又骚雅，读之使人神观飞越。——《词源·清空》

又云：词以意趣为主，要不蹈袭前人语意。如东坡中秋《水调歌头》（词略）。王荆公金陵怀古《桂枝香》（词略）。姜白石赋梅《暗香》（词略）。《疏影》（词略）。此数词皆清空中有意趣，无笔力者未易到。——《词源·意趣》

又云：诗之赋梅，惟和靖一联而已。世非无诗，不能与之齐驱耳。词之赋梅，惟姜白石《暗香》《疏影》二曲，前无古人，后无来者，自立新意，真为绝唱。太白云"眼前有景道不得，崔颢题诗在前头"，诚哉是言也。——《词源·杂论》

（元）杨维桢：元松陵陆子敬居分湖之北，垒石为山，树梅成林，取姜白石词语，名其轩曰"旧时月色"。——《东维子集》

（清）邹祗谟：大率古人由词而制调，故命名多属本意。后人因调而填词，故赋寄率离原辞。曰填、曰寄，通用可知。宋人如《黄莺儿》之咏莺，《迎新春》之咏春（柳耆卿），《月下笛》之咏笛（周美成），《暗香》《疏影》之咏梅（姜夔），《粉蝶儿》之咏蝶（毛滂），如此之类，其传者不胜屈指，然工、拙之故，原不在是。——《远志斋词衷》

（清）先著：落笔得"旧时月色"四字，便欲使千古作者皆出其下。咏梅嫌纯是素色，故用"红萼"字，此谓之破色笔。又恐突然，故先出"翠尊"字配之。说来甚浅，然大家亦不外此。用意之妙，总使人不觉，则烹锻之工也。美成《花犯》云"人正在，空江烟浪里"，尧章云"长记曾携手处，千树压，西湖寒碧"。尧章思路，却是从美成出，而能与之埒，由于用字高，炼句密，泯其来踪去迹矣。——《词洁辑评》

（清）王又华：沈伯时《乐府指迷》论填词云，"咏物不宜说出题字"。余谓此说虽是，然作哑谜亦可憎，须令在神情离即间乃佳。如姜夔《暗香》咏梅云"算几番照我，梅边吹笛"，岂害其佳？——《古今词话》

（清）许昂霄：词如绛云在霄，舒卷自如；又如琪树玲珑，金芝布护。"旧时月色"二句，倒装起法。"何逊而今渐老"二句陡转，"但怪得竹外疏花"二句陡落。"叹寄与路遥"三句一层，"红萼无言耿相忆"又一层。"长记曾携手处"二句转，"又片片吹尽也"二句收。——《词综偶评》

（清）周济：前半阕言盛时如此，衰时如此。后半阕想其盛时，感其衰时。——《宋四家词选》

（清）宋翔凤：词家之有姜石帚，犹诗家之有杜少陵，继往开来，文中关键。其流落江湖，不忘君国，皆借托比兴于长短句寄之。如《齐天乐》伤二帝北狩也；《扬州慢》，惜无意恢复也；《暗香》、《疏影》，恨偏安也。盖意愈切而辞愈微，屈宋之心，谁能见之，乃长短句中复有白石道人也。——《乐府余论》

疏　影　（南宋）姜　夔

苔枝缀玉。有翠禽小小，枝上同宿。客里相逢，篱角黄昏，无言自倚修竹。昭君不惯胡沙远，但暗忆、江南江北。想佩环、月夜归来，化作此花幽独。犹记深宫旧事，那人正睡里，飞近蛾绿。莫似春风，不管盈盈，早与安排金屋。还教一片随波去，又却怨、玉龙哀曲。等恁时、重觅幽香，已入小窗横幅。开头三句是个典故。见《异人录》："隋开皇年间，赵师雄行经罗浮山，日暮时分在梅林中遇一美人，与之对酌，又有一绿衣童子笑歌戏舞，'师雄醉寝，但觉风寒相袭，久之东方已白，起视大梅树上有翠羽剌嘈相顾，月落参横，惆怅而已'。"作者《鬲溪梅令》云："漫向孤山山下觅盈盈，翠禽啼一春。"亦是这个典故。○"玉龙"即玉笛。马融《长笛赋》："龙鸣水中不见已，截竹吹之声相似。"○陈与义《水墨梅》诗："自读西湖处士诗，年年临水看幽姿。晴窗画出横斜影，绝胜前村夜雪时。"○南宋末年，词人张炎在《词源》中云："诗之赋梅惟和靖一联而已，世非无诗，不能与之齐驱耳。词之赋梅，惟姜白石《暗香》、《疏影》二曲，前无古人，后无来者，自立新境，真为绝唱。"

（宋）张炎：词用事最难，要体认着题，融化不涩。如东坡《永遇乐》云"燕子楼空，佳人何在，空锁楼中燕"，用张建封事。白石《疏影》云"犹记深宫旧事，那人正睡里，飞近蛾绿"，用寿阳事。又云"昭君不惯胡沙远，但暗忆、江南江北。想佩环月夜归来，化作此花幽独"，用少陵事。皆用事不为事所使。——《词源·用事》

（清）许昂霄：别有炉锤熔铸之妙，不仅以隐括旧人诗句为能。"昭君不惯胡沙远"四句，能转法华，不为法华所转。宋人咏梅，例以弄玉太真为比，不若以明妃拟之尤有精致也。胡澹庵诗，亦有"春风自识明妃面"之句。"还教一片随波去"二句，用笔如龙。"但暗记江南江北"，借用法。"莫似春风"三句，翻案法。作词之法贵倒装，贵借用，贵翻案。读此二阕，秘钥已尽启矣。——《词综偶评》

（清）陈廷焯：南渡以后，国势日非。白石目击心伤，多于词中寄慨，不独《暗香》、《疏影》二章发二帝之幽愤，伤在位之无人也。特感慨全在虚处，无迹可寻，人自不察耳。……即比兴中，亦须含蓄不露，斯为沉郁，斯为忠厚。……白石郁处不及碧山，而清虚过之。——《白雨斋词话》

（清）沈祥龙：词当意余于辞，不可辞余于意。……白石"犹记深宫旧事，那人正睡里，飞近蛾绿"，用寿阳事，皆为玉田所称。盖辞简而余意不尽也。——《论词随笔》

咏　梅　　（南宋）高似孙

舍南舍北雪犹存，山外斜阳不到门。一夜冷香清入梦，野梅千树月明村。

梅　　（南宋）戴复古

孤标粲粲压群葩，独占春风管岁华。几树参差江上路，数枝妆点野人家。冰池照影何须月，雪岸闻香不见花。绝似人间隐君子，自从幽处作生涯。

（元）方回：皆前人已曾道之句，而律熟句轻，颇亦自然，亦不可弃

也。——《瀛奎律髓汇评》

（清）纪昀：此评确。○是浅弱，非自然。——同上

寄寻梅　　（南宋）戴复古

寄声说与寻梅者，不在山边即水涯。又恐好枝为雪压，或生幽处被云遮。蜂黄涂额半含蕊，鹤膝翘空疏带花。此是寻梅端的处，折来须付与诗家。

（元）方回：轻快可喜。石屏戴复古，字武之，天台人。早年不甚读书，中年以诗游诸公间，颇有声。寿至八十余。以诗为生涯而成家。盖"江湖"游士，多以星命相卜，挟中朝尺书，奔走闽台郡县糊口耳。庆元、嘉定以来，乃有诗人为谒客者，龙洲刘过改之之徒不一人，石屏亦其一也。相率成风，至不务芸子业，干求一二要路之书为介，谓之"阔圙"，副以诗篇，动获数千缗以至万缗。如壶山宋谦父自逊，一谒贾似道，获楮币二十万缗以造华居是也。钱塘、湖山，此曹什伯为群，阮梅峰秀实、林可山洪、孙花翁季蕃、高菊涧九万，往往雌黄士大夫，口吻可畏，至于望门倒屣。石屏为人则否，每于广座中，口不谈世事，缙绅多之。然其诗苦于轻俗，高处颇亦清健，不至如高九万之纯乎俗。如刘江村澜，最晚辈。本天台道士，能诗，还俗，磨莹工密，自谓晚唐。予及识其人，今亦归九泉，而处士诗名遂绝响矣。故因取石屏此诗，而详记之于此。——《瀛奎律髓汇评》

（清）无名氏（乙）：国运末造，处士横议。此即袁子才论曾茶山诗所谓衣敝褐，足蹑破屣，造士大夫之堂，然高座，腾其口说，雌黄当世，挟制士大夫，使人望而畏之。以盗高名，以邀厚利。即山人墨客，村野布衣，无人不以孔、颜、曾、闵自居。且徒党众多，群相附和，使士大夫不敢撄其锋、不敢不遂其欲。不特宋之结习如是，即明季国步已更，而社风愈厉。有王者作，比而诛之，亦可哀矣。——同上

（清）纪昀：野调。——同上

霜天晓角·梅　　（南宋）萧泰来

　　千霜万雪，受尽寒磨折。赖是生来瘦硬，浑不怕、角吹彻。　　清绝。影也别，知心惟有月。原没春风情性，如何共、海棠说。千万二字极言霜雪降次之多，范围之广，分量之重，来势之猛，既有时间感、空间感，又有形象感、数量感。"浑不怕"即"全不怕"。陈亮《梅花诗》："欲传春消息，不怕雪里埋。"梅花为什么"瘦"？因为寒梅吐艳时，绿叶未萌，疏枝斜放，故曰"瘦"。如何"硬"？当严霜铺地，大雪漫天，而梅傲然挺立，生气勃勃，故曰"硬"。林和靖"疏影"乃虚写，美其风致；"瘦硬"则实写，赞其品格也。○"影也别"翻进一层，说梅花不仅具有"瘦硬"、"清绝"与"众摇落独鲜妍"的品质，就连影儿也与众不同，意味不同流俗，超逸出尘，知音难得，自然勾出"知心惟有月"一句。黄昏月下，万籁俱寂，惟一轮朦胧素月与冲寒独放的梅花相互依傍，素月赠梅以疏影，寒梅报月以暗香，词人虽以淡语出之，但其含蕴之深，画面之美，境界之高，煞是耐人寻味。○花之荣枯，各依其时，人之穷达，各适其性。本来不是春荣的梅花，一腔幽素怎能向海棠诉说呢？

　　（清）陈廷焯：刻挚极矣，即词可以见气骨，但微少浑含耳。——《放歌集》

　　又云：词贵浑涵，刻挚不浑涵，终属下乘。晁无咎《咏梅》云"开时似雪，谢时似雪，花中奇绝。香非在蕊，香非在萼，骨中香彻"。费尽气力，终是不好看。宋末萧泰来《霜天晓角》一阕，亦犯此病。——《白雨斋词话》

落梅二首　　（南宋）刘克庄

　　一片能教一断肠，可堪平砌更堆墙。飘如迁客来过岭，坠似骚人去赴湘。乱点莓苔多莫数，偶粘衣袖久犹香。东风谬掌花权柄，却忌孤高不主张。

昨夜尖风几阵寒，心知尤物久留难。枝疏似被金刀剪，片细疑经玉杵残。痛叱山童持箒去，苟留野客坐苔看。月中徒倚凭空树，也胜吴儿赏牡丹。

（元）方回：潜夫淳熙十四年丁未生，二十五为靖安尉，嘉定中从李珏江淮制幕，监南狱庙以归。诗集始此。初有《南岳五稿》。此二诗嘉定十三年庚辰作，年三十四，时正奉祠家居。后从辟巡广西，帅蜀，知建阳县。当宝庆初，史弥远废立之际，钱塘书肆陈起宗之能诗，凡"江湖"诗人皆与之善。宗之刊《江湖集》以售，《南岳稿》与焉。宗之赋诗有云"秋雨梧桐皇子府，春风杨柳相公桥"。哀济邸而诮弥远，本改刘屏山句也。敖臞庵器之为太学生时，以诗痛赵忠定丞相之死，韩侂胄下吏逮捕，亡命。韩败，乃始登第，致仕而老矣。或嫁"秋雨"、"春风"之句为器之所作，言者并潜夫《梅》诗论列，劈《江湖集》板，二人皆坐罪。初弥远议下大理逮治，郑丞相清之在琐闼，白弥远中辍，而宗之坐流配。于是诏禁士大夫作诗，如孙花翁惟信季藩之徒，寓在所改业为长短句。绍定癸巳，弥远死，诗禁解，潜夫为《病后访梅》九绝句云"梦得因桃却左迁，长源为柳忤当权。幸然不识桃并柳，却被梅花累十年"，又云"一言半句致魁台，前有沂公后简斋。自是君诗无警策，梅花穷杀几人来"，又云"春信分明到草庐，呼儿沽酒买溪鱼。从前弄月嘲风罪，即日金鸡已赦除"。时潜夫废闲恰十年矣。其诗格本卑，晚而渐进。如此诗"迁客"、"骚人"、"金刀"、"玉杵"二联，皆费装点，气骨甚弱。如《忆真州梅园》诗，《次韵方孚若瀑上种梅》"窗"、"庞"之韵至于十首，今无可选。后集梅绝句至百首，谓之百梅。如方乌山澄孙诸人，各和至百首。颇不无赘，而亦有奇者。惟此可备梅花大公案也。——《瀛奎律髓汇评》

（清）查慎行：《江湖集》今名《宋人小集》，乃钞本，余于癸巳冬购得之，尚有"栅北大街睦亲坊陈解元书坊刊印"字样。——同上

（清）纪昀：虚谷云"如此诗迁客、骚人、金刀、玉杵二联，皆费妆点，气骨甚弱"，确评。○二首粗而且俗，一无可采。——同上

（清）冯班："玉杵"句好。牡丹非吴地花，梅花吴中甚多。——同上

鹊桥仙　　（金）元好问

孤根渐暖，芳魂乍返，待吐檀心又懒。未先拈出一枝香，算只是、司花会拣。　　情缘未断，韶华易减，早去寻芳已晚。东风容易莫吹残，暂留与、何郎慰眼。

梅　　（金）段成己

幽香不许俗人知，才是东风第一枝。误认文君新睡起，读书窗下立多时。

浣溪沙·琴川地名。在常熟县治北。 慧日寺腊梅
（南宋）吴文英

蝶粉白梅。蜂黄蜡梅。大小乔。中庭寒尽雪微销。一般清瘦各无聊。二句意谓梅花将落也。　　窗下和香封远讯，古人以蜡封信。墙头飞玉怨邻箫。飞玉谓落花，因箫曲有梅花落故怨。夜来风雨洗春娇。风雨之来花落尽矣。

极相思·题陈藏一水月梅扇　　（南宋）吴文英

玉纤风透秋痕。凉与素怀分。乘鸾归后、生绡净剪，一片冰云。　　心事孤山春梦在，到思量、犹断诗魂。水清月冷，香消影瘦，人立黄昏。<small>上片诗人从"鸾扇"生意。李商隐《七夕》诗："鸾扇斜分反幄开，星桥横过鹊飞还。"仙人已乘鸾而去，扇上剩下一片空白。</small>

<small>（近代）俞陛云：观词中"乘鸾归后"句，殆亦写道女题扇而作。"凉与素怀分"五字，咏扇妙绝。"水清月冷"三句，水月梅合写，格高而韵远，一洗南宋慢本之习。——《唐五代两宋词选释》</small>

点绛唇·越山见梅　　（南宋）吴文英

春未来时，酒携不到千岩路。瘦还如许。晚色天寒处。　　无限新愁，难对风前语。行人去。暗消春素。横笛空山暮。<small>他词咏梅，多从色相描写，此词纯写神，把梅花与作者自己拍合在一起，抒发性灵，不粘不脱。○"千岩"点题越山。《世说新语》："顾长康从会稽还，人问山川之美，顾云：'千岩竞秀，万壑争流。草木蒙笼其上，若云兴霞蔚。'"○"瘦还如许"四字，可见作者非在此初次见梅。四字有无限轻怜细惜之情。古人咏花，多有"解语"之句，词中活用，并反其意，更觉婉曲动人。○"暗消春素"，"春素"指洁白的梅花，亦喻女子素洁的身形，由于某种愁情而消减了容姿。作者在另一首《高阳台·落梅》中云"南楼不恨吹横笛，恨晓风千里吴山"，当同此慨。</small>

花犯·谢黄复庵除夜寄古梅枝　　（南宋）吴文英

剪横枝、清溪分影，<small>剪后则清溪分影。</small>翛<small>读消，平声。</small>然镜空

晓。小窗春到。"到"字用得好。怜夜冷孀娥，月也。相伴孤照。古苔泪锁霜千点，有苔藓寄生在梅枝之上者称苔梅。古传苔梅有二种：宜兴张公洞之苔梅，苔厚花极香；绍兴苔梅，其苔如绿丝长尺余。苍华人共老。料浅雪、黄昏驿路，化用陆凯寄梅枝与范晔诗："折梅逢驿使，寄与陇头人。"飞香遗冻草。　　行云用宋玉巫山神女事。梦中认琼娘，仙女许飞琼。冰肌瘦，窈窕风前纤缟。白色纤薄之衣。残醉醒，屏山屏风。外、翠禽声小。用赵世雄罗浮山遇梅仙事。寒泉贮、绀读干，去声。壶渐暖，天气渐暖。年事对、青灯惊换了。但恐舞、一帘蝴蝶，谓落梅。玉龙谓玉笛。吹又杳。因笛有《梅花落》之曲。

（近代）俞陛云："苍华"及"青灯"句当除夕咏梅，雅切而有情致。"冻草"句兼及送梅。通首丽而有则，是其长处。——《唐五代两宋词选释》

一萼红·石屋探梅　　（南宋）王沂孙

思飘飘。拥仙姝独步，明月照苍翘。在候犹迟，庭阴不扫，门掩山意萧条。抱芳恨、佳人分薄，似未许、芳魄化春娇。雨涩风悭，雾轻波细，湘梦迢迢。　　谁伴碧尊雕俎？笑琼肌皎皎，绿鬓萧萧。青凤啼空，玉龙舞夜，遥睇河汉光摇。末须赋、疏香淡影，且同倚、枯藓枯藓，为梅树中一种。范成大《梅谱》云："古梅会稽最多，四明、吴兴间亦有之。其枝樛曲万状，苍藓鳞皴，封满全身。"听吹箫。听久余音欲绝，寒透鲛绡。按：石屋在杭州南高峰下。董嗣杲《西湖百咏》注云：石屋在大仁院内。钱氏建。岩石虚广若屋，下有洞路，石上镌五百罗汉。屋上建阁三层。

（清）陈廷焯：托志孤高。——《词则·大雅集》

一萼红·丙午春赤城山中题花光卷

一萼红·丙午春赤城山中题花光卷 <small>丙午为元大德
十年，赤城山在浙江省会稽（今绍兴市）东南。花光卷指花光长老所绘梅花卷。
周密《志雅堂杂钞》：衡州有华光山，其长老仲仁能作墨梅，
所谓花光梅是也。</small> 　（南宋）王沂孙

　　玉婵娟。甚春余雪尽，犹未跨青鸾。<small>喻梅花凋谢。</small>疏
萼无香，柔条独秀，应恨流落人间。记曾照、黄昏淡
月，渐瘦影、移上小栏干。一点清魂，半枝空色，芳意
班班。　　重省嫩寒清晓，过断桥流水，问信孤山。
冰粟微销，尘衣不浣，相见还误轻攀。未须讶、东南倦
客，掩铅泪、看了又重看。故国吴天树老，雨过风残。

　　（清）陈廷焯：（碧山）《一萼红·赤城山中题梅花卷》云"疏萼无香，
柔条独秀，应恨流落人间"，后半云"重省嫩寒清晓……雨过风残"，身世
之感君国之恨，一一可见。——《词则·大雅集》

　　（近代）俞陛云：起六句确是题梅花卷而非咏梅。"玉婵娟"三句云
思霞想，破空而来。"淡月"、"栏杆"二句咏花影以衬托画梅，仍不实赋
梅花，词心灵妙。下阕"孤山"句，罗浮庾岭，梅花盛处，而独言孤山者，
盖寓宗国之思，故歌拍有"故国"、"风残"之慨。后幅与姜白石《疏影》词
同意。掩泪频看，低徊不尽，与禾黍周原同感吴。——《唐五代两宋词
选释》

花犯·苔梅　　（南宋）王沂孙

　　古婵娟，苍鬟素靥，盈盈瞰流水。断魂十里。叹
绀缕飘零，难系离思。故山岁晚谁堪寄，琅玕聊自倚。

谩记我、绿蓑冲雪、孤舟寒浪里。　　　三花两蕊破蒙茸，依依似有恨，明珠轻委。云卧稳，蓝衣正、护春憔悴。罗浮梦、半蟾挂晓，幺凤冷、山中人乍起。又唤取、玉奴归去，余香空翠被。《梅谱》云："苔梅有苔须垂于枝间，或长数寸，风至飘飘，殊为可玩。"《癸辛杂识》记宜兴梅云："古梅苔藓苍翠如虬龙，皆数百年物也。有小梅仅半寸许，丛生苔间，着花极晚，询之士人云：梅之早者皆嫩树，故得春早，树老得春迟也。"词中所说之三花两蕊似即梅干上破苔丝而出的小梅。古代杭州有民间传说，谓龙凤戏珠，珠落而化为西湖，龙凤也随之化为玉龙、凤凰二山，故西湖有明珠之称。古谣云："西湖明珠自天降，龙凤飞舞到钱塘。""明珠轻委"暗指南宋王朝纳表出降，轻易将明珠委弃于人。如此，则小梅依依之恨就非同寻常了，乃是国破之恨，山河失落之恨了。虬干古梅所俯瞰的不只是流水，还有人间兴亡。前后暗相沟通，构思甚为缜密。○"罗浮梦"事见《龙城录》："相传隋开皇中，赵师雄游罗浮，天寒日暮，见松间有酒肆，旁舍一美人淡妆靓色，素服出迎，与语，芳香袭人，因相与扣酒家门共饮。师雄既醉而卧，比醒，起视，乃在梅花树下，上有翠羽啾嘈相顾，月落参横，但惆怅而已。后遂称梅花梦为罗浮梦。"○"玉奴"本南朝齐东昏侯妃潘氏名。齐亡，义不受辱，既见缢，洁美如生。咏梅而涉及玉奴者，有苏轼《次韵杨公济奉议梅花》："月地云阶漫一樽，玉奴终不负东昏。临春结绮荒荆棘，谁信幽香是返魂。"

（清）周济：赋物能将人、景、情思一起融入，最是碧山长处。由其心细笔灵，取径曲，布势远故也。——《宋四家词选》

（清）陈廷焯：碧山《花犯·苔梅》云"三花两蕊破蒙茸，依依似有恨，明珠轻委。云卧稳、蓝衣正，护春憔悴。罗浮梦、半蟾挂晓，幺凤冷、山中人乍起"，笔意幽索，得屈宋遗意。——《白雨斋词话》

疏影·梅影　　（南宋）周　密

冰条木叶。又横斜照水，一花初发。素壁秋屏，招得芳魂，仿佛玉容明灭。疏疏满地珊瑚冷，全误却、扑花幽蝶。甚美人、忽到窗前,镜里好春难折。　　闲想孤山旧事,浸清漪、倒映千树残雪。暗里东风,可惯无情,搅碎一帘香月。轻妆谁写崔徽面,认隐约、烟绡重叠。记梦回、纸帐残灯,瘦倚数枝清绝。咏梅都感到不足以异于世俗,于是咏梅影,梅影更为清幽。李后主《浪淘沙》"想得玉楼瑶殿影,空照秦淮",张先《天仙子》"云破月来花弄影"都是写景物的影。至于林和靖"疏影横斜水清浅"两句,原是写梅花的影和香。○开头三句,就梅在水中倒影写的。孙惟《点绛唇》:"系春不住,又折冰枝去。"蔡伸《点绛唇》:"绿尊冰花,数枝清影横疏牖。"吴潜《暗香》:"犹怕冰条冷蕊,轻点污,丹青凡笔。"○"素壁"三句,转写梅影映在白壁与屏风上,像招来梅魂,在月围和风拂下时明时灭。"疏疏"三句,说横斜像珊瑚似的倒影。王沂孙《一萼红》:"一树珊瑚淡月,独照黄昏。"用珊瑚比梅影,因上段是从不同角度分写梅影的,所以结尾别是一种比拟。"甚美人"三句,化用卢仝《有所思》"相似一树梅花发,忽到窗前疑是君"句意。张炎《疏影·梅影》:"窥镜蛾眉淡扫,为客不在貌,独抱孤洁。"周密此词上片分写水中、壁、屏上、地上、窗前、镜中梅花影,纯从词人鉴赏景象着笔,下片才写到情。○"闲想"即渗入作者感情,回忆当年孤山赏梅美况,也是为了加深对梅影美的描写。"暗里东风"三句实际上是描写梅影在帘上摇动。说东风这样无情,吹动帘幕,使映在帘上的月影梅影都被搅碎。"轻妆"二句,说朵朵梅花被明月照映上疏帘,仿佛薄纱剪成的花,千重万叠。崔徽是元稹《崔徽歌》中记载的歌女名,因所恋人去,不及相从,因而成疾,托人写其肖像以寄。切"影"字(写真)。"记梦回"三句是说:还记得梦醒时,睡在画着梅花的纸帐中(宋人有此纸帐,隐士最喜欢用),灯已烧残,正照纸帐上的几枝梅花瘦影,感到清幽到了极点。陈三聘《朝中措》云:"柳色野塘幽兴,梅花纸帐轻寒。"辛弃疾《满江红》:"纸帐梅花归梦觉,莼羹鲈鲙秋风起。"吴潜《永遇乐》:"如今但,梅花纸帐,睡魔欠补。"均用梅花纸帐来表示隐逸清幽的。

(清)陈廷焯:思深意远。——《词则·大雅集》

疏影·梅影　　(南宋)张炎

黄昏片月。似碎阴满地,还更清绝。枝北枝南,疑

有疑无，几度背灯难折。依稀倩女离魂处，缓步出、前
村时节。看夜深、竹外横斜，应妒过云明灭。　　　窥镜
蛾眉淡抹。为容不在貌，独抱孤洁。莫是花光，描取
春痕，不怕丽谯吹彻。还惊海上燃犀去，照水底、珊瑚
如活。做弄得、酒醒天寒，空对一庭香雪。邱鸣皋云，大凡写
影，尤其是梅影，必写月。"黄昏片月"为梅影准备了条件。作者从七个方面刻画梅
影，这里姑称为"梅影七笔"：一、初笔。"似碎月"两句，写清绝影。先从"碎阴"比
梅影，但梅影却又不同于一般的"碎阴"，所以紧接着"还更清绝"逼进一句，抑"碎
阴"而扬"梅影"。"清绝"二字写出了梅影纤尘不染、绝顶高洁的品格。苏东坡、谢
惠连以"雪魄冰魂"、"冰肌玉骨"等字咏梅，此处却从"雪、冰、玉"等字中炼出"清"
字，而且"清"至于"绝"，相比之下，这样更空灵，给人更多想象余地。二、次笔。
"枝北"三句，写"疑似影"。《吕氏春秋》："疑似之迹，不可不察。"影既清绝，引起把
玩之念，但枝北枝南，环绕再三，及至"背灯"而折，却又不可捉摸。"背灯"犹言离开
灯光。"几度"屡次也。不可折取，故而"疑有疑无"有绕枝之叹也。可见对梅影的
挚爱。三、第三笔。"依稀倩女离魂处"三句，是写"飘渺影"。倩女离魂出于（唐）
陈玄祐《离魂记》。说衡州张镒有女倩娘与镒甥王宙相恋，后镒将倩娘另许他人，王
宙含恨离去。夜间倩娘之魂赶至王宙船上，随王入蜀。五年后，两人回家，房内卧
病的倩娘闻声相迎，两女遂合为一体。词以倩娘比梅，魂比梅影，魂从倩女出，影自
梅中来，殊为巧喻。重点在一"魂"字，并用"依稀"加以修饰。四、第四笔。"看夜
深，竹外横斜"两句，是写"竹外影"。此是一笔特写镜头。"横斜"是梅影，出林和靖
诗。"应妒过云明灭"是"过云明灭应妒"的主谓倒装句，是说忽明忽暗（即明灭）的
云彩，看到"竹外横斜"的梅影，也应有妒意吧！以明灭的过云作陪笔，以衬梅影之
美。同时又引进了"竹"，除竹是岁寒三友之外，出古人的一种多层次的审美观。苏
轼《和秦太虚梅花》："竹外一枝斜更好。"五、第五笔。是下片的前三句，写"淡洁
影"。词人调换了角度，写镜中的梅影。周密《疏影·梅影》："甚美人，忽到窗前，镜
里好春难折。"张炎则用"窥镜"包容了窗外的一切。一个"窥"字，立即给人一种美
人临窗的美感。比周密空灵。"蛾眉淡抹"一个"淡"字，引发出了"为容不在貌，独
抱孤洁"两句。六、第六笔。"莫是花光"三句，是沿第五笔的意脉，写"贞固影"。
"丽谯"是城门上的鼓楼。"莫是"，莫非是。这娟娟的梅影，莫非是花光和尚笔下所
描写的一痕春色？（花光和尚名仲仁，与苏轼同时，善画梅。山谷有诗云："雅闻花
光能画梅，更乞一枝洗烦恼。"）张元幹《卜算子》："芳信着寒梢，影入花光画。"即使

"丽谯"上吹起了《落梅花》的角声,她也不怕。这一笔,与其说是化用李白"黄鹤楼中吹玉笛"诗意,倒不如说是直接用萧泰来的词:"赖是生来瘦硬,浑不怕,角吹彻。"七、第七笔。"还京海上燃犀去"三句,写"玲珑影"。"燃犀"见《晋书·温峤传》。此三句重点在于"珊瑚如活"。此不仅是珊瑚所处海底的特殊环境,而且是在燃犀所照之下。词人又以"惊"、"如活"加以渲染。词人极尽珊瑚之美,目的在于表现梅影之美。○以上七笔,肖形肖神,把"影"写活了。词的结句,突然拈出"酒醒"二字,这才从迷离惝恍之中醒悟过来。原来上面所说的,是在醉眼朦胧、似真似幻的情况中,皆是"酒"在作弄。而眼前只是"空对一庭香雪"。○"酒醒"暗用了《龙城录》赵师雄的故事,他遇到了梅花仙。○此词用有生命的形象来状无生命的"影",比拟、衬托、夸张、渲染、用典,加作者的心理感受,创造了一种洗尽铅华的空灵美。发展下去,由写地上影转到镜中的影、水中的影,总之要离开地面了。写影之作愈见清幽、奇绝,但也并非纯粹写物,其中有词人深沉的寄托。

　　（清）许昂霄:《疏影》人巧极而天工错,草窗亦应退三舍避之。("黄昏片月")标出眼目。("几度背灯难折")句中句。("窥镜娥眉淡抹"八句)三层模写,赋而比也。——《词综偶评》

　　（清）周济:玉田才本不高,专恃磨砻雕琢,装头作脚,处处妥当,后人翕然宗之。然如《南浦》之赋"春水",《疏影》之赋"梅影",逐韵凑成,毫无脉络,而户诵不已,真耳食也。——《宋四家词选序论》

　　（清）陈廷焯:《疏影》(《梅影》)起笔实写影字,正妙不假敷佐,何等笔力。处处见笔力。清虚骚雅,竟似白石。——《云韶集》

　　又云:"照水底,珊瑚疑活"句,姿态横生。——《词则·大雅集》

　　（近代）俞陛云:前半虽句句赋梅影,而犹着迹象,意所易到,不若后阕"花光"以下七句,从空际传神,见灵心妙腕也。——《唐五代两宋词选释》

墨　梅　　（元）王冕

　　我家洗砚池头树,朵朵花开淡墨痕。不要人夸颜色好,只留清气满乾坤。

梅花九首（其一）　　（明）高启

琼姿只合在瑶台，谁向江南处处栽。雪满山中高士卧，月明林下美人来。寒依疏影萧萧竹，春掩残香漠漠苔。自去何郎指南朝诗人何逊，作有梅花诗。无好咏，东风愁寂几回开。

梅　花　　（明）唐寅

山上雪如梅，山下梅如雪。怪底暗香清，浮动黄昏月。

失　题　　（清）归庄

骤雨狂风阻我行，灵岩云木半途迎。泛湖船换登山屐，西子缘多范蠡情。香径界开浓雾色，琴台收得片霞明。远公飞锡湘潭去，几树梅花伴磬声。

虎山桥　　（清）汪琬

新柳条垂着水齐，画桥行傍虎山堤。卷帘渐觉香风入，一路梅花到崦西。顾禄《清嘉录》："邓尉在光福里，去城七十里，因后晋青州刺史郁泰元葬此，又名元墓。……康熙中巡抚宋荦题"香雪海"之宅于崖壁，其名遂著。"○《乾隆吴县志》："梅花以惊蛰为候，最盛者以元墓，铜坑为极，马家山，费家河头……皆游赏处也。而邓尉山前香花桥上，坐而玩之，日暖风来，梅花万树，真香国也。'梅花最深处，在铜坑中，有吟香阁，宋高士先朝仪凤所建，阁已亡。

梅花诗四首　　（清）周赟

为爱梅花欲断魂，酒怀难遣是黄昏。逆风香里随筇去，知在月明何处村？

破除万事已衰年，说与梅花也可怜。树底婆娑倚寥寂，只将诗句斗清妍。

谁识闲中别有情，酒醒时已夜三更。须眉影落溪光里，人与疏梅一样清。

迢迢良夜此江乡，独往寻诗兴觉狂。欲向荒寒参妙谛，满身花影满头霜。

江阴韩园探梅　　（清）陈祖范

步屧城东柳欲芽，荒园十亩枕江斜。就中铁干根株老，傲睨春风不肯花。汪佑南《山径草堂诗话》："傲骨棱棱，尘世荣华不值一笑。"

和童二树梅花　　（清）邵晋涵

折枝赠别晓江寒，好句长留画壁看。三载销魂梅

岭雨,黄梛根苦荔支酸。

梅　花　　（清）法式善

但有梅花看,何妨长闭门? 地偏车马少,春近雪霜温。老剩书藏篓,贫余酒在樽。说诗三两客,往往坐灯昏。

秋史之弟山泉进士书来,谓以梅花一龛供养吾诗,赋此寄之　　（清）吴嵩梁

诗佛谁将瘦岛参,海东迢递接天南。鸡林近日传新句,吾与梅花共一龛。梁绍壬《两般秋雨盦随笔》:"西江吴兰雪《嵩梁》中翰工诗,高丽使臣得其所著诗,称为'诗佛',而筑一龛以供之,种万树梅花。"

己亥杂诗　　（清）龚自珍

忽向东山感岁华,恍如庾岭对横斜。敢参黄面瞿昙句,此是森森阙里花。按:瞿昙是释迦牟尼的姓,又译作乔达摩,后人以瞿昙代指释迦牟尼。○《萨遮迦大经》:"时有诸人见我如是,有作斯念:沙门瞿昙是黑色。有作斯念:沙门瞿昙非黑色,乃是褐色。有作斯念:沙门瞿昙非黑色,亦非褐色,沙门瞿昙是黄金色。"

红梅四首　　（清）沈曾植

江城万雪冻木折,天工不悭深色花。尽作朱看无

碧处，偶然水静见枝斜。绛跗梦破垂垂老，翠羽巢倾
念念差。强恢丹心缄密蒂，为谁孤萼启春华。

故着娇红上瘦枝，小风晴日弄迟迟。不从月地矜
奇夜，自向霜余得冶思。天女花身无漏果，老天色相
已空时。朱朱白白谁差别，正好香闻鼻观知。

屈指东风有闹春，知君早已蜕仙尘。余妍竞作千
红秀，先醒难留一染身。小醉未须欺酒面，晚妆犹与
点歌唇。万山如梦霞如海，别向罗浮见丽人。

吹笛关山落照残，秾华谁信更孤寒。人间久失燕
支色，竹外长疑汨点斑。含采苦经春轧轧，攀枝还堕
雪珊珊。广平铁石曾相许，漫作寻常素面看。

答夏公子二绝句<small>公子名伏雏。</small>　（清）僧敬安

公子前身绿萼华，樊山应是赤城霞。老僧自抱冰
霜质，碧雾朱尘没一些。

红梅太艳绿梅娇，斗韵争妍寄兴遥。应笑白梅甘
冷淡，独吟微月向溪桥。<small>自序云：余有白梅诗十首，樊山方伯有红梅诗
二十四首。今夏伏雏又有绿梅诗三十首。有"红梅布政"、"白梅和尚"、"绿梅公子"之
称。伏雏复以七古一章见贶，盖欲以公子之艳情争和尚之冷趣也。戏作二绝句答之。</small>

题汤贞愍梅花二首　　（清）梁鼎芬

犯冷穿行数十松，老夫乘兴不支筇。寒云淡日梅花世，伴我衰迟有鹿踪。

苦意贞心偶见花，人生各自有天涯。纷纷桃李千杯酒，何似寒家一碗茶。

人月圆·梅　　（近代）王国维

天公应自嫌寥落，随意着幽花。月中霜里，数枝临水，水底横斜。　　萧然四顾、疏林远渚，寂寞天涯。一声鹤唳，殷勤唤起，大地清华。

三、水　仙

次韵中玉水仙花二首　　（北宋）黄庭坚

借水开花自一奇，水沉为骨玉为肌。暗香已压酴醾倒，只比寒梅无好枝。与梅花比，作者不写其同只写其异。显示水仙柔弱的性格——阴柔之美。

淤泥解作白莲藕，雪白之藕出于淤泥。粪壤能开黄玉花。指水仙。可惜国香天不管，随缘流落小民家。国香,是名花,是佳丽,是诗人自喻?

王充道送水仙花五十枝，欣然会心，为之作咏二首　（北宋）黄庭坚

凌波仙子生尘袜，曹植《洛神赋》:"凌波微步,罗袜生尘。"水上轻盈步微月。是谁招此断肠魂，种作寒花寄愁绝。

含香体素欲倾城，山矾是弟梅是兄。坐对真成被花恼，出门一笑大江横。作者于建中靖国元年(1101)五十一岁时,奉台自四川回到湖北,乞知太平州(治所在今安徽当涂)在荆州沙市候命时所作。

贺新郎·赋水仙　（南宋）辛弃疾

云卧衣裳冷。看萧然、风前月下，水边幽影。罗袜尘生凌波去,荡沐烟波万顷。爱一点、娇黄成晕。不记相逢曾解佩,甚多情、为我香成阵? 待和泪,收残粉。　灵均千古怀沙恨。记当时、匆匆忘把,此仙题品。烟雨凄迷僝僽损,翠袂摇摇谁整。谩写入、瑶琴幽愤。弦断招魂无人赋,但金杯的　银台润。愁酒、又独醒。

　　（近代）俞陛云：首五字即隐含水仙神态。以下五句实赋水仙，中用"汤沐"二字颇新。"解佩"二句无情而若有情，自是隽句。下阕因水仙而涉想灵均，犹白石之《暗香》、《疏影》，咏梅而涉想寿阳、明妃，咏花而兼怀古，便有寄托。水仙在百花中，高洁与梅花等，而不入楚辞，作者特拈出之。以下"烟雨凄迷"等句，皆幽怨之音。"招魂"句非特映带上句"怀沙"，且用琴中《水仙操》，而悲愤弦断，当有蒙尘绝望之感。结句借水仙之花承金盏，联想及众皆　酒而我独醒耳。——《唐五代两宋词选释》

金人捧露盘·水仙花　　（南宋）高观国

　　梦湘云，吟湘月，吊湘灵。有谁见、罗袜尘生？凌波步弱，背人羞整六铢轻。娉娉嫋嫋，晕娇黄、玉色轻明。　　香心静，波心冷、琴心怨、客心惊。怕佩解、却反瑶京。杯擎清露，醉春兰友与梅兄。苍烟万顷，断肠是、雪冷江清。黄庭坚咏水仙诗有"凌波仙子生尘袜，水上轻盈步微月"句。○"六铢"指六铢衣，佛经中称忉利天衣重六铢，是一种极薄极轻的衣服，由此可见其体态绰约，这里用来表现水仙的体态之美。先用一"晕"字染出水仙花色泽（娇黄）的模糊浸润，再以"玉色"加以形容，而"轻明"状其质地薄如鲛绡，莹如润玉。○"香心静"写花，"波心冷"写水仙所居之水。水仙冬生，黄庭坚称为"寒花"，有姜白石《扬州慢》"波心荡，冷月无声"的意境。○欧阳修"解佩"喻花落春归，《玉楼春》云："闻琴解佩神仙侣，挽断罗衣留不住。"○"瑶京"指神仙所居之宫室。○水仙花状如高脚酒杯，故有"杯擎清露"句，《山堂肆考》以水仙花为"金盏银台"。作者从花的形状展开想象：这杯中盛满了醇酒般的清露，高高擎起，使兰友梅兄都为之酣醉。梅、水仙、春兰皆次第而开，故有兄、友之说。

庆宫春·水仙花　　（南宋）王沂孙

　　明玉擎金，纤罗飘带，为君起舞回雪。柔影参差，幽芳零落,翠围腰瘦一捻。岁华相误,记前度、湘皋怨别。哀弦重听,都是凄凉,未须弹彻。　　国香到此谁怜?烟冷沙昏,顿成愁绝。花恼难禁,酒销欲尽,门外冰澌初结。试招仙魄,怕今夜、瑶簪冻折。携盘独出,空想咸阳。故宫落月。上片句句写宫中美人的体态和舞姿,又句句与水仙花切合,措辞十分精巧。水仙花的白瓣黄心,有"金盏银台"之称,又有"柔玉棱棱衬嫩金"的美誉;这被词人联想为"明玉擎金",可谓妙手偶得。上文愈写其婀娜秀美,愈显下文横遭摧残之可痛惜;愈写其纤小柔弱,愈显下文摧残之酷。"岁华相误"至上片绾句,用有关湘妃的传说,再次挑明了词中主人公的身份与处境。称水仙为国香,见黄山谷《次韵中玉水仙花》诗。○从辞宫去国的"怨别"、"哀弦"、"凄凉"一直到塞外飘零的"愁绝",借宫女的哀伤把悲悼南宋覆灭的情绪推到了顶点。"花恼难禁"三句深沉厚重,《蕙风词话》说"当于无字处为曲折,切忌有字处为曲折",此三句可味此意。○"域招仙魂"二句,意为:流落异域的水仙啊!让我招回你的芳魂吧!今夜太冷了,恐怕连你头上的玉簪也能冻断啊!岑参边塞诗有"都护宝刀冻欲断"句,武夫之词也,不意在碧山手里化为"瑶簪冻折"的悲怆之语,由水仙花的花瓣萎落,联想到"瑶簪冻折",写得寒气逼人。以上连用"冷、冰、冻"三字,以天气的严寒表现元朝统治下的现实,有力地道出了词人内心的彻骨冰冷,家国兴亡的痛楚。○"携盘独出",回顾了开头的"明月擎金",对比之下,更觉黯然。词人直用李贺《金铜仙人辞汉歌》"携盘独出月荒凉"句意,借汉喻宋,明白地泄露家国败亡的旨意,这是本篇的点睛之笔。《宋四家词选序论》云:"咏物最争托意,隶事处以意贯串,浑化无痕,碧山胜场也。"○此词很自然地将洛神、湘灵,以及铜仙辞汉的典故溶化进去,从而暗示亡国宫嫔的题意。周尔墉《绝妙好词笺》云:"用事有以盐着水之妙。"

　　(清)陈廷焯:若有人兮,立而望之,翩姗姗其来迟。"哀弦"三句凄冷。寄慨无穷,结笔亮:谪仙之遗也。——《云韵集》

　　又云:凄凉哀怨,其为王清惠作乎?——《白雨斋词话》

　　(近代)俞陛云:起笔二句工整。"起舞"、"瘦腰"四句从水仙化身着想,遂觉仙影翩嬛,色香双绝。"前度"句以湘皋映带水仙,而以"怨别"二字领起下阕之意。"哀弦"三句用琴中《水仙操》以切合本题。且廿五湘弦与"湘皋"句融成一片。转头处"国香"句及歇拍,"故宫"句标明借

花写怨之怀，既感喟身世，复眷恋宗国，故下阕烟昏月冷等辞，满纸皆凄寒之韵也。——《唐五代两宋词选释》

绣鸾凤花犯·赋水仙 　　（南宋）周 密

　　楚江湄，湘娥乍见，无言洒清泪。淡然春意。空独倚东风，芳思谁寄。凌波路冷秋无际。香云随步起。谩记得、汉宫仙掌，亭亭明月底。　　冰弦写怨更多情，骚人恨，枉赋芳兰幽芷。春思远，谁叹赏、国香风味。相将共、岁寒伴侣。小窗净、沉烟熏翠袂。幽梦觉，涓涓清露，一枝灯影里。开头三句，以风神清洁、凝睇含泪的湘水女神的意境笼罩全篇。"淡然"不沾滞于尘事，不着意于色相。"凌波路"二句不是写秋天，而是写凌波微步，带起香云（用《洛神赋》换"尘"为"云"），却散发出无限的轻冷的寒意，在春天的气氛中给以秋威。○下片谓：《离骚》写蕙兰、白芷不如写有情的水仙。水仙像湘灵鼓瑟，冷弦弹怨，更是情多。以有声的冷弦（即冰弦）比无声的水仙，移入听觉感受，美感是可以这样错置的。一般说，兰为国香，这里说水仙为国香，讲它春思悠远，韵味深长，认为很少人赏识这种国香风味。黄山谷《次韵中玉水仙花》"可惜国香天不管，随缘流落小民家"，亦寄此意。○"相将共，岁寒伴侣"，说水仙可与松、竹、梅三友媲美。"翠袂"指水仙抽出的绿叶。○作者周密用辞非常清远，如"淡然春意"、"凌波路冷秋无际"等，在传神方面有独到之处。

　　（清）周济：草窗长于赋物，然惟此及琼花二阕，一气盘旋，毫无渣滓。他人纵极工巧，不免就题寻典，就典趁韵，就韵成句，堕落苦海矣。特拈出之，以为南宋诸公针砭。——《宋四家词选》

夷则商国香慢·赋子固凌波图子固即赵孟坚，宋之宗室。
　　　　　　（南宋）周 密

　　玉润金明。记曲屏小几，剪叶移根。经年汜人汜读巳，上声。汜人为水边丽人，见沈下贤《湘水怨解》。重见，瘦影娉婷。雨带风襟零乱，步云冷、鹅管吹春。相逢归京洛，素靥尘缁，仙掌霜凝。　国香流落恨，正冰铺翠薄，谁念遗簪。遗簪，不忘故旧。典出《韩诗外传》。水天空远，应念矾弟梅兄。渺渺鱼波望极，五十弦、愁满湘云。凄凉耿无语，梦入东风，雪尽江清。

（近代）俞陛云：子固为宋之宗室，入元后隐遁，以一舟载琴书，泊蓼滩苇岸，夕阳晓月，徜徉其间，其弟子昂访之，每拒不见，想其品节之高。则知草窗此词，皆有寓意也。起五句细切本题。"雨带"句已叹其零落。"素靥"、"仙掌"二句一悲其蒙难，一回念故宫，以正喻夹写之。下阕首句喻其沦落江湖。次二句以遗簪比遗民。"愁满湘云"句抚一曲《水仙》而怀帝子，仍意兼正喻。结拍三句东风入梦，一片空明，词境之高，亦画与人品之洁也。《珊瑚网》云："赵孟坚《水墨双钩水仙卷》自跋云：'观者求于形似之外可尔。'彝斋弁阳老人周密题《夷则国香慢》云云。"知此画乃子固惬心之作。草窗尝泊舟严陵滩，见新月出水，大笑云："此……乃我《水仙》出现也。"其爱重凌波画卷如此。——《唐五代两宋词选释》

临江仙　　（南宋）张　炎

剪剪春冰出万壑，和春带出芳丛。谁分弱水洗尘红。低回金叵罗，约略玉玲珑。金叵罗为金制的酒器，见《北齐书·祖珽传》。玉玲珑是水仙花的别名，见《广群芳谱·水仙》。叵读颇，上声。　昨夜洞庭云一片，朗吟飞过天风。戏将瑶草散虚空。灵根何处觅，只在此山中。

（清）陈廷焯：笔笔超脱。——《词则·别调集》

答唐君馈水仙花　　（清）吴翌凤

定武红瓷秀石攒，护沙应不畏春寒。怜他淡到无言处，茶热香温仔细看。

卜算子·水仙　　（近代）王国维

罗袜悄无尘，金屋浑难贮。月底溪边一晌看，便恐凌波去。　　独自惜幽芳，不敢矜迟莫。却笑孤山万树梅，狼藉花如许。笑是何意？正如冯延巳《蝶恋花》云："梅落繁枝千万片，犹自多情学雪随风转。"而陆游却有另一种说法："过时自合飘零去，耻向东君更乞怜。"

四、海　棠

海　棠　　（唐）郑谷

春风用意匀颜色，销得携觞与赋诗。秾丽最宜新着雨，娇娆全在欲开时。莫愁粉黛临窗懒，梁广丹青

428

点笔迟。朝醉暮吟看不足，羡他蝴蝶宿深枝。

（宋）朱翌：郑谷《海棠》诗云"秾丽最宜新着雨，娇娆全在欲开时"，百花惟海棠未开时最可观，雨中尤佳。东坡云"雨中有泪益凄怆"，亦此意也。——《猗觉寮杂记》

（宋）胡仔：郑谷《海棠》诗云"秾丽……"前辈谓此两句说尽海棠好处。今韩持国"柔艳着而更相宜"之句，乃用郑谷语也。○《夏斋漫录》云，郑谷《蜀中海棠》诗二首，前一云："秾丽最宜新着雨，娇娆全在欲开时。"一云："浣花溪上堪惆怅，子美无情为发扬。"……近世陈去非尝用郑意赋海棠云"海棠默默要诗催，日暮紫锦无数开。欲识此花奇绝处，明朝有雨试重来"，虽本郑意，便觉才力相去不侔矣。——《苕溪渔隐丛话》

（元）方回：三、四似觉下句偏枯，然亦可充海棠案祖也。末句有风味，恨不得如是蝶之宿于是花。别有绝句云"浣花溪上堪惆怅，子美无情为发扬"，又《和路见海棠》中二联云"一枝低带流莺睡，数片狂如舞蝶飞。堪恨路长移不得，可无人与画将归"，亦新美。——《瀛奎律髓汇评》

（清）冯舒：流走，非偏枯。情对情、景对景，方谓不偏枯，情对景，景对情，又谓是变体。梦二之梦。——同上

（清）何焯：起句妙绝，便知是海棠。○冯班云："须信"一作"梁广"，善画花木，与莫愁两人名对。——同上

（清）纪昀：三、四似小有致，终是卑靡之音。——同上

海 棠 　（北宋）韩 维

濯锦江头千万枝，当年未解惜芳菲。而今得向君家见，不怕春寒雨湿衣。

海　棠　　　（北宋）苏　轼

东风袅袅泛崇光,香雾空蒙月转廊。只恐夜深花睡去,故烧高烛照红妆。从李商隐诗"客散酒醒深夜里,更持红烛赏残花"脱胎而出也。一云,高烛指月。

春　寒　　　（南宋）陈与义

二月巴陵日日风,春寒未了怯园公。借居小园却自号园公。海棠不惜胭脂色,独立蒙蒙细雨中。

醉落魄·正月二十日张园赏海棠作　　　（南宋）管　鉴

春阴漠漠,海棠花底东风恶。人情不似春情薄。守定花枝,不放花零落。　　　绿尊细细供春酌,酒醒无奈愁如昨。殷勤待与东风约。莫苦吹花,何似吹愁却。王又华《古今词论》云:"凡词前后两结最为紧要。前结如奔马收缰,须勒得住,尚存后面地步,有住而不住之势。后结如众流归海,要收得尽,回环通首源流,有尽而不尽之意。"○一二两句,在人情(要赏花)与春情(催花落)之间形成了矛盾。如何解决这个矛盾呢?"守定花枝,不放花零落。"○下片首句,乃横下心来要守到底了……○结句乃异想天开,希望换个东西给吹吧!愁被吹却,而花却常开,不是最美好的理想境界吗?作者两段奇想、痴想,惜花与写愁目的都已达到。

锦亭燃烛观海棠　　　（南宋）范成大

银烛光中万绮霞,醉红堆上缺蟾斜。从今胜绝西园夜,压尽锦官城里花。

病中闻西园新花已茂及竹径皆成而海棠亦未过　（南宋）范成大

梅坞桃蹊斫竹初,三旬高卧信音疏。春虽与病无交涉,两莫将花便破除。只合蓬蓬随梦去,何须咄咄向空书。颇闻蜀锦犹相待,去岁今朝已雪如。

春晚卧病故事都废,闻西门种柳已成而燕宫海棠亦烂漫矣　（南宋）范成大

轩窗深窈似禅房,竟日虚明袅断香。诗债无边春已老,睡魔有约昼初长。市桥烟雨应官柳,墟苑池台自海棠。游骑行歌莫相笑,遨头六结已龟藏。

春晴怀故园海棠　（南宋）杨万里

竹边台榭水边亭,不要人随只独行。乍暖柳条无气力,淡晴花影不分明。一番过雨来幽径,无数新禽有喜声。只欠翠纱红映肉,苏轼海棠诗云:"朱唇得酒晕生脸,翠袖卷纱红映肉。"两年寒食负先生。原注:"予去年正月离家之官,盖两年不见海棠矣!"先生,指海棠。

贺新郎·海棠 （南宋）辛弃疾

着厌霓裳素。染胭脂、苧罗山下，浣沙溪渡。谁与流霞千古醖，引得东风相误。从臾入、吴宫深处。鬓乱钗横浑不醒，转越江、划地迷归路。烟艇小，五湖去。　　当时倩得春留住。就锦屏一曲，种种断肠风度。才是清明三月近，须要诗人妙句。笑援笔、殷勤为赋。十样蛮笺纹错绮，粲珠玑、渊掷惊风雨。重唤酒，共花语。

念奴娇·宜雨亭咏千叶海棠 （南宋）张 镃

绿云影里，把明霞织就，千重文绣。紫腻红娇扶不起，好是未开时候。半怯春寒，半宜晴色，养得胭脂透。小亭人静，嫩莺啼破清昼。　　犹记携手芳阴，一枝斜戴，娇艳波双秀。小语轻怜花总见，争得似花长久。醉浅休归，夜深同睡，明月还相守。免教春去，断肠空叹诗瘦。“绿云”喻其枝之密，绿阴之浓，点出“千叶海棠”的特征。“明霞”二字，喻海棠花红艳之色。“文绣”形容花叶色彩之美。“绿云”与“明霞”又是明暗对比。因花开有迟早之分，故色泽有深浅之别。深者紫而含光，浅者红而娇艳。后面以“扶不起”三字承接，生动地描绘出海棠花娇而无力的情态。“好是未开时候”，从郑谷《海棠》“娇娆全在欲开时”诗中化来。“好”字刻意描绘，写出“半怯春寒，半宜晴色，养得胭脂透”，具体而细腻地形容出海棠欲开未开时的特殊美感。上片结句，一声早莺的啼鸣，打破了清昼的寂静，也唤醒了词人的沉思，极富摇荡灵动之感。〇换头以“犹记”逆入，回忆与情人携手同游，她鬓边斜插着一枝海棠花，双眸明秀，秋波含情。此情当日，花总得为见证吧！如今花开依旧，而情人不见，深觉情缘之事"争（怎）得如花长久"！○在酒意微醺的朦胧醉境中，思人恋花，情意绵绵，暗中叮咛自己休去休云。今夜与花同睡，明日与花相守，日日夜夜与花作伴。苏轼《海棠》诗："只恐夜深花睡去，高烧银烛照红妆。""夜深"句，字面用苏轼，而又自立主意。○"免教春去，断肠空叹诗瘦"，紧接上句写出。诉说所以与花相守，形影不离，乃在于深恐韶光倏逝，花与春同去也。这样，在爱花之情中又加上惜春之情，感情份量更重，词意又增一层。

同梅溪赋秋日海棠　　（金）元好问

翠袖红妆又一新，秋风秋露发清真。丹青写入梅溪笔，桃李从今不算春。

同儿辈赋未开海棠二首　　（金）元好问

翠叶轻笼豆颗匀，胭脂浓抹蜡痕新。殷勤留着花梢露，滴下生红可惜春。

枝间新绿一重重，小蕾深藏数点红。爱惜芳心莫轻吐，且教桃李闹春风。

江城子·仿花间体咏海棠 "花间"为晚唐五代一词派。

以五代后蜀赵崇祚所编《花间集》而得名。　　（金）元好问

蜀禽啼血染冰蕤，冰蕤，白色的花。蕤读谁，平声。趁花期，占芳菲。翠袖盈盈，凝笑弄晴晖。比尽世间谁得似？

飞燕瘦,玉环肥。　　一番风雨未应稀,怨春迟,怕春归。恨不高张,红锦百重围。多载酒来连夜看,嫌化作,彩云飞。

浪淘沙·刘公子家园秋日海棠　　(金)元好问

何处挽春还?华屋金盘。一枝红雪人惊看。总为西园风露早,特地高闲。　　寂寞曲阑干,高髻云鬟。绿罗衫子瘦来宽。好个沉香亭畔月,只在秋寒。

宴清都·连理海棠　　(南宋)吴文英

绣幄鸳鸯柱。红情密,腻云低护秦树。芳根兼倚,花梢钿合,锦屏人妒。东风睡足交枝,正梦枕、瑶钗燕股。障滟蜡、满照欢丛,蠥蟾冷落羞度。　　人间万感幽单,华清惯浴,春盎风露。连鬟并暖,同心共结,向承恩处。凭谁为歌长恨?暗殿锁、秋灯夜语。叙旧期,不负春盟,红朝翠暮。《明皇杂录》载:"玄宗登沉香亭,召杨妃。杨妃酒醉未醒,高力士从侍儿扶之至,玄宗笑曰:'岂是妃子醉耶?海棠睡未足也。'"○"绣幄",古人用以护花之帐。成双的柱称鸳鸯柱。花为连理,柱也成双。《阅耕录》中记载秦中有双株海棠。故称连理海棠为"秦树"。"滟蜡",形容蜡烛泪多。上片重在写连理海棠之形态。○"蠥蟾"指月中孤寂的嫦娥。○"锁"形容宫殿为夜气笼罩,兼有被软禁之意,又值夜雨昏灯,则更为凄凉。与上片的"障滟蜡、满照欢丛"形成鲜明对照。"叙旧期"三句,花人合写。赏花者与海棠相约,希望能与红花翠叶长相对。

（近代）陈洵：此词寄托高远，其用运意，奇幻空灵；离合反正，精力弥满。若赏其炼，则失之矣。"人间万感幽单"一句，将全篇精神振起。"华清惯浴，春盎风露"，有好色不与民同乐意，天宝之不为靖康者，幸耳。此段意理全类稼轩，可以证周氏由北开南之说。稼轩豪雄，梦窗沉挚，可以证周氏由南追北之说。咏物最称碧山，然如此等作，足使碧山有望回之叹。——《海绡说词》

（近代）俞陛云：自"绣幄"至"燕股"数语赋连理，思密而藻丽。"锦屏"、"梦枕"二句尤摇漾生情。下阕别开一径，写宫怨而以美满作结，为连理海棠生色。梦窗晚年好填词，以秾丽为妍，此作字炼句，迥不犹人，可称雅制。——《唐五代两宋词选释》

江神子·李别驾招饮海棠花下　　（南宋）吴文英

翠纱笼袖映红霏。化用苏轼咏海棠："翠袖卷纱红映肉。"映红霏谓海棠在日光映照下的红毛，芳菲。冷香飞、洗凝脂。据《阅耕余录》载："昌州海棠独香，号称海棠香国。太守于邸前建香霏阁，每至花时，延客赏赋。"睡足娇多，还是夜深宜。化用《明皇杂录》杨贵妃醉酒未醒。玄宗笑曰："岂是妃子醉耶？海棠睡未足耳？"又苏轼《海棠》诗："只恐夜深花睡去，故烧高烛照红妆。"翻怕回廊花有影，移烛暗，放帘垂。　　尊前不按驻云词。谓不教唱响遏行云的歌曲。料花枝。妒蛾眉。因为唱歌的女郎嫉妒花枝的美丽。叮嘱东风，莫送片红飞。春重锦堂人尽醉，和晓月，带花归。杨铁夫《梦窗词选笺释》云："此词佳处全在下阕，上阕说海棠，不外咏物。下阕挥情愫也。以醉带花归为归宿，绝不作哀飒笔，更难。"

踏莎行·雨中观海棠　　（南宋）刘辰翁

命薄佳人，情钟我辈。海棠开后心如碎。斜风细

雨不曾晴,倚阑滴尽胭脂泪。　　恨不能开,开时又背。春寒只了房栊闭。待他晴后得君来,无言掩帐羞憔悴。"命薄佳人,情钟我辈",将词人于雨中观看海棠的情怀和盘托出。一开始就见出所咏题意,具有笼罩全篇的艺术效果。欧阳修《再和明妃曲》:"红颜胜人多薄命,莫怨春风当自嗟。"自古红颜多薄命,这是从历史上总结出来的一条规律。上片:此花此景、此境、此情,怎不令人"心如碎"呢? 描写雨中海棠,自然妥帖,不仅将海棠花开时"斜风细雨"的氛围衬托出来,又深得雨中海棠的风神,而且还把全词的感伤情调、渲染得十分强烈。○"春寒只了房栊闭"与上片"海棠开后心如碎"遥相呼应。既写雨中海棠的不幸遭际,也流露出词人不胜伤惋的心情。"无言掩帐羞憔悴",用拟人手法,将海棠花无穷的惆怅融入于羞涩无言的神态之中,与上片的结句互为因果。"羞憔悴"正由"滴尽胭脂泪"造成的。○沈祥龙《论词随笔》云:"咏物之作,在借物以寓性情,凡身世之感,君国之忧,隐然蕴于其中。斯寄托遥深,非沾沾焉咏一物矣。"

浣溪沙·西郊冯氏园看海棠　　(清)纳兰性德

谁道飘零不可怜,旧游时节好花天。断肠人去自经年。　　一片晕红才着雨,晚风吹掠鬓云偏。倩魂销尽夕阳前。

题秋海棠　　(清)纪　昀

憔悴幽花剧可怜,斜阳院落晚秋天。词人老大风情减,犹对残红一怅然。据《阅微草堂笔记》,此为其叔母之亡婢文鸾所咏也。

五、杨（柳）花

柳絮咏　　　（唐）薛　涛（女）

二月杨花轻复微，春风摇荡惹人衣。他家本是无情物，一任南飞又北飞。

汴河曲　　　（唐）李　益

汴水东流无限春，隋家宫阙已成尘。行时莫上长堤望，风起杨花愁杀人。

赠魏校书　　　（唐）朱　放

长恨江南足别离，几回相送复相随。杨花撩乱扑流水，愁杀人行知不知。

晚　春　　　（唐）韩　愈

草树知春不久归，百般红紫斗芳菲。杨花榆荚无

才思,惟解漫天作雪飞。

柳 絮 （唐）刘禹锡

飘扬南陌起东邻,漠漠蒙蒙好度春。花巷暖随轻舞蝶,玉楼晴拂艳妆人。萦回谢女题诗笔,点缀陶公漉酒巾。何处好风偏似雪,隋河堤上古江津。瞿蜕园《笺证》按:此诗似纯为咏物,非必有所指。李商隐七律多祖此派而益深曲,此大辂椎轮之异也。

柳花词三首 （唐）刘禹锡

开从绿条上,散逐香风远。故取花落时,悠扬占春晚。

轻飞不假风,轻落不委地。撩乱舞晴空,发人无限思。

晴天黯黯雪,来送青春暮。无意似多情,千家万家去。

柳 絮 （北宋）刘筠

半减依依《诗·小雅·采薇》:"昔我往矣,杨柳依依。今我来思,雨雪霏霏。"到了飘絮的时候，杨柳的风姿已经半减。**学转蓬**，蓬草。言柳絮似蓬草乱飞。**斑骓**青白相间的骏马。**无奈恣西东。**暗用《庄子》："野马也，尘埃也。"言柳絮似野马乱奔。**平沙千里经春雪**，野外之柳絮。**广陌三条尽日风。**街市之柳絮。**北斗城**指京城。**高连蠛**读入声。蠛，蠛蠓为一种小虫。**甘泉**汉宫殿名。**树密蔽青葱。**青葱为树色。**汉家旧苑眠应足**，《三辅故事》："汉苑中柳，状如人形，曰人柳。一日三眠三起。"**岂觉黄金万缕空。**初春杨柳，色如黄金。李白诗："柳色黄金嫩，梨花白雪香。"冯延巳词："杨柳风轻，展尽黄金缕。"到了飘柳絮时已失去黄金色，而绿柳成阴了。故云。作者所咏之柳絮乃宫廷之柳絮，有一种淡淡的失落感和无可奈何的愁绪。

水龙吟·杨花　　　（北宋）章　楶

　　燕忙莺懒花残，正堤上、柳花飘坠。轻飞点画青林，谁道全无才思。闲趁游丝，静临深院，日长门闭。傍珠帘散漫，垂垂欲下，依前被、风扶起。　　　兰帐玉人睡觉，怪春衣、雪沾琼缀。绣床旋满，香球无数，才圆却碎。时见蜂儿，仰粘轻粉，鱼吹池水。望章台路杳，金鞍游荡，有盈盈泪。

　　（宋）朱弁：章楶质夫作《水龙吟》咏杨花，其命意用笔，清丽可喜。东坡和之，若豪放不入律吕，徐而视之，声韵谐婉，便觉质夫词有织绣工夫。晁叔用云："东坡如毛嫱、西施，净洗却面，与天下妇人斗好，质夫岂可比耶？"——《曲洧旧闻》

　　（宋）黄昇："傍珠帘散漫"数语，形容尽矣。——《唐宋诸贤绝妙词选》

　　（宋）魏庆之：章质夫咏杨花词，东坡和之。晁叔用以为东坡如毛嫱、西施，净洗却面，与天下妇人斗好，质夫岂可比，是则然矣。余以为

质夫词中,所谓"傍珠帘散漫,垂垂欲下,依前被、风扶起",亦可谓曲尽杨花妙处。东坡所和虽高,恐未能及。诗人议论不公如此。——《诗人玉屑》

　　(清)许昂霄:东坡《水龙吟》与原作均是绝唱,不容妄为轩轾。——《词综偶评》

　　(清)黄苏:质夫,浦城人。试礼部第一,以平夏州功,累擢枢密直学士,龙图阁,端明殿学士,持同知枢密院事,卒,赠右银青光禄大夫,谥庄简。黄叔旸曰"傍珠帘"数语,形容尽矣,体会入微。韩诗"杨花榆荚无才思",白诗"香球趁拍回环迎",柳诗"仰蜂粘落絮",罗邺诗"轻轻碎粉落无香"。——《蓼园词选》

水龙吟·次韵章质夫杨花词　　(北宋)苏 轼

　　似花还似非花,也无人惜从教坠。抛家傍路,思量却是、无情有思。萦损柔肠,困酣娇眼,欲开还闭。梦随风万里,寻郎去处,又还被、莺呼起。　　不恨此花飞尽,恨西园、落红难缀。晓来雨过,遗踪何在?一池萍碎。春色三分,二分尘土,一分流水。细看来,不是杨花点点,是离人泪。综观全词,其新有二:一,避开章质夫词实写杨花而从虚处着笔,即化"无情"之花为"有思"之人。二,直是言情,非复赋物(沈谦《填词杂说》)。有此二端,遂使通篇不胜幽怨缠绵,又空灵飞动。王国维《人间词话》云:"苏词和韵而似原唱,章词原唱而似和韵。"○"无人惜"亦反衬法,暗暗逗出缕缕怜惜杨花的情意,并为下片雨后觅踪伏笔。○张炎《词源》评此词"后段愈出愈奇"。奇在何处?奇在承上片"惜"字意脉,借追踪杨花,抒发了一片惜春深情。缘物生情,以情映物,使情物交融而至浑化无迹之境。○以下由"晓来雨过"而问杨花遗踪,真是痴人痴语。○徐凝《忆扬州》:"天下三分明月夜,二分无赖是扬州。"宋初诗人叶清臣《贺圣朝》:"三分春色二分愁,更一分风雨。"苏轼的"二分尘土",与上片"抛家傍路"相呼应,"一分流水"与上文"一地萍碎"一意相承。○词由眼前的流水,联想到思妇的泪水；又从思妇的点点泪珠,映带出空中的纷纷杨花。是离人之泪似杨花,抑是点点杨花似离人之泪? 似与不似,不即不离也。

（宋）曾季狸：东坡和章质夫杨花词云"思量却是,无情有思",用老杜《白丝行》"落絮游丝亦有情"也。"梦随风万里,寻郎去处,又还被,莺唤起",即唐人诗云"打起黄莺儿,莫教枝上啼,啼时惊妾梦,不得到辽西"。"细看来不是杨花,点点是离人泪",即唐人诗云"时人有酒送张八,惟我无酒送张八。君有陌上梅花红,尽是离人眼中血"。皆夺胎换骨耳。质夫词亦自佳。——《艇斋诗话》

（宋）张炎：词中句法,要平妥精粹。一曲之中安能句句高妙? 只要拍搭衬副得去,于好发挥笔力处,极要用工,不可轻易放过,读之使人击节可也。如东坡《杨花词》云"似花还似非花,也无人惜从教坠",又云"春色三分,二分尘土,一分流水"。……此皆平易中有句法。——《词源》

（明）杨慎：坡公词潇洒出尘,胜质夫千倍。又云：质夫词,工手；坡老词仙手。——《草堂诗余》

（明）沈际飞："随风万里"、"寻郎",悉杨花神魂。又云,使以将军铁板来唱"大江东去"必至江波鼎沸；若此词,更进柳妙处一尘矣。又云,读他文字,精灵尚在文字里面；坡老只见精灵,不见文字。——《草堂诗余正集》

（清）沈谦：东坡"似花还似非花"一篇,幽怨缠绵,直是言情,非复赋物。——《填词杂说》

（清）黄苏：首四句是写杨花形态,"萦损"以下六句,是写望杨花之人之情绪。二阕用议论,情景交融笔墨入化,有神无迹矣。——《蓼园词评》

（清）陈廷焯：淋漓曲折,踌躇满志,词中能事,至斯已极。又云,身世流离之感而出以温婉语,令读者喜悦悲歌,不能自己。——《云韶集》

戏赠柳花　　（金）元好问

谁擘轻绵乱眼飘,不教翠纽缀长条? 只愁更作浮

萍了,风卷波冲去转遥。

浣溪沙·杨花　　(明)陈子龙

百尺章台撩乱吹,重重帘幕弄春晖。怜他飘泊任他飞。　　淡日滚残花影下,软风吹送玉楼西。天涯心事少人知。王士禛云:"不着形相,咏物神境。"

忆秦娥　　(明)陈子龙

春漠漠,香云吹断红文幕。香云,指杨花,亦指柳如是。红文幕。一帘残梦,任他飘泊。　　轻狂无奈东风恶,蜂黄蝶粉同零落。同零落。满池萍水,夕阳楼阁。邹祗谟云:"情景并入三昧,此譬之画家神品,不应于句字求之。"

杨　花　　(清)柳如是(女)

轻风淡丽绣帘垂,婀娜帘开花亦随。春草先笼红芍药,雕栏多分白棠梨。黄鹂梦化原无晓,杜宇声消不上枝。杨柳杨花皆可恨,相思无奈雨丝丝。

忆秦娥·杨花　　(清)宋徵舆

黄金陌,黄金指柳丝颜色。晏殊《蝶恋花》:"杨柳风轻,展尽黄金缕。"

茫茫十里春云白。喻杨花飘浮如云。李贺诗:"杨花扑帐春云热。"春云白。迷离满眼,江南江北。　　来时无奈珠帘隔,去时着尽东风力。东风力。留他如梦,送他如客。

杨　花　（清）叶燮

小蛮腰肢不胜情,断粉飘云　舞裀。莫使漫天飞不住,楼中尚有未归人。

杨　花　（清）黄慎

行人莫折柳青青,看取杨花可暂停。到底不知离别苦,后身还去作浮萍。徐祚永《闽游诗话》云:"黄莘田咏《杨花》,时人称为'黄杨花'。此诗原本云句云:'后身还说是浮萍。'方扶南见之,谓'说'字有语病。先生(指黄)遂改'去作'二字,复呈扶南。南曰:'得之矣。'前辈之虚怀服善如是。"

和柳絮诗　（清）张鹏翀

空阶匀积似铺霜,忽起因风上玉堂。纵有别情供管领,本无才思敢轻狂。散来欲着仍难起,飞去如闲恰又忙。剩有鬓丝堪比素,蜂粘雀啄底何妨。

咏柳絮　（清）汪师韩

沾襟撩袖自矜妍,未化为萍绝可怜。叹息春风竟

何意,团揉无处不成绵。

和内子柳絮　　（清）黄文旸

梅实青黄春意微,吹来柳絮拂人衣。鸳鸯宿处多芳草,化作浮萍不肯飞。

杨　花　　（清）舒　位

歌残杨柳武昌城,扑面飞花管送迎。《唐诗纪事》:"(韦)蟾廉问鄂州罢,宾僚祖饯,蟾首书《文选》句云:'悲莫悲兮生离别,登山临水送将归。'"以笺毫授宾从,请续其句。逡巡,有妓泫然起曰:"某不才,不敢染翰,欲口占两句。"韦大惊异。妓随念云:"武昌无限新栽柳,不见杨花扑面飞。"三月水流春太老,六朝人去指六朝金粉,用谢道韫"咏絮"事。雪无声。较量妾命谁当薄,吹落邻家尔许轻。我住天涯最飘荡,石懋《杨花》诗云:"我比杨花更飘荡,杨花只是一春忙。"看渠如此不胜情。作者二十四岁考中举人,虽誉满天下,但终其一生,未获一官半职。长年奔走四方,从军西南,浪迹吴越,十分潦倒。

蝶恋花　　（清）周　济

柳絮年年三月暮。断送莺花、十里湖边路。万转千回无落处。随侬他,此指风。只恁代词,这么,如此。低低去。　　满眼颓垣敧病树。纵有余英,不值封姨妒。烟里黄沙此谓黄河之水。遮不住。河流日夜东南注。

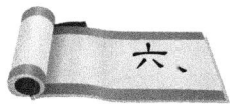

六、桃　樱桃

敕赐百官樱桃　　（唐）王　维

芙蓉阙下会千官，紫禁朱樱出上阑。上阑，汉宫观名。扬雄《校猎赋》：“翼乎徐至于上阑。”师古注引晋灼曰：“上阑观在上林中。”才是寝园先帝陵园。先荐后，《礼记·月令》：“羞（献也）以含桃（樱桃）先荐（祭也）寝庙。”非关御苑鸟衔高诱注《吕氏春秋》：“樱桃，莺鸟所含食，故言含桃。”残。归鞍竞带青丝笼，中使频倾赤玉盘。饱食不须愁内热，大官还有蔗浆寒。

（宋）胡仔　摩诘诗“归鞍竞带青丝笼，中使频倾赤玉盘”，退之诗“香随翠笼擎初重，色映银盘泻未停”，二诗语意相似。摩诘浑成，胜退之诗。樱桃初无香，退之以香言之，亦是语病。——《苕溪渔隐丛话》

（清）张谦宜：三、四言其新，五、六言其多，七、八用补笔跳结，意更足，法更妙，笔更圆活。——《茧斋诗话》

（清）沈德潜：词气雍和，浅深合度，与少陵《野人送樱桃》诗，均为三唐绝唱。——《唐诗别裁集》

（清）黄培芳：后人作此种题，非繁缛即纤俗，盛唐人不可及在此。——《唐贤三昧集笺注》

白胡桃　　（唐）李　白

红罗袖里分明见，白玉盘中看却无。疑是老僧休念诵，腕前推下水精珠。《初学记》："沈怀远《南越志》云：'海中有火珠，明月珠，水精珠。'"

野人送朱樱　　（唐）杜　甫

西蜀樱桃也自红，野人携赠满筠笼。数回细写《礼记》："器之溉者不写，其余皆写。"注："写谓传置他器也。"愁仍破，万颗匀圆讶许同。忆昨赐沾门下省，退朝擎出大明宫。金盘玉箸无消息，此日尝新任转蓬。

（元）方回：野人尝云"惟樱桃既摘，不可易器，青柄一脱，则红苞破而无味"。老杜既得此三味，又下一句有万颗匀圆之讶，古今绝唱。"写"字见《曲礼》，谓传置他器。——《瀛奎律髓汇评》

（清）纪昀：绝唱不在此句。后四句龙跳虎卧之笔，而虚谷不赏，琐琐讲一"破"字，盖其法门如是，只于小处着工夫。——同上

（明）王嗣奭：公一见朱樱，遂想到在省中拜赐之时，故"也自红"、"愁仍破"、"讶许同"俱唤起"忆昨"二句，而归宿于"金盘玉箸无消息"。通篇血脉融为一片，公之律诗大都如此。——《杜臆》

（清）胡本渊：后半流走直下，格法独创。——《唐诗近体》

（清）杨伦：托兴深远，格力矫健，此为咏物上乘。○开手击此动彼，入后一气直下，独往独来，小题具如此笔力。——《杜诗镜铨》

（清）冯舒：一篇主意，只将"也自"二字轻轻点出。必也寻眼于诗，此或可以当之。○讶其匀圆之同，亦"也自"意，只句拙。——《瀛奎律髓汇评》

（清）冯班：末拙。——同上

（清）查慎行：起句突兀，为后半首而发。——同上

（清）纪昀：通篇诗眼在"也自"、"忆昨"、"此日"六字。古人所用意者如此，不必以一二尖新之字为眼。○"也自红"三字已包尽后四句，此一篇之骨。——同上

（清）许印芳：此诗之妙有三。一在章法倒装，不肯平铺直叙；一在前半俱对赐樱桃着笔，不肯呆写题面；一在后半大开大合，不肯为律所缚。此皆律诗以奇制胜处，学者宜细心体会也。——同上

和张水部敕赐樱桃诗_{原注：宣政殿赐百官。}　（唐）韩　愈

汉家旧种明光殿，炎帝还书《本草经》。岂似满朝承雨露，共看传赐出清冥。香随翠笼擎初重，色映银盘写未停。食罢自知无所报，空然惭汗仰皇扃。

（元）方回：诗话常评此诗，谓虽工不及老杜气魄。然"色映银盘"之句亦佳。陈后山《答魏衍送朱樱》有云"倾篮的皪沾朝霞，出袖荧煌得宝珠。会荐瑛盘恨一座，苋肠藜口未良图"。末句赤瑛盘事，乃魏明帝以此盘赐群臣樱桃，群臣月下视之，疑为空盘也。以此事味昌黎"色映银盘"语，岂不益奇。王维集中有《敕赐百官樱桃》诗，亦以"青丝笼"对"赤玉盘"甚妙。尾句云"饱食不须愁内热，大官还有蔗浆寒"。崔兴宗和尾句云"闻道今人好颜色，神农《本草》自应知"，盖难题也。张籍、韩偓、白乐天集皆有赐樱桃诗，皆不及此。——《瀛奎律髓汇评》

（清）冯班：气魄亦不小。——同上

（清）何焯：结句收与宣政殿，非趁韵。——同上

（清）纪昀：起二句主堆强砌，三、四转落亦笨，结亦不成语。○四句以官中为天上可也，因而谓之"青冥"则欠妥。——同上

元和十一年,自朗州承召至京,戏赠看花诸君子

(唐)刘禹锡

紫陌红尘拂面来,无人不道看花回。玄都观里桃千树,尽是刘郎去后栽。瞿蜕园《笺证》按:玄都观之有桃花,唐人诗中所屡见。禹锡以元和十年(815年)春至京,正是看桃花时,此亦实写,非必遽有所刺。诗题十一年,误衍一字,是年三月已再贬连州矣。

(明)唐汝询:首句便见气焰。次见附势者众。三以桃喻新贵。末太露,安免再谪。——《唐诗选脉会通评林》

再游玄都观绝句并引　　(唐)刘禹锡

余贞元二十一年为屯田员外郎时,此观未有花。是岁出牧连州,寻贬朗州司马,居十年,召至京师。人人皆言有道士手植仙桃,满观如红霞,遂有前篇以志一时之事。旋又出牧,今十有四年,复为主客郎中。重游玄都,荡然无复一树,惟兔葵燕麦动摇于春风耳。因再题二十八字以俟后游。时大和二年三月。

百亩庭中半是苔,桃花净尽菜花开。种桃道士归何处?前度刘郎今又来。瞿佑《归田诗话》云:"刘梦得初自岭外召还,赋看花诗云'玄都观里桃千树,尽是刘郎去后栽'。以是再黜,久之又赋诗云'种桃道士归何处,前度刘郎今又来'。讥刺并及主上矣。晚始得还,同辈零落殆尽。有诗云:'昔年意气压群英,几度朝回一字行。二十年来零落尽,两人相遇洛阳城。'又云:'休唱贞元供奉曲,当时朝士已无多。'又云:'归人惟有何戡在,更与殷勤唱渭城。'盖自德宗后,历代、德、顺、宪、穆、敬、文、武凡八朝,暮年与裴、白优游绿野堂,有'在人称晚达，于树比冬青'之句，又云：'莫道桑榆晚，为霞尚满天。'真英迈之气老而不衰如此。"此论非无见地，而以禹锡历宣宗朝，又谓自岭外召还，皆信笔之误，不足据。

摘樱桃赠元居士，时在望仙亭南楼与朱道士同处　（唐）柳宗元

海上朱樱赠所思，楼居况是望仙时。蓬莱羽客如相访，不是偷桃一小儿。

酬王秀才桃花园见寄　（唐）杜　牧

桃满西园淑景催，几多红艳浅深开。此花不逐溪流出，晋客无因入洞来。

百果嘲樱桃 后梁宣帝萧詧《樱桃赋》："惟樱桃之为树，先百果而含荣。"　（唐）李商隐

朱实虽先熟，琼莩 莩，叶里白皮也。《后汉书·章帝纪》："万物莩甲。"此指花瓣外的附萼。 纵早开，流莺故犹在，争得讳含来。《吕氏春秋》注："含桃，　桃也，　鸟所含食，故名。"

樱桃答　（唐）李商隐

众果莫相诮，天生名品高。何因古乐府，惟有郑

樱桃。《晋书·石季龙传》:"季龙宠惑优童郑樱桃。"《乐府诗集》:樱桃美丽,擅宠后宫,乐府由是有《郑樱桃歌》。又《十六国春秋》:石虎郑后名樱桃,仆射郑世达家妓也。按:李商隐此诗乃讥诮裴思谦之作。前首言思谦虽以少年登第,而以媚太监仇士良之故。后首言思谦竟悍然自得,恬不知耻。唐时惯例,新进士必作樱桃宴。此宴为人所重。

樱桃花下　　（唐）李商隐

流莺舞蝶两相欺,不取花芳正结时。他日未开今日谢,嘉辰长短是参差。郭震云:"春风满目还惆怅,半欲离披半未开。"

深树见一颗樱桃尚在　　（唐）李商隐

高桃留晚实,寻得小庭南。矮堕绿云鬓,欹危红玉簪。惜堪充凤食,痛已被莺含。越鸟夸香荔,齐名亦未甘。

桃　花　　（唐）罗　隐

暖触衣襟漠漠香,间梅遮柳不胜芳。数枝艳拂文君酒,半里红欹宋玉墙。尽日无人疑怅望,有时经雨乍凄凉。旧山山下还如此,回首东风一断肠。

（清）金人瑞:前解,写桃花。○某一日言桃花本不难写,写桃花亦本不难读,然而谈殊未容易也。且如罗昭谏"暖触"一篇,浪读之,亦有何异。及细寻之，却见其"衣襟漠漠"七字，只是提笔空写，及至下笔实写，又只是"间梅遮柳"，不曾犯本位也。三妙于"艳覆"字，四妙于"半里"字。必欲拟以相问，实亦不解何理。但读之不知何故，觉其恰是桃花，此绝不可晓也（前四句下）。○"尽日无人"、"有时经雨"，为写桃花，为复自写。忽然想到庐山山下，此正是"疑惆望"、"乍凄凉"之根因也（末四句下）。——《贯华堂选批唐才子诗》

（清）朱三锡：五、六是罗公自寓感慨，读去殊觉意味寥落，与孟襄阳"不才明主弃，多病故人疏"同一气象。——《东岩草堂评订唐诗鼓吹》

白樱桃　　（五代）韦　庄

王母阶前种几株，水精帘外看如无。只应汉武金盘上，泻得珊珊白露珠。

庭前桃　　（五代）韦　庄

曾向桃源烂漫游，也同渔父泛仙舟。皆言洞里千株好，未胜庭前一树幽。带露似垂湘女泪，无言如伴息妫愁。五陵公子饶春恨，莫引香风上酒楼。

（清）赵臣瑗：只为要抬高自己庭前之桃，便凭空造一大谎曰曾游桃源，又恐涉于徇私，再凭空捏一见证人曰渔夫皆言，连用三句衍文，一口气直赶到题上，此是何等结构？然其妙处乃在一"幽"字，洞里之所以不如者，正以其多也。五、六细疏其幽入微。结故掉开，香风所至，不禁惹人春恨，其幽也至于如此。——《山满楼笺注唐诗七言律》

（清）胡以梅：上界以桃源洞之花当不如此庭桃之妙也；下言有露如湘妃洒竹之泪，无言似息妫初见楚王之态。息妫亦称桃花夫人，更

451

切。结言五陵豪贵正当春恨之际,不可使闻香气,增其想念,恐折去耳。——《唐诗贯珠》

桃 花 （北宋）苏 轼

争开不待叶,密缀欲无条。傍沼人窥鉴,惊鱼水溅桥。前十字与梅花有别,后十字暗用"人面桃花"及"三月桃花水"意。

题王居士所藏王友画桃杏花二首（录一首）
（北宋）黄庭坚

灵云一笑见桃花,三十年来始到家。从此春风春雨后,乱随流水到天涯。《传灯录·灵云志勤禅师》:"初在沩山,因桃花悟道,有偈曰:'三十年来寻剑客,几逢落叶几抽枝。自从一见桃花后,直到如今更不疑。'"

樱 桃 （南宋）陈与义

四月江南黄鸟肥,樱桃满市粲朝晖。赤瑛盘里虽殊遇,何似筠笼相发挥。王子年《拾遗录》:"后汉明帝,月夜宴群臣于照园,以赤瑛盘赐樱桃,月下视之,桃与盘同色,群臣皆笑云是空盘。帝笑之。"

次韵周子充正字馆中绯碧两桃花 （南宋）范成大

碧城香雾赤城霞,深出刘郎未见花。凭仗天风扶绛节,为招萼绿过羊家。

明日子充折赠次韵谢之　　(南宋)范成大

海上三山冠彩霞,六时高会雨天花。步虚声里随风下,吹落寻常百姓家。

明日大雨复折赠再次韵　　(南宋)范成大

一天云叶翳朝霞,风卷泥沾不惜花。群玉山高春好在,人间烟雨暗千家。

樱桃花　　(南宋)范成大

借暖冲寒不用媒,匀朱匀粉最先来。玉梅一见怜痴小,教向傍边自在开。

临江仙·和叶仲洽赋羊桃　　(南宋)辛弃疾

忆醉三山芳树下,几曾风韵忘怀。黄金颜色五花开,味如卢橘熟,贵似荔枝来。　　闻道商山余四老,橘中自酿秋醅。试呼名品细推排。重重香腑脏,偏圣贤杯。

菩萨蛮·坐中赋樱桃 　　（南宋）辛弃疾

香浮乳酪玻璃碗，年年醉里尝新惯。何物比春风？歌唇一点红。　　江湖清梦断，翠笼明光殿。万颗写轻匀，低头愧野人。

归朝欢·齐庵菖蒲港樱花 　　（南宋）辛弃疾

山下千林花太俗，山上一枝看不足。春风正在此花边，菖蒲自醮清溪绿。与花同草木，问谁风雨飘零速。莫悲歌，夜深岩下，惊动白云宿。　　病怯残年频自卜。老爱遗篇难细读。苦无妙手画於菟，人间雕刻真成鹄。梦中人似玉。觉来更忆腰如束，许多愁、问君有酒，何不日丝竹。

玄都观桃花 　　（金）元好问

前度刘郎复阮郎，玄都观里醉红芳。非关小雨能留客，自是桃花要洗妆。人世难逢开口笑，老夫聊发少年狂。一杯尽吸东风了，明日新诗满晋阳。

庆全庵桃花 　　（南宋）谢枋得

寻得桃源好避秦，桃红又见一年春。花飞莫遣随流水,怕有渔郎来问津。

钱氏西斋粉红桃花　　（明）文徵明

温情腻质可怜生,滟滟轻韶入粉匀。新暖透肌红沁玉,晚风吹酒谈生春。窥墙有态如含笑,对面无言故恼人。莫作寻常轻薄看,杨家姊妹是前身。

白桃花次乾斋侍读韵陈元龙号乾斋,官至广西巡抚。
（清）王丹林

相逢不信武陵村,合是孤峰暗指孤山疑是梅花。旧托根。流水有情空矐影,春风无色最销魂。二句写出白桃花的风韵。开当玉洞谁知路,吹落银墙不见痕。多恐赚他双舞燕,误猜梨院绕重门。误认白桃花为梨花也。

东风第一枝·桃花　　（清）纳兰性德

薄劣东风,凄其夜雨,晓来依旧庭院。多情前度崔郎,应叹去年人面。湘帘乍卷,早迷了、画梁栖燕。最娇人、清晓莺啼,飞去一枝犹颤。　　背山郭、黄昏开遍。想孤影、夕阳一片。是谁移向亭皋,伴取晕眉青眼。五更风雨,算减却、春光一线。傍荔墙、牵惹游丝,昨夜绛楼难辨。

桃 花 （清）周大枢

寂寂朱尘_{朱尘即红尘}。度岁华，又惊春色到桃花。五陵游客知何限，只有渔人最忆家。

寂寂朱尘_{朱尘即红尘}。度岁华，又惊春色到桃花。五陵游客知何限，只有渔人最忆家。

桃 花 （清）严遂成

研光熨帽绛罗襦，烂漫东风态绝殊。息国不言偏结子，_{见《左传》}。文君中酒乍当垆。_{见《汉书》}。怪他去后花如许，_{用刘禹锡事}。记得来时路也无。_{用刘晨、阮肇事}。若到沩山_{沩山见桃花而悟道，见《景德传灯录》}。应悟道，红霞红雨总迷途。

杭州半山看桃花 （清）马日璐

山光焰焰映明霞，燕子低飞掠酒家。红影到溪流不去，始知春水恋桃花。

题白桃花 （清）廖云锦（女）

五更风雨惜秋春，晓起看花为写真。双颊断红浑不语，可怜最是息夫人。

浪淘沙·曹溪驿折得桃花一枝,数日零落,裹花片投之涪江,歌此送之　（清）左　辅

水软橹声柔,草绿芳洲。碧桃几树隐红楼。者是_{这是}。空山魂一片,召入孤舟。　　乡梦不曾休,惹甚闲愁? 忠州过了又涪州。掷与巴江流到海,切莫回头。

七、杏　花

杏　花　（唐）薛　能

活色生香第一流,手中移得近青楼。谁知艳性终相负,乱向春风笑不休。

杏　花　（唐）郑　谷

不学梅欺雪,轻红照碧池。小桃新谢后,双燕却来时。香属登龙客,_{谓新进士及第,赐宴杏园}。烟笼宿蝶枝。临轩须貌取,风雨易离披。

457

北陂杏花　　（北宋）王安石

一陂春水绕花身，身影妖娆各占春。纵被春风吹作雪，绝胜南陌碾成尘。

马上作　　（南宋）陆 游

平桥小陌雨初收，淡日穿云翠霭浮。杨柳不遮春色断，一枝红杏出墙头。

偶　题　　（南宋）张良臣

谁家池馆静萧萧，斜倚朱门不敢敲。一段好春藏不得，粉墙斜露杏花梢。

夜行船·正月十八日闻卖杏花有感
（南宋）史达祖

不剪春衫愁意态。过收灯、旧俗正月十五为元宵灯节。十三日为上灯，十八日为收灯。有些寒在。小雨空帘，无人深巷，已早杏花先卖。陈与义诗："客子光阴诗卷里，杏花消息雨声中。"陆游诗："小楼一夜听春雨，深巷明朝卖杏花。"　白发潘郎宽沈带，沈约的腰带。宽沈带，言身体瘦损。怕看山，忆它眉黛。草色拖裙，烟光惹鬓，常记故园挑菜。旧俗二月初二日为挑菜节。

（清）许昂霄：梅溪当有骑省之戚（按：骑省指潘岳。潘岳有《悼亡诗》其夫人早亡），故此阕（指《夜行船》及《寿楼春》）全寓此意。——《词综偶评》

（近代）俞陛云：此词着意在结句。杏花时节，正故园昔日挑菜良辰，顿忆鬓影裙腰之当年情侣，乃芳序重临而潘郎憔悴，其感想何如耶？上阕听卖花，款款写来，风致摇曳。春阴门巷，在幽静境中，益觉卖花声动人凄听也。——《宋词选释》

杏花杂诗十三首　　（金）元好问

杏花墙外一枝横，半面宫妆出晓晴。看尽春风不回首，宝儿元是太憨生。

露华浥浥泛晴光，睡足东风倚绿窗。试遣红妆映银烛，湘桃争合伴仙郎。

嫋嫋纤条映酒船，绿娇红小不胜怜。长年自笑情缘在，犹要春风慰眼前。

纷纷红紫不胜稠，争得春光竞出头。却是梨花高一着，随宜梳洗尽风流。

小雨斑斑晓未匀，烟光水色画难真。西园春物知多少，一树垂杨恼杀人。

459

　　魏紫姚黄有重名,洛阳车马闹清明。吹残桃李风才定,可是东君别有情。

　　暖日园林可散愁,每逢花处尽迟留。青旗知是谁家酒,一片春风出树头。

　　露浥清华粉自添,隔溪遥见玉帘苫。眼看桃李飘零尽,更拣繁枝插帽檐。

　　小桥南北梦幽寻,残醉蒙腾不易禁。一树杏花春寂寞,恶风吹折五更心。

　　西山漠漠有无中,几日园林几树红。燕子衔将春色去,错教入恨五更风。

　　屈指残春有别期,春风争忍片红飞。若为酿得千日酒,醉着东君不放归。

　　楚客离魂不易招,野春平碧水超超。垂杨也被多情恼,瘦损春风十万条。

　　红妆翠盖惜风流,春动香生不自由。莫向芸斋厌闲冷,小诗供作锦缠头。

杏花二首　　（金）元好问

芳树春融绛蜡凝，春风寂寞掩柴荆。画眉卢女娇无奈，龋齿孙娘笑不成。已怕宿妆添蝶粉，更堪暖蕊闹蜂声。一般疏影黄昏月，独爱寒梅恐未平。

一穗芦鞭一穗尘，西园红艳眼中新。帽檐分去家家喜，酒面飞来片片春。梅柳几曾同故事，樱桃才得缀芳辰。荒城此日肠堪断，老却探花筵上人。

杏　花　　（金）元好问

桃李前头一树春，绛唇深注蜡犹新。只嫌憨笑无人管，闹簇枯枝不肯匀。

梁县道中　　（金）元好问

青山簇簇树重重，人在春云浩荡中。也是杏花无意况，一支临水卧残红。

临江仙　　（金）元问好

醉眼纷纷桃李过，雄蜂雌蝶同时。一生心事杏花

诗。小桥春寂寞,风雨鬓成丝。　　天上鸾胶寻不得,直教吹散胭脂。胭脂当指杏花。月明千里少姨祠。少姨祠在少室山下,传说为启母涂山氏之妹。山中开较晚,应有背阴枝。落句有思念旧居之意。

东平州看杏花　　（清）李 绂

断云斜日过东平,杨柳风来叶叶轻。莫为春阴便惆怅,杏花如雪更分明。

杏　花　　（清）廖云锦（女）

社后春将闹,风吹蕊欲肥。美人帘外立,初试水红衣。

八、梨　花

左掖梨花　　（唐）王 维

闲洒阶边草,轻随箔读魄,入声。帘也。外风。黄莺弄不足，衔入未央宫。汉长安宫殿名。此指唐皇宫。

（清）王夫之："黄霎弄不足，衔入未央宫"，断不可移梅、桃、李、杏而超然玄远，如九转还丹，仙胎自孕矣。——《姜斋诗话》

左掖梨花　原注：同王维、皇甫冉赋。　（唐）丘　为

冷艳全欺雪，余香乍入衣。春风且莫定，吹向玉阶飞。

（明）叶羲昂：只是说得有情，寓意甚微。——《唐诗直解》
（明）袁宏道：写意在彼。○此咏梨花，而起近君子之想，岂始第而来擢用欤？——《唐诗训解》
（清）王士禛：已开后人咏物法门。——《唐贤三昧集笺注》

和王给事维禁省梨花咏　（唐）皇甫冉

巧解迻人笑，还能乱蝶飞。春时风入户，几片落朝衣。

梨　（北宋）杨　亿

繁花如雪早伤春，千树封侯未是贫。汉苑谩传卢橘赋，骊山谁识荔枝尘？九秋青女霜添味，五夜方诸月溜津。楚客狂酲朝已解，水风犹自猎汀　。

（元）方回：杨文公亿，字大年。首与刘筠变国初诗格。学李义山，集为《西昆酬唱集》。虽张乘崖，亦学其体。二宋尤于此体深入者。——《瀛奎律髓汇评》

（清）冯班：第三联名句。——同上

（清）纪昀：“汉苑”一联作五、六已嫌浅俗，作三、四则未入题，而先空赞尤为非法。五、六虽“昆体”而却警切。○“嘲”字再校。——同上

（清）无名氏（甲）：方诸承露盘也。以大蛤为之，向月取水，谓之“阴燧”。——同上

红　梨　　（北宋）王安石

红梨无叶庇花身，黄菊分香委路尘。岁晚苍官^{苍官松也。}才自保，日高青女尚横陈。

压沙寺梨花　　（北宋）黄庭坚

压沙寺后千株雪，长乐坊前十里香。寄语春风莫吹尽，夜深留与雪争光。

水龙吟·梨花　　（北宋）周邦彦

素肌应怯余寒，艳阳占立青芜地。樊川照日，灵关遮路，残红敛避。传火楼台，妒花风雨，长门深闭。亚帘栊半湿，一枝在手，偏勾引、黄昏泪。　　别有风前月底。布繁英、满园歌吹。朱铅退尽，潘妃却酒，昭

464

君乍起。雪浪翻空，粉裳缟夜，不成春意。恨玉容不见，琼英谩好，与何人比。李白诗："柳色黄金嫩，梨花白雪香。"梨花开在晚春时节，故说"应怯余寒"。杜牧诗："带叶梨花独送春。"首韵用工笔描写梨树亭亭玉立在艳阳明媚的青草地上。合时合地创一种静穆的自然境界。第二韵把境界再扩大，"樊川"是汉武帝时长安的梨园名。"照日"倒装与"遮路"作对。"灵关"，《汉书·地理志》在越嶲郡，谢朓《谢随王赐紫梨启》"味出灵关之阴"，注云："灵关，山名，种梨，树多遮路。"第三韵转笔写梨花开落的时间。韩翃《寒食》诗："日暮汉宫传蜡烛，轻烟散入五侯家。"缩成"传火楼台"四字。"妒花"，出杜甫"春寒细雨出疏篱，风妒红花却倒吹"。"长门深闭"用汉武帝陈皇后事，兼及刘方平《春怨》"寂寞空庭春欲晚，梨花满地不开门"诗意。第四韵，"亚"压也。白居易诗曰："闲折两枝时在手。"薛昭蕴词："偏能勾引泪阑干。"化一诗一词之意，点明时间——黄昏泪。是伤春之泪，是怀人之泪，此中有人，呼之欲出。○下片，"风前月底"，将风流韵事作高度概括。"布繁英，满园歌吹。"当年梨花香雪，丝竹管弦何等兴会！"朱铅"三句，再渲染梨花的洁白和梨花的性格。第一句喻其纯净；第二句将南齐东昏侯的潘妃引入，史称妃颜色洁美，且酒不饮，红色不上脸保持洁白；第三句借琴操，昭君歌有"梨叶萋萋"之句。"雪浪翻空"，韩愈《李花赠张十一曙》："风揉雨练雪羞比，波涛翻空杳无涘！"王安石诗："积李兮缟夜，崇桃兮炫昼。"缟夜使黑夜生白。以李花与梨花对比（李花也是白色），"不成春意"。李不可比，那么人如何呢？以"恨"字领三个四字句，则可比的人亦不可得。○白乐天"玉容寂寞泪阑干，梨花一支春带雨"，"马嵬坡下泥土中，不见玉颜空死处"，词中"玉容"暗指太真妃再也见不到了。"琼英"谓雪，而雪又称玉妃，如姜夔《清波引》"冷云迷浦，倩谁唤玉妃起舞"，玉妃即雪也。○结束发出梨花的标格如今无人可比的叹息，结两韵从对面推尊梨花结束全篇，余韵不尽。

　　（宋）沈义父：咏物须时时提调，觉不分晓，须一两件事印证方可。如清真咏梨花《水龙吟》第三、第四句，用樊川，灵关事，又深闭门及一枝带雨事。觉后段太宽，又用玉容事，方表得梨花。若全篇只说花之白，则凡是白花皆可用，如何得是梨花？又云：咏物最忌说出题字，如清真梨花及柳，何曾说出一个梨柳事？梅川不免犯此戒，如《月上海棠》咏月，出两个"月"字，便觉浅露。周草窗诸人多有此病，宜戒之。——《乐府指迷》

（明）沈际飞："残红敛避"，四字神功，心力强人。——《草堂诗余正集》

（清）黄苏：写梨花冷淡性情，曰"占尽青芜"，曰"长门闭"，曰"引黄昏泪"，曰"不成春意"，为梨花写神矣，却移不到桃李梅杏上。——《蓼园词选》

（清）吴衡照：周美成咏梨花云"传火楼台，妒花风雨，长门深闭。亚帘拢半湿，一枝在手，偏勾引、黄昏泪"，用"深闭门"及"一枝春带雨"意，圆转工切。——《莲子居词话》

同漕司诸人赋红梨花二首 　（金）元好问

梨花曾比太真妃，别有风流一段奇。白雪为肌玉为骨，淡妆浓抹总相宜。

琼枝玉蕊静年芳，知是何人与点妆。可道海棠羞欲死，能红能白更能香。

梨　花 　（清）赵进美

暮烟无语更依依，清影含春望欲稀。疏近琐窗留月照，寒垂网户见莺飞。共停阁外青丝骑，细舞灯前白纻衣。莫向后庭歌玉树，故宫风雨已全非。

九、牡丹　芍药

牡　丹　　　（唐）柳浑

近来无奈牡丹何,数十千钱买一颗。今朝始得分明见,也共戎葵不校多。

裴给事宅白牡丹　　　（唐）卢纶

长安豪贵惜春残,争玩街西紫牡丹。别有玉盘承露冷,无人起就月中看。

牡　丹　　　（唐）薛涛(女)

去年零落暮春时,泪湿红笺怨别离。常恐便同巫峡散,因何重有武陵期。传情每向馨香得,不语还应彼此知。只欲栏边安枕席,夜深闲共说相思。

唐郎中宅与诸公同饮酒看牡丹 （唐）刘禹锡

今日花前饮，甘心醉数杯。但愁花有语，不为老人开。

牡　丹 （唐）李商隐

锦帏初卷卫夫人，绣被犹堆越鄂君。首二句写花的蓓蕾初开。初卷、犹堆，下字很细贴。《孔子世家》："卫灵公夫人南子者，使人谓孔子曰：'……寡小君愿见。'……夫人在　帷中。孔子入门，北面稽首。夫人自帷中再拜，环佩之声璆然。"○《说苑》："鄂君子皙之泛舟于新波之中也……越人拥楫而歌曰：'今夕何夕兮搴舟中流，今日何日兮，得与王子同舟。……山有木兮木有枝，心悦君兮君不知。'于是鄂君乃揄修袂行而拥之，举绣被而覆之。"**垂手乱翻雕玉佩，折腰争舞郁金裙。**三、四两句形容枝叶在风前的姿态。**石家腊烛何曾剪，**此句形容花的光彩。《世说新语》："石崇以腊烛作炊。"**荀令香炉可待薰。**此句形容花的香气。"何曾剪"谓光彩天然不用剪；"可待薰"谓本身有香气，不用薰。**我是梦中传彩笔，欲书花片寄朝云。**"彩笔"用江淹事，"朝云"用巫山神女事。结二句绾合自己，兴寄遥深。此诗借牡丹的浓艳来为自己的才华写照。妙在前六句毫不着意关合，所以流走自然，神彩飞动。通首咏物，只结处轻一关合，全篇便都有深意。○何焯云："生气涌出，元复用事之迹，非牡丹不足以当之。"

（清）黄周星：义山之诗，大约如赋水法，只于水之前后左右写之。如此诗本咏牡丹，何尝有一句说牡丹？又何尝一句非牡丹。——《唐诗快》

（清）胡以梅：通身脱尽皮毛，全用比体，登峰造极之作。○锦心灵气，读者细味自知。——《唐诗贯珠》

（清）陆昆曾：牡丹名作，唐人不下数十百篇，而无出义山右者，惟气盛故也。……此篇生气涌出，自首至尾，毫无用事之迹，而又有细腻熨

贻。诗至此,纤悉无遗憾矣。——《李义山诗解》

（清）屈复：六皆比：一花、二叶、三盛、四态、五色、六香。结言花叶之妙丽可并神女也。——《玉溪生诗意》

（清）纪昀：八句八事,却一气鼓荡,不见用事之迹,绝大神力。——《玉溪生诗说》

（清）张世炜：咏物之妙,在不即不离,言有尽而意无穷,无恒饤之气……而《牡丹》之作,人工之至,天巧自来,当在罗昭谏之上。——《唐七律隽》

回中牡丹为雨所败 回中,在安定,今甘肃省。二首

（唐）李商隐

下苑他年未可追,西州今日忽相期。首二句谓曲江当日之盛,未得身预。不想今日在安定忽遇此花。下苑即曲江池。见《汉书》。水亭暮雨寒犹在,在雨中,天气转寒。罗荐春香暖不知。从对面反衬。说晚春的妍暖竟然毫不感觉。无蝶殷勤收落蕊,花落,为雨所败。有人惆怅卧遥帷。写人的惆怅遥卧也为花败。章台街里芳菲伴,且问宫腰损几枝。因花败,忽想到京中朋友是否也有所损伤? 纪昀评云:"深情忽触,妙绝言诠。"

浪笑榴花不及春,孔绍安大业末监高祖军。及高祖受禅,安自洛阴间道来奔,因而晚到。侍宴时应诏咏石榴云:只为来时晚,开花不及春。事见《旧唐书·文苑列传》。先期零落更愁人。玉盘迸泪伤心数,暗用《博物志》海外鲛人眼泣珠事。锦瑟惊弦破梦频。万里重阴非旧圃,旧圃指洛阳,对此洛阳名花,借比远客异地。一年生意属流尘。指牡丹为雨所败。前溪舞罢《前溪》舞曲名,见《乐府解题》。君回

469

顾,并觉今朝粉态新。

(清)陆昆曾:隋孔绍安《应制咏石榴》诗有"只为来时晚,开花不及春"之句,义山借用作翻,言此牡丹先春零落,较开不及春之榴花更为愁人。"玉盘迸泪",花含雨也,故见之者伤心;"锦瑟惊弦",雨着花也,故闻之者破梦。"非旧圃",照应回中,"属流尘",照应雨败。结言牡丹自是国色,虽飘零之候,粉态犹足动人,此文家"黄龙摆尾"法也。——《李义山诗解》

(清)姚培谦:大抵世间遇合,不及春者,未必遂可悲,及春者,未必遂可喜。玉盘迸泪,点点伤心,花之遇雨也;锦瑟惊弦,声声破梦,雨之败花也。从此万里重阴,顿非旧圃,一年生意,总属流尘。惟是前溪舞处,花片浮来,犹尚分其光泽耳。才人之不得志于时者,何以异此。——《李义山诗集笺注》

芍 药 (五代)张 泌

香清粉淡怨残春,蝶翅蜂须恋蕊尘。闲倚晚风生怅望,静留迟日学因循。休将薜荔为青琐,好与玫瑰作近邻。零落若教随暮雨,又应愁杀别离人。

牡 丹 (唐)罗 隐

似共东君别有因,绛罗高卷不胜春。若教解语应倾国,任是无情亦动人。芍药与君为近侍,芙蓉何处避芳尘。可怜韩令功成后,辜负秾华过此身。

(宋)惠洪:前辈作花诗多用美女比其状,如曰"若教解语能倾国,任是无情也动人"，尘俗哉！山谷作《酴醾》诗曰"露湿何郎试汤饼，日烘荀令炷炉香"，乃用美丈夫比之，特出类也。——《冷斋夜话》

（清）严有翼：罗隐《牡丹》诗云"可怜韩令功成后，虚负秾华过此身"。余考之：唐元和中，韩翃罢宣武节制，始至长安私第，有花，命去，曰："吾岂效儿女辈耶？"当时为牡丹包羞之不暇，故隐有"辜负秾华"之语。——《艺苑雌黄》

（清）贺裳：尝叹宋人论诗，如饮狂泉。……罗隐《牡丹》诗"若教解语应倾国，任是无情亦动人"，何等风致，反谓不能臻其妙处。如此风气，真诗中百六之运！——《载酒园诗话》

（清）屈复：起虚写。二实写，三、四写神韵，空灵高迈，无一毫渣滓。五、六衬笔，七、八题外写。○评者为次联是泥美人。若咏泥美人，虽切，却是常语；若咏牡丹，似不切，却妙。——《唐诗成法》

（清）王寿昌：从来咏物之诗，能切者未必能工，能工者未必能精，能精者未必能妙……罗隐"似共东风别有因，绛罗高卷不胜春"工矣，而未精也。——《小清华园诗谈》

牡　丹　（唐）罗　隐

艳多烟重欲开难，红蕊当心一抹檀。公子醉归灯下见，美人朝插镜中看。当庭始觉春风贵，带雨方知国色寒。日晚更将何所似，太真无力凭栏干。

（清）沈德潜：唐人牡丹诗，每失之浮腻浅薄；然如罗邺之"看到子孙能几家"，又索然兴尽矣。独存此篇，尚近雅音。——《唐诗别裁集》

牡　丹　（唐）李山甫

邀勒春风不早开，众芳飘后上楼台。数苞仙艳火

中出，一片异香天上来。晓露精神妖欲动，暮烟情态恨成堆。知君也解相轻薄，斜倚栏干首重回。

牡 丹 　（五代）唐彦谦

真宰多情巧思新，固将能事送残春。为云为雨徒虚语，倾国倾城不在人。开日绮霞应失色，落时青帝合伤神。嫦娥婺女曾相送，留下鸦黄作蕊尘。

牡 丹 　（唐）罗邺

落尽春红始见花，花时比屋事豪奢。买栽池馆恐无地，看到子孙能几家。门倚长衢攒绣毂，幄笼轻日护香霞。歌钟满座争欢赏，肯信流年鬓有华。

（元）方回：此诗三、四绝好。——《瀛奎律髓汇评》

（明）胡震亨：罗邺名场无成，无一题不以寄怨。"买栽池馆恐无地，看到子孙有几家"，人以为牡丹警句也，那知从忮求本怀中发出来。——《唐音癸签》

（明）周珽：唐人咏《牡丹》，如李义山脍炙人口，未免伤于痴重，何如此虚实匀称？咏物至此，可称绝唱矣。首联咏花开时候，次联写花姿贵美。三联言花取重于人。末联言人溺情于花。理意情景，格调兼至。——《唐诗选脉会通评林》

（清）何焯："落尽春红"四字已伏流年冉冉，后四句从"看"字来，正形容其奢且愚也。第四若在落句便无味，此唐、宋分歧处。○佳在后半。——《瀛奎律髓汇评》

472

（清）纪昀：三、四腐气。——同上

万寿寺牡丹　　　（五代）翁承赞

烂漫香风引贵游，高僧移步亦迟留。可怜殿角长松色，不得王孙一举头。

浣溪沙　　　（北宋）晏　殊

三月和风满上林。牡丹妖艳直千金。恼人天气又春阴。　　为我转回红脸面，向谁分付紫檀心。有情须酒杯深。上片写牡丹，下片改用拟人手法，写牡丹的形和神，收到较好的效果。

吉祥寺赏牡丹　　　（北宋）苏　轼

人老簪花不自羞，花应羞上老人头。醉归扶路人应笑，十里珠帘半上钩。

雨中明庆赏牡丹 明庆，寺名。　　（北宋）苏　轼

霏霏雨露作清妍，烁烁明灯照欲燃。明日春阴花未老，故应未忍着酥煎。《洛阳贵尚录》："孟蜀，时兵部贰卿李昊，每牡丹花开分遣亲朋好友，以金凤笺成歌诗以致之，又以兴平酥同赠，花谢时，煎食之。"

芍　药<small>此咏素芍药也。</small>　　（北宋）苏　轼

倚竹佳人翠袖长，天寒犹着薄罗裳。扬州近日红千叶，<small>红千叶为芍药品种之一。</small>自是风流时世妆。<small>《志林》："扬州芍药为天下冠，蔡繁卿为守，始作万花会，以御爱红为第一。"</small>

和述古冬日牡丹四首　　（北宋）苏　轼

一朵妖红翠欲流，春光回照雪霜羞。化工只欲呈新巧，不放闲花得少休。

花开时节雨连风，却向霜余染烂红。漏泄春光私一物，此心未信出天工。

当时只道鹤林仙，解遣秋光发杜鹃。谁信诗能回造化，直教霜枿放春妍。<small>枿同蘖，树木砍后发出的枝条。</small>

不分清霜入小园，故将诗律变寒暄。使君欲见蓝关咏，更倩韩郎为染根。

玉盘盂<small>玉盘盂为白芍药名。</small>二首　　（北宋）苏　轼

杂花狼藉占春余，芍药开时扫地无。两寺妆成宝璎珞，一枝争看玉盘盂。佳名会作新翻曲，绝品难逢

旧画图。从此定知年谷熟,姑山亲见雪肌肤。

花不能言意可知,令君痛饮更无疑。但持白酒劝
嘉客,直待琼舟覆玉彝。负郭相君初择地,看羊属国
首吟诗。吾家岂与花相厚,更问残芳有几枝。

广陵早春　　（北宋）黄庭坚

春风十里朱帘卷,仿佛三生杜牧之。红药梢头初
茧栗,扬州风物鬓成丝。

清明日试新火作牡丹会　　（南宋）范成大

再钻巴火尚浮家,去国年多客路　。那得青烟穿
御柳,且将银烛照京花。香鬟半醉斜枝重,病眼全昏
瘴雾遮。锦地绣天春不散,任教檐雨卷泥沙。蜀人以洛中
千叶种为京花,单叶为川花。

水龙吟·牡丹　　（南宋）王沂孙

晓寒慵揭珠帘,牡丹院落花开未?玉栏干畔,柳
丝一把,和风半倚。国色微酣,天香乍染,扶春不起。
自真妃舞罢,谪仙赋后,繁华梦、如流水。　　池馆家
家芳事。记当时、买栽无地。争如一朵,幽人独对,水

边竹际。把酒花前。剩拚醉了,醒来还醉。怕洛中,春色匆匆,又入杜鹃声里。

(清)陈廷焯:牡丹极富艳,作者易入俗态。此作精工富丽,却又清虚骚雅,绝不作一市井语,词可上品。结有感慨。——《云韶集》

又云:以清虚之笔,摹富艳之神,感慨沉至。——《词则·大雅集》

(近代)俞陛云:前七句赋牡丹正面,"真妃"四句借唐宫遗恨、慨天水之消沉。下阕言众醉盈廷,独醒何补,咏花亦以自悼。结句言京洛春光虽好,白雁南来、帝业共春光俱逝。但微旨及之,不说尽耳。——《唐五代两宋词选释》

鹧鸪天·祝良显家牡丹一本百朵　　(南宋)辛弃疾

占断雕栏只一株,春风费尽几工夫。天香夜染衣犹湿,国色朝酣酒未苏。李濬《松窗杂录》:"(文宗)颇好诗,因问(程)修己曰:'今京邑传唱牡丹花诗,谁为首出?'对曰:'臣尝闻公卿间多吟赏中书舍人李正封诗曰:天香夜染衣,国色朝酣酒。……'上笑谓贤妃曰:'妆镜台前宜饮以一紫金盏酒,则正封之诗见矣。'"娇欲语,巧相扶。不妨老干自扶疏。恰如翠幕高堂上,来看红衫百子图。

杏花天·嘲牡丹　　(南宋)辛弃疾

牡丹比得谁颜色?似宫中、太真第一。渔阳鼙鼓边风急,人在沉香亭北。买栽池馆多何益。莫虚把、千金抛掷。"牡丹一朵值千金"见《本事诗·情感》:"张又新与杨凝齐名,友善,张尝语杨曰:'我少年成美名,不忧仕矣,惟得美室,平生之望斯足。'既婚,殊不惬心，乃作诗曰：'牡丹一朵值千金，将谓从来色最深。今日满园开似雪，一生辜负看花心。'"**若教解语倾人国**。罗隐《牡丹》诗："若教解语应倾国，任是无情亦动人。"**一个西施也得**。《诗话总龟》："卢任门族甲于天下，举进士，三十尚未第，为一绝云：'惆怅兴亡系绮罗，世人犹自选青娥。越王解破夫差国，一个西施已是多。'"

念奴娇·赋白牡丹和范廓之韵　　（南宋）辛弃疾

对花何似？似吴宫初教，翠围红阵。欲笑还愁羞不语，惟有倾城娇韵。翠盖风流，牙签名字，旧赏那堪省。天香染露，晓来衣润谁整。　　最爱弄玉团酥，就中一朵，曾入扬州咏。华屋金盘人未醒，燕子飞来春尽。最忆当年，沉香亭北，无限春风恨。醉中休问，夜深花睡香冷。

侧犯·咏芍药　　（南宋）姜夔

恨春易去，甚春却向扬州住。微雨。正茧栗梢头弄诗句。红桥二十四，总是行云处。无语。渐半脱宫衣笑相顾。　　金壶细叶，千朵围歌舞。谁念我、鬓成丝，来此共尊俎。后日西园，绿阴无数。寂寞刘郎，自修花谱。"茧栗"二字见《礼记·王制》：言牛犊之角初生如茧也。黄庭坚诗："红药梢头初茧栗，扬州风物鬓成丝。"○结尾以刘敞自况。据《宋史·艺文志》记载，刘的著述，除《彭城集》、《公非先生集》外尚有一卷《芍药谱》，可惜已经失传。此词结尾数语意谓：待到春尽夏来，名园绿肥红瘦之时，我愿寂寞地为芍药编修花谱。人虽老，春虽尽，自己爱花惜花之情却不会消灭。"寂寞"二字与"自"字相映合，

充满苦涩滋味,有"无可奈何花落去"的凄凉心境。○张炎《词源》说:"词要清空,不要质实。清空则古雅峭拔;质实则凝涩晦昧。姜白石词如野云孤飞,去留无迹。"姜夔惯用避实就虚,提空写景的方法。如芍药枝头的蓓蕾,在春雨催发下迅速膨大,不断发生变化,那过程,那状态极其微妙,无法目睹。"微雨,正茧栗梢头弄诗句"虽没有把花苞受雨后飞快发育具体地写出来,但却深刻地揭示出变化的微妙,难以言说的诗意美。这种执简驭繁,不图肖形,但求传神的手法,即是清空高远的艺术境界。

(清)许昂霄:"正茧栗梢头弄诗句,谁念我,鬓成丝"、"红药梢头初茧栗,扬州风动鬓成丝",山谷句也。——《词综偶评》

昭君怨·牡丹　　(南宋)刘克庄

曾看洛阳旧谱,只许姚黄独步。<small>姚黄魏紫是牡丹中名贵的品种。见欧阳修《洛阳牡丹记》。</small>若比广陵花,<small>"广陵花"指芍药和琼花。《遁斋闲览》:"扬州芍药,名著天下。"《苕溪渔隐丛话》:"琼花洁白而香,有'无双'之誉。"</small>太亏他。　　旧日王侯园圃,今日荆榛狐兔。君莫说中州,怕花愁。

紫牡丹三首　　(金)元好问

金粉轻粘蝶翅匀,丹砂浓抹鹤翎新。尽饶姚魏知名早,未放黄徐下笔亲。映日定应珠有泪,凌波长恐袜生尘。如何借得司花手,遍与人间作好春。

梦里华胥失玉京,小阑春事自升平。只缘造物偏留意,须信凡花浪得名。蜀锦浪淘添色重,御炉风细觉香清。金刀一剪肠堪断，绿鬓刘郎半白生。

天上真妃玉镜台，醉中遗下紫霞杯。已从香国偏薰染，更借花神巧翦裁。微度麝薰时约略，惊移鸾影却低回。洗妆正要春风句，寄谢诗人莫漫来。

追赋定襄周帅梦卿家秋日牡丹　　（金）元好问

千古吴中富贵家，秋风吹送洛阳花。真妃镜里春难老，玉女车边日易斜。纪瑞定谁增旧谱，换根元自有灵砂。来迟不及西堂宴，犹想分香入棣华。周帅有棣华堂。

朝中措·瑞香　　（金）元好问

御香新拆紫囊封，苒苒绿云丛。开晚只嗔寒勒，妆成又怕晴烘。为寒所抑故开晚，嗔寒怕暖也。　　化工也为，花中第一，熏染偏浓。谁有石家红锦，重重围住春风。
《世说新语》记石崇与王恺斗富，石作锦步障五十里以敌王恺。

题牡丹　　（明）徐渭

毫端顷刻百花开，万事惟凭酒一杯。茅屋半间无得住，牡丹犹自起楼台。

东行寻牡丹，舟中作　　（清）归　庄

山县牡丹赏已遍，更来娄水泛轻槎。乱离时逐繁华事，贫贱人看富贵花。国色应须六一记，天香定属魏姚家。旧游尚亿嫽城好，余兴跨驴路不遐。

虹桥观芍药　　（清）金　农

看花都是白头人，爱惜风光爱惜身。到此百杯须满饮，果然四月有余春。枝头红影初离雨，扇底狂香欲拂尘。知道使君诗第一，明珠清玉比精神。

题晴沙所绘蓝笔牡丹　　（清）纪　昀

深浇春水细培沙，养出人间富贵花。好是艳阳三四月，余香风送到邻家。郭则沄《十朝诗乘》云："朱文正官翰林时，与顾晴沙员外同与乾隆庚辰会试分校，晴沙拨出卷最多，文正拨入卷最多。纪文达《题晴沙所绘蓝笔牡丹》诗即隐指此事。"

四月下旬过崇效寺，访牡丹花已残损　　（清）张之洞

一夜狂风国艳残，东皇应是护持难。不堪重读元舆赋，如咽如悲独自看。钱钟联《清诗三百首》云："张丈璕隐曰：'用唐文宗事影射德宗，使事可称精能。'吴辟疆曰：'老成忧国之衷，隐然如见。'"

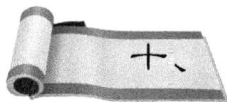

十、荷（莲）花

曲池荷 （唐）卢照邻

浮香绕曲岸，圆影覆华池。常恐秋风早，飘零君不知。

采莲曲二首 （唐）王昌龄

吴姬越艳楚王妃，争弄莲舟水湿衣。来时浦口花迎入，采罢江头月送归。

（明）谭元春：对结流动。——《唐诗归》

（清）朱之荆：首句叠得妙。次句顿得妙。结写花月呈妍，送迎媚艳，丽思新采，那不消魂。——《增订唐诗摘钞》

荷叶罗裙一色裁，芙蓉向脸两边开。乱入池中看不见，闻歌始觉有人来。

（明）瞿佑：王昌龄《采莲词》……意谓叶与裙同色，花与脸同色，故

棹入花间不能辨,及闻歌声,方知有人来也。用意之妙,读者皆草草看过了。——《归田诗话》

(明)钟惺:从"乱"字、"看"字、"闻"字、"觉"字,耳、目、心三处参错说出情来,若直作衣服、容貌相夸示,则失之远矣。——《唐诗归》

(清)黄叔灿:梁元帝《碧玉诗》"莲花乱脸色,荷叶杂衣香"意所本。"向脸"二字却妙,似花亦有情。乱入不见,闻歌始觉,极清丽。——《唐诗笺注》

阙下芙蓉　　(唐)包 何

一人理国致升平,万物呈祥助圣明。天上河从阙下过,江南花向殿前生。庆云垂荫开难落,湛露为珠满不倾。更对乐悬张宴处,歌工欲奏采莲声。

郡中即事三首(其二)　　(唐)羊士谔

红衣落尽暗音残,叶上秋光白露寒。越女含情已无限,莫教长袖倚栏干。

(明)袁宏道:莲与越女有照映。起句已结全篇之局。——《唐诗训解》

(清)贺裳:唐时重内而轻外。羊以与吕温善而谪外,故发于语言者如此,然虽感慨而含蓄不露,颇得风人之遗。——《载酒园诗话》

(清)黄生:言越女已含红颜易老之情,莫教倚栏更睹红衣零落,益增其感也。诗中多以花比人,此则以人比花,与李商隐《槿花》作同法。此诗寓意深至,有无限新故之感在其中。——《唐诗摘钞》

芙　蓉　　（唐）温庭筠

刺茎澹荡绿，花片参差红。吴歌秋水冷，湘庙夜云空。浓艳香雾里，美人清镜中。南楼未归客，一夕练塘东。

芙　蓉　　（唐）陆龟蒙

闻吟鲍照赋，更起屈平愁。莫引西风动，红衣不耐秋。

秋　荷　　（唐）陆龟蒙

蒲茸承露有佳色，葵叶束烟如效颦。盈盈一水不得渡，冷翠遗香愁句人。

白　莲　　（唐）陆龟蒙

素䕷多蒙别艳欺，此花端合在瑶池。无情有恨何人见，月晓风清欲坠时。

（宋）苏轼：诗人有写物之功。桑之"沃若"他木殆不可以当此。林逋《梅花》诗云"疏影横斜水清浅，暗香浮动月黄昏"，决非桃李诗。皮日休（按：误。系陆龟蒙）《白莲》诗云"无情有恨何人见，月晓风清欲坠

时",决非红莲诗。此乃写物之功。若石曼卿《红梅》诗云"认桃无绿叶，辨杏有青枝"，此至陋语，盖林学究体也。——《东坡志林》

（清）王士禛：陆鲁望《白莲》诗"无情有恨无人见，月晓风清欲坠时"，语自传神，不可移易，《苕溪渔隐》乃云移作白牡丹亦可，谬矣。牡丹开时，正风和日暖，又安得有"月冷风清"之气象耶？——《带经堂诗话》

白芙蓉 　（唐）陆龟蒙

澹然相对却成劳，月染风裁个个高。似说玉皇亲谪堕，至今犹着水霜袍。

莲　叶 　（唐）郑谷

移舟水溅差差绿，倚槛风摇柄柄香。多谢浣溪人不折，雨中留得盖鸳鸯。

河　传 　（北宋）柳永

淮岸，向晚。圆荷向背，芙蓉深浅。仙娥画舸，露渍红芳交乱，难分花与面。　采多渐觉轻舟满，呼归伴。急桨烟村远。隐隐棹歌，渐被蒹葭遮断。曲终人不见。

南乡子　　（北宋）欧阳修

翠密红繁，水国凉生未是寒。雨打荷花珠不定，轻翻。冷泼鸳鸯锦翅斑。　　尽日凭栏，弄蕊拈花仔细看。偷得衰蹄新铸样，<small>铸成马蹄形的黄金。成色精美，形式巧妙。见《汉书·武帝纪》。比处借指莲子。</small>无端。藏在红房艳粉间。

渔家傲　　（北宋）欧阳修

粉蕊丹青描不得，金针彩线功难敌。谁傍暗香轻采摘。风淅淅，船头触散双　　。　　夜雨染成天水碧，<small>《宋史·世家一》："李煜之妓妾尝染碧，经夕未收，会露下，其色愈鲜明，煜爱之。自是宫中竞收露水，染碧以衣之，谓之'天水碧'。"</small>朝阳借出胭脂色。欲落又开人共惜。秋气逼，盘中已见新荷的。

减字木兰花<small>并序</small>　　（北宋）苏　轼

<small>五月二一四日，会于无咎之随斋。主人汲泉置大盆中，渍白芙蓉，坐客俶读萧，卪声。然，倏然，无拘无束，幽闲自在也。此出《庄子·大宗师》："倏然而来，倏然而往。"无复有病暑意。</small>

回风落景，散乱东墙疏竹影。满座清微，入袖寒泉不湿衣。　　梦回酒醒，百尺飞澜鸣碧井。雪洒冰

麾，散落佳人白玉肌。

所寓开利寺小池有四色莲花，青黄白红，红者千叶，皆北土所未见者也，惜其遐陬有此异卉

按：开利寺在今内蒙古境内，所谓异卉系旱莲也。　　　（北宋）张舜民

深山草木自幽奇，四色荷花世所稀。孤独园中瞻佛眼，凝祥池上捧天衣。白公没后禅林在，王俭归来幕府非。水冷风高人不到，却怜鸥鸟日相依。

踏莎行《全宋词》作"芳心苦"。　　　　　（北宋）贺　铸

杨柳回塘，鸳鸯别浦。绿萍涨断莲舟路。断无蜂蝶慕幽香，红衣脱尽芳心苦。　　　返照迎潮，行云带雨。依依似与骚人语。当年不肯嫁春风，无端却被秋风误。句中的"涨"字，"断"字，用得真切而形象。显现出池塘中绿萍四合，不见水面的情景。○陆龟蒙《白莲》诗"无情有恨何人见，月冷风清欲堕时"，寄寓之感与此词相类似。但陆诗纯从虚处传神而此词神形兼备，虚实结合，二者各具机杼。○"嫁春风"见李贺《南园》"嫁与东风不用媒"，韩偓《寄恨》"莲花不肯嫁春风"，因桃杏等花相竞在春天开放，而荷花却独在夏日盛开，"不肯嫁春风"正显示出不趋时、附俗的幽洁贞静的个性。然而秋风一起，红衣尽退，芳华消逝，故说"被秋风误"。○荷花、美人、作者三位一体是咏物、拟人与自寓的完美结合。

（清）陈廷焯：此词必有所指，特借荷寓言耳。通首如怨如慕，如泣如诉，有多少怨惜，有多少感慨！淋漓顿挫，一唱三叹，真能压倒今古。——《云韶集》

又云：此词应有所指，《骚》情《雅》意，哀怨无端，读者亦不自知何以心醉也。——《词则·大雅集》

（近代）俞陛云：屏除簪绂，长揖归田，已如莲花之褪尽红衣，乃洗净铅华，而仍含莲子心中之苦，将怨谁耶？故下阕言当初不嫁春风，本冀秋江自老，岂料秋风不恤，仍横被摧残：盖申足上阕之意也。——《唐五代两宋词选释》

菩萨蛮·荷花　　（南宋）陈与义

南轩面对芙蓉浦，宜风宜月还宜雨。红少绿多时，帘前光景奇。　　绳床乌木几，尽日繁香里。睡起一篇新，与花为主人。胡穉《简斋集注》："韦表微曰'将与松菊主人，不愧陶渊明'云。杜《江畔寻花》诗：'桃花一簇开无主。'白乐天《花前叹》云：'南州桃李北州梅，且喜年年作花主。'东坡《答王晋卿惠花》诗：'若问此花谁是主，天教闲客管青春。'"○《嘉庆一统志》："陈与义宅，在桐乡县青镇广福院后芙蓉浦上。与义自号简斋居士，扁所居曰'南轩'。赵子昂榜其堂曰'简斋读书处'。"

鹧鸪天·赏荷　　（金）蔡松年

秀樾横塘十里香，水花晚色静年芳。胭脂雪瘦薰沉水，翡翠盘高走夜光。　　山黛远，月波长。暮云秋影蘸潇湘。醉魂应逐凌波梦，分付西风此夜凉。水花，指荷花。《古今注》：芙蕖，一名水花。"年芳"犹言一年之中最好的光景。杜甫诗《曲江对雨》"堤上春云覆苑墙，江亭晚色静年芳"。下面二句视点由远而近，一句写荷，一句写荷叶。"胭脂雪"谓杂红白之色，苏轼诗《寒食雨》："卧闻海棠花，泥污燕脂雪。""翡翠盘"指荷叶，夜光，珠名，指荷叶上的露珠。○黄庭坚《西江月》"远山横黛蘸秋波"，下片开头三句从此化出。○此词题为"赏荷"却不在荷之本身精雕

细刻,而是借天光云影,山容水态渲染烘托,淡远取神,造成一种幽静温馨的抒情氛围。

卜算子　　（南宋）葛立方

袅袅水芝红,脉脉蒹葭浦。淅淅西风淡淡烟,几点疏疏雨。　　草草展杯觞,对此盈盈女。叶叶红衣当酒船,细细流霞举。 水芝为荷花别名(见晋崔豹《古今注》)。梁昭明太子《芙蓉赋》:"初荣夏芬,晚花秋曜。"李白诗:"涉江弄秋水,爱此荷花鲜。"李绅诗:"自含秋露贞姿洁,不竞春妖冶态浓。""西风"、"疏雨"二句,点染秋景,目的是写荷,此是借笔,通过与荷有关的事物来描写。孙楚《莲花赋》:"仰曜朝霞,俯照绿水。"周邦彦《苏幕遮》:"水面清圆,一一风荷举。"郑谷《莲叶》:"倚槛风摇柄柄香。"晏殊《渔家傲》:"荷叶荷花相间斗,红娇绿嫩新妆就。昨日小池疏雨后,铺锦绣、行人过去频回首。"○作者在交代了所咏之物及其生长处所之后,正是要着力写其形象的时候,却不去作质直的正面描写,即不作主观的说破,而只从几个有关方面作点染烘托,写了"淡淡烟"和"疏疏雨",便结束了上片。○"叶叶红衣"即片片荷花的瓣儿,以"红衣"喻荷花,承"盈盈女"而来,也与首句"袅袅水芝红"照应。○这里把红衣般的花瓣儿作为"酒船",写出了荷花瓣之鲜艳硕大,又与前句"展杯觞"和结句"流霞举"相照应。

（清）王奕清:周密《草窗词评》云,葛立方《卜算子》词,用十八叠字,妙手无痕,堪与李清照《声声慢》并绝千古。本邑学道人,胸中乃有此奇特。——《历代词话》

（清）许昂霄:通首极清丽。——《词综偶评》

昭君怨·咏荷上雨　　（南宋）杨万里

午梦扁舟花底,香满西湖烟水。急雨打篷声,梦初惊。　　却是池荷跳雨,散了真珠还聚。聚作水银窝，泻清波。钱锺书《谈艺录》云："以入画之景作画，宜诗之事赋诗，如铺锦增华，事半而功则倍；虽然，非拓境宇、启山林手也。诚斋、放翁，正当以此轩轾之。人所曾言，我善言之，放翁之以古为新也；人所未言，我能言之，诚斋之化生为熟也。放翁善写景，而诚斋擅写生。放翁如图画之工笔；诚斋则如摄影之快镜，兔起鹘落，鸢飞鱼跃，稍纵即逝而及其未逝，转瞬即改而当其未改，眼明手快，踪矢蹑风，此诚斋之所独也。"○此词以西湖烟水衬托庭院荷池。梦中扁舟游西湖。梦初惊后，该知身在家中，但仍以为还在扁舟，因荷上雨声误作雨打篷声。这种已醒未醒、半梦半真的境界，写来既自然又别致。○这种稍纵即逝，转瞬即改的景象，再现在读者面前，是杨万里的"活法"。

卜算子·为人赋荷花　　（南宋）辛弃疾

红粉靓_{读净，去声。梳妆打扮。}梳妆，翠盖低风雨。占断人间六月凉，明月鸳鸯浦。_{暗寓适宜男女幽会之意。}根底藕丝长，花里莲心苦。只为风流有许愁，更衬佳人步。_{暗用东昏侯潘妃故事。}

昭君怨·园池夜泛　　（南宋）张　镃

月在碧虚中住，人向乱荷中去。花气杂风凉，满船看。　　云被歌声摇动，酒被诗情掇送。醉里卧花心，拥红衾。_{"碧虚"一般指碧空，但又可指碧水，如张九龄《送宛句赵少府》："修竹含清景，华池淡碧虚。"第一句将天空之碧虚融入池水之碧虚中，虚实不分，一个"住"字写出了夜池映月，含虚映碧的清奇空灵的景色。○"人向乱荷中去"，由景而入，"乱"字写出了荷叶疏密、浓淡、高低、参差之态，"去"字把画中人物推向乱荷深处。作者又将舟行的过程化为风凉花香的感受来写。夜晚泛舟，一片朦胧，视觉为之止，而其他感官则灵敏起来了，些微凉风和幽幽清香都能感受到，作者通过触觉和嗅觉的描写，不仅暗示了舟的移动，也写出了夜池泛舟的愉悦感受：舟行而凉}

风习习,花香阵阵,月光如水,乱荷如墨,略加点染,使人恍入其境,神清气爽。○下片取雕镂无形法:一路清歌,舟移水动,水底云天也随之摇动,作者将这种虚幻的倒映照实写来,再现了池中的波摇云动的景观,又暗用秦青歌遏行云的典故,含蓄地夸示了歌伎声色之美。这一写,池光与天光合一,空相与色相重叠,融化之妙,如盐在水。于是冷香飞上笔端,酒酿诗情,诗助酒意。"掇送"者,催迫也。○结句写的是醉酒舟中,美人相伴,拥红扶翠,但因舟在池中,莲花倒映水底,"醉后不知天在水",似乎身卧花心,覆盖纷披红荷。○此词声色俱美,其色有碧虚、红衾、白云、翠荷;其声有歌声,置在明月之下,碧虚之上,浓艳便变成了清丽。

念奴娇　　(南宋)姜 夔

闹红一舸,记来时、尝与鸳鸯为侣。三十六陂 言水塘之多。陂读碑,平声。池塘湖泊之类。 人未到,水佩风裳 美人装饰。李贺《苏小小墓》:"风为裳,水为佩。"此指荷叶荷花。 无数。翠叶吹凉,玉容销酒,更洒菰蒲雨。嫣然摇动,冷香飞上诗句。

日暮。青盖亭亭,谓荷叶。 情人不见,争忍凌波 曹植《洛神赋》:凌波微步、罗袜生尘。 去?只恐舞衣寒易落,愁入西风南浦。泛指送别的地方。江淹《别赋》:"送君南浦,伤如之何。" 高柳垂阴,老鱼吹浪,留我花间住。田田 形容荷叶茂碧。《古乐府》:"江南可采莲,莲叶何田田。" 多少,几回沙际归路。

（明)卓人月:"冷香"六字鬼工也。(高柳二句)写出鱼柳情深,使人不能自绝。——《古今词统》

（清)许昂霄:记来时,常与鸳鸯为侣。唐诗"鸳鸯相对浴红衣"。——《词综偶评》

490

鹧鸪天·莲　　（金）元好问

瘦绿愁红倚暮烟，露华凉冷洗婵娟。含情脉脉知谁怨，顾影依依定自怜。风送雨，水连天，凌波无梦夜如年。何时北渚亭边月，狼藉秋香拂画船。《词筌》云："南唐后主《浪淘沙》云'梦里不知身是客，一晌贪欢'。至宣和（宋徽宗）帝《燕山亭》则曰：无据，和梦也有时不做。其情更惨矣。"〇此词作于1235年7月，与李天翼、杜仁杰同游济南，泛舟大明湖。作者并著有《济南行纪》。

西塍 即西马塍，在杭州钱塘门西北。 废圃　　（南宋）周　密

吟蛩鸣蝈引兴长，玉簪花落野塘香。园翁莫把秋荷折，留与游鱼盖夕阳。

燕归梁·风莲　　（南宋）蒋　捷

我梦唐宫春昼迟。正舞到、曳裾时。翠云队仗绛霞衣。慢腾腾、手双垂。　　忽然急鼓催将起，似彩凤、乱惊飞。梦回不见万琼妃。见荷花、被风吹。钱仲联云："试设想这样一个境界，当残暑季节的清晓，一阵阵凉风，在水面清圆的万柄荷伞上送来，摆弄得十里埭塘红翠飞舞。这晓风，透露给人们一个消息，莲花世界已面临凋零的时候了。这是空灵的画境，迷惘的词境。怎样以妙笔去传神，这却是个难题。〇词人通过灵犀一点的慧思，幻出一个美绝人天的梦境，出现在梦里的莲花，完全人格化了。她是唐代大画家周昉笔下的美人，她在作霓裳羽衣舞，绛裙曳烟，珠袚飘零，玉光四射，袅娜的身姿回旋在人们心上，是多么美艳的传奇！不，她的背后，已带来了燃眉的邦国大祸。果然，撼地掀天般的雨点（急鼓），惊破了舞曲，

惊散了凤侣,一晌贪欢的梦境霎时幻灭了。'梦回不见万琼妃',词人声泪俱下地唱出了宋国沦亡的哀歌。'见荷花,被风吹',这么临去秋波一转,点明本题,让上面的梦境都化为烟云。你说她是琼妃也好,是荷花也好,幻想与现实,和谐地交织在一起。○此词的艺术构思,出于蹊径之外。莲花不易传神,风莲更不易传神,咏风莲而有寄托,更难,有寄托而又不见痕迹,则难之又难。作者巧妙地通过梦,通过拟人化的形象,通过结尾画龙点睛的手法,好像绝不费劲地达到了以上要求。这是莲,但不是泛泛的莲,而是风中之莲。如果说翠仗绛衣是一幅着色画,那么彩凤惊飞的神态,更是画所不能到。我们读此词,须得理解作者是宋末遗民,是南宋亡国历史悲剧的见证人,透过这奇幻浓郁的浪漫主义风貌,去探索它的现实性,它将会使你更加感到怅惘不甘,当时南宋沦亡的挽歌,还会在你的灵魂深处荡漾着。"

咏秋荷　　(清)金农

渚宫水殿客依稀,不信人间秋渐非。连日败荷伤夜雨,暗销青盖落红衣。

观荷二首　　(清)史震林

露折朱霞裹旭开,凄凉心付蓼花猜。银河正晒天孙锦,风雨欺香禁早来。

蕊绽华峰斗锦年,序班宜在牡丹先。携琴笑坐如船藕,去访蓬莱海外天。

题秋雨残荷图　　(清)尹继善

秋雨满池塘,残荷委流水。可怜君子花,衰来亦如此。袁枚《随园诗话补遗》云："尹文端公（即继善）病重时，有人以《秋雨残荷图》求题。公题云云。题毕，嘘唏再三，未五日而卒。"

同人看白莲二首　　（清）王又曾

船窗六扇拓银纱，倚桨风前落晚霞。依约前滩凉月晒，但闻花气不看花。

皋亭来往省年时，香饮莲筒醉不辞。莫怪花容浑似雪，看花人亦鬓成丝。

从什邡宁明府湘维乞西湖红藕移栽　　（清）李调元

破费溪西廿亩田，凿池引溜渐成渊。人言书塾宜栽杏，我爱方塘雅配莲。惜少凌波妃子袜，难称贯月米家船。西湖佳藕如容觅，记取红妆万朵妍。

长亭怨慢·苇湾 地名，是当时北京的观荷胜地。重到，红香顿稀，和半塘老人 王鹏运。　　（清）朱祖谋

尽消尽、涉江情绪。用《古诗十九首》"涉江采芙蓉"诗意。风露年年，国西门路。绀 读干，去声。天青色。海 绀海犹言碧海。凉云，昨宵飞浣石亭暑。乱蝉高柳，凄咽断、蘋洲谱。蘋同，水草。《蘋洲渔笛谱》为周密词集名。此泛指一般词集或词作。莫唱惜红

衣,算一例,飘零如雨。 迟暮。隔微波不恨,恨别旧家鸥侣。苏轼《水龙吟》:"不恨此花飞尽,恨西园落红难缀。"吴文英《高阳台》:"南楼不恨吹横笛,恨晓风千里关山。"青墩梦断,枉赢得、去留无据。《南史·周文育传》:徐嗣徽引齐人渡江据芜湖。诏征文育还都,嗣徽乃列舰于青墩至于七矶,以断文育归路。及夕,文育鼓噪而发,嗣徽不能制。试巡遍、往日阑干,总无着,鸳鸯眠处。剩翠盖亭亭,消受斜阳如许。

白 莲　　(清)刘光第

野风香远忽吹回,一片明湖净少苔。残月自和烟际堕,此花方称水中开。碧波瑟瑟情无限,玉佩珊珊望不来。姑射神人邈天末,乾坤可爱是清才。

浣溪沙　　(近代)王国维

爱棹扁舟傍岸行。红妆素蒼斗轻盈。脸边舷外晚霞明。 为惜花香停短棹,戏窥鬓影拨流萍。玉钗斜立小蜻蜓。

494

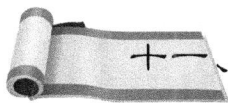

十一、菊

秋夜宴王郎中宅，赋得露中菊　　（唐）朱　湾

众芳春竞发，寒菊露偏滋。受气何曾异，开花独
自迟。晚成犹待赏，欲采未过时。忍弃东篱下，看随
秋草衰。

（明）谢榛：高仲武谓朱湾《菊》诗曰"受气何曾异，开花独自迟"，哀
而不伤深得风人之旨。末曰"忍弃东篱下，看随秋草衰"，不如"过时而
不采，将随秋草萎"，温厚有气。——《四溟诗话》

（明）胡震亨：一菊诗也，陈叔达云"但会逢采摘，宁辞独晚荣"，婉厚
乃尔。朱湾云"受气何曾异，开花独自迟"，费较量矣。——《唐音癸签》

（明）周珽：秋花晚香，人器晚成，物情或异，事理惟一。读《观菊》一
诗，见天之栽培原无私，人何可因有迟暮，便为过时而忍相弃遗之
也！——《唐诗选脉会通评林》

（清）吴乔：朱湾《露中菊》，自道也。——《围炉诗话》

和令狐相公玩白菊　　（唐）刘禹锡

家家菊尽黄，梁国独如霜。莹静真琪树，分明对

玉堂。仙人披雪氅,素女不红妆。粉蝶来难见,麻衣拂更香。向风摇羽扇,含露滴琼浆。高艳遮银井,繁枝覆象床。桂丛惭并发,梅蕊妒先芳。一入瑶华咏,从兹播乐章。

菊 花 （唐）元 稹

秋丛绕舍似陶家,遍绕篱边日渐斜。不是花中偏爱菊,此花开后更无花。

菊 （唐）李商隐

暗暗淡淡紫,融融冶冶黄。<small>首二句写菊花的外表,颜色的雅淡。</small>陶令篱边色,罗含宅里香。<small>此二句写菊花的内涵清雅。《晋书·罗含传》:"得致仕还家,阶庭忽兰菊丛生,以为德行之感焉。"</small>几时禁重露,<small>意谓几时禁受过这样的摧残。</small>实是怯残阳。<small>"残阳"比喻昏暗。意谓实在看不惯这样的昏暗。</small>愿泛金鹦鹉,<small>鹦鹉螺可为酒杯,此为金属制成之鹦鹉杯。</small>升君白玉堂。<small>意思是希望能入朝,作为文学侍从之类的官。泛指菊花浸的酒。按:此诗系辞去弘农尉归家时作。作者任弘农尉时以活狱忤观察孙简,故辞官。</small>

野 菊 （唐）李商隐

苦竹园南椒坞边,<small>苦竹,辛椒暗寓处境凄苦。</small>微香冉冉泪指露水。**涓涓。**比清才抱恨。**已悲节物同寒雁，忍委芳心与暮蝉。**三、四两句比生逢衰世已可悲，岂能委弃才华，潦倒长终？两句妙在不粘不脱。**细路独来当此夕，清樽相伴省他年。**五、六两句系倒装句。早年蒙令狐楚赏识，谁想到现在这样寥落。**紫云新苑**李世民《芳兰》诗："春晖开紫苑。"**移花处，不取霜栽近御筵。**此二句就令狐绹调迁而言，希望他引荐自己。

（清）王夫之：有飞雪回风之度，锦瑟集中赖此以传本色。——《唐诗评选》

（清）胡以梅：此旦咏野菊，细绎通篇词意，多寓言伤感。——《唐诗贯珠》

（清）钱谦益、何焯：比比贤者之遗弃草野，不得进用也……首句比君子之所失，二句比失意。颔联见其操。已下则同心相吊，而伤其进路之无媒耳。——《唐诗鼓吹评注》

（清）屈复：一地、二香、三四时，五、六得赏，七、八慨不遇结。竹身多节，椒性芳烈，此中菊香已非凡品。三、四言花开何晚，此泪之所以涓涓也。五野菊也，六不堪重省也。紫薇（"紫云"一作"紫薇"）新苑不取霜栽，深叹不遇之意，皆自喻也。——《玉溪生诗意》

（清）纪昀：中四句佳。结处嫌露骨太甚。——《玉溪生诗说》

和马郎中移白菊见示　　（唐）李商隐

陶诗只采黄金实，郢曲新传白雪英。素色不同篱下发，繁花疑自月中生。浮杯小摘开云母，带露全移缀水精。偏称含香五字客，从兹得地始芳荣。

幽居有白菊一丛,因而成咏呈知己　（唐）陆龟蒙

还是延年一种材,即将瑶朵冒霜开。不如红艳临歌扇,欲伴黄英入酒杯。陶令接篱堪岸着,梁王高屋好敲来。月中若有闲田地,为劝嫦娥作意栽。

重忆白菊　（唐）陆龟蒙

我怜贞白重寒芳,前后丛生夹小堂。月朵暮开无绝艳,风茎时动有奇香。何惭谢雪清才咏,不羡刘梅贵主妆。更忆幽窗凝一梦,夜来村落有微霜。

菊　（唐）李山甫

篱下霜前偶得存,忍教迟晚避兰荪。也销造化无多力,未受阳和一点恩。栽处不容依玉砌,要时还许上金尊。陶潜殁后谁知己,露滴幽丛见泪痕。

菊　（唐）郑谷

王孙莫把比荆蒿,九日枝枝近鬓毛。露湿秋香满池岸,由来不羡瓦松高。

十日菊　　　（唐）郑　谷

节去蜂愁蝶不知，晓庭还绕折残枝。自缘今日人心别，未必秋香一夜衰。

（宋）惠洪：山谷云，诗意无穷而人之才有限，以有限之才追无穷之意，虽渊明、少陵不得工也。然不易其意而造其语，谓之"换骨法"。窥入其意而形容之，谓之"夺胎法"。如郑谷诗"自缘今日人心别，未必秋香一夜衰"。此意甚佳，而病在气不长。西汉文章，雄探雅健者，其气长故也。曾子固曰："诗当使人一览语尽而意有余，乃古人用心处。"——《冷斋夜话》

（明）陆时雍：响亮故佳，凡寓情忌暗。——《唐诗镜》

（清）吴景旭：何氙泉云，陈无己《九日》诗"人事自生今日异，寒花只作去年香"，郑谷《十日菊》诗"自缘今日人心别，未必秋香一夜衰"。陈诗于菊无夸，而郑诗无贬。人之视菊，直系其时焉耳。当其时则重之，而非为其有所加；过其时则否，而非为其有所损也。噫！亦可叹耳。东坡小词"万事到头都是梦，休休，明日黄花蝶也愁"。达者处世，盍于是求之？其心休休，何愁之有！——《历代诗话》

（清）何焯："晓"字最下得紧，与"一夜"二字呼应又密。——《唐三体诗评》

野菊座主闲闲公命作　　　（金）元好问

柴桑人去已千年，细菊斑斑也自圆。共爱鲜明照秋色，争教狼藉卧疏烟。荒畦断垄新霜后，瘦蝶寒螯晚景前。只恐春丛笑迟暮，题诗端为发幽妍。

辛亥九月末见菊　　(金)元好问

黄菊霜华日日添,也应有意醉陶潜。鬓毛不属秋风管,更拣繁枝插帽檐。

为鲜于彦鲁赋十月菊　　(金)元好问

清霜淅淅散银沙,惊见芳丛阅岁华。借暖定谁留翠被,炼颜应自有丹砂。秋香旧入骚人赋,晚节今传好事家。不是西风苦留客,衰迟久已避梅花。

白　菊　　(清)屈大均

冬深方吐蕊,不欲向高秋。摇落当青岁,芬芳及白头。雪将佳色映,冰使落英留。寒绝无人见,梅花共一丘。

画　菊　　(清)沈德潜

淡墨疏疏写晚香,此花开日即重阳。东郊桃李俱前辈,怜尔枝头带晓霜。

白　菊　　　（清）许廷

正得西方气，来开篱下花。素心常耐冷，晚节本无暇。质傲清霜色，香含秋露华。白衣何处去，载酒问陶家。

王菊庄艺菊图　　　（清）纪 昀

东篱千载后，癖嗜似君无。以菊为名字，随花入画图。秋深人共淡，香晚韵逾孤。可要王宏辈，重阳送一壶。

手栽菊花数盆，比日盛开，欣然成咏　　　（清）李慈铭

自课山经罢，循阶数瓦盆。余暄耽晚景，秋色在闲门。偶亦成高咏，时还近酒樽。看花常独秀，此意与谁论？

题折枝菊七绝　　　（清）吴俊卿

吴淞江口海西隅，采菊人归羡隐居。乞得一枝供下酒，汉书滋味欲输渠。"汉书下酒"用苏舜钦事。

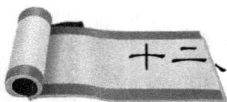

十二、其他

丁 香 （唐）杜 甫

丁香体柔弱，乱结枝犹垫。《说文》:"垫,下也。"凡物下堕者皆可言垫。细叶带浮毛，疏花披素艳。深栽小斋后，庶使幽人占。晚堕兰麝中，休怀粉身念。

陪郑广文游何将军山林十首（录一首） （唐）杜 甫

万里戎王子，独活一名,戎王使者。何年别月支。异花来绝域，滋蔓匝清池。汉使徒空到,意谓张骞至西域,止得安石榴种。神农竟不知。谓本草不载戎王子也。露翻兼雨打，开拆渐离披。戎王子,异名花。诗意有无知己之感并寓零落之意。

病中对石竹花 （唐）皇甫冉

散点空阶下，闲凝细雨中。那能久相伴，嗟尔秋风。

502

唐昌观玉蕊花 （唐）武元衡

琪树芊芊玉蕊新,洞宫长闭彩霞春。日暮落英铺地雪,献花无复九天人。

唐昌观玉蕊花 （唐）王 建

一树笼鬖^{同瑷瑢}。玉刻成,飘廊点地色轻轻。女冠夜觅香来处,惟见阶前碎月明。

（宋）胡仔:《高斋诗话》云,唐人题《唐昌观玉蕊花》诗云"一树笼鬖……"今琼花即玉蕊花,王介甫以比琼,谓当用此琼字。盖琼,玉名,取其白也。鲁直又更其名为山矾,谓可以染也。庐陵段谦叔,多闻士也,家藏异书古刻至多,有杨汝士《与白二十二帖》云"唐昌玉蕊,以少故见贵耳。自来江南,山山有之,土人取以供染耳,不甚惜也",则知琼花之为玉蕊,断无疑也。——《苕溪渔隐丛话》

（宋）葛立方:琼花惟扬州后土祠中有之,其他皆聚八仙,近似而非也。鲜于子骏尝有诗云"百卉天下多,琼花天上希。结根托灵祠,地着不可移。八蓓冠群芳,一株攒万枝",而宋次道《春明退朝录》乃云"琼花一名玉蕊"。按唐朝唐昌观有玉蕊花,刘禹锡所谓"玉女来看玉树花,异香先引七香车"是也。唐内苑亦有玉蕊花,李德裕与沈传师草诏之夕,屡同赏玩,故德裕诗云"玉蕊天中木,金闺昔共窥",而沈传师和篇亦云"曾对金銮直,同依玉树阴"是也。由是论之,则玉蕊花岂一处有哉? 其非琼花明矣。东坡《瑞香词》有"后土祠中玉蕊"之句者,非谓玉蕊,止谓琼花如玉蕊之白尔。——《韵语阳秋》

题张十一旅舍三咏之一 　　（唐）韩 愈

五月榴花照眼明，枝间时见子初成。可怜此地无车马，颠倒青苔落绛英。

题令狐家木兰花 　　（唐）白居易

腻如玉指涂朱粉，光似金刀剪紫霞。从此时时春梦里，应添一树女郎花。

戏赠新栽蔷薇 　　（唐）白居易

移根易地莫憔悴，野外庭前一种春。少府无妻春寂寞，花开将尔作夫人。唐时县尉多称少府，时白为盩厔尉，故自称少府。

山石榴 　　（唐）杜 牧

似火山榴映小山，繁中能薄艳中闲。一朵佳人玉钗上，只疑烧却翠云鬟。

槿 花 　　（唐）李商隐

风露凄凄秋景繁，可怜荣落在朝昏。未央宫里三千女，但保红颜莫保恩。《汉武故事》："上起明光宫，发燕赵美人三千人充之。建章、未央、长乐三宫皆辇道相属。"

临发崇让宅紫薇　　（唐）李商隐

一树浓姿独看来，秋庭暮雨类轻埃。不先摇落应为有，已欲别离休更开。桃绶含情依露井，<small>张正见诗："竹叶当炉满，桃花带绶轻。"</small>柳绵相忆隔章台。天涯地角同荣谢，岂要移根上苑栽？

黄蜀葵　　（唐）薛　能

娇黄新蕊欲题诗，尽日含毫有所思。记得玉人初病起，道家装束厌禳时。

石竹花咏　　（唐）陆龟蒙

曾看南朝画国娃，古萝衣上碎明霞。而今莫共金钱斗，买却春风是此花。

奉和袭美病中，庭际海石榴花盛发见寄，次韵　　（唐）陆龟蒙

紫府真人饷露囊，猗兰灯烛未荧煌。丹华乞曙先

侵日，金焰欺寒却照霜。谁与佳名从海曲，只应芳裔
出河阳。那堪谢氏庭前见，一段清香染郤郎。

使院黄葵花　　（五代）韦 庄

薄妆新着澹黄衣，对捧金炉《群芳谱》："秋葵一名侧金盏，故
以金炉拟之。"侍醮迟。 向月似矜倾国貌，倚风如唱步虚
词。乍开檀炷谓檀香一炷。白居易诗："惟烧一炷降其香。"《本草衍义》：
"黄葵花，叶心下有紫檀色。"东坡黄葵诗"檀心自成晕"。故此以檀炷拟之。 疑
闻语，玩味此三字又与檀口映合。毛熙震云"歌声漫发开檀点"，伊孟昌黄葵诗
"檀点佳人喷异香"可互发。 试与云和必解吹。《汉武帝内传》："西王母
命侍女董双成吹云和之笙。诗意如道家装束如西王母之侍女，故必解吹云和也。"
晏元献《秋葵》诗"插向绿云鬟，便随王母仙"似于此触发。 为报同人看来
好，不禁秋露即离披。

玫　瑰　　（唐）唐彦谦

麝炷腾清燎，鲛沙覆绿蒙。《述异记》："南海出鲛绡纱，泉先潜
织，一名龙纱，以服，入水不濡。"按：泉先即鲛人。○李贺诗："单罗挂绿蒙。"按：罗
色如绿草蒙蒙故名。宫妆临晓日，锦段落东风。无力春烟
里，多愁暮雨中。不知何事意，深浅两般红。

未展芭蕉　　（唐）钱 珝

冷烛无烟绿蜡干，芳心犹卷怯春寒。一缄书札藏

何事,会被东风暗拆看。

（清）宋长白：结语较辛稼轩"芭蕉渐展山公启"尤为风韵。若路延德《芭蕉》诗"叶如斜界纸·心似倒抽书",未免近俗焉。——《柳亭诗话》

黄　葵　　（北宋）王　操

昔年南国看黄葵,云鬟金钗向后垂。今日林间篱落下,秋风寂寞两三枝。

少年游　　（北宋）晏　殊

重阳过后,西风渐紧,庭树叶纷纷。朱阑向晓,芙蓉妖艳,特地斗芳新。　　霜前月下,斜红淡蕊,明媚欲回春。莫将琼萼等闲分,留赠意中人。此咏木芙蓉也。

酴　醾　　（北宋）韩　维

平生为爱此香浓,仰面常迎落絮风。每到春归有遗恨,典型尤在酒杯中。言酒的颜色似酴醾也。

清平乐　　（北宋）刘　敞

小山丛桂,最有留人意。拂叶攀花无限思,雨湿浓香满袂。　　别来过了秋光,翠帘昨夜新霜。多少

月宫闲地，姮娥与借微芳。

木芙蓉　　(北宋)王安石

水边无数木芙蓉，露染燕脂色未浓。正似美人初醉着，强抬青镜欲妆慵。

酴醾金沙二花合发　　(北宋)王安石

相扶照水弄春柔，发似矜夸敛似羞。碧合晚云霞上起，红争朝日雪边流。我无丹白_{丹白，比喻赤诚纯洁。韦应物《马明生遇神女歌》："马生一立心转坚，知其丹白蒙哀怜。"}知如梦，人有朱铅见即愁。疑此冶容诗所忌，故将樛木_{《诗·樛木》刺攀附贵族的婚姻。樛读鸠，平声。}比绸缪。_{《诗·绸缪》是男女自由恋爱，在夜间相会。}

石竹花　　(北宋)王安石

退公诗酒乐华年，欲取幽芳近绮筵。种玉乱抽青节瘦，刻缯轻染绛花圆。风霜不放飘零早，雨露应从爱惜偏。已向美人衣上绣，更留佳客赋婵娟。

石　榴　　(北宋)苏　轼

风流意不尽，独自送残芳。色作裙腰染，名随酒盏狂。梁简文帝诗："盏杯石榴酒"。

八月十七日，天竺山送桂花，分赠元素

（北宋）苏　轼

月缺霜浓细蕊干，此花元属玉堂仙。鹫峰子落惊前夜，蟾窟枝空记昔年。破衲读格，入声。僧侣穿的法衣。山僧怜耿介，练裙溪女斗清妍。愿公采撷纫幽佩，莫遣孤芳老涧边。

和子由柳湖久涸，忽有水，开元寺山茶旧无花，今岁盛开二首（其二）　（北宋）苏　轼

长明灯下石阑干，长共松杉守岁寒。叶厚有稜犀甲健，花深少态鹤头丹。久陪方丈曼陀雨，羞对先生苜蓿盘。雪里盛开知有意，明年归后更谁看。

（元）方回：此诗三、四为杨诚斋拈出，亦真佳句。——《瀛奎律髓汇评》

（清）冯舒：未尝不似山茶也。——同上

（清）冯班：次联极形容矣，公之"作诗必此诗，定知非诗人"，亦非定论也。——同上

（清）何焯：无次句则腹朕无力。——同上

（清）纪昀：三、四刻画拙笨，乃坡公败笔，殊不见佳。——同上

虞美人草　　　(北宋)魏 氏(女)

三军败尽旌旗倒,玉帐佳人坐中老。香魂夜逐剑光飞,青血化为原上草。作者魏氏为曾布夫人。

见诸人倡和酴醾诗,次韵戏咏　　　(北宋)黄庭坚

梅残红药迟,此物共春归。名字因壶酒,风流付枕帏。坠钿香径草,飘雪净垣衣。玉气晴虹发,沉材锯屑霏。直知多不厌,何忍摘令稀。常恨金沙学,鏖时政可挥。

(元)方回:"名字"、"风流"一联,尽酴醾之妙。此本唐书酒名,世以花如酒之色,故得名,而亦为枕囊帏者也。山谷学老杜为诗。"直知多不厌,何忍摘令稀",此句殆谓贤者在朝,愈多愈美,而忍于驱逐,使之渐少乎? 盖元祐二年四月诗,必有所指。末句引金沙而鄙其效鏖,则嫉恶之意尤甚,即老杜《孤雁》末句,乃云"野鸦无意绪",一格也。○此诗孔文仲首倡,予有《清江三孔集》偶未及捡。苏子由所和,《栾城集》有云"光凝真照夜,枝软或牵衣",上一句佳。——《瀛奎律髓汇评》

(清)纪昀:虚谷云"上一句佳,凡白花诗皆可用",未见其佳。——同上

(清)查慎行:酴醾见于诗者,即今俗称木香花。——同上

(清)纪昀:"玉气"二句俗格,结句不佳。——同上

酴　醾　　　(北宋)黄庭坚

汉宫娇额半涂黄,入骨浓薰贾女贾充之女,用韩寿偷香事。

见《晋书·贾谧传》。香。日色渐迟风力细,倚栏偷舞白霓裳。

观王主簿家酴醾　　（北宋）黄庭坚

肌肤冰雪薰沉水,百草千花莫比芳。露湿何郎试汤饼,用何晏事,见《语林》。日烘荀令炷炉香。用荀彧事,见《太平御览》。风流彻骨成春酒,梦寐宜人入枕囊。酴醾花作枕囊事见《世说新语》。输与能诗王主簿,瑶台影里据胡床。用王徽之听桓伊据胡床吹笛事。切姓。

　　（元）方回：前辈赋花诗多譬以美妇人。此乃以美丈夫为比,自山谷始。五、六即前五言之意,宜并观之。为此等诗,格律绝高,万钧九鼎,不可移也。——《瀛奎律髓汇评》

　　（清）纪昀：荀令不以美闻,特点染香字耳。〇诗殊浅近,评太过。——同上

牵牛花　　（北宋）秦　观

银汉刃移漏欲残,步虚人倚玉栏干。仙衣染得天边碧,乞向人间向晓看。

和黄充实榴花　　（北宋）陈师道

春去花随尽,红榴暖欲燃。后时何所恨,处独不祈怜。叶叶自相偶,重重久更鲜。流珠沾暑雨,改色

淡朝烟。着子专寒酒，移根擅化权。愧非无价手，刻
画竟难传。

（元）方回："后时"、"处独"一联，盖后山自谓劲气凛不可干，如《楝
花》诗亦云"幽香不自好，寒艳未多知"，皆自况之辞。世人未知后山，山
谷诗从何而入，盍以此《酴醾》、《榴花》诗并观之？"叶叶自相偶"，榴花
双叶自相偶，则不求偶于其他者也。意亦高。——《瀛奎律髓汇评》

（清）冯舒：入他何用？——同上

（清）纪昀：叶叶相偶，何必榴花？——同上

（清）纪昀：极用意而拙滞特甚。"后时"是榴花，"处独"未见必是榴
花。结处太廓落。——同上

醉落魄 　　（北宋）周邦彦

茸金细弱。秋风嫩、桂花初着。蕊珠宫道教指仙人
所居之处。里人难学。花染娇黄，羞映翠云幄。颜真卿《谢
陆处士杼山折青桂花见寄之什》："群子游杼山，山寒桂花白。绿黄含素萼，采折
自遗客。"　　清香不与兰荪约，沈括《梦溪笔谈》："所谓兰荪即今菖
蒲是也。"一枝云鬓巧梳掠。夜凉轻撼蔷薇萼。香满衣
襟，月在凤凰阁。

六丑·蔷薇谢后作 　　（北宋）周邦彦

正单衣试酒，恨客里，光阴虚掷。愿春暂留，春归
如过翼。一去无迹。为问花何在？夜来风雨，葬楚宫
倾国。钗钿堕处遗香泽。乱点桃蹊，轻翻柳陌。多情

为谁追惜？但蜂媒蝶使，时叩窗槅。　　东园岑寂。渐蒙笼暗碧。静绕珍丛底，成叹息。长条故惹行客。似牵衣待话，别情无极。残英小、强簪巾帻。终不似一朵，钗头颤袅，向人欹侧。漂流处、莫趁潮汐。恐断红、尚有相思字，何由见得。万云骏云：此词上片写花谢，还是题前文字，下片写谢后，才是正面文章。上下片互相烘托，互相映衬。○"正单衣试酒，怅客里光阴虚掷"是伤别；"愿春暂留，春归如过翼，一去无迹"，是伤春。此五句起得好，其好处在笔未到而气已吞。起得突兀有笼罩全篇，读后使人产生一种十分凄切、紧迫的感觉。○"愿春暂留"十三字，千回百折，千锤百炼。不是愿春久留，只是愿暂留，一转；春不但不肯暂留而去如飞鸟之疾，二转；不但去得疾而且荡焉泯焉，影迹全无，三转。○花长好，月长圆，春长在，这是词人过去的天真愿望与想法。而实际事与愿违，月圆必缺，花开必谢，春来必去，现在把过去的愿望降低了，即使是暂留一下也不可得，"流水落花春去也"，去得这么快，去得无影无踪，这对多愁善感的词人来说是多么伤心惨目的事啊！如此曲折委婉的意思，只用十三个字表达出来，是经过千锤百炼的。○"春眠不觉晓，处处闻啼鸟。夜来风雨声，花落知多少"（孟浩然）。"昨夜三更雨，临明一阵寒。海棠花在否，侧卧卷帘看"（韩偓）。前人写落花的虽多，但以写落时力主，"一片飞花减却春，风飘万点正愁人"（杜甫），"将花更作回风舞，已落犹成半面妆"（宋祁），"兰露重，柳风斜，满庭堆落花"（温庭筠）。"帘外落花飞不得，东风无气力"（陈克）。此词不着重写落花之时，而写落花之后，而且塑造出一系列鲜明生动的形象。这些形象有：一、长条牵衣待话的形象。当词人静绕蔷薇丛下时，已经脱尽残红的柔条却牵住了他的衣襟（因蔷薇有刺故云）。似有无限离别之情要向他倾诉——这是写花恋人。二、写人惜花。当词人正在心灰意冷时，偶然瞥见枝头一朵残花，就顺手将它摘下来，插在自己头巾上，她瘦小得可怜，但有花终胜无花，这就是"强簪"的一层意思。三、这样一插之后，勾起了一件旧事，当此花朵盛开时，那时还有玉人同在，鲜艳的花朵插在美人的钗头上是多么逞娇弄色，绰约多姿啊。这是强簪的另一层意思。四、苏轼《水龙吟》云："春色三分，二分尘土，一份流水。"落花的命运无非是堕溷飘茵，遭人践踏，还有一部分则是随流水飘去。此处断红即残红，"尚有相思字"，似有红叶题诗的影子。花落水流红，在残红本身已无能为力，但词人却满怀痴情地说，你能否挣扎一下，不随潮水远去？否则"尚有相思字"我怎能见得到呢？○人与花已经分离，但还恋恋不舍，余情无限，难解难分。此结不但回应了上片"愿春暂留"和下片"别情无极"而且花去人

留，两美相别，仿佛生离死别，"此恨绵绵无绝期"给读者留下十分丰富的想象空间，真有余音袅袅，绕梁三日之感。○毛先舒云："长调如娇女步春，旁去扶持，独行芳径，一步一态，一态一变。"

（明）卓人月：长条有似残英，不似眨眼即知，锥心必尽。"漂流"一段，节起新枝，枝发奇萼，长调中不多得也。"断红"用红叶事，一作"断鸿"，引诗"来春纵有相思字，三月天南断雁飞"为证。——《古今词统》

（明）沈际飞：摆开言意，芳香况人。真爱花者，一花将萼，移枕携襆睡卧其下，以观花之由微而盛、至落、至于萎地而后已，善哉。○又云"漂流"一段，节起新枝，枝发奇萼，长调不可得矣。——《草堂诗余正集》

（清）黄苏：自叹年老远宦，意境落寞，借花起兴。以下是花，是自己，比兴无端，指与物化，奇情四溢，不可方物，人巧极而天工生矣。结处尤缠绵无已，耐人寻绎。——《蓼园词选》

（清）周济：（"愿春"三句）十三字，千回百折，千锤百炼，以下如鹏羽而逝。○又云：不说人惜花，却说花恋人。不从无花惜春，却从有花惜春。不惜已簪之残英，偏惜欲去之断红。——《宋四家词选》

（清）蒋敦复：清真《六丑》一词，精浑华妙，后来作者，罕能继踪。——《芬陀利室词话》

（清）陈廷焯：美成词，极其感慨，无处不郁，令人不能遽窥其旨。……《六丑》蔷薇谢后作云："为问家何在。"上文有"怅客里光阴虚掷"之句，此处点醒题旨，既突兀，又绵密，妙只五字束往。下文反覆缠绵，更不纠缠一笔，却满纸羁愁抑郁，且有许多不敢说处，言中有物，吞吐尽致。大抵美成词，一篇皆有一篇之旨，寻得其旨，不难迎刃而解，否则病其繁碎重复，何足以知清真也。——《白雨斋词话》

又云：如泣如诉，语极呜咽，而笔力沉雄，如闻孤鸿，如听江声。笔态飞舞，反覆低徊，词中之圣也。结笔愈高。○又云：美成词大半以纤徐曲折制胜，妙于纤徐曲折中有笔力，有品骨，故能独步千古。——《云韶集》

514

同儿辈赋芦花　　（金）吴　激

天接苍苍渚，江涵袅袅花。秋声风似雨，夜色月如沙。泽国几千里，渔村三两家。翻思杏园路，鞭袅帽檐斜。

鹧鸪天　　（北宋）李清照

暗淡轻黄体性柔。情疏迹远只香留。何须浅碧深红色，自是花中第一流。　　梅定妒，菊应羞。画栏开处冠中秋。骚人可煞无情思，何事当年不见收？一、二两句短短十四字却形神兼备，写出了桂花的独特风韵。上句重在赋"色"，兼及体性；下句重在咏怀，突出"香"字。○"画栏"句暗用李贺《金铜仙人辞汉歌》"画栏桂树悬秋香"句。○屈原当年作《离骚》，遍收名花珍卉，以喻君子修身美德，惟独桂花不在其列。陈与义《清平乐·木樨》以为楚人未识孤妍，《离骚》遗恨千年。与李清照不谋而合。

添字丑奴儿　　（北宋）李清照

窗前谁种芭蕉树？阴满中庭。阴满中庭，叶叶心心、舒卷有余情。　　伤心枕上三更雨，点滴霖霪。点滴霖霪。愁损北人、不惯起来听。

酴　醿　　（南宋）陈与义

雨过无桃李，惟余云覆墙。青天映妙质，白日照

繁香。白乐天《蔷薇》诗：秾因天与色，丽与日争老。影动春微透，花寒韵更长。风流到樽酒，《唐百官志》："署令进醲醁之酒。"○王夫之诗话：醲醁，本酒名，因花颜色似之故取以为名。○山谷《醲醁》诗："风流彻骨成春酒。"又云："名字因壶酒，风流付枕帏。"犹足助诗狂。

小重山·茉莉　　（南宋）辛弃疾

倩得薰风染绿衣。国香收不起，透冰肌。略开些子未多时。窗儿外，却早被人知。　　越惜越娇痴。一枝云鬟上，那人宜。莫将她去比醲醁。分明是，她更的些儿。

虞美人·赋醲醁　　（南宋）辛弃疾

群花泣尽朝来露，争奈春归去。不知庭下有醲醁，偷得十分春色怕春知。　　淡中有味清中贵，飞絮残英避。露华微侵玉肌香，恰似杨妃初试、出兰汤。

浪淘沙·赋虞美人草　　（南宋）辛弃疾

不肯过江东，玉帐匆匆。只今草木忆英雄。唱着虞兮当日曲，便舞春风。　　儿女此情同，往事朦胧。湘娥竹上泪痕浓。舜盖重瞳堪痛恨，羽又重瞳。《梦溪笔谈》云："高邮桑景舒性知音，旧传有虞美人草，闻人作《虞美人曲》则枝叶皆动，他曲不然。景舒试之，诚如所传。译其曲声，皆吴音也。"

虞美人·赋虞美人草　　（南宋）辛弃疾

当年得意如芳草，日日春风好。拔山力尽忽悲歌，饮罢虞兮从此、奈君何。　　人间不识精诚苦，贪看青青舞。蓦然敛袂却亭亭，怕是曲中犹带、楚歌声。

清平乐·谢叔良惠木樨　　（南宋）辛弃疾

少年痛饮。忆向吴江醒。明月团团高树影。十里蔷薇水冷。　　大都一点宫黄。人间直恁芳芬。怕是九天风露，染教世界都香。用"团团"来写桂树，如江淹诗："苍苍山中桂，团团霜露色。"李白诗："仙人垂两足，桂树作团团。"陆游诗："丹葩绿叶郁团团，消得嫦娥种广寒。"○宫黄指古代宫女以黄粉涂额，是一种淡妆。花小，色黄，香浓，正是桂花的特征。○传说月宫中有桂树，故有"天香"之称。宋之问诗："桂子月中落，天香云外飘。"

踏莎行·赋木樨　　（南宋）辛弃疾

弄影阑干，吹香岩谷。枝枝点点黄金粟。未堪收拾付薰炉，窗前且把《离骚》读。　　奴仆葵花，儿曹金菊。一秋风露清凉足。旁边只欠个姮娥，分明身在蟾宫宿。

清平乐·赋木樨　　(南宋)辛弃疾

月明秋晓。翠盖团团好。碎剪黄金教恁小。都着叶儿遮了。　　折来休似年时。小窗能有高低。无顿许多香处，只消三两枝儿。

桂枝香·观木樨有感寄吕郎中　　(南宋)陈 亮

天高气肃。正月色分明，秋容新沐。桂子初收，三十六宫都足。李贺《金铜仙人辞汉歌》："画栏桂树悬秋香，三十六宫土花碧。"不辞散落人间去，怕群花、自嫌凡俗。向他秋晚，唤回春意，几曾幽独！　　是天上、余香剩馥。怪一树香风，十里相续。坐对花旁，但见色浮金粟。芙蓉只解添愁思，况东篱、凄凉黄菊。入时太浅，背时太远，爱寻高躅。

江神子·十日重阳次日。荷塘小隐赏桂，呈朔翁刘骞孙号朔斋。　　(南宋)吴文英

西风来晚桂开迟。月宫移，到东篱。是月下赏桂。簌簌惊尘，吹下半冰规。倒装。半冰规谓半圆月。簌簌惊尘谓桂花被风吹下。拟唤阿娇来小隐，金屋底，乱香飞。　　重阳还是隔年期。切十日。蝶相思，客情知。吴水吴烟，愁里更多诗。吴水吴烟指刘，时刘为宛陵令，在扬州。作者在杭州。一夜看承

518

应未别，秋好处，雁来时。

古香慢·赋沧浪看桂　　（南宋）吴文英

怨娥坠柳，离佩摇葭，霜讯南浦。漫忆桥扉，倚竹袖寒日暮。还问月中游，梦飞过、金风翠羽。把残云剩水万顷，暗熏冷麝凄苦。　　渐浩渺、凌山高处。秋澹无光，残照谁主。露粟侵肌，夜约羽林轻误。剪碎惜秋心，更肠断、珠尘藓路。怕重阳，又催近、满城细雨。"漫忆桥扉"二句，用杜甫诗意，以拟人法写桂。北宋杜安世《鹤冲天》写榴花云："石榴美艳，一撮红绡比。窗外数修篁，寒相倚。"也用同样的拟人法。"露粟侵肌，夜约羽林轻误。"借用《飞燕外传》"毛孔不起粟"故事，却一反其意。"珠尘"据王嘉《拾遗记·虞舜》记有一种珠，轻细，风吹如尘起。此以拟桂蕊纷飘，落于苔藓小径上，令人痛惜。○此词层次分明：上下片一开始都是横写境，然后纵写桂。上片发挥了词人的想象力，用拟人法写出桂的美，然而处境凄凉，写出与修竹云水相依的寂寞，中间暗与月中桂作比。下片写残照无主，一片荒凉，再转用拟人法写桂的美而无主，又凋谢了。而词的主体性很明显，使人感到处处有词人的内心沉痛。

风入松·桂　　（南宋）吴文英

兰舟高荡涨波凉，愁被矮桥妨。暮烟疏雨西园路，误秋娘、浅约宫黄。谓桂花。还泊邮亭唤酒，旧曾送客斜阳。　　蝉声空曳别枝长，方干《旅次扬州寓居郝氏林亭》："蝉曳残声过别枝。"似曲不成商。御罗屏底翻歌扇，忆西湖、临水开窗。和醉重寻幽梦，残衾已断熏香。杨铁夫曰："泛

舟碍桥亦不得意事。点'西园'、'宫黄'句映题中'桂'字,切题止有此句。……末'香'字亦算映合'桂'字。"

菩萨蛮·芭蕉　　(南宋)张 镃

风流不把花为主,多情管定烟和雨。潇洒绿衣长,满身无限凉。　　文笺舒卷处,似索题诗句。莫凭小阑干,月明生夜寒。

庆清朝·榴花　　(南宋)王沂孙

玉局歌残,金陵句绝,年年负却薰风。西邻窈窕,独怜入户飞红。前度绿阴载酒,枝头色比舞裙同。何须拟,蜡珠作蒂,缃彩成丛。　　谁在旧家殿阁?自太真仙去,扫地春空。朱幡护取,如今应误花工。颠倒绛英满径,想无车马到山中。西风后,尚余数点,犹胜春浓。玉局指苏轼。苏轼在宋徽宗即位后,从海南岛赦还,曾被任命为提举成都玉局观(道宫),遥领祠禄。后人遂称他苏玉局。他的《贺新郎·夏景》云:"石榴半吐红巾蹙,待浮花都尽,伴君愁独。秾艳一枝细看取,芳心千重似束。又恐被秋风惊绿……"有一首《南歌子·暮春》:"紫陌寻春去,红尘拂面来。无人不道看花回,惟见石榴新蕊一枝开。冰簟堆云髻,金尊滟玉醅。绿阴青子莫相催。留取红巾千点照池台。""金陵"指王安石。王安石晚年家住金陵。《王直方诗话》:"王安石作内相时,翰苑中有石榴一丛,枝叶甚茂,但只发一花,故有句云'万绿丛中红一点,动人春色不须多'。""西邻"句用朱熹《榴花诗》:"窈窕安榴花,乃是西邻村,坠萼可怜人,风吹落幽户。""舞裙"暗用万楚《五日观妓》"裙红妒杀石榴花"句意。红裙又名石榴裙,出何思澄诗。○"何须拟"三句反用温庭筠《海榴》诗"蜡珠攒作蒂,缃彩剪成丛"意。鲍溶诗"白雪剪花朱蜡蒂",温庭筠词"融蜡作杏蒂",都是讲剪成的花。

520

○《洪氏杂俎》云："骊山温泉宫馆,杨贵妃曾遍种石榴。"○"朱幡护取,如今应误花工。"用崔玄微事,见段成式《西阳杂俎》："天宝中,处士崔玄微居洛东宅,春夜有女郎名石阿措者来言:诸女伴皆住苑中,每岁多被恶风所挠,若作一朱幡,上图日月五星之文,与苑东立之,可免此难。崔依言至某日立幡。是日东风振地,自洛南折树飞沙,而苑中繁华不动。石阿措即安石榴也,诸女伴亦皆众花之精也。"词人引入此故事,是说而今却再无花工设幡来护惜石榴。"颠倒"二句,化韩愈《榴花诗》"可怜此地无车马,颠倒青苔落绛英"诗意。说山中没有车马来看花。"西风后"结三句,反映了榴花的自然美,不但不因西风而减,反胜过"五月榴花照眼"之时,表现词人欣赏榴花的美,并不在乎一片繁红。这就和上片"西邻窈窕,独怜入户飞红"、"何须拟,蜡珠作蒂,缃彩成丛"等句,遥相照应。

　　（清）张惠言:此言乱世尚有人才,惜世不用也,不知其何所指。——《词选》

　　（清）陈廷焯:榴花题难于诸花,以可说者少。此独写得宜风宜雅,清新绮丽,兼而有之——《云韶集》

　　又云:低回宛转,姿态横生,《小雅》怨诽不乱,此词有焉。——《词则·大雅集》

金缕曲·闻杜鹃　　（南宋）刘辰翁

　　少日都门路。听长亭、青山落日,不如归去。十八年间来往断,白首人间今古。又惊绝、五更一句,道是流离蜀天子,甚当初、一似吴儿语。臣再拜,泪如雨。　　画堂客馆真无数。记画桥、黄竹歌声,桃花前度。风雨断魂苏季子,春梦家山何处?谁不愿、封侯万户?寂寞江南轮四角,问长安、道上无人住。啼尽血,向谁诉?"少日都门路"以下三句,写自己少年时上都门游学,求取进士的心情,地在长亭,时在薄暮,听到杜鹃的叫声,勾引起羁旅之愁,产生"不如归

去"之感。此与秦观《踏莎行》"杜鹃声里斜阳暮"相似,故曰"道是流离蜀天子"也。"臣再拜"两句隐括杜甫《杜鹃》"我见常再拜,重是古帝魂","身病不能拜,泪下如迸泉"诗意。"黄竹"用李商隐"黄竹歌声动地哀"诗意,用《穆天子传》典故。词人将昔日之繁荣和今日之冷落对照起来,虚实相生,备增伤感,语意含蓄。"苏季子"即苏秦。"轮四角"语见陆龟蒙《古意》:"愿得双车轮,一夜生四角。"此指道路难行。〇此词全篇都从"闻杜鹃"生发开去,由此发端,由此收煞,由此过变,由此转换。在羁旅者的耳中,杜鹃声声,犹如家人"不如归去"的催唤声;而在遗民的心灵上,杜鹃声声,却唤起了对旧帝,对抗元英雄,对苦难人民的深深忆念和同情。杜鹃声是贯串全篇的词脉。本词采用了总起分承的过变手法,将后阕看来似乎相连属,与杜鹃毫无关涉的数层词意,绾合起来,具见作者的艺术匠心。

瑶花慢 原序云:后土之花,天下无二本。方其初开,帅臣以金瓶飞骑进之天上,间亦分致贵邸。余客辇下,有以一枝……(以下共缺十八行)　　(南宋)周 密

朱钿宝玦。天上飞琼,比人间春别。江南江北,曾未见,谩拟梨云梅雪。淮山春晚,问谁识、芳心高洁?消几番、花落花开,老了玉关豪杰!　　金壶剪送琼枝,看一骑红尘,香渡瑶阙。韶华正好,应自喜、初识长安蜂蝶。杜郎老矣,想旧事、花须能说。记少年,一梦扬州,二十四桥明月。起首三句,赞美琼花特异资质。许飞琼是西王母的侍女,以仙女比琼花,自有别于人间的春色。淮山指都梁山,在南北界的淮水旁。江淮地段,胡尘飞涨。动荡不宁,没有一点春天的消息。绍兴以来,南宋纳贡经过此地,刻石题名几满,国信使郑汝谐一诗云:"忍耻包羞事此庭,奚奴得意管逢迎。燕山有石无人勒,却向都梁记姓名。"〇陈廷焯《白雨斋词话》云:"不是咏琼花,只是一片感叹无可说处,借题一发泄耳。"

题芭蕉美人图　　　　(元)杨维桢

髻云浅露月牙湾,独立西风意自闲。书破绿蕉双

凤尾，凤尾蕉。不随红叶到人间。

题郑所南兰　　（元）倪　瓒

秋风兰蕙化为茅，南国凄凉气已消。只有所南心不改，泪泉和墨写《离骚》。《宋遗民录》云："所南字忆翁，初名某，宋亡乃改名思肖，即思赵也。""忆翁"与"所南"皆有寓意。又云"画兰不画土"，人问之，则曰："地为番人夺去，汝不知耶？"

题葡萄图　　（明）徐　渭

半生落魄已成翁，独立书斋啸晚风。笔底明珠无处卖，闲抛闲掷野藤中。

樵李十首（录四首）　　（清）曹　溶

净相僧坊起盛名，徐园旧价顿教轻。尝新一借潜夫齿，嚼出金钟玉磬声。

澄水蟠根奕叶长，筵前冰齿得仙浆。上林嘉种休相借，验取夷光玉甲香。

肤如熟奈能加脆，液较杨梅特去酸。江北江南无别品，倾城倾国借人看。

微物何堪鼎鼐陈,公家宣索荐时新。年来无复街头卖,愁杀文园病渴人。

金盏子·金钱花　　　(清)邹祇谟

碧琐空屏,云母凉,鱼环烟绕深院。红叶乍惊秋,人归杳,朱栏花信香浅。便教卜尽五铢,剩青蚨未转。窗前看、疑是沈郎《南史》吴兴沈充铸钱,名"沈郎钱"。遣来,丹纹翠掩。　　犹记雕枇倦。绛蜡下、纤手掷红幺。金绯绚,赌胜处,将花选。梁鱼弘令诸侍妾,以金钱赌胜,不足者以花补之,得花者谓胜得钱。玉人那爱鸾钿。只教彩贯同心,佩宜男梁武帝铸"女钱"、"男钱",佩男钱者宜男。珠串。金风冷、留买一线斜阳,怎看秋贱!

鸳鸯湖棹歌一百首(其十八)　　　(清)朱彝尊

徐园青李核何纤,未比僧庐味更甜。听说西施曾一掐,至今颗颗爪痕添。自注:徐园李核小如豆,丝悬其中。僧庐谓净相寺,产檇李,每颗有西施爪痕。

酴醾诗　　　(清)徐乾学

春至酴醾始着芳,天姿绰约舞霓裳。亭亭自向东风立，不与凡姿斗艳香。

再饮严屺庵侍御，鸾枝花下作二首　　（清）查慎行

卖花声里过斜街，不记招寻月几回。只有绣衣真爱客，印泥封酒必同开。

傲居喜近慈仁寺，移得鸾枝隔岁栽。报道退朝今日早，东栏昨夜有花开。

咏并蒂兰　　（清）朱昆田

弱干同心已足夸，又看并蒂发琼葩。水妃共踏承云袜，宫女争匀衬脸霞。丹灶红休怜一线，珠江碧漫诧双丫。恠应插上麻姑髻，绝胜仙家绿玉花。自注：闽之灶山产一线红，有花对节。粤之丫兰，一茎上两花，皆贵种也。

点绛唇·咏风兰　　（清）纳兰性德

别样幽芬，更无浓艳催开处。凌波欲去。且为东风住。　　忒煞萧疏，怎耐秋如许。还留取，冷香半缕。第一湘江雨。

夜来香　　（清）黄 慎

湘帘无月影空蒙，忽地鲜香一阵通。知隔碧纱惟暗坐，谢娘头上过来风。

题芭蕉　　（清）金 农

绿得僧窗梦不成，芭蕉偏傍短垣生。无情一夜潇潇雨，白了人头是此声。

七里香　　（清）六十七

雪魄冰姿淡淡妆，送春时节弄芬芳。着花何止三回笑，自注：每岁开花率三五夜。惹袖犹余半日香。竟使青蝇垂翅避，不教昏瘴逐风狂。自注：能祛蝇蚋，并辟烟瘴。灵均莫漫悲兰茝，正色宜令幽谷藏。自序云：按七里香即山矾，台人植为篱落，香闻数里。

桐花自注：　桐花一名龙船花，五月盛开，色红似火。　　（清）六十七

枝柔叶厚碧痕浓，色艳还看花发重。朱萼临风迷紫蝶，丹须和露浥黄蜂。剪残锦彩枝头见，敲碎珊瑚月下逢。好是年年夸竞渡，沿江如火映鱼龙。

咏虞美人花　　（清）吴　镇

怨粉愁香绕砌多，大风一起奈卿何。乌江夜雨天涯满，休向花前唱楚歌。

偕梁蔑邻、陈石士同游崇效寺看丁香花

（清）翁方纲

西来阁下丁香树，根干虬蟠似古藤。僧说王_{渔洋}朱_{竹垞}游日植，诗拈松杏卷同征。繁枝毳结凭谁悟，问枣花参最上乘。期我记题苔石勒，轻阴薄雪小栏凭。

朝枏招饮堂前鸾枝花下，有感乙未燕集

（清）戴　璐

鸾枝才放袅晴空，竹石参差剩几丛。绛萼依然开烂漫，红牙犹忆唱玲珑。西州感逝怀乔木，东阁承家绍素风。不尽衔杯增缱绻，柏台行见骋花骢。